ANDREAS WILHELM

Hybrid

W0237711

Buch

Tom Hiller ist freier Journalist in Hamburg. In der Elbe wird ein abgerissener und halb verwester menschlicher Fuß im Wasser entdeckt. Eine Nachricht, auf die sich die Presse erfahrungsgemäß stürzt. Wieso wird Toms Story also nur halbherzig gebracht? Und warum führt seine Nachfrage bei der Polizei ihn gleich zu einem Hauptkommissar und zum Innenministerium? Tom recherchiert weiter und deckt Machenschaften eines Schweizer Pharmakonzerns auf, der Verbindungen nach Brasilien hat. Offenbar geht es um Genforschung, fragwürdige kriminelle Experimente, milliardenschwere Verträge und Korruption. Polizei, Politik – die Funktionsträger in Hamburg sind anscheinend gehörig in die ganze Angelegenheit verstrickt. Zusammen mit der Studentin Juli Thomas reist Tom schließlich selbst nach Brasilien. Und was sie dort, in einem verlassenen Lager mitten im Dschungel entdecken, ist grausamer als alles, was sie sich in kühnsten Träumen ausgemalt hatten …

Autor

Andreas Wilhelm, geboren 1971, wuchs in Südafrika, der Schweiz, Nigeria und Portugal auf und lebt heute mit Frau und Kindern in der Nähe von Hamburg. Nach seiner international sehr erfolgreichen Trilogie *Projekt: Babylon, Sakkara* und *Atlantis* ist *Hybrid* nun ein neuer spannender Thriller, der in Hamburg und Brasilien spielt.

Außerdem lieferbar:

Projekt: Babylon (36832) – Projekt: Sakkara (36987) – Projekt Atlantis (37454)

ANDREAS WILHELM

Hybrid

Thriller

blanvalet

FSC
www.fsc.org
MIX
Papier aus verantwortungsvollen Quellen
FSC® C014496

Verlagsgruppe Random House FSC-DEU-0100
Das FSC®-zertifizierte Papier *Holmen Book Cream* für dieses Buch liefert Holmen Paper, Hallstavik, Schweden.

2. Auflage
Originalausgabe April 2011 bei Blanvalet, einem Unternehmen der Verlagsgruppe Random House GmbH, München.
Copyright © der deutschsprachigen Ausgabe 2011 by Blanvalet Verlag, München, in der Verlagsgruppe Random House GmbH
Dieses Werk wurde vermittelt durch die Literarische Agentur Thomas Schlück GmbH, 30827 Garbsen
Umschlagmotiv: © Artwork HildenDesign, München
NB · Herstellung: sam
Satz: Uhl + Massopust, Aalen
Druck und Bindung: GGP Media GmbH, Pößneck
Printed in Germany
ISBN: 978-3-442-37356-7

www.blanvalet.de

Kapitel 1

Tagebuch von Marie Thomas –
Brasilien, 12. Mai

Die weichen Stränge der Eingeweide schlangen sich im Wasser um meine nackten Oberschenkel. Ich maß der fast zärtlichen Berührung zunächst keine Bedeutung bei und vermutete Wasserpflanzen als Ursache. Nie habe ich mich auf entsetzlichere Weise getäuscht.

Als ich das Hindernis entfernen und der Strömung übergeben wollte, ergriff ich einen wie zu einem Brotteig geformten Klumpen, fest und zugleich nachgebend, weißlich und von einer schleimigen Substanz überzogen.

Ich zuckte zurück und strampelte mich frei, wollte Abstand zwischen mich und das Objekt bringen, das ich für einen übergroßen toten Fisch, einen Wels oder vielleicht einen Amazonasdelfin, hielt. Aber das, was sich um meine Beine geschlungen hatte, blieb mit mir verbunden, ich spürte das Gewicht an mir zerren. Die Masse bewegte sich träge, und ich machte im Wasser Fetzen braunen Stoffes aus. Ich hoffte, dass es sich um Teile eines Fischernetzes handelte, das das Tier mit sich gerissen hatte. Aber es war kein Fischernetz. Und es war auch kein Fisch. Stattdessen erkannte ich als Nächstes einen menschlichen Arm, der wie eine blasse Muräne aus dem Körper zu ragen schien. Wo eine Muräne ihr Maul und ein normaler Arm seine Hand gehabt hätte, trieben nur lose Fetzen.

Mich packte blankes Entsetzen. Mein Studium und meine Arbeit im Camp hatten mich im Umgang mit den äußeren und inneren Teilen der menschlichen Anatomie in ihren unterschiedlichen Zersetzungszuständen geschult. Ich bin gewiss nicht zimperlich. Aber es ist eine Sache, eine fachgerechte Autopsie vorzunehmen, und eine andere, nur mit einem Bikini bekleidet von den angefressenen und fauligen Eingeweiden einer Wasserleiche umschlungen zu werden.

Nur mit Mühe konnte ich meinen aufkommenden Ekel eindämmen und konzentrierte mich stattdessen darauf, meine Beine aus der grauenvoll intimen Umklammerung zu befreien. Ich strampelte wild und trat dabei dumpf gegen den Körper, der sich dadurch zu drehen begann. Ganz langsam neigte er mir seinen Kopf entgegen. Ein Kopf, der in einer furchtbaren Weise am Hals baumelte und dessen von Geschwülsten verformte, augen- und zum Teil fleischlose Züge nichts Menschliches mehr an sich hatten.

Mein gellendes Schreien war es wohl, das schließlich zwei Indios aus dem Camp herbeirief.

Daran, wie sie mich heute Morgen aus dem Fluss gezogen und ins Camp zurückgebracht hatten, kann ich mich nur noch schemenhaft erinnern.

Beachclub »28 Grad«, Wedel, 18. Juli

Tom trat durch die Pforte aus Bambus und Palmwedeln. Hier hatte sich seit dem letzten Jahr nicht viel verändert, stellte er fest, als er sich in der Nähe der Bar nach einem Platz umsah. Immer noch die gleiche Art von Menschen. Junge Frauen, die aussahen, als seien sie der *Instyle* oder *Glamour* entstiegen, ein paar breitschultrige und braun gebrannte Testosteron-Protze, die vermutlich als Türsteher auf der Reeperbahn arbeiteten, und ein paar wohlhabende Familien aus Blankenese oder Klein Flottbek mit ihren in Poloshirts gekleideten Kindern und dem obligatorischen Luxushund.

Tom setzte sich oberhalb der zum Strand hin abfallenden Terrassenstufen an einen Tisch im Schatten der Bäume. Das letzte Mal hatten sie dort drüben gesessen. Wo man jetzt gerade Latte macchiato schlürfte. Seit es in der Redaktion eine Espresso-Maschine mit Milchaufschäumer gab, konnte er das Zeug nicht mehr sehen. Er nahm seine Umhängetasche von der Schulter, griff über den Tisch und legte sie auf den Platz gegenüber. Dann würde sich wenigstens dort niemand hinsetzen.

Er wollte gerade auf den Fluss blicken, als eine der Angestellten an seinen Tisch trat. Schwarze Schürze, schwarzes Girlie-T-Shirt, beides mit »28 Grad«-Logo, die blonden Haare zu einem Pferdeschwanz gebunden und übermäßig eifrig.

»Hallo, was kann ich dir zu trinken bringen?«, flötete sie jovial. »Oder magst du was essen?«

»Ein Strongbow, bitte«, sagte er.

»Und soll ich dir die Karte bringen?«

»Nein danke.«

»Okay, alles klar, danke dir!« Grinste und ging.

Anne hatte sich immer Strongbow bestellt, und nun war es ihm herausgerutscht. Er mochte das Getränk nicht einmal sonderlich. Verdammt, er hätte sich besser ein Bier ordern sollen.

Er sah auf den Fluss. Irgendeine Macke hatten sie alle. Mit Anne war er immerhin länger ausgekommen, aber am Ende war es doch wieder aufs Gleiche hinausgelaufen. Er brauchte nun mal seinen Freiraum. Er konnte einfach nicht jeden Augenblick darauf achten, was sie über dieses oder jenes denken würde, wie sie sich fühlte, was sie brauchte oder wünschte. Wenn sie zur Abwechslung mal ein bisschen an ihn statt immer nur an sich gedacht hätte, wäre ihr das vielleicht klar geworden. Aber die Menschen drehen sich meist nur in ihrer kleinen Welt im Kreis. Ich, ich, ich. Seht, was ich kann, was ich habe!

Tom ließ den Blick über die Gäste des Beachclubs wandern. Gefangen in ihren beschränkten Konzepten von Erfolg und Glück. Aber in Wahrheit waren die meisten von ihnen nichts als zweidimensionale Strichmännchen, klischeehafte Nebenfiguren in einem schlechten Roman, und wie so oft hätte er auch jetzt, in diesem Moment, nichts dagegen gehabt, wenn sie alle verschwänden, wenn er hier allein sitzen könnte.

Die Bedienung brachte seinen Cider, und da Tom sie ausdrücklich ignorierte, entfernte sie sich glücklicherweise schnell. Er setzte an und leerte die Flasche zu einem Drittel.

»Ist hier noch frei?«

Tom drehte sich halb um. Neben dem Tisch stand ein junges Pärchen. Er mit der Sonnenbrille ins Haar geschoben wie ein latent schwuler Cabriofahrer und sie mit den Riemchen ihrer Leinenschuhe zwischen den Fingern.

»Hm, ja klar«, antwortete er und wies halbherzig auf die andere Hälfte des Tisches. Die Höflichkeit gebot es ihnen vermutlich, dass sie fragten, obwohl hier offenbar für acht Platz war und er allein da saß. Andererseits, dachte er, hatten sie ja vielleicht ganz richtig bemerkt, dass sie möglicherweise stören könnten.

Er sah schnell wieder weg. Das war etwas, das Anne ihm immer vorgehalten hatte. Dass er mit anderen Menschen nicht zurechtkam. Aber war es verwerflich, wenn man Smalltalk nichts abgewinnen konnte? Dass man sich seine Gesellschaft lieber selbst aussucht und sich allein am wohlsten fühlte? Das Problem mit anderen Menschen war, dass sie nicht einfach nur Informationsgegenpole, nicht einfach nur Gehirne oder Körper waren. Nein, jeder Mensch brachte endlos Ballast mit sich. Zusätzlich zu einem selbst hatte man plötzlich noch eine vollständige zweite Vergangenheit zu kennen, zu verstehen, zu berücksichtigen. Doppelt so viele Hintergründe, Ursachen, doppelt so viel Erlebtes, Unerledigtes, Unausgesprochenes, Unverarbeitetes. An jedem Mensch hing eine vollständige Welt. Er war Mitte dreißig und kam trefflich mit sich selbst zurecht, und andere Menschen sollten in diesem Alter auch mit sich selbst im Reinen sein. Jüngere waren ihm in ihrer Unausgegorenheit zu anstrengend, und wer die dreißig überschritten und noch immer einen Knacks hatte, der würde ihn auch nicht mehr loswerden. Aber offenbar traf das auf den größten Teil der Menschheit zu.

Auf der Elbe schob sich ein gewaltiger weißer Frachter von Grimaldi Lines in Richtung Nordsee. Hohe, glatte Wände, groß wie ein schwimmendes Atomkraftwerk und genauso hässlich. In einiger Entfernung schoss irgendein Verrückter mit einem Jetski über das Wasser, an dem Schiff vorbei und suchte das Kielwasser, um sich an dessen Rand auszutoben.

Zu Füßen des Beachclubs, dort, wo der schmale Streifen Elbstrand langsam in Schlick überging und matschverschmierte Kinder Löcher und Kanäle buddelten, riefen einige pubertäre Jungen aufgeregt und winkten ihre Freunde hinzu. Das Wasser zog sich vom Ufer zurück, erst drei, dann fünf, bald zehn Meter, als ob schlagartig die Ebbe einsetzte. Unter den hinzugeeilten Jugendlichen waren nun auch einige Mädchen zu sehen. Mit kurzen Hosen gingen sie weit auf den Fluss hinaus, bis ihnen das Wasser bis knapp über die Knie reichte. Tom schätzte, dass die Jungs wussten, was sie taten. Es war ein wohl kalkulierter Streich.

Tatsächlich standen sie nicht lange im Wasser und sahen dem Frachter nach, als sich eine unscheinbare Welle abzeichnete, die auf den Strand zukam. Zwei der Mädchen bemerkten ihre schwache weiße Kante, drehten sich dann um und gingen zurück in Richtung Ufer. Sie dachten, sie hätten Zeit genug. Aber keine fünf Sekunden später hatte sie die Welle bereits eingeholt. Sie bäumte sich nicht auf, aber sie hob das Wasser mit einem

Mal um dreißig Zentimeter. Die Mädchen kreischten auf, als ihre Hosen bis zum Hintern durchnässt wurden. Das Lachen der Jungen hallte über den Strand. Die Mädchen standen wütend im Wasser, quietschten und schimpften, und als sei es nicht schon schlimm genug, erfasste sie eine zweite Welle, die seitlich durch die kleine Bucht fuhr. Sie hob den Pegel erneut, und nun standen die entsetzten Teenager bis zur Hüfte im Wasser. Es war der Tsunami-Effekt *en miniature*. Den Jungs machte es nicht viel aus, sie grölten und begannen, mit Wasser um sich zu spritzen, sie waren scharf darauf, eine Miss Wet-T-Shirt zu küren, und kurze Zeit später waren die Mädchen so verärgert, dass sie erst zurückschlugen und schließlich mitlachten.

Tom überlegte, ob vielleicht ein aufreizendes Foto dabei herausspringen könnte. Er beugte sich über den Tisch, zog seine Umhängetasche herüber, öffnete sie und entnahm ihr seine Spiegelreflexkamera. Mit einem halb nackten Teenagerbusen ließ sich auch ein todlangweiliger Lückenfüller-Bericht verkaufen. Mit einer passenden Headline wie »Geiles Strandwetter« oder »Praller Sommer« oder was auch immer sich die Leute in der Schlussredaktion dazu einfallen lassen mochten. Andererseits war vermutlich keines der Mädchen da unten über sechzehn, und dann würde es ohnehin nur wieder Ärger geben.

Noch immer kreischten die Jugendlichen. Tom verzog den Mund. So urkomisch war das Geplansche nun auch wieder nicht.

Aber ihr Kreischen hatte einen anderen Klang bekommen. Die Schreie waren viel lauter, schriller …

Es waren Entsetzensschreie!

Tom stand ruckartig auf. Etwas war passiert.

Er hob die Kamera ans Auge und zoomte heran. Zwei Mädchen standen herum und brüllten, einer der Jungen schwamm und versuchte, ein anderes der Mädchen zu erreichen, das offenbar Schwierigkeiten hatte.

Tom warf sich die Nikon um den Hals, drängte sich an den anderen Tischen vorbei und lief zur Terrasse. Am Strand stolperte er weiter zum Flussufer. Aus dem Augenwinkel bemerkte er, dass jemand aus dem Rettungshäuschen der DLRG gerannt kam. Ein sportlicher Typ, mit verdammt großen Schritten. Er überholte Tom scheinbar mühelos, warf sich ins Wasser und pflügte los.

Tom erreichte das Ufer, lief gerade so weit, dass seine Schuhe nicht im Schlick versanken, blieb stehen, stützte sich auf die Oberschenkel und japste nach Luft. Keine hundert Meter gelaufen und schon am Ende seiner Kraft. Aber es war auch Sandboden. Schließlich richtete Tom sich auf und beobachtete durch den Zoom seiner Kamera, was geschah. Das Mädchen schlug mit aufgerissenen Augen um sich, als der Typ sie erreichte. Er ergriff sie an den Schultern, redete auf sie ein, aber sie nahm kaum Notiz von ihm. Schließlich umfasste er sie, zog sie nach hinten und schleppte sie aus dem Wasser. Noch immer hieb sie um sich, wandte sich in seinem Griff und trat um sich. Als sie dem Ufer näher gekommen waren und ihre Füße den Boden berührten, rappelte sie sich energisch auf, schüttelte alle helfenden Hände ab, rannte los, brach aber nach wenigen Schritten zitternd zusammen, fiel auf die Knie, würgte und erbrach sich in den Sand.

Die Freunde und Schaulustigen sammelten sich um das Mädchen. Es gab kein Herankommen. Aber Tom bemerkte, dass der Rettungsschwimmer, der wusste, dass seine Kollegen bereits mit einem Sanitätskoffer aus dem Häuschen herbeiliefen, zurück zum Wasser eilte. Hatte sie dort etwas verloren?

Kaum einer beachtete, wie sich der Schwimmer noch eine Zeit lang draußen im Wasser aufhielt, hin und her schwamm und offenbar einen Bereich gewissenhaft absuchte. Einige Male tauchte er unter, bis er schließlich etwas festhielt und sich damit auf den Rückweg machte. Tom schoss zwei Bilder für den Fall, dass man den Augenblick der Entdeckung später verwenden konnte. Auf jeden Fall sah es so dramatischer aus, als wenn man ihn später an Land sehen würde, mit dem verlorenen BH oder dem Ed-Hardy-Portemonnaie der Kleinen in den Händen.

Aber es war keines von beidem. Tom sah einen weißen Turnschuh aufblitzen, als der Rettungsschwimmer an ihm vorbeiging.

»Hey, warten Sie mal«, rief er dem Mann zu.

»Ich habe jetzt keine Zeit, tut mir leid.«

Tom lief ihm hinterher. »Ich bin Journalist. Können Sie mir sagen, was da gerade los war? Und was haben Sie gefunden?«

Der Mann blieb stehen und drehte sich ihm halb zu. Was er bei sich trug, verbarg er hinter seinem Körper. »Sie wollen es nicht sehen. Ich muss die Behörden informieren.«

»Die Behörden?« Tom hob die Kamera an. Konnte

wohl doch noch spannend werden. »Los, zeigen Sie schon.«

»Dem Mädchen ist übrigens nichts passiert. Sie hat nur einen Schock.«

Tom winkte ab. »Hab ich gesehen. Das Mädchen ist mir egal. Nun machen Sie nicht so ein Geheimnis daraus. Oder wollen Sie morgen nicht in der Zeitung stehen?«

»Haben Sie schon was gegessen?«

»Was soll das denn heißen?«

»Dann können Sie es jetzt gleich wieder von sich geben.« Der Mann schob seinen Arm nach vorn. Es war tatsächlich ein Turnschuh. Er hielt ihn von unten, präsentierte ihn auf seiner ausgestreckten Hand wie zum Verkauf.

Toms Blick zuckte, suchte etwas, an dem er sich festhalten, ablenken konnte. *Adidas*, war der erste klare Gedanke. Eigentlich ein ganz normaler Schuh. Aus einem ganz normalen Geschäft. Und dann war etwas mit dem Schuh passiert. Denn jetzt steckte darin nur noch ein abgerissener Fuß. Aufgequollenes, unnatürlich violettfarbenes Fleisch brach aus der oberen Öffnung hervor, in kaum noch zusammenhängenden Lappen und halb verfaulten, schleimigen Brocken. Fäden, die einmal Sehnen gewesen sein mochten, hingen in einer grotesken Nachahmung von Schnürsenkeln daran herab. Ein fünf Zentimeter großes Stück Knochen ragte wie ein zersplitterter Pfahl nach oben.

»Ist das…« Tom würgte. »Das ist doch nicht echt, oder?«

»Vermutlich schon«, sagte der Rettungsschwimmer.

Tom holte tief Luft. Mit zitternden Fingern schoss er hastig einige Bilder des Fußes, ohne sich lange mit den grausigen Details zu beschäftigen. Wie abgebrüht musste der Typ sein, dass ihn das so kaltließ?

»Mein Gott, das muss ein ekelhafter Scherz sein«, murmelte er.

»Sieht aber verdammt noch mal ziemlich echt aus.«

»Dann hoffen wir mal, dass Sie keine Ahnung haben. Nichts für ungut.«

»Ich bin Medizinstudent«, sagte der Rettungsschwimmer nicht ohne einen Hauch von Herablassung. »Und wenn man ein paar Mal in der Pathologie war, dann kann man das schon ganz gut beurteilen.« Dann wandte er sich ab und ging zurück zu den Gebäuden oberhalb des Strandes.

Es war schwer zu sagen, ob es ein gutes oder ein schlechtes Zeichen war, dass Gregory ihn in die Redaktion bestellte. Tom hatte den Artikel noch im »28 Grad« auf seinem Laptop geschrieben und zusammen mit zwei Bildern als E-Mail verschickt. Keine halbe Stunde später hatte ihn der Chefredakteur angerufen und ihn in die Innenstadt bestellt.

Es war nicht üblich, dass die Freien herbeizitiert wurden. Tom war zwar häufig genug im Axel-Springer-Gebäude, aber meistens nur, um in der Kantine ein paar Euros zu sparen. Sein Tagesgeschäft, die kleinen Reportagen und Randnotizen, die bestenfalls ein paar Hunderter abwarfen, wurden per Internet abgewickelt.

Gregory saß in einem Büro, das ihn mit einer Glastür vom beständigen Lärmpegel des Parketts abschirmte. »Parkett«, so nannte man den Rest des Großraumbüros, in dem je nach Tageszeit ein bis zwei Dutzend Redakteure an ihren Rechnern saßen, recherchierten, Artikel tippten, Fernsehprogramme prüften, telefonierten oder Grafiken vorbereiteten. Da die meisten Redakteure auf Zeile schrieben, direkt in das Layout hinein, war der aktuelle Entwicklungsstand der wichtigsten Seiten auf großen Bildschirmen schräg unter der Decke an einer Stirnseite des Raums zu verfolgen. Gregory hatte sich in den letzten Jahren hochgearbeitet und betonte bei jeder sich bietenden Gelegenheit, wie wichtig es sei, das Geschäft von der Pike auf gelernt zu haben. Toms Einschätzung nach hatte dessen Aufstieg aber weniger mit seiner fachlichen Qualifikation zu tun, sondern lag einzig und allein daran, dass Gregory Netze spinnen konnte. Er verfügte über ein besonderes Maß an Selbstsicherheit, gab sich charmant und immer politisch korrekt. Aber er war ihm einfach zu glatt.

»Tom, mein Bester«, sagte der Chefredakteur, »toll, dass du vorbeikommen konntest!« Er kam um den Schreibtisch herum und schüttelte Toms Hand. »Warte mal kurz«, unterbrach er sich, ging an seinem Besucher vorbei, streckte den Kopf durch die Tür und rief: »Claudia, kannst du mal zwei Kaffee bringen?« Dann kam er zurück und setzte sich in den schwarzen Sessel hinter seinem Schreibtisch. »Erzähl mal, wie geht's dir so? Du solltest wirklich öfter mal reinkommen. Man verliert ja sonst ganz den Kontakt.«

Tom trat an die Fenster und sah hinaus. Gab es einen

Grund, auf Gregory neidisch zu sein? Nette Aussicht, gut bezahlte Position, aber ein verdammter Bürojob war es trotzdem. Und da half auch keine Designerbrille mit breiten schwarzen Bügeln oder eine Assistentin mit Modelmaßen, wie sie gerade mit den beiden Kaffees durchs Büro schwebte. Tom nahm seine Tasse entgegen und setzte sich.

»Habe nichts zu klagen, danke.«

»Schön!« Über Gregorys Gesicht huschte ein Lächeln. »Freut mich zu hören. Wirklich.«

»Was gab's denn so Eiliges?«, fragte Tom. Er wusste noch nicht, ob am Ende dieses Gespräches Geld oder Ärger für ihn herausspringen würde, daher war noch Zurückhaltung angebracht. Nur die Formalitäten wollte er gerne überspringen.

»Ich will dich gar nicht lange aufhalten, hast ja bestimmt viel zu tun«, sagte Gregory. »Ich weiß doch selbst noch, wie das war. Von einem Termin zum nächsten, nicht?«

»Hm, ja genau.«

»Also, es geht natürlich um die Geschichte aus dem Beachclub.« Gregory beugte sich vor. »Ich habe ja so meine eigene Vermutung, aber ich wollte gerne wissen, wie du das siehst. Was denkst du: Wird das eine größere Story?«

Auf diese Frage war Tom nicht gefasst. Bei aller jovialen Attitüde, die Gregory zur Schau stellte, waren sie keineswegs alte Freunde, die sich gegenseitig beraten würden. Wenn der Chefredakteur der Ansicht war, ein Externer hätte eine heiße Geschichte am Wickel, würde er einen Teufel tun, es ihm auf die Nase zu binden. Schließlich ging es um die Honorare für Text und Bilder. Was also bezweckte Gregory?

»Schwer zu sagen«, antwortete Tom. »Vielleicht ein Gewaltverbrechen, aber vielleicht auch bloß ein Unfall…«

»Hast du noch mehr Fotos?«

»Klar. Aber mehr als zwei zur Auswahl braucht ihr ja nicht.«

Gregory nickte. »Jetzt noch nicht, nein. Aber ich sage dir was.« Er machte eine verschwörerische Geste, als wolle er Tom heranwinken. »Ich will, dass du an der Sache dranbleibst! In zwei Wochen beginnt die MedExpo. Während der ganzen Messe werden die Zeitungen voll sein mit Ankündigungen, Anzeigen und Artikel zum Thema Gesundheit, es wird internationale medizinische Fachtagungen in den Hotels geben, Experten-Interviews, Talkshows, der ganze Budenzauber. Bis dahin wollen wir uns ein bisschen munitionieren. Du weißt schon, die Privatisierung der Krankenhäuser noch mal thematisieren, Skandale im Pflegesektor, und eine Story mit abgerissenen Füßen, die die Elbe runtertreiben und den Touristen auf die Strandlaken gespült werden, wäre wirklich passend.« Er legte seine Hände zusammen. »Leider ist dein Bericht dafür noch ein bisschen dünn.«

Tom lächelte künstlich. »Und soll ich mir jetzt noch ein paar mehr Extremitäten aus dem Arsch ziehen oder was?«

Der Chefredakteur schüttelte den Kopf. »Tom, Tom, nein, natürlich nicht. Aber ich kann mir vorstellen, dass man da ein bisschen mehr Fleisch dran bekommt.« Er grinste. »Oha, böses Wortspiel, was? Wie auch immer, also ich will, dass du die Sache im Auge behältst. Wo kam der Fuß her, wo ist er jetzt, wem hat er mal gehört, und warum ist er ab? Na, du weißt schon. Ich will sehen, ob wir da noch einen Hebel ansetzen können. Okay?«

Tom winkte ab. »Also wirklich, mein Kalender ist dicht, weißt du. Ich kann jetzt nicht irgendeiner Idee hinterherlaufen, wenn ich meinen Schnitt machen will.« Er machte eine Pause. »Wäre natürlich was anderes, wenn es eine Auftragsarbeit werden soll…«

»Weißt du was?«, warf Gregory ein. »Warum nicht? Wir machen einen Auftrag draus. Achthundert für den Artikel, fünftausend Zeichen. Mit Zitaten aus offiziellen Quellen, Wasserschutzpolizei, Kripo oder so was, bis nächste Woche Dienstag.«

»Eins fünf.«

»Tausend.«

»Tausend und zweihundert pro Foto.«

Gregory schwieg einen Moment. »Einverstanden«, sagte er dann und reichte seine Hand über den Schreibtisch. »Und das, was du bisher abgegeben hast, das ist natürlich inklusive. Das nehme ich jetzt schon mal rein.«

Als Tom das Gebäude verließ, grinste er breit. Er wollte der Geschichte sowieso noch mal nachgehen, und ein anderes Thema hatte er ohnehin gerade nicht in Aussicht. Gregory hatte sich jetzt zwar das heutige Material kostenlos ergaunert, aber der Rest des Honorars war in Ordnung. Vor allem, weil Tom nicht vorhatte, sich übermäßig anzustrengen. Jedenfalls nicht mehr heute.

Kapitel 2

Tagebuch von Marie Thomas – Brasilien, 12. Mai

Ich verbrachte den Rest des heutigen Vormittags mit Tätigkeiten, die wie ein Nebel an mir vorbeizogen. Ich erinnere mich daran, dass ich, nachdem ich aus dem Fluss gekommen und wieder zurück im Camp war, eine Rastlosigkeit spürte und mich sofort um viele Dinge kümmerte, kleine, nutzlose Dinge. Vermutlich war es eine natürliche Reaktion, um mich abzulenken, um die Bilder in meinem Kopf auszublenden und das Gefühl des intensiven Ekels loszuwerden, das mich befallen hatte.

Erst eine gute Weile nach dem Mittagessen, von dem ich kaum etwas anrührte, konnte ich wieder etwas klarer denken und erkundigte mich, ob die anderen am Fluss etwas erkannt hatten.

Christian, der neben mir saß, sagte, sie hätten die Leiche herausgeholt und wollten sie noch untersuchen, bevor die Polizei aus Manaus kam, der sie den Vorfall gemeldet hatten. Als er fragte, ob ich Lust hätte, sie mir anzugucken, war mein erster Impuls »Mein Gott, nein!«, aber irgendwie ließ mich der Gedanke danach nicht mehr los. Ich überlegte, ob es mir nicht helfen würde, mein Erlebnis zu überwinden, wenn ich dem albtraumhaften Objekt nun noch einmal, vorbereitet, auf neutralem Boden und gemeinsam mit anderen Ärzten gegenübertreten würde. Und schließlich bin ich ja selbst mehr oder weniger Ärztin, und die Karriere mit einem solchen Trauma im Gepäck zu beginnen, ist sicherlich keine gute Idee.

Also habe ich Christian am Nachmittag noch einmal angesprochen, als er gerade mit seiner Visite fertig war. Gemeinsam sind wir in den Lagerraum neben dem Generatorhäuschen gegangen.

Elvira kam gerade mit einem Mundtuch und zwei leeren Eimern aus dem Lager. Christian und ich gingen hinein.

Für ein so abgelegenes Camp der Ärzte ohne Grenzen ist es ein Luxus, gemauerte Räume mit Türen und Wellblechdächern zur Verfügung zu haben, die der Regenzeit standhalten können. Aber dieser Lagerraum wird selten verwendet, weil der Gestank des Diesels von nebenan die meiste Zeit herüberzieht und sich in allem, was hier gelagert wird, festsetzt. Heute war ich froh über den vertrauten Geruch nach Maschinenraum und Tankstelle. Üblicherweise macht er die schwül-heiße Luft des Regenwaldes noch unerträglicher, nun aber war er etwas, an dem man sich festhalten konnte, eine Verankerung in der Normalität, ein Parfum der Sachlichkeit.

In der Mitte des Raums haben sie einen Tisch aufgebaut, auf dem die Leiche liegt. Sie ist mit schweren Tüchern bedeckt, die von Elvira und einigen anderen der Indios regelmäßig mit Wasser übergossen und getränkt werden. Ich bemerkte, dass sich unter dem Tisch eine stinkende Pfütze gesammelt hat, denn was von oben herabtropft, ist nur zum Teil das von den Tüchern aufgesaugte Wasser; es ist gemischt mit anderen Sekreten, die dem faulenden Leichnam entrinnen. Neben dem Tisch stehen zwei Standventilatoren, die mit größter Kraft über das Konstrukt blasen, um so ein wenig Verdunstungskälte zu erzeugen und alle Gerüche aus den geöffneten Fenstern hinauszupusten. Wir haben nur zwei Kühltruhen hier im Camp, und die sind natürlich für die Medikamente gedacht. Außerdem wären sie zu klein. Eine ganze Leiche – auch in Einzelteilen – können wir nicht aufbewahren. Aber bei dreißig Grad im Schatten und einer Luftfeuchtigkeit von über neunzig Prozent muss man sich etwas einfallen lassen, wenn man totes Fleisch und Eingeweide vor dem weiteren Verwesen bewahren soll, bis die Polizei ein oder zwei Tage später eintrifft. Falls sie überhaupt kommt.

Mehr als ein paar Grad kann der Aufbau den Körper nicht abkühlen, und die Ventilatoren sorgen dafür, dass der faulige Gestank im ganzen Raum herumgewirbelt wird.

Ich tat einen Schritt zurück.

Christian nickte und sagte, es sei in der Tat ziemlich unangenehm, aber sehr interessant und die beste Chance, etwas zu lernen.

Ich versuchte, mich auf Christian zu konzentrieren, mein Studium, meine Bücher. Ich wollte nicht ergründen, warum die Fäulnis etwas Süßliches an sich hatte und ob ich eher etwas Käsiges oder Säuerliches herausriechen konnte. Aber jene entsetzlichen Dünste, die den verrottenden Eingeweiden der verdeckten Leiche entstiegen waren, wanden und bohrten sich unbarmherzig durch meine Nase in mein Hirn, verdrängten alles andere. Rationale Gedanken waren unmöglich. Ich erstarrte nahezu. Nicht umsonst ist das olfaktorische System durch Hypothalamus und Hippocampus direkt mit Erinnerungen und Emotionen verbunden. Die Natur sorgt dafür, dass die Präsenz des Todes unmittelbar zu spüren ist, sämtliche vegetativen Alarmsensoren melden akute Lebensgefahr, das Rückenmark lädt sich funkensprühend elektrisch auf wie eine gigantische Spule, Millionen Impulse rasen durch den Körper, alle Muskeln bereiten sich in panischer Todesangst auf Flucht oder Totalausfall vor.

Ungeachtet der Urwaldhitze fühlte ich, wie sich eine Eiseskälte in mir ausbreitete, so als würde mir Kleidung und Haut vom Leib gerissen werden und als liefe eisiger Sirup über meinen Rücken.

Christian trat schnell auf mich zu und hielt mich fest. Er sagte mir hinterher, er habe nie zuvor gesehen, wie ein Mensch innerhalb von Sekundenbruchteilen erst grau und dann weiß wie eine Marmorsäule wurde. Hätte er mich nicht gehalten, wäre ich umgekippt und auf den Boden geschlagen.

Café Transmontana, Schanzenviertel,
Hamburg, 19. Juli

Ben trat mit vier Gläsern Milchkaffee aus dem Inneren des Cafés und ging zu einem der Biergartentische hinüber, die auf der Promenade aufgestellt waren. Er stellte die Gläser ab und verteilte sie an seine Freunde, als er Juli entdeckte. Sie saß in einiger Entfernung und war in ihre Notizen vertieft.

»Die Toasts kommen gleich«, sagte er an die anderen gewandt. »Ich bin gleich wieder da.«

Er ging durch die Reihen der Tische, die am Vormittag nur zur Hälfte besetzt waren, und nahm ihr gegenüber Platz. Ihre kurzen braunen Haare hingen ihr wie ein Vorhang um ihr Gesicht, während sie in ein Moleskine-Buch schrieb.

Er hatte Juli etwa ein Jahr zuvor auf einer Party kennengelernt, eine dieser halboffiziellen Agenturpartys, wo man nur rein kam, wenn man von jemandem mitgenommen wurde, der jemand kannte. Aber im Grunde war dies nicht weiter schwer, denn die Szene war verhältnismäßig klein, und selbst als Student bekam man schnell Anschluss, weil die Hälfte der Agenturleute ohnehin Studenten waren, die eigentlich noch ihr Diplom machen wollten, aber sich in Wahrheit schon seit Jahren als feste Freie die Überstunden um die Ohren schlugen in der Hoffnung, irgendwann einmal von einer der großen Agenturen übernommen zu werden. Juli war ihm aufgefallen, weil sie etwas abseits auf einer Couch gesessen hatte. Nicht im üblichen Agenturstil aufgemacht, sondern dezent lässig und ohne den alternativen Studentenlook. Auch die Tatsache, dass sie nicht von einem Haufen Werbetexter oder Webdesigner umgeben war, zeigte ihm, dass sie irgendwie nicht dazugehörte. Sie strahlte eine Selbstsicherheit aus, die vermutlich schon ausreichte, um die allzu schlichten Anbaggerversuche der Meute fernzuhalten.

Ben hatte sie eine Weile beobachtet, wie sie sich immer wieder mit wechselnden Gesprächspartnern abgab, die sich zu ihr gesellen wollten. Sie wirkte dabei offen, aber unverbindlich, und Ben stellte amüsiert fest, wie viele nach einer Weile etwas steif und mit hochgezogenen Augenbrauen abzogen, um sich anderswo nach Amüsement umzusehen. Juli, so schien es ihm, lächelte dabei leise in sich hinein, schien ganz zufrieden mit ihrer Rolle und hatte es wohl auch nicht auf nähere Kontakte abgesehen. Es war ihm klar, dass er sie kennenlernen musste. Seine erste Lektion lernte er, als er sie mit einem »Hi, ich bin Ben. Na, arbeitest du hier?« ansprach und »Bisschen trockene Luft hier« als Antwort bekam.

»Äh, ja, kann ich dir etwas zu trinken bringen?«

»Muss dir ja wichtig sein.«

»Keine Ahnung. Sollte es?«

»Deine Entscheidungen musst du schon selbst treffen.«

Perplex wandte er sich ab und entschied sich, sie einfach sitzen zu lassen. Aber natürlich nagte es an ihm, und eine Viertelstunde später passte er eine Pause ab, in der gerade niemand in ihrer Nähe stand und sie gelangweilt aus einem Fenster sah. Mit zwei Flaschen Bionade ging er zu ihr.

»Ihre Bestellung, Miss Untouchable.«

Sie nahm die Flasche entgegen. »Das war ja irre witzig.«

»Ist mir nicht aufgefallen«, gab er zurück. Dann setzte er sich ihr gegenüber in ein Fat-Boy-Kissen und starrte wortlos aus dem Fenster.

Nach fünf schweigsamen Minuten stellte sie ihre leere Flasche auf den Tisch.

»Das war gerade das intelligenteste Gespräch heute Abend«, sagte sie. »Danke für die Limo.«

»Muss dir ja wichtig sein«, entgegnete er mit einem Seitenblick auf sie.

Sie lachte auf. »Oh, ein Elefantenhirn. Was meinst du denn?«

»Dass du intelligente Gespräche führen kannst, ist dir wohl wichtig.«

»Dir nicht?«

»Ich höre mir den ganzen Tag intelligente Gespräche an, da kann ich abends gerne mal drauf verzichten.«

»Tja, tut mir leid, wenn ich dich langweile.«

Jetzt wandte sich Ben ihr zu. »So meinte ich es nicht.«

»Nein?«

»Ich studiere Jura und werde den ganzen Tag zugequatscht.«

»Medizin. Ich bin Juli.«

Er lächelte. »Nett. Heißt das, wir unterhalten uns jetzt?«

»Sieht wohl so aus, hm?«

»Ich frage mich, was du hier machst. Hast du etwas mit der Agentur zu tun? Ein Partytiger scheinst du ja nicht gerade zu sein.« Augenblicklich biss er sich auf die Zunge. Aber sie blieb gelassen.

»Bin ich nicht, stimmt. Und die Agentur kenne ich auch nicht. Im Programmkino ist ein tschechischer Kunstfilm mit finnischen Untertiteln ausgefallen, also wusste ich nicht, was ich sonst tun sollte.«

Ben zögerte. »Das meinst du jetzt nicht ernst.«

Juli sah ihn ausdruckslos an. »Meine ich nicht?«

Abermals stockte er. Dann sah er, wie Juli zwinkerte und grinste. »Nein, meinst du nicht!«

»Stimmt«, gab sie zu. Es folgte eine Pause. Dann setzte sie nach: »Es waren slowakische Untertitel.«

Nun lachte Ben auf, und so hatten sie sich kennengelernt.

In den folgenden Monaten waren sie in losem Kontakt geblieben und hatten sich immer mal wieder getroffen und sogar das eine oder andere Mal verabredet. Niemals allein, so weit ging die Freundschaft nicht, aber wenn sich eine kleine Gruppe fand, die im Stadtpark grillen wollte oder sich ein paar Kajaks für die Fleete auslieh, rief er sie an, und manchmal kam sie mit.

Ganz schlau war er nie aus ihr geworden. Er stellte nur fest, dass sie ebenso intelligent wie kritisch und äußerst zielstrebig war und auf lose Beziehungen und oberflächliche Freundschaften wenig Wert legte. Er hatte sich schnell eingestanden, dass sie ihm in ihrer Art überlegen und irgendwie eine Nummer zu groß war. Was sie suchte oder gebraucht hätte, war nichts, das er ihr bieten könnte, obwohl sie nur wenig älter war als er selbst, sechsundzwanzig höchstens. Er schätzte sie als Person, und wenn er ehrlich war, war sie die einzige Frau in seinem Bekanntenkreis, mit der er nicht verwandt war und die er trotzdem nie ins Bett bekommen wollte. Nun hatte er seit langer Zeit nichts mehr von ihr gehört, und als er sie im Café sitzen sah, musste er sie begrüßen.

»Hey, Juli. Wie geht's?«

Sie schreckte auf. »Hi.«

»Arbeit für die Uni?«

Sie klappte das Notizbuch zu. »Nein, eigentlich nicht.«

Ben deutete hinter sich. »Wir sitzen dahinten, willst du nicht zu uns kommen?«

»Danke, aber heute nicht.«

»Ich habe lange nichts mehr von dir gehört«, sagte er, setzte sich und zündete sich eine Zigarette an. »Ich dachte schon, du bist gar nicht mehr in Hamburg.«

»Doch, bin ich. Aber ich bin die meiste Zeit am UKE.«

Er nickte.

»Wie sieht's denn am Wochenende aus, hast du vielleicht mal Lust, mitzukommen, wenn etwas läuft?«

»Ehrlich gesagt... vermutlich nicht.«

»Ist was los?«

»Nein, ich habe im Moment nur wirklich keinen Kopf für Ablenkungen. Tut mir leid.«

Er zuckte mit den Schultern. Da war nichts zu machen. Sie zu überreden, würde nicht gelingen, und im Grunde wollte er ihr auch nicht hinterherlaufen.

»Darf ich?«, fragte er und streckte seine Hand nach ihrem Stift aus. Er schrieb seine Telefonnummer auf ein Streichholzbriefchen aus seiner Tasche. »Wenn du mal wieder Lust hast, kannst du ja anrufen, okay?«

Sie nahm das Briefchen und den Stift entgegen. »Alles klar, ich werde dran denken.«

Ben stand auf. »Gut, ich gehe dann mal wieder zu meinen Leuten. Mach's gut und lass dich nicht stressen.«

»In Ordnung. Bis dann.«

Als Ben gegangen war, sah Juli ihm nur kurz hinterher. Dann schloss sie die Augen und suchte Anschluss an die

Gedanken, die sie zuvor beschäftigt hatten. Tatsächlich wünschte sie nichts lieber, als sich den unbeschwerten Studentenvergnügungen hingeben zu können. Ben war ein netter Kerl, und die meisten Leute, mit denen er seine Zeit verbrachte, waren halbwegs vernünftig und nicht allzu simpel gestrickt. Aber nicht nur war ihr Studium anspruchsvoller geworden, auch hatten sich die Sorgen der letzten Wochen wie eine alles erstickende Decke um sie gelegt. Die praktische Arbeit im Krankenhaus half ihr zwar, einen geregelten Tagesablauf einzuhalten und sich zu konzentrieren, aber in den Zeiten dazwischen fühlte sie sich haltlos. Sie schlafwandelte durch den Tag, ihre Gedanken kreisten immer wieder um Maries Briefe, ihre Begeisterung, ihre Gedanken, Ideen, Erlebnisse und schließlich ihr entsetzliches Schweigen. Die Behörden, die Kollegen und auch ihre Eltern beruhigten sie, aber Juli fühlte, dass etwas nicht stimmte. Die besondere Verbindung zu ihrer Schwester war gekappt. Und es schien nichts zu geben, das sie tun konnte.

Juli blickte ziellos umher, bis ihr eine Tageszeitung ins Auge fiel, die jemand auf dem Tisch neben ihr liegen gelassen hatte. Sie nahm sie an sich und blätterte hindurch. Das Tagesgeschehen der Stadt ließ sie unberührt, ebenso wie die internationalen Meldungen über Krisenherde und politische Gespräche. Automatisch nahm sie die zunehmende Zahl von Werbeanzeigen zur Kenntnis, die sich um Medikamente, neue Therapiemethoden und private Kliniken drehten, Schönheitschirurgie, Augenlaser und Ganzkörper-Epilationslabors. Man bereitete sich offenbar auf die kommende Medizin- und Gesundheitsmesse vor.

Und dann blieb ihr Blick an einem Artikel hängen, der ihr einen Schauer über den Rücken jagte.

Sie las ihn, studierte das Bild und las ihn ein zweites Mal. Es waren nur wenige Zeilen, und sie fragte sich, ob ihre Verzweiflung sie Gespenster sehen ließ. Dennoch schrie etwas in ihr auf. Es war, als seien diese Zeilen nur für sie geschrieben, als höre sie Maries Stimme.

Hastig legte sie ein paar Münzen auf den Tisch, raffte ihre Sachen in ihre Tasche, stopfte die Zeitung dazu und machte sich auf den Weg zum Auto.

Die Plätze auf der Sonnenterrasse des Beachclubs waren schon wieder zur Hälfte gefüllt, obwohl es noch nicht Mittag war. Tom hatte erwartet, nach dem Vorfall am Tag zuvor irgendwelche Absperrungen vorzufinden, aber das war nicht der Fall; das Leben nahm hier weiter seinen Lauf, als sei nichts passiert. Nun, vielleicht war man hier sogar ganz froh, dass der Klub mal wieder in der Presse erwähnt wurde, und die jetzigen Besucher waren aus Sensationsgier gekommen. In der morbiden Hoffnung, noch einen zweiten Schuh vorbeitreiben zu sehen.

Tom ging zum Gebäude des DLRG und trat durch die offen stehende Tür.

»Kann ich Ihnen helfen?«, fragte ein junger Mann.

»Ja, ich habe mich gestern mit einem Ihrer Kollegen unterhalten. Etwas größer als Sie, kurze blonde Haare, Medizinstudent. Ist er hier?«

»Sie meinen vermutlich Frank. Oder Robert, der studiert auch Medizin, meine ich. Sind aber beide heute nicht hier.«

»Gibt's vielleicht eine Möglichkeit, die beiden zu erreichen? Eine Handynummer oder so?«

»Die Privatnummern dürfen wir nicht rausgeben. Ich kann sie höchstens selbst anrufen und ihnen sagen, dass Sie sie sprechen möchten … Um was geht es denn?«

»Ich war gestern hier, als der Fuß angespült wurde. Der Artikel und das Foto sind von mir. Ich hätte noch ein paar Fragen gehabt.«

»Dann sind Sie Journalist, hm? Aber die Polizei war gestern schon hier, nachdem wir den Vorfall gemeldet hatten. Die kümmert sich darum.«

»Wissen Sie denn, was mit dem Fuß passiert ist?«

»Den haben sie mitgenommen, um ihn zu untersuchen. Müssen ja herausfinden, von wem er ist. Ich glaube, sie wollten auch DNA-Analysen von Gewebeproben machen lassen oder so was.«

»Sie haben vermutlich keine Ahnung, wo, oder?«

»Nein, das müssen Sie die Polizei fragen. Aber wissen Sie denn, was es mit dem Fuß auf sich hat? Scheint ja recht wichtig zu sein, hm? Heute war schon eine Frau hier, die wollte das Gleiche wissen.«

Ärgerlich!, dachte Tom. »Hat sie gesagt, von welcher Zeitung sie kam?«

»Nein. Aber wenn's Ihnen um eine Story geht, sollten Sie sich jetzt beeilen. Immerhin hat sie eine gute Stunde Vorsprung.«

Tom machte sich nicht die Mühe, in die Stadt zu fahren, um der Sache nachzugehen. Stattdessen rief er bei der für Öffentlichkeitsarbeit zuständigen Stelle der Hamburger Polizei an und fragte sich durch. Schließlich hatte er jemand gefunden, der den Vorfall kannte und dem erklärte er, er wolle einen Bericht über die Sache schreiben, und ob es eine Möglichkeit gäbe, das fragliche Leichenteil einmal zu sehen. Natürlich stand das außer Frage, aber die Antwort war trotzdem hilfreich: Der Fuß oder das, was davon übrig war, befand sich im Rechtsmedizinischen Institut des Universitätsklinikums Eppendorf zur Analyse. Das war alles, was Tom wissen wollte.

Kurz nachdem Tom das Gespräch beendet hatte, erhielt Hauptkommissar Berger ein Memo per E-Mail. Er öffnete die Nachricht, überflog den Inhalt und verzog das Gesicht. Dann machte er sich einige Notizen. Er setzte eine Anweisung auf, ihm die verfügbaren Informationen über Tom Hiller zusammenzutragen. Schließlich schrieb er eine weitere E-Mail. Sie war adressiert an den Polizeipräsidenten und an dessen direkten Vorgesetzten, den Hamburger Innensenator. Berger hoffte, dass die Nachricht ihre Wirkung nicht verfehlte und die richtigen Räder in Bewegung setzen würde.

Eine dreiviertel Stunde später lief Tom über das weitläufige Gelände des Universitätsklinikums und suchte Haus N81. Zwischen den zahllosen Bürogebäuden und Grünflächen durchquerten zahlreiche Straßen und sogar ein Shuttlebus die Anlage. Das Gelände war so groß, wie man es sonst nur von geschlossenen Industriekomplexen kannte.

Am zweistöckigen Gebäude des Rechtsmedizinischen Instituts erwartete ihn eine mit Chipkarte gesicherte

Glastür, die ihm ein Pförtner von innen mit einem Summer öffnete.

Als Tom an den Empfangstresen trat, war dort bereits eine junge Frau im Gespräch. Er blieb ein Stück weit zurück und sah sich um. Das Ganze wirkte eher wie eine Behörde als wie ein Gebäude, in dem Leichen aufgeschlitzt und zerteilt wurden. Tom war nicht zimperlich, aber der Gedanke daran ließ einen Schauer über seinen Rücken laufen. »… ist der Fuß denn hier eingetroffen?«

Tom fuhr herum. Sprach die Frau über *den* Fuß?

»Du weißt doch, dass ich darüber keine Auskunft geben darf«, antwortete der Mann hinter dem Tresen.

»Mensch, Frank, du kennst mich doch. Ich möchte nur wissen, wer daran arbeitet.«

Der Mann schüttelte den Kopf. »Ich kann dir echt nicht helfen. Vielleicht, wenn du Professor Heide fragst, aber der ist erst morgen wieder da.«

Die Frau blieb noch einen Augenblick unschlüssig stehen.

»Wirklich, Juli«, wiederholte er. »Komm einfach morgen noch mal, dann kann ich den Professor für dich erreichen.«

»Na gut.« Sie nickte. »Danke trotzdem.« Dann wandte sie sich um und wäre beinahe mit Tom zusammengestoßen. Dabei rutschte ihre Tasche von der Schulter und fiel zu Boden. Ein Stapel Zeitschriften, Blöcke und allerlei kleinere Utensilien schlitterten heraus.

»Oh, tut mir leid«, sagte Tom. Er bückte sich und half ihr dabei, die Gegenstände einzusammeln. Sofort fielen ihm einige Details auf: *Harvard Business Manager, Spek-*

trum der Wissenschaft, Newsweek. Spiralblöcke mit gelochtem Rand, ein abgegriffenes Moleskine-Notizbuch, ein Federmäppchen, ein Portemonnaie, ein Handy. Keine losen Accessoires wie Lippenbalsam, Handcreme, Bürste oder Tampons. Vermutlich eine dieser unausstehlich streberhaften Studentinnen, die zum Lachen in den Keller gingen und lieber als Mann auf die Welt gekommen wären.

»Danke«, sagte die junge Frau, während sie die Sachen entgegennahm und alles wieder einpackte. Sie nickte ihm noch einmal zu, dann ging sie zur Tür.

»Warten Sie!«, rief Tom ihr hinterher, der noch ein Streichholzbriefchen auf dem Boden entdeckte. »Hier sind noch Ihre Streichhölzer.«

Sie drehte sich um, zögerte offenbar, ob sie noch einmal zurückkommen sollte, winkte aber schließlich ab. »Danke, aber ... ach, behalten Sie sie ruhig.« Dann war sie verschwunden.

Tom zuckte mit den Schultern. Er lehnte sich mit einem Arm auf den Empfangstresen, sah der Frau durch die Glasfront hinterher und wandte sich dann wie beiläufig an den Portier.

»Sind eigentlich alle hinter diesem verdammten Fuß her? Kaum steht mal was in der Zeitung ... unfassbar.« Er setzte eine ernste Miene auf. »Tom Hiller. *Doktor* Hiller. Professor Heide schickt mich«, erklärte er dann. »Er möchte die Befunde über diesen Fuß vom Elbstrand geschickt bekommen. Per Mail oder Fax. An wen muss ich mich wenden?«

Der Mann sah ihn ausdruckslos an. »Ich sage ihm Bescheid«, meinte er. »Dann kann er selbst runtergehen und sie sich im Labor abholen.«

»Abholen? Aber wieso ist er hier? Er hat mich doch vor einer halben Stunde angerufen …?«

»Wohl kaum.«

»Aber Sie haben doch eben selbst gesagt, dass er erst morgen zurückkommt.«

»Weil er den ganzen Tag in einer Sitzung im ersten Stock ist.«

»Dann …«, Toms Gedanken kreisten wild. »Dann hat er mich vermutlich auch gar nicht angerufen …?«

»Vermutlich.«

Tom schlug mit der Hand auf den Tresen und sprach halblaut zu sich selbst. »Verdammt, Denis, du Bastard.« Und wieder an den Portier gerichtet: »Tut mir leid, mein Kollege aus der Urologie hat sich wohl einen Spaß erlaubt. Macht er öfter, seit er mich mal untersucht hat. Hat vermutlich tiefenpsychologische Gründe. Neidreaktion, wissen Sie.«

Der Portier reagierte nicht.

Tom verzog den Mund zu einem künstlichen Grinsen, dann verließ er das Gebäude und machte sich auf den Weg in seine Wohnung.

Tom lehnte sich zurück und streckte sich. Die Recherche im Netz hatte ihm keine brauchbaren Hinweise geliefert. Ähnliche Fälle gab es in Hamburg keine, und auch über die seltsame Violettfärbung des Fleisches war nichts in Erfahrung zu bringen. Er würde einen Experten zurate ziehen müssen. Dazu war es nun allerdings zu spät.

Er stand auf, ging zum Kühlschrank und holte sich ein Bier. Zurück im Wohnzimmer steckte er sich eine Zigarette an. Dabei fiel sein Blick auf das Streichholzheftchen, das ihm die Frau im UKE überlassen hatte. Eine Mobilnummer stand auf der Rückseite.

Also gut, überlegte er, wenn es eine deutliche Anmache gab, dann war es wohl diese. Andererseits hatte sie nicht so ausgesehen. Und Zeit, die Nummer extra für ihn aufzuschreiben, hatte sie auch nicht gehabt. Oder hatte sie ihn schon länger beobachtet und wollte ihn kennenlernen?

Er nahm einen Schluck.

Hässlich war sie nicht gewesen. Und vielleicht konnte sie ihm durch ihre Kontakte am UKE sogar weiterhelfen?

Einen Versuch war es wert, entschied er, was auch immer dabei heraussprang.

»Ja, hallo?«, ertönte eine männliche Stimme am anderen Ende der Leitung.

Mist, fluchte Tom innerlich. Jetzt hatte er ihren Kerl am Apparat. Er räusperte sich. »Äh, ja, hallo, hier ist Tom Hiller. Ich suche eine Frau und habe nur diese Nummer hier …«

»Was ist das denn für ein Quatsch?«

Tom improvisierte. »Ich habe eine Tasche gefunden, eine Handtasche, und ich möchte sie zurückgeben.«

»Eine Handtasche? Und da war kein Ausweis drin?«

»Äh, nein, lag im Graben, ausgeräubert, bestimmt gestohlen. Kein Portemonnaie oder so. Die Nummer stand auf einem Streichholzheftchen, das noch drin war.«

»Streichhölzer, sagen Sie?«

»Ja genau.«

»Wie sehen sie denn aus?«

»Blau. Steht NIL drauf.«

»Okay... ja, die sind von mir. Und die Nummer auch, wie Sie sehen. Aber die Handtasche können Sie behalten, danke.«

»Wissen Sie, wem die Tasche gehört?«

»Na, einer unbekannten Blonden habe ich sie bestimmt nicht zugesteckt, wenn Sie das meinen.«

»Hören Sie, ich würde die Frau gerne kontaktieren. Sicher möchte sie ihre Tasche wieder zurückhaben.«

»Tja, tut mir leid, aber ich kann mir vorstellen, dass sie nicht drauf steht, wenn ich ihre Nummer weitergebe... wir machen es anders, okay? Ich schreibe mir Ihre Nummer vom Display ab und sage ihr Bescheid, dann kann sie sich melden.«

Und die Handtaschenstory fliegt auf, dachte Tom. »Also mir wäre es wirklich lieber, wenn ich...«

»Nein, kommt nicht infrage. Ich sage ihr Bescheid. Kann aber auch morgen werden. Also...«

»Gut, danke...«

Entnervt setzte Tom sein Bier an, da klingelte sein Telefon.

Überrascht hob er ab.

»Hallo, bin ich da richtig bei Tom Hiller?«, fragte eine Frauenstimme.

»Ja, ganz recht.«

»Mein Name ist Julia Thomas«, erklärte die Frau. »Ich rufe an wegen des kurzen Artikels über den abgerissenen Fuß, der am Elbstrand gefunden wurde. In der Redaktion sagte man mir, Sie hätten ihn geschrieben.«

»Eine Privatnummer hat man Ihnen dort aber sicher nicht gegeben.«

»Nein, aber im Telefonbuch gibt es nur einen Tom Hiller, der sich als Journalist hat eintragen lassen.«

»Verstehe. Und um was geht es?« Ihm kam ihre Stimme bekannt vor.

»Dann ist der Artikel also von Ihnen?«

»Ja.«

»Können Sie mir noch mehr über den Fund erzählen? Hat man ihn schon untersucht?«

»Es gibt noch keine offiziellen Aussagen ...« *Konnte es die Frau aus dem UKE sein?*

»Ja, ich weiß. Aber wissen Sie vielleicht schon mehr?«

»Ich bin Journalist«, holte Tom aus, »ich habe immer meine Quellen. Und verdiene damit mein Geld. Ich wüsste nicht, warum ich Ihnen davon erzählen sollte.«

»Sind noch andere Teile gefunden worden außer diesem Fuß?«

»Gestern war es nur der Fuß. Aber inzwischen waren Taucher vor Ort.« Das war zwar glatt gelogen, machte die Geschichte aber deutlich spannender, fand Tom.

»Und?«

»Ich darf es Ihnen nicht sagen. Aber warum warten Sie nicht einfach meinen nächsten Artikel ab?«

»Mir ist es wirklich wichtig! Ich arbeite am UKE, und dieses Vorkommnis betrifft möglicherweise mein Studiengebiet.«

»Warum wenden Sie sich dann nicht ans Rechtsmedizinische Institut? Dort wird sicher an der Sache gearbeitet.«

»Dort war ich schon. Aber der Professor, der mir helfen könnte, ist erst morgen wieder da.«

Bingo, das ist sie! Was für ein Glück, dass sie sich bei ihm gemeldet hatte, nun konnte er sie sogar ein wenig zappeln lassen.

»Tja, dann müssen Sie sich vielleicht etwas gedulden – falls man Ihnen dort überhaupt Informationen gibt.«

»Im Artikel ist eine Verfärbung erwähnt«, fuhr die Frau unbeirrt fort.

»Ja, das kommt schon mal vor.«

»Sagen Sie, waren Haut und Gewebe leicht violett?«

Die Frage ließ Tom zusammenzucken. Wusste sie etwas von ähnlichen Fällen? Oder hatte die Verfärbung eine besondere medizinische Bedeutung? Ganz offenbar war sie ebenso wie er auf einer Spur.

»Die Art der Verfärbungen ist polizeiliche Verschlusssache«, sagte er. »Wie ich schon sagte, darf ich Ihnen keine weiteren Details geben …« Er machte eine bedeutungsvolle Pause. »Ich müsste mehr über Sie wissen und was Sie mit den Informationen anfangen möchten.«

»Ich … Ich schreibe meine Dissertation über spezielle pathologische Phänomene … Das führt zu weit, wenn ich das jetzt alles erkläre.«

Tom spürte, dass das nicht die Wahrheit war. Er musste sie dazu bringen, ihm weiterzuhelfen, ihn vor allem an die Daten aus dem Institut bringen. Aber dazu musste er auch etwas anzubieten haben. Und das war leider nicht der Fall.

»Ich bin einer kriminalpolizeilichen Sache auf der Spur«, fabulierte er, »ein paar mehr Informationen habe ich also durchaus. Die aktuellen Untersuchungsergebnisse der Pathologie könnte ich aber ehrlich gesagt noch gebrauchen …«

»Wenn ich morgen mehr erfahre, können wir uns ja vielleicht austauschen?«

»Na ja, ich weiß nicht, in ein paar Tagen bekomme ich die Daten ohnehin …«

»Aber nicht so schnell, richtig? Wie wäre es, wenn wir uns morgen treffen? Vielleicht können Sie ja sogar mitkommen zum UKE?«

Tom schaute zur Decke. »Mein Terminkalender ist ziemlich voll. Ich weiß gar nicht, ob ich morgen Zeit hätte … also da wäre höchstens gegen halb elf eine Lücke …«

»Halb elf ist prima! Treffen wir uns direkt beim Institut?«

»Ja, gut.« Er zog die Worte in die Länge, um eine Resignation anzudeuten.

»Also dann, bis morgen!« Sie legte auf.

Geschafft! Fast lachte er laut auf. Die Kleine schien es ganz besonders eilig zu haben. Umso besser!

Kapitel 3

Tagebuch von Marie Thomas –
Brasilien, 12. Mai

Christian führte mich aus dem Lagerraum und stützte mich, während ich mich auf den Boden setzte und an die Außenwand lehnte.

Er scherzte noch, dass ich wohl doch mehr zu Mittag hätte essen sollen, aber mir war nicht nach Scherzen zumute, und der Gedanke an Essen ließ meine Eingeweide nur noch mehr zusammenziehen. Der widerwärtige Leichengestank hatte mich noch immer in seinem Griff, schien nicht aus meiner Nase weichen zu wollen. Ich versuchte tief einzuatmen, so tief es in einem Klima möglich ist, das einer Waschküche gleicht, und es dauerte bestimmt zehn Minuten, bis sich mein Kreislauf beruhigt hatte.

Mir war klar, dass ich eine lausige Figur abgab, und auch wenn Christian sich um mich kümmerte, mir sogar ein Glas Fruchtsaft holte, wusste ich, dass sich meine Reaktion in Windeseile verbreiten und ich zum Gespött des ganzen Lagers werden würde.

Ich saß da und haderte, ob ich es nun dabei bewenden lassen oder einen zweiten Anlauf wagen sollte. Würde ich etwas beweisen, wenn ich mir die Leiche erneut ansah und auf den Boden kotzte? Wie arbeiteten Pathologen, die mit derart stark verwesten menschlichen Überresten konfrontiert wurden? Was taten Bestatter, wenn sie eine Leiche exhumieren mussten, einen Zinksarg ans Tageslicht holten und ihnen der Inhalt als dunkel vergorener Sirup entgegenschwappte?

Ich kenne das nur aus Erzählungen und bin dem – wie ich mir gerade eingestehen muss – in meinem Studium immer ausgewichen. Aber allzu oft gab es solche Extremsituationen auch nicht, und ich überlegte, ob Christian nicht vielleicht recht hatte; hier gab es tatsächlich etwas zu lernen. Doch nach dem wenigen, das ich gesehen und gerochen hatte, war hier nicht mehr viel übrig, aus dem medizinische Erkenntnisse zu ziehen waren. Aber ich konnte etwas über mich selbst lernen. Wie gut würde es mir gelingen, mich meinem Ekel zu stellen? Mir die natürlichen biologischen und chemischen Prozesse vorzustellen, die Verwesung und die damit einhergehenden Veränderungen aus wissenschaftlicher Sicht zu vergegenwärtigen. Es war Natur pur, nichts, was nicht längst in jedem Detail untersucht und erklärt war. Nichts Menschliches durfte mir fremd sein, der Körper und alles, was er aufnahm, produzierte und ausschied – und wozu er wieder verfiel.

Also stand ich auf und sagte Christian, dass ich wieder okay wäre. Er lachte und bot mir eine kleine Dose mit Tigerbalm an. Ich sollte es mir unter die Nase reiben, so wie er es getan hätte. Ich war sicher, dass er mir diesen Trick absichtlich verschwiegen hatte, um sich über meine Reaktion zu amüsieren. Verärgert folgte ich seinem Ratschlag und merkte sofort, wie die starken ätherischen

Dämpfe der Paste meine Nase vollkommen in Beschlag nahmen und alle anderen Gerüche um mich herum verdrängten.

Dann gingen wir noch einmal in den Lagerraum. Ich machte mich auf den Ansturm des Gestanks gefasst, aber nun war er hinter dem Mentholgeruch der Salbe nur noch schwach wahrnehmbar.

Wir traten an den Tisch neben die Ventilatoren. Christian sagte noch so etwas wie »Jetzt wird's heftig« oder so ähnlich, dann zog er mit einem Ruck die Leichentücher zurück.

Universitätsklinikum Eppendorf, Hamburg, 20. Juli

Tom war schon eine Viertelstunde vor dem Termin auf dem Gelände. Er lungerte eine Weile herum, dann suchte er eine Parkbank, die etwas abseits des Hauptwegs stand, aber einen Blick auf den Zugang zum Gebäude ermöglichte. Er rauchte lustlos eine Zigarette und wartete.

Als er sie schließlich in einiger Entfernung auf den Eingang zukommen sah, blieb er noch sitzen. Er hatte ja viel zu tun, also musste er später eintreffen und ihr vermitteln, dass es ihr dringlicher war als ihm. Ein paar Minuten später ging er dann eilig hinüber.

»Guten Morgen«, grüßte er sie. »Na, das habe ich ja gerade noch geschafft. Ach, Sie sind es!«

»Das wollte ich auch gerade sagen«, erwiderte sie, als sie ihn erkannte. »Dann war es kein Zufall, dass Sie gestern auch hier waren?«

»Ich bin öfter hier, wenn ich recherchiere.«

»Ach so. Nun, wollen wir reingehen?«

Tom musterte sie verstohlen. Sie war einen ganzen Kopf kleiner als er. Ihre enge Jeans betonte ihre sportliche Figur, aber abgesehen davon hatte sie sich nicht ausdrücklich sexy herausgeputzt. Obwohl sie es sich hätte leisten können, wie er fand. Unter ihrer kurz geschnittenen offenen Jacke meinte er eine schmale Taille zu erkennen, und ihre helle Bluse wölbte sich vorn reizvoll aus. Er nahm sich vor, noch genauer auf das Gesicht zu achten.

Am Empfang war der gleiche Mann wie am Tag zuvor.

»Hallo Juli, guten Tag, Herr Doktor«, grüßte er. »Was kann ich tun?«

»Hallo Frank. Ist Professor Heide jetzt zu sprechen?«, fragte Juli.

Der Angesprochene nickte. »Ja. Du weißt ja, wo du ihn findest.«

»Danke!« Sie wandte sich an Tom. »Kommen Sie.«

Sie gingen durch eine Tür und einen Flur entlang.

»Doktor?«, fragte sie.

»Ich … Er muss mich mit jemandem verwechselt haben.«

»Soso«, sie lachte. »Oder haben Sie etwa *undercover* recherchiert?«

Er grinste. »Na gut, erwischt.«

»Etwa als Doktor Hiller?«

Er zuckte mit den Schultern.

»Da haben Sie Glück, dass Frank noch nicht so lange dabei ist«, sagte sie. »Wenn er im System nachgesehen hätte, wäre er Ihnen schnell auf die Schliche gekommen.«

»Sie können Tom zu mir sagen.«

»Oh, schön. Ich bin Juli.«

»Dieser Professor Heide, glaubst du, er hat etwas mit dem Fuß zu tun?«

»Er selbst sicher nicht. Aber ich kenne ihn schon einige Zeit, und ich glaube, er mag mich. Sicher erzählt er mir, in welcher Abteilung der Fuß ist, und vielleicht gibt er uns auch die Daten frei.«

Das Büro von Professor Heide sah nicht aus wie das Arbeitszimmer eines Arztes, sondern hätte auch das eines Abteilungsleiters oder Rechtsanwalts sein können. Den Boden belegte ein grauer Industrieteppich, zwei Bilder an den Wänden zeigten Motive mit Segelschiffen, es gab ein Bücherregal mit massigen Bänden und zahlreichen Ordnern, einen hüfthohen Aktenschrank und einen kleinen Konferenztisch mit vier Stühlen.

Nur Professor Heide war nicht da.

»Vielleicht ist er gerade auf dem Klo«, sagte Tom und sah sich um.

Juli ging zurück zur Tür und sah auf den Flur. »Er kommt bestimmt sofort wieder, sonst wäre die Tür abgeschlossen gewesen.«

»Also einen Termin hat er nicht«, sagte Tom, der um den Schreibtisch herumgegangen war und auf den Computerbildschirm sah.

»Was machst du denn da?!«

Tom hob die Hände. »Nichts. Habe nichts angefasst. Aber sein Kalender ist offen, und hier steht, dass sein nächster Termin erst um halb eins ist.«

»Du kannst doch nicht an seinen Rechner gehen!«

Tom bewegte die Maus. »Jemand war hier.«

»Wie meinst du das?«

»Hier ist noch ein anderes Programm offen. Irgendeine Datenbank. Das letzte Suchergebnis ist noch zu sehen. Jemand muss sich nach derselben Sache erkundigt haben. Sieh mal!«

Nach einem letzten Blick auf den Flur eilte Juli zum Bildschirm. »Der Fuß! Der Eingang wurde vorgestern registriert, die Untersuchung für heute Morgen angesetzt. Im Labor der Forensischen Molekularbiologie. Da machen sie DNA-Analysen.«

»Reicht uns das als Info? Weißt du, wo das ist?«

»So ungefähr.«

Tom deutete auf verschiedene Felder und Optionen der Bildschirmmaske. »Und siehst du da irgendwelche Ergebnisse?«

»Nein, nichts. Wir müssen ins Labor und dort fragen.«

»Also dann, nichts wie hin!«

Sie liefen mehrere Flure entlang und durch verschiedene, aneinandergrenzende Gebäude, bis sie den gesuchten Trakt erreichten.

»Vielleicht ist der Professor hier irgendwo«, überlegte Juli. »Er hat sich mit jemandem über die Untersuchung unterhalten, vielleicht ja mit der Polizei. Dann hat er gesehen, dass es noch keine Analysen gibt, und nun ist er gemeinsam mit dem Beamten hierhergegangen.«

»Und lässt sein Büro offen? Das kann ich mir nicht vorstellen.«

»Wir müssen hier entlang. Das Labor ist am Ende des Flurs.«

Als sie die Tür erreicht hatten, klopfte Juli an. Als von drinnen keine Stimmen zu hören waren, drückte sie die Klinke hinunter. Die Tür schwang auf, und das Erste, was sie sahen, war ein unsagbares Chaos, als wäre ein Sturm durch den Raum gefegt. Der Boden war übersät mit Papier, Büchern und Mappen, dazwischen lagen Flaschen und Scherben aus Glas und Porzellan. Eine schwere, silberfarbene Maschine war zu Boden gestürzt, ein Stuhl umgekippt. Die Regale und Tische waren leer gefegt.

»Meine Güte!«, entfuhr es Juli. »Hier ist jemand eingebrochen.«

Tom trat einige Schritte in den Raum. »Und nicht nur das! Dort!« Er eilte in eine Ecke. Ein Mann mit weißem Kittel lag auf dem Boden, eine Wunde am Kopf ließ seine Haare nass glänzen, und auf dem Linoleum hatte sich eine dunkelrote Lache gebildet.

Juli stürzte hinzu.

»Atmet er noch?«, fragte Juli.

Sie kniete sich nieder und drehte den Mann auf die Seite. Er stöhnte leise auf.

»Wir müssen Hilfe holen«, rief Juli. »Such das Telefon.«

Tom drehte sich um und nahm gerade noch wahr, wie etwas durch das geöffnete Fenster flog. Im nächsten Augenblick hörte er ein Splittern, dann schlug ihm eine blendende Wand aus Hitze entgegen.

Tom stolperte entsetzt rückwärts. Flammen loderten auf, breiteten sich über den Boden aus und leckten an den Regalen. Er hielt einen Arm schützend vor sein Gesicht und rief:

»Juli?!«

Dann entdeckte er sie. Sie kniete noch immer neben dem Verletzten, aber nun brannte ihre Jacke, und sie schlug um sich, um die Flammen zu löschen.

Er eilte zu ihr. »Du musst sie ausziehen!« Der Jeansstoff war mit Spritzern einer Flüssigkeit bedeckt, der Brand ließ sich nicht ersticken. Tom packte die Jacke am Kragen. »Arme nach hinten!« Juli wand sich, und einen Augenblick später gelang es Tom, ihr die Jacke vom Rücken zu reißen.

Nun heulten Alarmsirenen auf, und die Sprinkleranlage sprang an.

»Danke!«, rief Juli.

»Bist du verletzt?«

»Ein bisschen angekokelt, aber alles noch dran.«

»Wir müssen raus hier!«

»Aber nicht ohne ihn!« Juli deutete auf den Verletzten.

Gemeinsam hievten sie den Mann hoch, der noch immer nicht bei Bewusstsein war.

»Den Arm so über die Schulter nehmen«, rief Tom. Juli folgte seiner Anweisung. Sie schleiften den Mann zwischen brennenden Pfützen hindurch und suchten die Tür. Der Raum füllte sich mit Rauch, und das von der Decke sprühende Wasser behinderte zusätzlich die Sicht.

Mühsam erreichten sie schließlich den Gang. Auch hier versank alles in künstlichem Regen. Juli blieb einen Moment stehen, um durchzuatmen. Dann setzten sie ihren Weg fort.

Als sie das Gebäude schließlich verließen, fanden sie

sich draußen in einer größer werdenden Menschenmenge wieder. Zu den aus dem Institut geflohenen Mitarbeitern gesellten sich mehr und mehr Schaulustige aus den umliegenden Büros.

Sie legten den Verletzten auf den Boden und wurden sofort umringt. Von allen Seiten stürmten Fragen auf sie ein, mehrere Leute telefonierten, Sirenen von Feuerwehr und Krankenwagen waren zu hören.

Tom raunte Juli ins Ohr, die sich erschöpft auf ihre Knie stützte: »Wir müssen weg.«

»Was?!«, stieß sie zwischen zwei tiefen Atemzügen hervor. »Wir müssen auf die Polizei warten. Unsere Aussage.«

»Wenn, dann stehe ich als Autor in der Zeitung«, erklärte er, »aber nicht als Zeuge.«

»Aber wir müssen der Polizei helfen.«

Tom griff sie an der Schulter. »Die kommen schon zurecht. Los, lass uns gehen.«

Juli zögerte.

»Wir müssen eine Nasenlänge voraus bleiben, wenn wir herausfinden wollen, was hier läuft!«, setzte Tom nach.

Schließlich nickte sie. »Okay. Ich habe eine Idee.« Sie richtete sich auf, und gemeinsam drängten sie sich durch die umstehenden Leute, die sich hauptsächlich für den Verletzten und die aus dem Gebäude dringenden Rauchschwaden interessierten.

»Wo willst du hin?«, fragte Tom.

»Einen Freund suchen.«

»Es ist nicht Sinn einer Ermittlung, jedem alles auszuposaunen«, sagte Tom leise.

»Er hätte uns sonst nicht geholfen«, gab Juli zurück.

Der Mann, den Juli nach einem Telefonat aufgespürt und den sie nun in einem anderen Gebäude besucht hatten, hieß Hwang und war Koreaner. Er arbeitete im Rechenzentrum des UKE. Woher Juli ihn kannte, sagte sie nicht. Tom hielt es für mehr als ungewöhnlich, wenn sich eine Frau mit Programmierern herumtrieb. Das sah weder Frauen ähnlich noch den Computerfreaks. Es gab da diesen Witz von dem Hacker, dem ein verzauberter Frosch sagt, er würde sich für einen Kuss in eine hübsche nackte Frau verwandeln, und der Hacker sich dagegen entscheidet mit der Begründung, er wüsste nicht, was er mit einer Frau anstellen solle, aber ein sprechender Frosch sei cool.

Tom verbarg sein Erstaunen, als sich Hwang nicht nur als sportlicher Typ herausstellte, sondern auch in vollständigen Sätzen sprechen konnte. Nachdem Juli ihm vom Überfall im Labor erzählt und ihr Anliegen erläutert hatte, entschuldigte er sich kurz, um irgendwelche Sachen zu holen. Nun warteten sie, dass er zurückkam.

»In das Computersystem wäre ich auch reingekommen«, sagte Tom.

»So, meinst du?«

»Habe mir mal eine kleine Spezialausbildung gegönnt. Als Journalist kommst du heute nicht mehr ohne so was aus.«

Tatsächlich kannte er sich recht gut mit der Technik von Rechnern und Netzwerken aus, aber das lag daran, dass er selbst bis vor zwei Jahren in der Multimedia-Branche gearbeitet hatte. Eine Spezialausbildung war das natürlich bei Weitem nicht gewesen. Er hatte als Texter und nicht als Techniker gearbeitet. Beide, die sogenannten Kreativen und die Programmierer, waren ihm in ihrer Kleingeistigkeit irgendwann so auf den Nerv gegangen, dass er der Branche den Rücken gekehrt hatte. Aber die Zeit hatte gereicht, um einiges aufzuschnappen, das über das Allgemeinwissen hinausging.

Hwang kam mit einer Tasche zurück.

»Also gut, dann kommt mal mit«, sagte er und ging voraus. »Mal sehen, was ich herausfinden kann. Dass das Ganze illegal ist, muss ich euch wohl nicht sagen.«

»Schon klar«, sagte Juli.

»Es sind bloß Labordaten«, meinte Tom. »Keine Staatsgeheimnisse.«

»Hier im UKE macht man da keinen Unterschied«, erklärte Hwang. »Es geht auch um die ärztliche Schweigepflicht und um Datenschutz.«

»Und wie kommen wir dann zu der Ehre?«, fragte Tom.

»Ich schulde Juli noch einen Gefallen. Und außerdem bin ich selbst neugierig.«

Hwang führte sie in einen anderen Trakt. Hier sah es noch viel weniger wie in einem Krankenhaus aus, stattdessen mochten die Büros, die sie passierten, genauso gut zu einem beliebigen IT-Unternehmen gehören. Die Belegschaft war größtenteils männlich, zum Teil standen auf den Schreibtischen gleich zwei Bildschirme nebeneinander, und es herrschte eine konzentrierte, von Tastaturanschlägen getragene Stille, die nur gelegentlich durch klingelnde Telefone unterbrochen wurde.

Schließlich betraten sie ein Büro, das sich nur in Details von den anderen unterschied.

»Okay, setzt euch«, sagte Hwang und deutete in eine Ecke, in der allerdings nur ein weiterer Stuhl stand. Er selbst nahm vor einem Rechner Platz und startete ihn. »Das ist zwar nicht mein Büro, aber die beiden, die hier sonst sitzen, sind gerade im Urlaub, wir haben also unsere Ruhe. Tom, könntest du die Tür zumachen?«

Tom folgte der Anweisung und zog sich dafür aus Trotz den verbliebenen Stuhl heran. Er wollte sich gerade setzen, als Juli den Arm danach ausstreckte.

»Danke, sehr aufmerksam«, sagte sie, ergriff den Stuhl und nahm Platz.

Blöde Kuh, dachte Tom und stellte sich hinter Hwang.

»Ich kann mich von hier aus als Administrator einloggen«, erklärte der gerade und tippte sein Passwort ein. Nach einer Weile füllte sich der Bildschirm mit den verschiedenen Programmsymbolen und Netzwerkverknüpfungen. Am rechten Rand positionierte sich eine Leiste mit allerlei kleinen Icons, Diagrammen und einem Nachrichtenticker.

»Meine Güte!«, rief Hwang aus und zeigte auf den Ticker. »Das ist ein inoffizieller RSS-Feed des Campus, der sich aus diversen Blogposts und Twittermeldungen der Leute hier aggregiert. Da steht, dass Professor Heide bewusstlos in den Toilettenräumen gefunden wurde.«

»Was?!« Juli rückte heran.

»Ja. Angeblich ist er auch verletzt. Sie haben ihn gerade gefunden.«

»Warum habe ich das Gefühl, dass er nicht einfach ausgerutscht ist?«, meinte Tom.

»Meinst du, er wurde überfallen?«, fragte Juli.

»Würde doch passen, oder? Und ich habe keine Kamera dabei!«

»Wir sehen nachher mal, wie sich das entwickelt«, sagte der Koreaner, »nun suche ich erst mal nach den Reports aus dem Labor.«

Tom verschwieg, dass sie bereits auf dem Rechner des Professors keine Untersuchungsergebnisse gefunden hatten.

Aber schon wenige Augenblicke später hatte Hwang die entsprechende Stelle in der Datenbank ebenfalls gefunden.

»Gut, das hier scheint es zu sein … Die Untersuchung sollte heute Vormittag stattfinden, aber es ist nichts eingetragen … Ich werde mir die History des Eintrags ansehen. Ah, da haben wir es schon. Zuletzt ist er vor etwa einer Stunde editiert worden. Nutzer: DGaebler. Kennst du einen Gäbler, Juli?«

»Nein. Vielleicht der aus dem Labor?«

Hwang klickte ein bisschen herum, bis sich eine Seite mit einer Personalakte von Dirk Gäbler öffnete. Das Foto zeigte den Mann, den sie blutend auf dem Boden gefunden hatten.

»Ja, das ist er.«

»Okay, also dann war er vor einer Stunde noch mit diesem Eintrag beschäftigt und hat … Moment … er hat einen Report gelöscht, den er erst kurz vorher eingestellt hatte!«

»Vielleicht ist ihm plötzlich aufgefallen, dass er etwas Sinnvolleres mit seinem Leben anfangen sollte«, sagte Tom, »und hat sich entschieden, alles wieder zu löschen.« Aber keiner lachte darüber.

»Vielleicht wollte er Spuren verwischen«, überlegte Juli.

»Nein, nein.« Hwang winkte ab. »Jeder, der hier arbeitet, weiß, dass alles im System protokolliert wird.«

»Dann hat man ihn vielleicht gezwungen«, rätselte Juli weiter.

»Er muss es ja gar nicht selbst gewesen sein«, erklärte Tom, »sondern lediglich jemand, der seinen Rechner verwendet hat, wenn der noch mit seinem Namen im System eingeloggt war.«

»Ganz richtig«, bestätigte Hwang. »Wenn der Mann tatsächlich überfallen wurde, könnte es sein, dass derjenige sich an seinem Rechner zu schaffen gemacht hat, um die Ergebnisse wieder aus dem System zu löschen.«

»Ja, aber wozu?«, fragte Tom. »Solange der Mann noch lebt, kann er ja erzählen, was er herausgefunden hat, oder seine Untersuchung jederzeit ...« Tom stockte. »Der Fuß! Wir haben nicht geprüft, ob der Fuß noch da ist! Jede Wette, dass der geklaut wurde.«

»Also ganz ehrlich«, meinte Hwang, »kann ich mir nicht vorstellen, was an einem Fuß so besonders sein soll, dass hier gleich solche Verschwörungstheorien gesponnen werden. Ich meine, hier in der Rechtsmedizin werden im Jahr fast zweitausend Leichen obduziert. So ein oller Fuß ist da eher, na ja ...«

»Da steckt mehr dahinter«, sagte Tom in einem Tonfall, der viel sicherer klang, als er tatsächlich war.

»Gibt es denn keine Möglichkeit, an den gelöschten Report heranzukommen?«, fragte Juli. »Eine Sicherheitskopie oder so?«

»Klar gibt es inkrementelle Backups, aber die werden nur alle vierundzwanzig Stunden einmal gefahren. Das Ding ist gar nicht erst in den Lauf gekommen, so schnell war das schon wieder weg.«

»Wie sieht's mit temporären Dateien aus?«, fragte Tom.

»Nicht schlecht …« Hwang überlegte. »Auf dem lokalen Rechner im Labor könnte was zu finden sein …«

»Da kommen wir nicht dran«, unterbrach ihn Tom. »Die Polizei wird alles absperren. Außerdem ist der mit großer Sicherheit kaputt. Da sah es aus, als hätte eine Bombe eingeschlagen.«

»Na gut, aber einen Versuch haben wir noch!« Hwang tippte einfach auf der Tastatur herum. »Deine Idee mit temporären Dateien war gut.«

Tom konnte sich ein selbstgefälliges Grinsen nicht verkneifen, als Juli ihm zunickte. Da konnte sie also sehen, dass er durchaus einen journalistischen Spürsinn dafür hatte, wo man suchen musste.

»Alle Mitarbeiter werden angehalten, keine lokalen Dateien zu speichern, sondern aus Sicherheitsgründen immer nur auf den Servern zu arbeiten«, erklärte Hwang. »Alle Abteilungen und Mitarbeiter haben ihre Remote-Verzeichnisse. Statt Texte und Dateien auf den Rechnern in den Büros zu speichern, werden sie im Netzwerk abgelegt, sodass man auch von einem beliebigen anderen Rechner aus darauf zugreifen kann. Zumindest so lange, bis die Daten fertig und offiziell sind und in der Datenbank dort landen, wo sie hingehören ... Da! Seht ihr? Hier ist das Mitarbeiterverzeichnis von DGaebler.«

Auf dem Bildschirm öffnete sich ein Dateiordner mit zahllosen Dateien und Unterordnern.

»Natürlich sind die auch voll mit privatem Kram«, erklärte Hwang, während er eine Suchanfrage über die Ordnerstruktur startete. »Die legen ihre MP3-Sammlung hier ab, Fotos, Filme, Adressbücher, alles Mögliche. So. Bitte. Ich habe alle Dateien nach Datum sortiert. Die neueste ist die hier, und wie es aussieht ...« Er klickte sie an, und es öffnete sich eine Bildschirmmaske mit zahlreichen ausgefüllten Textfeldern. »Na also, das ist der Report. Er hatte ihn ganz ordentlich vorbereitet und erst in die Datenbank hochgespielt, als er fertig war. Hier ist also noch die Ursprungskopie.«

»Großartig!«, rief Juli. »Kannst du ihn ausdrucken?«

»Klar, Moment.«

Wenig später kamen einige Blätter aus dem Drucker, und Hwang reichte sie an Juli, die sie sofort studierte.

Dann stockte sie und sah auf.

»Was ist?«, fragte Tom. »Was steht drin? Wissen wir, was mit dem Fuß los ist, wem er gehört?«

Juli schüttelte den Kopf.

»Nein«, sagte sie tonlos. »Aber dieser Fuß ... er ist nur zum Teil menschlich ...«

»Was soll das heißen? Ist er künstlich? Eine Prothese?«

»Er ist zum Teil Mensch ... und zum Teil Tier!«

Kapitel 4

Tagebuch von Marie Thomas – Brasilien, 12. Mai

Es war ekelerregend. Ich weiß, das ist keine sachliche, medizinische Beschreibung, aber was ich sah, als Christian die Leichentücher beiseitezog, verschlug mir den Atem.

Es ist gerade erst ein paar Stunden her, und die Bilder verfolgen mich. Wenn ich die Augen schließe, sehe ich nichts anderes vor mir, es fällt mir unendlich schwer, alles zu verdrängen, auf Abstand zu halten. Das Schreiben lenkt mich ein bisschen ab, aber ich kann unmöglich ausführen, was ich gesehen habe, zu grauenvoll und entsetzlich war der Anblick, der sich mir bot.

Darüber nachzudenken, wie nah ich diesem – Ding im Wasser gewesen bin, dass sich die herausgerissenen und halb gefressenen, halb verwesten Eingeweide um meinen nackten Körper geschlungen hatten, lässt mich beben, ich wünschte, ich könnte meine Haut mit kochendem Wasser desinfizieren, abtöten, am liebsten ganz vom Körper reißen!

Christian schien bei all dem so wenig beeindruckt; ich weiß nicht, ob er mir den starken Mann vorspielen wollte oder ob er tatsächlich so abgeklärt ist, dass es ihm wirklich nichts ausmacht.

So gefesselt war ich von dem Grauen, dass ich lange Zeit

vollkommen bewegungslos auf die verrotteten Fleischklumpen gestarrt haben musste. Christian erzählte irgendetwas, das ich nur gedämpft wahrnahm, und ich fuhr erschrocken zusammen, als er mich am Arm packte und mich fragte, ob ich ihm überhaupt zugehört hatte.

Ich riss meinen Blick los von diesen leeren Augenhöhlen, der aufgeschwemmten und von Geschwüren übersäten Masse eines einstigen Gesichts, den aufgeklappten weißen Hautlappen und den herausgerissenen bleichen Fleischfasern. Vor meinem geistigen Auge sehe ich jetzt noch die schwarzen Borsten, die an mehreren Stellen die Haut durchdrangen, gerade, drahtige Gebilde, mehrere Zentimeter lang, ohne jede Ähnlichkeit mit menschlichem Haar.

Christian redete auf mich ein, deutete auf einen niedriger liegenden Teil des amorphen Fleischhaufens. Was einmal ein Brustkorb oder eine Bauchhöhle gewesen sein musste, klaffte weit auf und offenbarte einen ausgebluteten und aufgeweichten Brei aus schlangenartigen, grauweißen Schläuchen und Schnüren, aus denen einzelne Knochen herausragten wie die Zähne einer höllischen Monstrosität, in deren bestialischen Schlund man geradewegs hineinblickte.

Ob mir etwas Besonderes auffiele, fragte mich Christian, aber ich schüttelte wohl nur entgeistert den Kopf. Die albtraumhafte Ungeheuerlichkeit hielt mich gefangen, längst schon war ich zu keinem klaren Gedanken mehr fähig. Es war mir unmöglich, das, was ich hier sah, mit dem zu vereinen, was ich über den menschlichen Körper gelernt hatte, der Anblick spottete jeder anatomischen Lehrstunde, sprengte jeden Rahmen meiner Vorstellung.

Christian plapperte weiter, aber seine Worte verschwammen zu einem diffusen Einerlei, ähnlich dem beständigen Summen, Pfeifen und Krakeelen des Urwaldes, das trotz aller Gegenwart zu einem unhörbaren Hintergrundgeräusch wird. Und dann mit einem Mal stach ein Wort heraus: *Violett.* Und in diesem Augenblick beschrieb es genau, woran sich meine Augen und mein Verstand gerade festhielten, als hätten sich meine Gedanken manifestiert.

Dort, wo die Ränder der Hautfetzen zerfressen und zerfasert waren, waren sie weiß und teilweise milchig durchscheinend. Auch die Oberfläche des rohen Fleisches war mit großen, hellen Flecken wie mit fauligen Flechten überzogen, aber dort, wo die Masse weniger lang der Fäulnis, dem Wasser und dem Tierfraß ausgesetzt gewesen war, wo das Fleisch frischer aufgerissen war, schimmerte es violett.

Restaurant Maybach, Eppendorfer Weg,
Hamburg, 20. Juli

»Die Polizei wird meine Jacke finden«, sagte Juli, nachdem die Bedienung ihre Bestellung aufgenommen hatte.

»Ja, natürlich«, sagte Tom. »Und sie werden auch herausfinden, dass der Untersuchungsbericht gelöscht wurde. Wenn sie nicht blöd sind, entdecken sie außerdem das Privatverzeichnis des Labormitarbeiters. Und wenn sie dann feststellen, dass dein Kollege Hwang bereits darauf zugegriffen hat, werden sie über ihn auch uns finden.«

»Immerhin haben wir uns nicht strafbar gemacht.«

»Da wäre ich mir nicht so sicher. Aber auf jeden Fall werden wir Zeit verlieren, wenn wir erst mal befragt werden. Wir sollten so schnell wie möglich unsere Recherchen fortsetzen. Wie es aussieht, hat es mit dem Fuß ja irgendetwas auf sich. Jemand ist uns zuvorgekommen und hat die Untersuchungsergebnisse vernichtet. Der Brandsatz, der durch das Fenster geworfen wurde, sollte dem Labor vermutlich den Rest geben.«

»Und Dirk Gäbler.«

Tom nickte. Der verletzte Mann wäre an einer Rauchvergiftung gestorben oder vielleicht sogar verbrannt. Wer auch immer hier seine Finger im Spiel hatte, war ganz offenbar nicht zimperlich. Was bedeutete, dass es um eine große Sache ging.

»Ich will die Geschichte auf alle Fälle weiterverfolgen«, sagte er. »Aber was ist mit dir? Du meintest, dass der Fuß etwas mit deiner Dissertation zu tun hätte. Aber was jetzt passiert, hat vermutlich nicht mehr viel damit zu tun.«

Juli schwieg. Im Gegenteil vermutete sie, dass die jetzigen Ereignisse sogar viel deutlicher als zuvor in eine bestimmte Richtung zeigten. Möglich, dass es weit hergeholt war, aber dieser Spur zu folgen, war seit Wochen die erste Möglichkeit, etwas zu unternehmen. Und sie *musste* etwas unternehmen.

Sie konnte den Journalisten bisher noch nicht richtig einschätzen. Er schien ihr sehr von sich überzeugt, wie es in seinem Beruf vielleicht auch nötig war, aber ihr war nicht klar, wie viel wirklich dahintersteckte. Vielleicht konnte sie durch seine Kontakte oder seine Rechercheerfahrung schneller vorankommen. Aber was, wenn er dabei nur auf seinen eigenen Vorteil bedacht war? Könnte es zu Problemen kommen?

Während Juli ganz offenbar nachdachte, musterte Tom ihr Gesicht. Ihm gefielen ihre tiefbraunen Augen, die ihr ein fast südländisches Aussehen verliehen. Anders als bei vielen anderen Menschen, die er beobachtete, strahlten sie eine besondere Klarheit aus, so als sei sie vollkommen wach und aufmerksam. Leichte Falten auf ihrer Stirn vermittelten den Eindruck von Ernsthaftigkeit, aber weder wirkte sie biestig noch verbittert, sondern einfach nur konzentriert. Eine hübsche junge Frau, die sich nicht wie ein junges Huhn benahm, sondern wusste, was sie wollte, und sich dabei auf ihren Kopf statt auf ihren Körper verließ.

Sie hatte ihn nun erfolgreich ins UKE und an die Untersuchungsergebnisse gebracht. Im Grunde war das alles, was er brauchte, von hier aus konnte er alleine weiterarbeiten. Und im Grunde verfuhr er so am liebsten. Er war nie ein guter Teamplayer gewesen. Und die Zusammenarbeit mit einer Frau war immer ein Wagnis. In der Vergangenheit hatte es immer irgendwelche hormonbedingten Probleme gegeben. Irgendwann landete man in der Kiste, und kaum eine kam damit zurecht. Entweder sie fingen an zu klammern oder kapselten sich plötzlich ab. Beides war nicht sonderlich förderlich für die weitere Zusammenarbeit.

»Wir sollten gemeinsam weitermachen«, sagte Juli.

Tom hob eine Augenbraue, nicht sicher, ob er über diese Entscheidung glücklich sein sollte oder nicht. Siegte da ihre Neugier, oder verbarg sich hinter Julis Dissertation mehr, als sie vorgab?

»Hier wird mit harten Bandagen gekämpft«, fuhr sie fort. »Ich kann deine Hilfe gebrauchen, um der Sache auf den Grund zu gehen. Und du brauchst mein medizinisches Wissen.« Sie zeigte auf den mehrseitigen Ausdruck, der neben ihr auf dem Tisch lag. »Denn sonst verstehst du gar nicht, um was es hier geht.«

Tom lächelte. »Glaubst du? Ich könnte mich schlau machen.«

»Und verlierst Zeit.«

»Ist das denn so kompliziert? Warum erklärst du es mir nicht sofort?«

Nun war es an ihr zu lächeln. »Wir sollten lieber vorher etwas essen. Sonst hast du nach dem hier keinen Appetit mehr.«

Womit sie vermutlich sogar recht hatte, stimmte Tom innerlich zu. Blut, Verletzungen oder Operationen fand er ausgesprochen ekelerregend, und ein Autopsiebericht war da das Letzte, was er zum Vergnügen lesen würde.

Während des Essens redeten sie über Toms Arbeit als Journalist und Julis Studium. Es stellte sich heraus, dass sie trotz ihres geringeren Alters schon mehr von der Welt gesehen hatte als er.

Tom war in Hamburg aufgewachsen, und außer einigen Urlauben oder Geschäftsreisen in der Zeit seiner

Agenturtätigkeit war er der betriebsamen und internationalen Stadt treu geblieben. Hamburg galt nicht umsonst als das Tor zur Welt. Die zweitgrößte Stadt Deutschlands beherbergte Konsulate und Vertretungen aller großen Länder, und als Handelsstadt mit langer Tradition lebten hier viele Millionäre. Der Hafen war einer der größten Europas, und die Ansammlungen an Medienunternehmen und Werbeagenturen suchte ihresgleichen. Außer Berlin ließ sich keine Stadt im Land mit Hamburg vergleichen, und was die Lebensqualität, das allgegenwärtige Grün und das die ganze Stadt mit Kanälen durchziehende Wasser anging, schlug sie seiner Meinung nach Berlin um Längen. Juli hingegen stammte nicht aus Hamburg. Ihre Familie war während ihrer ganzen Jugend im Ausland gewesen, weil ihr Vater damals als gelernter Ingenieur einen Managementposten im Baukonzern Berger innegehabt hatte. So war sie auf verschiedene internationale Schulen gegangen und erst zu Beginn ihres Studiums nach Hamburg gekommen. Und auch seitdem hatte sie mehrfach Auslandssemester an anderen Universitäten absolviert und verbrachte die Semesterferien in der Regel bei irgendwelchen Projekten außerhalb Deutschlands. So kam es, dass sie neben Englisch auch Französisch, Spanisch und Portugiesisch sprach.

Tom dachte darüber nach, wie zielstrebig und rastlos sie wohl in ihrem Wesen war. Etwas trieb sie voran. Er selbst hatte keine genau Vorstellung, was er einmal erreichen wollte. Das spießbürgerliche Klischee von Auto, Familie und Haus im Grünen war nicht seines. Aber darüber hinaus hatte er noch keine Vorstellung. Es wäre schön, einen Antrieb zu haben, der auch irgendwohin führte. Aber zunächst müsste er etabliert sein. Finanziell unabhängig, das wünschte er sich, sodass er frei entscheiden könnte, ob und wie viel er arbeiten würde, und dann, so dachte er, würde er sich Gedanken über alles Weitere machen.

Jetzt ging es um diese Geschichte mit dem Fuß. Eine Story, die vermutlich größer war als ein reißerischer Artikel, der die Diskussion über das Gesundheitswesen ein bisschen anstacheln sollte. Vielleicht gab es hier einen Kriminalfall, und möglicherweise bedeutete das, ganz groß rauszukommen.

»Also dann«, sagte er schließlich, als ihr Geschirr abgeräumt wurde, »was genau steht in diesem Report?«

»Dann bist du einverstanden?«, fragte Juli. »Wir machen gemeinsam weiter?«

»Du hast mir noch nicht erklärt, was genau dich an dieser Sache interessiert. Ich kann mir nicht vorstellen, dass es ein Dissertationsthema gibt, das so heiß ist, dass deswegen Labors gesprengt werden.«

»Nein, stimmt. Ich will ehrlich sein. Und bis ich den Report gelesen hatte, kannte ich diese merkwürdigen Details auch nicht. Aber ich habe ein persönliches Interesse herauszufinden, woher dieser Fuß kommt. Mit dem Studium hat es nichts zu tun. Mehr möchte ich nicht dazu sagen.«

Tom lehnte sich zurück. »Also für eine Zusammenarbeit ist das reichlich wenig Vertrauen.«

»Es muss leider vorerst reichen«, sagte sie. »Ich werde es dir erzählen, versprochen. Aber noch nicht gleich.

Ich muss erst selbst näher an die Sache herankommen. Kannst du damit leben?«

Er überlegte nur kurz. Es blieb ihm ja nichts anderes übrig. Wenn sie sich entschied, ihre Geheimnisse für sich zu behalten, gab es nichts, das er dagegen unternehmen konnte. Immerhin war ein persönliches Interesse vermutlich mindestens ebenso sehr ein Antrieb, der Sache auf den Grund zu gehen, wie der berufliche Ehrgeiz.

»Deal«, sagte er.

Juli breitete die Papiere vor sich aus.

»Also, der Bericht besteht aus der pathologischen und der molekularbiologischen Untersuchung. In der Molekularbiologie werden Untersuchungen des Erbguts vorgenommen. Also Vaterschaftstests, Untersuchungen auf Erbkrankheiten und so was. Und im Auftrag der Kriminalpolizei werden auch DNA-Spuren gesucht und identifiziert. Speichelproben, Haare von einem Tatort oder Leichenreste. Deswegen war der Fuß hier untersucht worden. Bei Leichenteilen, die stark verwest sind, ist das nicht so leicht, und der Fuß trieb offenbar auch eine Weile im Wasser. Im Bericht steht, dass man daher Teile des Knochens verwendet hat, diese Zellen sind in der Regel robuster und erhalten das Erbgut etwas besser.

Bei dieser Untersuchung ist herausgekommen, dass es sich beim Abbild der Gene nicht um ein übliches menschliches Muster handelt. Es wurden fremde Gene gefunden, die sich im Abgleich mit der Datenbank als Gene von Schweinen herausstellten.«

»Was bedeutet das? Kann es sein, dass die Probe irgendwie… verunreinigt war oder so?«

»Theoretisch ist das möglich. Aber die Vergleichstests zeigten dasselbe Ergebnis. Außerdem gab es auch Gene, die eine Mischform aufwiesen, die weder Mensch noch Tier eindeutig zugeordnet werden konnten.«

»Das verstehe ich nicht.«

»Ich auch nicht. Wenn diese Ergebnisse stimmen, dann handelt es sich bei dem Fuß um eine Extremität, die weder menschlich noch tierisch ist, sondern ein regelrechter Hybrid.«

»Aber so etwas gibt es nicht!«

Juli nickte. »Mensch-Tier-Hybriden nicht. Aber im Labor sind durchaus schon Experimente geglückt, in denen verschiedene Tierformen gemischt oder Mäusen menschliche Organzellen eingepflanzt wurden.«

»Das ist ziemlich ekelhaft.«

»Aber ein wichtiger Forschungszweig.«

»Und wo kommt dieser Fuß nun her? Steht da noch mehr?«

»Ja, es ist eine seltsame Verfärbung des Gewebes festgestellt worden, die mit den in der Pathologie bekannten biochemischen Vorgängen des Verwesungsprozesses nicht zu erklären waren. Das Fleisch befand sich zwar schon im fortgeschrittenen Zersetzungsprozess, aber es enthielt haufenweise unbekannte Pigmente. Die Untersuchung hat ergeben, dass es sich dabei um Farbstoffe auf Basis synthetischer Polymere handelt …«

»Und das sind …?«

»Künstlich hergestellte Farbstoffe. Aus dem Labor.«

»Also war das Fleisch irgendwie tätowiert?«

»Nicht ganz. Bei einer Tätowierung werden Farbpigmente unter die oberste Hautschicht gestochen, wo sie im Grunde stecken bleiben, weil sie vom Körper nicht abgebaut werden können. Die Pigmente hier waren aber winzig, fast im Nanobereich, und befanden sich als Bestandteil in den Zellen selbst, und zwar in jeder einzelnen.«

»Das klingt auch nicht normal, oder?«

»Nein, ganz und gar nicht.«

»Gibt es da eine Art Erklärung in dem Bericht, ein Fazit oder so was?«

»Nein, es sind wirklich nur die reinen Untersuchungsergebnisse ohne Interpretationen.«

»Vielleicht hat sich jemand einen Scherz erlaubt«, überlegte Tom, »und etwas, das nur aussieht wie ein Fuß, in einen Schuh gestopft, eine Weile lang angammeln lassen und dann in den Fluss geworfen, um Leute zu erschrecken.«

»Der Pathologiebericht bestätigt, dass es sich vom Bau der Knochen her tatsächlich um einen Fuß handelt. Schuhgröße zweiundvierzig steht hier. Spuren an den Knochen weisen Kratzer und Splitter auf, wie sie entstehen, wenn er zertrümmert oder zerbissen wird. Der Zustand deutet auf eine Verwesungsdauer von sechs bis zwölf Monaten hin, je nach Feuchtigkeit und Temperatur der Umgebung. Im Wasser lag der Fuß allerdings höchstens ein paar Tage. Zwischen Schuh und Fuß wurden Reste von Erde und Pappelblätter gefunden.«

»Tja«, meinte Tom und nahm einen Schluck, »was sagt uns das alles?«

Nun war es an Juli, sich zurückzulehnen.

»Ich weiß es auch nicht«, gab sie zu. »Jedenfalls ist

das kein normaler Fuß. Und irgendjemand hat ein Interesse daran, seine Entdeckung zu verhindern, wie wir gemerkt haben.«

»Also vermutlich doch kein Scherz.«

»Nein, eher nicht.«

»Der Fuß war irgendwo verborgen«, überlegte Tom, »vielleicht in der Erde oder in einem Wald, wenn man die Spuren im Schuh so deuten kann. Und dann ist er irgendwie in den Fluss geraten.«

»Nur wie haben die, die seine Entdeckung verhindern wollen, so schnell davon erfahren, dass er wieder aufgetaucht war?«

»Durch meinen Artikel. Vielleicht wussten die Leute, dass der Fuß in den Fluss gefallen war, und nun warteten sie bloß darauf, dass er irgendwo angeschwemmt wurde.«

»Oder es war der Hinweis auf die Verfärbung, der sie hellhörig gemacht hat«, sagte Juli. *So wie mich*, fügte sie in Gedanken hinzu.

Tom kniff die Augen zusammen. »Vielleicht können wir selbst herausfinden, aus welcher Gegend der Fuß gekommen ist.«

»Wie willst du das anstellen?«

Er rückte ein Stück vor. »Überleg mal: Wir wissen, wann und wo er angespült wurde. Wir können uns die Strömungsdaten der Elbe besorgen und anhand der Gezeitentabelle ziemlich genau ablesen, wie sich der Fluss in den letzten Tagen verhalten hat. Dann bauen wir im Rechner ein möglichst präzises Modell der Elbe, füttern es mit diesen Daten und können eine Rückberechnung vornehmen.«

»So was kannst du?«

»Ich nicht. Aber ich kenne jemanden, der es kann.«

»Entschuldigen Sie die Störung«, sagte plötzlich jemand neben ihnen. Es war ein Herr in den Fünfzigern, begleitet von einem jüngeren Mann, beide mit Stoffhosen, Hemd und sommerlichen Jacken, die sie offiziell aber leger aussehen ließen.

Der Ältere zeigte unauffällig seine aufgeklappte Brieftasche.

»Hauptkommissar Berger. Dürfen mein Kollege und ich uns für einen Augenblick zu Ihnen setzen?«

»Können Sie mir sagen, wo Sie heute Vormittag zwischen elf und zwölf Uhr gewesen sind?« Berger sah von Juli zu Tom.

»Ist das ein Verhör?«, fragte Tom. Er wunderte sich, wie schnell die Beamten ihre Spur aufgenommen und sie in diesem Restaurant ausfindig gemacht hatten.

»Es ist nur eine Frage.«

»Wir waren gemeinsam am UKE«, sagte Juli.

»Und wo dort genau?«

»Beim Rechenzentrum.«

Tom atmete innerlich auf. Er schätzte, dass die Polizisten sie über Hwang und dessen Zugriff auf die Daten gefunden hatten. Von ihrem Besuch bei Professor Heide wussten sie vielleicht noch gar nichts, daher war es nur gut, wenn Juli ihnen lediglich bestätigte, was sie vermutlich ohnehin wussten.

Der Hauptkommissar nickte. »Und ist Ihnen dabei etwas Besonderes aufgefallen?«

»Nein«, sagte Juli. »Wir haben einen Kollegen von mir besucht.«

»Ja, das wissen wir. Deswegen sind wir hier, Frau Thomas. Aber Sie haben nicht zufällig auch Sirenen gehört oder Rauch gesehen?«

Juli zeigte einen überraschten Gesichtsausdruck. »Nein. Was ist denn passiert?«

Berger sah sie einen Moment lang schweigend an. »Es hat einen Vorfall gegeben«, sagte er dann. »Und zwar in dem Labor, in dem dieser Report erstellt wurde. Ich darf mal?« Er griff nach dem Ausdruck, der noch immer auf dem Tisch lag. »Können Sie mir erklären, wie dieser Bericht in Ihren Besitz kommt? Dies sind Unterlagen, die der ärztlichen Schweigepflicht unterliegen.«

Juli gab sich wenig beeindruckt. »Erstens studiere ich am Klinikum und habe häufiger mit solchen Berichten zu tun. Und zweitens ist das lediglich ein beliebiger Bericht, der tut nichts zur Sache.«

Hauptkommissar Berger wechselte mit seinem Kollegen einen vielsagenden Blick. Dann setzte er ein künstliches Lächeln auf. »Und wie kommt es dann, dass man mir im Rechenzentrum gesagt hat, Sie hätten gezielt diesen Fall angesprochen?«

Verdammt, dachte Tom.

Juli zeigte keine Regung. »Ich bat lediglich darum, mir einen aktuellen Fall aus der Molekularbiologie herauszusuchen, in dem es um abgetrennte Körperteile geht. Heraus kam dieser.«

»Sie interessieren sich für abgetrennte Körperteile?«

»Für meine Dissertation. Verwesungsprozesse und autoimmunologische Effekte in der plastischen Chirurgie massiv traumatisierter Extremitäten.«

Hauptkommissar Berger nickte abwesend. Tom vermutete, dass der Mann genauso wenig verstanden hatte, um was es ging, wie er selbst. Aber Julis Antwort kam ihr so flüssig über die Lippen, dass es absolut glaubwürdig klang. Vielleicht stimmte es sogar.

»Wie dem auch sei, ich muss Sie beide bitten, mir Ihre Personalien zu geben, falls wir Sie noch ein weiteres Mal befragen müssen. Und diesen Bericht muss ich als Beweisstück einbehalten.«

Sie händigten dem Hauptkommissar ihre Ausweise aus. Er warf einen Blick darauf, stockte plötzlich und sah auf.

»Ihr Name kommt mir bekannt vor. Sind Sie nicht Reporter, Herr Hiller?«

»Journalist.«

Berger lehnte sich vor und senkte seine Stimme ein wenig. »Also schön, Herr Hiller, und auch Sie, Frau Thomas, hören Sie mir gut zu. Aufgrund Ihrer Aussage müssen wir für den Augenblick davon ausgehen, dass Sie rein zufällig über diesen Bericht gestolpert sind. Aber persönlich glaube ich nicht an Zufälle. Ich sage es Ihnen jetzt ganz freundschaftlich: Halten Sie sich aus der Sache heraus und vergessen Sie den Report ganz schnell! Wir haben noch eine Menge Daten auszuwerten, und wenn mir etwas merkwürdig vorkommt, dann dürfen Sie dreimal raten, bei wem ich wieder klingeln werde. Sollte sich herausstellen, dass Sie mit drinstecken, dann werde ich Sie für das heutige Versteckspiel noch mal gesondert zur Rechenschaft ziehen.«

Tom nickte, und als die Bedienung in diesem Augenblick an ihren Tisch trat, fragte Juli schlicht: »Möchten Sie auch etwas bestellen, Herr Berger?«

Der Mann grinste schief und erhob sich. »Einen schönen Abend noch«, sagte er und verschwand mit seinem schweigsamen Kollegen.

»Zwei Bier«, orderte Juli und sah Tom schließlich an. »Puh«, sagte sie.

»Reichlich unangenehm«, stimmte Tom ihr zu. »Wie's aussieht, hat dein Hwang denen ein bisschen was geflüstert. Sogar deine Lieblingskneipe.«

»Ja, wir hätten dran denken sollen, ihn nach seiner konspirativen Unterstützung zu erschießen.«

»Meine Güte, ein bisschen Verschwiegenheit hätte man doch erwarten können, oder?«

»Nicht jedermann hat Lust, es sich mit der Polizei zu verscherzen. Wir sollten froh sein, dass er nun aus der Sache raus ist. Wir müssen nicht noch mehr Leute hineinziehen.«

»Was war denn das für eine Geschichte mit der traumatischen Chirurgie von Extremitäten oder was du erzählt hast?«

»Nichts, das habe ich mir ausgedacht.«

»Du kannst lügen, ohne rot zu werden.«

»Vielleicht hätte ich Journalistin werden sollen.«

»War das eine Anspielung?«

»Auf dich jedenfalls nicht«, meinte sie und grinste. »Du hast dagesessen, als hätte man dich mit der Hand in der Keksdose erwischt.«

Tom lächelte. Sie war nicht auf den Mund gefallen.

Kapitel 5

Tagebuch von Marie Thomas –
Brasilien, 13. Mai

Den ganzen heutigen Tag versuchte ich, meine Gedanken von dem grausamen Fund abzubringen. Inzwischen haben alle aus dem Camp, die einen robusten Magen haben, zumindest einmal einen Blick in den Lagerraum geworfen. Christian ist zusammen mit Dr. Larssen scheinbar sogar so weit gegangen, die Leiche näher zu untersuchen. Vorhin, beim Abendessen, als gäbe es keinen besseren Zeitpunkt, plauderten sie über Details der Wundränder und die Beschaffenheit der Geschwüre. Und dann begann die große Diskussion, was es damit auf sich habe. Ich wäre am liebsten aufgestanden und hätte mit meinen hochgewürgten Ravioli draußen den Jacaranda gedüngt. Aber natürlich musste ich gute Miene zum bösen Spiel machen. Und tatsächlich wurde es nach einiger Zeit besser. Denn dann wurde spekuliert, was dem Mann – Christian frotzelte damit herum, woran er das Geschlecht noch hatte erkennen können – zugestoßen sein konnte.

Der Kadaver muss einige Tage im Wasser getrieben sein. Für die zahlreichen offenen Wunden, das herausgerissene Fleisch und die fehlenden Gliedmaßen sind wohl Tiere verantwortlich. Krokodile und Piranhas, was eben in den Flüssen hier so schwimmt. Im Grunde ist weniger der Zustand der Leiche verwunderlich als die Tatsache, dass wir überhaupt noch Reste gefunden haben.

Der Rio Amaro, an dem dieses kleine Indiodorf und unser Camp liegen, ist weder besonders breit, noch führt er außerhalb der Regenzeit sonderlich viel Wasser. Die Strömung ist sehr gemächlich, bisweilen kommen einem die von Mangroven gesäumten Ufer eher wie eine ruhige Lagune vor. Einen weiten Weg kann die Leiche also nicht zurückgelegt haben. Nicht mehr als zwei oder drei Tagesmärsche flussaufwärts vermuten die anderen. Dort gibt es allerdings keine Plantagen oder Rodungsgebiete mehr, nicht einmal größere Siedlungen, wenn man von einzelnen Urwalddörfern absieht. Das jedenfalls wissen wir von den Indios, die hierherkommen, um sich von uns medizinisch versorgen zu lassen. Der Regenwald ist flussaufwärts unberührt und wild. Das macht das Auftauchen einer Leiche hier sehr ungewöhnlich.

Noch viel ungewöhnlicher ist aber, dass Dr. Larssen zwei Schusswunden im Rücken entdeckt hat. Oder jedenfalls hält er es dafür. Der Zustand des Kadavers und die beschränkten Möglichkeiten im Camp ermöglichen keine vernünftige Autopsie. Aber falls es stimmt, vermutet er, dass die Schüsse tödliche Wunden in der Lunge und anderen inneren Organen verursacht haben müssen. Wenn das so ist, dann handelt es sich hier vielleicht sogar um ein Mordopfer!

Ich finde ja die violetten Verfärbungen am seltsamsten. Es sind keine Hämatome, Leichenflecken oder Pigmentstörungen. Vielmehr wirkt es so, als habe man das

Fleisch künstlich eingefärbt. Aber nicht äußerlich, wie durch ein Färbebad, sondern von innen heraus, wie auch immer das möglich sein sollte. Es sieht in jedem Fall unnatürlich aus. Mir sind keine biologischen Prozesse bekannt, die so etwas bewirken könnten.

Beim Essen war mir aufgefallen, dass sich Susan bei den Gesprächen sehr zurückgehalten hat. Vielleicht wollte sie ihren Status als Campleiterin deutlich machen. Aber sonst ist sie eigentlich immer ganz zugänglich. Sie hat immer wieder Blicke mit Dr. Paulsen und Brian gewechselt. Die beiden sind schon genauso lange im Camp wie sie, und ich habe das Gefühl, dass sie sich über irgendetwas Gedanken machen, etwas wissen.

Ich muss herausfinden, was ihrer Meinung nach dahintersteckt.

Löwenstraße, Eppendorf, Hamburg, 21. Juli

Juli klingelte kaum zwanzig Minuten, nachdem er sie angerufen hatte. Tom betätigte den Summer und öffnete seine Wohnungstür. Er hörte, wie sie die hölzerne Treppe des Altbaus hochstieg.

»Dritter Stock«, rief er hinunter.

Sie erschien wie schon am Tag zuvor in einer Jeans und einer kurzen Jacke. Nach dem gestrigen Verlust war es nun eine Lederjacke im gleichen Farbton wie ihr Haar. Juli trat in den Flur und sah sich um. Tom wusste, dass seine Wohnung keinen sonderlichen Eindruck machte. Gemeinsam mit Anne waren die meisten Gegenstände verschwunden, die den Ort wohnlich gestaltet hatten.

Die Staubfänger, wie er sie nannte: Bilder, Stehlampen, Vasen, Dekostücke. Er brauchte all das weder zum Arbeiten noch zum Fernsehen oder zum Schlafen. Jetzt, zum ersten Mal seit einem Jahr, vermisste er die ganzen Sachen. Nicht um ihretwillen, sondern weil er schätzte, dass das Aussehen seiner Wohnung Juli als ein Abbild seines Innenlebens vorkommen könnte. Jedenfalls würde er selbst so denken. Und aus Gründen, die ihm selbst nicht ganz klar waren, wollte er ihr gegenüber einen möglichst positiven Eindruck machen.

»Schön, dass du so schnell kommen konntest«, sagte er und führte sie zügig ins Wohnzimmer, das von allen Räumen noch am ehesten eingerichtet aussah.

»Setz dich doch«, sagte er und wies auf das Sofa an der Wand. Auf dem Couchtisch davor hatte er sein MacBook aufgebaut. »Möchtest du einen Kaffee?«

»Klar«, gab sie zurück, setzte sich aber nicht, sondern trat an das Fenster und blickte auf die Baumkronen.

»So ein Kaffeepad?«, rief er aus der Küche.

»Nur zu!«, erwiderte sie und sah sich im Raum um. Die spartanische Möblierung sagte ihr, dass Tom vermutlich nur selten Besuch hatte oder einfach keinen Wert auf eine umfangreiche Ausstattung legte. Vielleicht beides. Der polierte Holzbohlenboden und die ordentlich restaurierten Stuckelemente an der Decke verrieten ihr, dass die Wohnung frisch saniert und keinesfalls billig war. Also hätte es sich der Journalist sicher auch leisten können, die Wohnung etwas herzurichten. Aber es wirkte alles irgendwie trostlos. Oder vielleicht war *einsam* das richtige Wort. Aber lieber das als eine verspielte Junggesellenbude, in der zwischen den Stapeln dreckiger Wäsche noch der Pappkarton der Pizza vom letzten Abend, das Vorlesungsverzeichnis der Uni, ein Mopedhelm und eine Playstation lagen. Dieser hier war ganz offensichtlich wenigstens erwachsen.

»Milch, Zucker?«

Juli folgte der Stimme und trat in seine Küche. Wie sie erwartet hatte, war sie ebenso leer wie alles andere. Ein paar Tassen standen auf der Spüle, und auf dem Boden ragten einige leere Bierflaschen aus einem Karton heraus.

»Beides.«

Tom schreckte auf, als sie plötzlich neben ihm stand.

»Danke«, fügte sie hinzu, als sie die Tasse entgegennahm.

»Ich weiß, sieht aus, als wäre ich gerade erst eingezogen«, sagte er.

»Ich habe nichts gesagt.«

»Aber du hast es gedacht.«

Sie ging zurück ins Wohnzimmer. »Jeder trägt seine eigene Geschichte mit sich herum. Das ist ganz normal. Und gut so.«

Sie lächelte, setzte sich auf das Sofa und lehnte sich zurück.

»Also«, sagte sie nach einem ersten Schluck, »was hast du herausgefunden?«

Tom nahm in gebührendem Abstand neben ihr Platz und klappte den Rechner auf.

»Ich hätte es auch am Telefon erzählen können, aber es ist toller, wenn man es sich ansieht«, erklärte er, während er die notwendigen Programme startete. »Ein Bekannter von mir ist Computerexperte bei Airbus und beschäftigt sich mit Partikelsystemen und Strömungsberechnungen für die Aerodynamik. Nach unserem Essen hatte ich ihn angerufen und ihm von unserer Fragestellung erzählt. Daraufhin hat er sich noch gestern Abend alle Daten aus dem Netz gesucht und eine Simulation programmiert, die er auf seinen Systemen durchrechnen ließ. Das Ergebnis hat er mir als Film geschickt.«

Auf dem Bildschirm erschien eine schlichte Karte, auf der ein blaues, geschwungenes und zerstückeltes Band umrandet von grünen Flächen zu erkennen war.

»Das hier ist die Elbe auf der Höhe, wo der Fuß gefunden wurde«, erklärte Tom. Er deutete auf einen roten Punkt. »Genau dort. Da oben rechts siehst du Uhrzeit und Datum.« Er startete den Film. Nun wurden im Fluss viele kurze und lange Streifen sichtbar wie auf einem Strömungsfilm bei der Wettervorhersage. Datum und Uhrzeit begannen, rückwärts zu laufen.

»Die grauen Kästen, die sich auf der Elbe bewegen, sind die großen Frachter und Tanker«, sagte Tom. »Er hat alle ihre Daten mit eingebaut, da sie die Strömungen im Fluss beeinflussen.«

Der rote Punkt bewegte sich aus der Bucht heraus und wackelte in Richtung der Flussmitte. Dann steuerte er ein Stück landeinwärts, verharrte scheinbar, bis er schließlich flussabwärts trieb.

»Was hat das zu bedeuten?«, fragte Juli.

»Das sind die Effekte der Tide«, sagte Tom. »Man sollte meinen, dass der Fuß lediglich den Fluss hinab in Richtung Nordsee geschwommen ist. Das würden wir hier, weil wir es rückwärts betrachten, als eine Bewegung landeinwärts sehen. Aber je nachdem, in welcher Tiefe der Fuß geschwommen ist und welche Strömung er erwischt hat, kann es sein, dass er bei auflaufender Flut wieder landeinwärts gespült wurde. Immer wieder ein Stück hinunter, dann wieder ein Stück hinauf. Das geht noch eine Weile so weiter, wie du siehst.«

»Aber letzten Endes …«

»Ja, letztlich ist er natürlich nicht den Fluss hinaufgetrieben, sondern kam aus Richtung der Stadt. Hier, der Film ist gleich zu Ende; und dort kommt die Stelle, die für uns interessant wird, bis dahin hat er es berechnet.«

Juli beobachtete, wie sich der rote Punkt nach seinen zahlreichen pendelartigen Bewegungen einem Ufer näherte und schließlich dort stehen blieb. Es war aber nicht das südliche Elbufer. Stattdessen war es das Ufer einer schmalen Landzunge, die sich inmitten der Elbe befand.

»Da. Das ist der berechnete Ausgangsort«, sagte Tom. »Neßsand.«

»Diese Insel?«

»Vom Beachclub aus kann man sie sehen, und man denkt immer, es sei das gegenüberliegende Ufer der Elbe. Aber es ist in Wahrheit die Insel. Das westliche Ende, das man von dort sehen kann, heißt Hans-Kalb-Sand. Der Teil, wo der Fuß herstammt, liegt weiter flussaufwärts, und das ist Neßsand.«

»Was macht ein Fuß auf der Insel?«

Tom nickte. »Und mehr noch: Was macht überhaupt *irgendetwas* dort? Denn Neßsand ist ein gesperrtes Naturschutzgebiet. Außer Bäumen und ein paar Vögeln dürfte es dort gar nichts geben. Und die Wasserschutzpolizei patrouilliert da regelmäßig.«

»Was aber auch bedeutet, dass es ein gutes Versteck ist«, überlegte Juli.

»Ja, richtig. Und dann ist mir noch etwas anderes eingefallen. Im Pathologiebericht war die Rede davon, dass sich im Schuh Pappelblätter befunden hatten. Okay, es ist eine ziemlich schwache Spur, aber immerhin, ich habe es überprüft, und auf Neßsand wachsen tatsächlich Pappeln, und zwar nicht zu knapp.«

»Nehmen wir an, die Berechnungen stimmen«, sagte Juli. »Dann gibt es doch im Grunde nur eins, was wir tun können.« Sie sah Tom an, und der hob eine Augenbraue. Sie war schnell. Und mutig.

»Man bräuchte ein Boot…«, tastete er sich vor, nicht sicher, ob sie die gleiche Idee hatte wie er.

»Ein möglichst kleines mit einem möglichst leisen Motor«, bestätigte Juli, »das nachts von einer unbeobachteten Stelle aus übersetzen kann.«

»Womit man sich natürlich eine Menge Ärger einhandeln könnte…« Er sah sie fragend an. Aber Juli blieb ungerührt.

»Nur, wenn man sich erwischen lässt.«

Sie trafen sich abends um halb elf auf dem Parkplatz des Wendehammers in der Nähe der alten Fabrik. Die Gebäude waren um diese Uhrzeit längst verwaist, nur einzelne Lampen auf dem Fabrikgelände warfen noch ein spärliches Licht. Hier war nahezu dunkles, menschenleeres Niemandsland, zwischen der Großstadt Hamburg und der weiter westlich liegenden Ortschaft Wedel. Die wenigen Menschen, die hier arbeiteten, Fabrikarbeiter und Büroangestellte, waren spätestens um sechs schon gegangen, auch Putzkolonnen waren inzwischen fort. Wachleute gab es hier keine.

Als Juli ihren Wagen abstellte, sah sie Tom schon auf sie warten. Trotz des lauen Abends ließ die zwielichtige und heruntergekommene Umgebung sie schaudern. Noch am Tag zuvor hätte sie sich nicht vorstellen können, sich mitten in der Nacht mit einem Fremden im Nirgendwo zu treffen. Und ein Fremder war er schließlich, auch wenn sie wusste, wie er hieß, wo er wohnte und sie nichts Böses an ihm vermutete. Aber wie gut ließen sich Menschen wirklich einschätzen? Tatsache war, dass sie ihn längst nicht gut genug kannte, um ihm ihr Leben anzuvertrauen.

Es ist nur eine Bootsfahrt, ermahnte sie sich. Doch das ungute Gefühl, sich in etwas hineinzustürzen, dessen vollen Umfang sie noch nicht abschätzen konnte, ließ sich nicht abschütteln. Ihr Tatendrang hatte sie zwar auch schon früher in verzwickte Situationen gebracht, nur war dies hier etwas anderes.

Sie nahm sich vor, wachsam zu bleiben, wollte aber die Chance, der Antwort auf ihre Suche näher zu kommen, nicht ungenutzt lassen.

Sie ging zu Tom hinüber, der hinter der Straßenbegrenzung am Ufer des Flusses wartete. Kurz darauf bemerkte sie eine weitere Person, die etwas abseits stand und alles beobachtete. Dann sah sie, dass auf dem Wasser direkt hinter Tom ein kleines Motorboot trieb. Es war aus

Gummi und gerade groß genug für zwei Personen. Eine Leine führte zu den schwarzen Schlackebrocken, die als Uferbegrenzung dienten. Es gab hier keinen Pier, nicht einmal einen kleinen Steg. Aber es war beinahe höchste Flut, die abfallenden Ufer standen schon hoch unter Wasser, und so war es möglich, dass man an dieser Stelle mit einem Boot fast direkt bis an die Straße herankam. Von den Steinen aus war es mit etwas Geschick möglich, hineinzuklettern.

»Kann sein, dass du nasse Füße bekommst«, grüßte Tom sie. »Aber es war die beste Möglichkeit auf die Schnelle.« Er schien ihren unruhigen Blick zur Seite zu bemerken. »Das ist Jeremy«, sagte er mit einem Nicken hinüber. »Ihm gehört das Boot. Er wird hier warten, bis wir es zurückbringen.«

»Will er denn nicht mitkommen?«

»Er möchte nicht mit drinstecken, falls wir erwischt werden.«

Unschlüssig sah sie zu dem Boot. Tatsächlich war es sogar unmöglich, es zu betreten, ohne mindestens einen Schritt ins Wasser zu tun. Also setzte sie sich und zog ihre Schuhe aus.

»Pass auf, dass du nicht ausrutschst«, sagte Tom.

Als sie fertig war, balancierte sie über die Steine, stützte sich einmal an Toms ausgestrecktem Arm ab und war schließlich im Boot. Tom folgte ihr, stieß das Gefährt mit einem Paddel von den Steinen ab und warf dann den kleinen Außenborder an. Bedächtig nahmen sie Fahrt auf und bewegten sich auf den Fluss hinaus.

Zehn Minuten später erreichten sie die Neßsand. Im Westen der Insel gab es einen Anlegesteg, den der Inselwart verwendete und der für größere Boote gedacht war. Um unentdeckt zu bleiben, mussten sie diesen Bereich natürlich meiden. Tom suchte daher weiter östlich am Strand einen Landeplatz, und kurz darauf betraten sie die Insel. Eine dünne Wolkendecke verdunkelte die Reste der Dämmerung. Über der Stadt und ihren Containerterminals, deren Lichtermeer man sehen konnte, lag ein orangefarbener Schein. Auf dem Wasser und auf der Insel war es bereits fast vollkommen dunkel. Dennoch war es ihnen möglich, Umrisse zu erkennen, nachdem sich ihre Augen an die Dunkelheit gewöhnt hatten.

»Hoffentlich sieht man es nicht«, sagte Juli, während Tom das Schlauchboot ein kurzes Stück aufs sandige Ufer zog. Vom Wasser aus würde es sich als dunkler Schatten gegen den helleren Streifen Strand abheben.

»Wir müssen einfach darauf vertrauen, dass in der nächsten Stunde nicht die Polizei vorbeifährt und zufällig herüberguckt.«

Sie ging einige Schritte, bis um sie herum Gräser und kleineres Buschwerk wuchsen. Tom dirigierte sie in Richtung der Inselmitte. »Wenn wir am Strand entlanggehen, kann man uns vielleicht entdecken«, erklärte er mit gedämpfter Stimme. »Ich weiß ja nicht, wie ernst die das mit den Kontrollfahrten nehmen. Daher gehen wir oberhalb, am Waldrand.«

»Warum flüsterst du?«

»Ich …« Tom zuckte mit den Schultern. »Nur so. Fühlt sich heimlicher an.«

»Falls der Fuß tatsächlich von hier gekommen ist«, sagte Juli, »dann ist er ja vermutlich ins Wasser gespült worden, und dann sollten wir am Strand gucken.«

»Wir behalten den Streifen im Auge und gehen nur nachsehen, wenn uns etwas verdächtig vorkommt.«

Ein Wildwuchs von Sträuchern und zum Teil erstaunlich hohen Bäumen beherrschte die Inselmitte. Die Elbinsel war gerade einmal sechzig Jahre alt. Entstanden war sie in den Vierzigerjahren des letztes Jahrhunderts, als während des Zweiten Weltkriegs am Südufer der Elbe eine Werft für Wasserflugzeuge gebaut wurde. Dabei war die Insel mit dem Aushub der Bauarbeiten aufgeschüttet worden. Die Natur hatte das Land schnell erobert, und inzwischen war die ehemalige Sandbank seit fünfzig Jahren Naturschutzgebiet.

»Ich bin nicht sicher, ob es eine gute Idee war, nachts herzufahren«, sagte Juli. »Man sieht ja fast nichts.«

Tom schwieg. Dass das Risiko, tagsüber erwischt zu werden, zu groß war, hatten sie ausführlich besprochen. Vielleicht hat sie ja Angst vor der Dunkelheit, überlegte er. Ein bisschen albern für eine erwachsene Frau. Aber möglicherweise konnte er sie beruhigen. Er stellte sich vor, wie sie immer stiller und immer nervöser wurde. Er würde dann etwas näher neben ihr laufen. Vielleicht wäre sie froh, einen kräftigen Mann in ihrer Nähe zu haben, vielleicht sogar Körperkontakt suchen. Es müsse ihr nicht peinlich sein, würde er ihr dann hinterher verständnisvoll sagen, wenn sie wieder auf vertrautem Gebiet waren. Sie würde ihn mit dankbaren Augen ansehen, lächeln, und dann …

»Scheiße!«, schrie Tom auf, als plötzlich ein Knurren neben ihm aus der Dunkelheit der Bäume drang. Tom stolperte zwei Schritte beiseite, rechnete damit, dass ihn etwas Großes anspringen würde.

Juli war ebenfalls stehen geblieben. Sie zog die Taschenlampe hervor, die sie eigentlich nur im Notfall hatten benutzen wollen, und leuchtete in das Unterholz. Dort stand ein Hund. Ein Mischling von der Größe eines Schäferhundes mit verfilztem Fell und eingefallenen Flanken. Er hatte die Ohren angelegt und bleckte die Zähne. Im Lichtkegel der Lampe wich er einen Schritt zurück.

»O nein«, sagte Juli, »sieh dir den an. Der Arme ist ja halb verhungert!«

»Das beruhigt mich kein bisschen«, rief Tom. »Der hätte sich fast auf mich gestürzt. Scheuch ihn weg, los!« Er bückte sich, offenbar auf der Suche nach Steinen, die er nach dem Tier werfen konnte.

»Red keinen Unsinn«, sagte Juli. »Du hast ihn erschreckt. Guck doch, was er für eine Angst vor uns hat.«

»Scheinbar nicht genug.« Tom hatte einen herumliegenden Ast gefunden und holte aus.

»Nicht!«, rief Juli und wollte Toms Arm festhalten. Aber der Hund setzte sich schon in Bewegung und rannte durch den Wald davon. »Jetzt hast du ihn verjagt!«

»Gut so. Wer weiß, was der für Krankheiten hat.«

»Nun stell dich doch nicht so an! Der ist vielleicht schon ewig lange auf der Insel und kommt nicht mehr aufs Festland. Und hier findet er nichts zu fressen. Du hast doch gesehen, wie schlimm er aussah.« Sie trat zwischen die Bäume. »Vielleicht können wir ihm helfen. Wir müssen ihn suchen.« Mit eingeschalteter Lampe stapfte sie los.

»He, warte mal«, rief Tom und eilte hinterher. Als Juli keine Anstalten machte, stehen zu bleiben oder sich umzudrehen, gab Tom klein bei. »Mach wenigstens die Lampe aus.«

Erneut hüllte Dunkelheit sie ein. Tom folgte Juli durch das Unterholz. Dieser Teil der Insel war fast drei Kilometer lang und einen halben Kilometer breit. Da es eine Insel war, konnte man sich schwerlich verlaufen, aber sie war groß genug, um stundenlang nutzlos umherzuirren, wenn man nicht einmal wusste, was und wo man suchte.

»Es würde mich wirklich interessieren, was dich an dieser Sache so sehr interessiert«, sagte Tom. »Es ist eine persönliche Sache, hast du gesagt. Aber es muss ja schon mächtig wichtig sein, wenn du so was hier unternimmst. Wir machen uns strafbar, und vermutlich haben wir auch schon am UKE diverse Gesetze gebrochen.«

»Dasselbe gilt doch auch für dich.«

»Ja, aber es ist mein Job. Ich verdiene mein Geld mit Storys, und die guten Storys liegen nun mal nicht auf der Straße.«

»Das stimmt wohl«, antwortete Juli.

»Und du?«, hakte Tom nach, als sie keine Anstalten machte, weiterzusprechen. »Was treibt dich an?«

»Es lässt dir keine Ruhe, hm?«

»Nein.«

»Es hängt mit meiner Schwester zusammen. Ich weiß nicht, ob ich es vernünftig erklären kann. Es klingt vielleicht etwas weit hergeholt.«

»Versuch es«, drängte Tom, der sich die Arme vor das Gesicht hielt, um zurückschnellende Zweige aufzuhalten, die Juli beim Vorangehen umbog.

»Also gut«, seufzte sie. »Meine Schwester, Marie, ist Ärztin. Oder jedenfalls kurz davor. Im Augenblick arbeitet sie ehrenamtlich für Ärzte ohne Grenzen in einem kleinen Dorf in Brasilien. Na ja, also eher ein Urwalddorf südlich von Manaus, ziemlich weitab vom Schuss. Von dort hat sie mir immer geschrieben. Zwar mit reichlicher Verzögerung, aber regelmäßig. Und nun ist sie verschwunden.«

Tom schwieg.

»Der letzte Brief, den ich von ihr bekam, war reichlich beunruhigend«, fuhr sie fort, »und dann war plötzlich vier Wochen lang Sendepause. Also habe ich mich mit den Ärzten im Dorf direkt in Verbindung gesetzt. Von denen habe ich dann erfahren, dass Marie vier Wochen vorher auf eine Expedition flussaufwärts in den Urwald aufgebrochen war und man seitdem nichts mehr von ihr gehört hatte.«

»O Mann … und wie lange ist das her?«

»Das war vor drei Wochen. Ich habe natürlich noch einmal Kontakt gesucht, aber man konnte mir nichts Neues sagen. Man hatte einen Suchtrupp hinterhergeschickt, der aber einige Tage später zurückgekehrt war, ohne eine Spur gefunden zu haben.«

»Und mehr haben die nicht unternommen?«

»Sie zögern noch, sie offiziell als vermisst zu melden. Und ich verstehe nicht, warum.«

»Kann es denn sein, dass sie entführt wurde? Oder gibt es dort irgendwelche Banden?«

»Das ist unwahrscheinlich. Das Dorf liegt wirklich weitab, und in der näheren Umgebung gibt es nur noch einige verstreute Indiostämme.«

»Dann hat sie sich vielleicht verlaufen? Oder sie ist verunglückt?«

»Vielen Dank fürs Mutmachen ...«

»O mein Gott, so meinte ich es nicht«, beeilte sich Tom zu versichern. »Ich überlege nur, was passiert sein könnte.«

»Du hast ja recht«, sagte sie leise. »Viele andere Möglichkeiten gibt es sicher nicht.«

Tom zögerte. Er wusste nun, warum sie nicht darüber hatte sprechen wollen. Aber was war es, das sie nun zu dieser Suche verleitete? Neßsand war schließlich nicht der brasilianische Urwald.

»Als ich deinen Artikel las«, sagte Juli, »hat mich die Beschreibung des Fußes stutzig gemacht. In dem letzten Brief erwähnte Marie, dass der Fluss bei ihnen im Dorf ebenfalls Leichenteile angespült hatte. Und auch sie waren violett verfärbt.«

»Und deswegen vermutest du eine Verbindung ...?«

»Ich sagte ja, es ist reichlich vage und eigentlich nicht wirklich zu erklären. Aber irgendwie hat mich die Beschreibung erregt, so als würde ich etwas wiedererkennen ... ich weiß nicht, wie das miteinander zu tun haben könnte, aber ich muss dem einfach auf den Grund gehen ... Ergibt das irgendeinen Sinn?«

»Tja ... ich schätze, irgendwo muss man anfangen.«

»Ja ...«

»Was ist, warum bleibst du stehen?«

»Hier ist ein Zaun.« Sie schaltete ihre Lampe an.

Tom trat heran. Vor ihnen erhob sich eine fast drei Meter hohe Absperrung.

»Warum steht hier ein Zaun mitten auf der Insel?«, fragte Tom.

»Hier kann er nicht hindurch sein.«

»Wer?«

»Na, der Hund. Komm, wir folgen dem Verlauf. Ich bin gespannt, wo er hinführt.«

»Wir sind eigentlich nicht wegen des Hundes hier ...«

»Ja, sicher, aber willst du nicht auch wissen, wer hier, mitten im Naturschutzgebiet, so was aufstellt?« Sie leuchtete nach oben. »Mit Stacheldraht obenauf. Hier war jemandem etwas ganz besonders wichtig. Und ein paar Sumpfhuhn-Nester waren es bestimmt nicht.«

Tom musste ihr recht geben. Dieser Zaun bestand nicht aus alten Latten oder Maschendraht, er war aus engen Stahlgittersegmenten gefertigt und so hoch, dass er eine ernsthafte Barriere darstellte. Es war zweifellos verdächtig.

Juli schaltete ihre Lampe aus, und gemeinsam folgten sie der Absperrung. Ihre Augen gewöhnten sich wieder an die Dunkelheit, und mit einer Hand am Zaun kamen sie zügig voran.

»Pass auf ...«, hörte Tom gerade noch, als seine Füße plötzlich keinen ebenen Halt mehr fanden. Er rutschte einen guten Meter abwärts und fiel dann zu Boden. Julis Lampe flammte auf. »Hier ist ein Loch, wollte ich gerade sagen.« Sie stand etwas weiter oben, noch dicht am Zaun. Der Boden war hier ausgeschwemmt, eine tiefe Rinne verlief vom Zaun aus durch den Wald und in Richtung des Strandes. Die Rinne war so tief, dass sie den Zaun unterhöhlte, ein kleiner Betonfuß war zu erkennen, der einmal in der Erde gesteckt hatte und nun, von unten am Zaun hängend, in der Luft schwebte.

»Hier ist er also durchgekommen«, meinte Juli und sprang zu Tom hinab. »Irgendein Hochwasser oder eine Sturmflut hat die Erde weggespült. Sieh mal.«

»Willst du da rein?«, fragte Tom, während er aufstand und den Dreck von seiner Hose klopfte.

»Na sicher.«

Juli ging auf alle viere und zwängte sich unter dem Zaun hindurch. Tom folgte ihr. Unschlüssig blieben sie auf der anderen Seite stehen.

»Weiter am Zaun entlang oder direkt geradeaus?«, fragte Tom. »Ich würde schätzen, dass das, was der Zaun schützt, in der Mitte liegt.«

»Also dann geradeaus.«

Schon nach wenigen Schritten veränderte sich das Gelände. Die letzten vereinzelten Pappeln und Weiden wichen zurück, sie liefen durch Gestrüpp und mannshohe Brennnesselfelder.

Vor ihnen tauchte ein niedriges Gebäude auf, eher einem größeren Schuppen gleich, das sich mit seinem flachen Dach in die Umgebung zu ducken schien. Sie traten heran. Die Wände bestanden aus fensterlosen, großen Blechen, wie man es von einer einfachen Lagerhalle erwarten würde. Auch das Dach war aus Blech gefertigt.

Vorsichtig umrundeten sie den Bau. An keiner Seite fanden sie Fenster oder irgendwelche Hinweise, um was es sich handelte. Dann hatten sie die Stirnseite erreicht, wo eine einzelne Tür eingelassen war. Tom sah auf den Boden.

»Hier war einmal ein Weg«, stellte er fest. »Ein bisschen überwuchert, aber er führt direkt hierher. Vermutlich ist am anderen Ende der eigentliche Eingang durch den Zaun.«

Er untersuchte die Tür. Sie war mit einem Sicherheitsschloss versehen, aber zusätzlich lag ein Metallriegel quer davor, der mit einer Kette und einem Vorhängeschloss gesichert war. Halbherzig rüttelte Tom daran.

»Kein Chance«, murmelte er.

»Aber etwas muss da drin sein«, meinte Juli. »Niemand sichert so einen leeren Schuppen.«

»Folgen wir dem Weg«, schlug Tom vor. »Vielleicht finden wir noch mehr.«

Der ehemalige Pfad verlief gradlinig durch das Gestrüpp. Gebäude gab es keine weiteren, und bald schon erwartete Tom, auf die Umzäunung zu treffen, als er stockte. Wenige Meter rechts von ihnen war etwas.

»Juli, leuchte mal da rüber«, sagte er. »Wo es so dunkel ist.«

Das Licht der Lampe wanderte über Gräser und Brombeerranken und offenbarte schließlich eine Senke im Gelände.

»Lass uns das ansehen«, sagte Tom und bahnte sich einen Weg. Juli folgte ihm und leuchtete. Nach einigen Schritten blieb er stehen und wartete, dass Juli zu ihm aufschloss.

Sie standen am Rand eines gähnenden Lochs mitten

im Boden. Die Decke eines unterirdischen Raums war eingebrochen. Betonteile waren zum Teil herabgestürzt, zum Teil hingen sie noch durch verrostete Metallstangen aneinander. In etwa drei Metern Tiefe war der Boden eines Raums zu sehen, der teilweise mit Geröll, Erde und Blättern bedeckt war. Undefinierbare Gerätschaften, Kisten lagen verstreut herum, Regale ragten herauf.

»Ein alter Bunker?«, fragte Juli.

»Nein, viel moderner. Höchstens ein paar Jahre alt. Und vermutlich vor Kurzem erst eingestürzt.«

»Was ist das da?« Juli war in die Hocke gegangen und leuchtete in eine Ecke.

Das Licht brach und spiegelte sich in Glasscherben. Dazwischen lagen intakte Gefäße, die offenbar herabgestürzt waren. Etwas Weißes schimmerte ihnen entgegen.

Tom erkannte, was es war. Er wollte seinen Blick abwenden, aber das Grauen ließ ihn erstarren, hielt ihn fest wie in einem Schraubstock. Selbst aus der Entfernung sah er jede Falte, jedes Haar, die glasige Blindheit der toten Augen, die aufgedunsenen Lippen. In dem Gefäß befand sich, in einer Flüssigkeit schwimmend, der abgetrennte Kopf eines Menschen.

Tom stolperte rückwärts, während Juli noch immer kniete und den Fund näher in Augenschein nahm. Dann stand sie auf und untersuchte den Rand der Grube. Kurz darauf begann sie, auf den Trümmerstücken der eingestürzten Decke nach unten zu klettern.

»Moment mal«, rief Tom. »Das könnte zusammenbrechen!«

»Ich pass schon auf.«

Wenig später war sie bereits am Boden dessen, was einmal ein Raum gewesen war, angelangt und leuchtete umher.

»Komm auch«, rief sie. »Das musst du dir ansehen.«

Tom zögerte. Die Kleine war reichlich unverfroren, fast ein bisschen zu viel für seinen Geschmack. Mitten in der Nacht in ein Sperrgebiet einzudringen und dann in eine baufällige Ruine zu klettern, in der Leichenteile in Asservaten-Gläsern herumlagen, das ging auch über sein übliches Maß an Recherche hinaus. Und seine Ekelgrenze war bei solchen Horrorfunden ebenfalls deutlich überschritten.

Weder hatte er Angst in der Dunkelheit, noch war er abergläubisch. Aber was er im Licht der Taschenlampe gesehen hatte, tanzte unablässig vor seinen Augen, hatte sich eingebrannt und kroch nun wie ein bösartiger Geist durch seinen Kopf und sein Rückgrat hinab. Hier oben schutzlos und allein in der Dunkelheit zu stehen, mit dem Rücken zum Wald und ahnungslos, was ihn umgab, was möglicherweise lauerte, war ein fast unerträglicher Gedanke. Hinunter zu Juli war die Alternative. Zum Licht, zu einem Menschen … aber auch zu abgetrennten Köpfen, die ihn mit blinden Augäpfeln anglotzten und ihre toten, fischigen Lippen zu einem stummen Schrei geöffnet hatten.

»Was ist?«, rief sie von unten.

Widerwillig trat er vor und untersuchte das Geröll. Ein Lichtschein flammte auf. Juli leuchtete herauf, sodass er erkannte, wie man hinabgelangte.

»Ist ganz leicht«, sagte sie. »Die Platte dort ist stabil, und am Regal kannst du dich festhalten.«

Als Tom unten ankam, bemühte er sich, nicht auf den Boden zu sehen. Ein fauliger Gestank hing in der Luft. Er wollte nicht wissen, wie viele Gläser heruntergefallen und dabei zu Bruch gegangen waren. Er folgte dem Schein von Julis Lampe, der sich dankenswerterweise auf die Regale konzentrierte.

»Das muss eine Art Lagerraum gewesen sein«, erklärte sie. »Haufenweise Regale mit Gefäßen und Boxen. Hier sind auch irgendwelche wissenschaftlichen Geräte. Sieh mal. Was hältst du davon?«

»Was soll ich davon halten, wenn hier Köpfe in Gläsern herumliegen?!«

»Das sind sicher medizinische Asservaten. Gibt's an der Uni auch haufenweise. Na gut, Köpfe sind selten, aber da muss man sich nicht so aufregen.«

»Ich rege mich überhaupt nicht auf. Ich bin entsetzt!«

»Ist ja schon gut. Ist aber der einzige, wenn es dich beruhigt.« Sie leuchtete zur Seite. »Da drüben sind nur noch ein paar Organe, aber die könnten auch von einem Tier sein. Und ansonsten gibt's da noch Schweineschenkel. Sieht jedenfalls so aus. Eingelegtes Eisbein, sozusagen.«

»Ich finde das nicht witzig.«

»Hier drüben ist eine Tür. Der eigentliche Eingang zu diesem Raum. Ist aber von der anderen Seite verriegelt. Ich frage mich, ob es noch mehr Kellerräume hier gibt oder ob dahinter bloß ein Tunnel liegt, der von dem Schuppen aus hierherführt.«

»Sieht so aus, als müssten wir noch mal herkommen«,

meinte Tom, »und ein bisschen Werkzeug mitbringen. Vielleicht bekommen wir auch den Schuppen geknackt.«

Juli nickte. »Ja. Irgendetwas ist hier versteckt worden. Vielleicht hat man hier auch gearbeitet. Medizinische Experimente vielleicht. Aber warum hier auf der Insel …?«

»Die Lage muss eine besondere Bedeutung haben. Sonst wäre es logistisch viel zu aufwendig, hier so etwas zu bauen.« Er griff in ein Regal und zog einen Karton heraus, in dem Mappen lagen. Er nahm die oberste, blätterte sie auf und versuchte, etwas zu erkennen.

»Es ist ein gutes Versteck«, überlegte Juli.

»Vielleicht vor Spaziergängern. Aber vor den Behörden lässt sich das sicher nicht geheim halten. Es muss schon irgendwie offiziellen Charakter gehabt haben. Lass uns ein paar der Unterlagen mitnehmen.«

»Oder man hat die Behörden bestochen.«

»Auf alle Fälle werde ich der Sache nachgehen. Aber jetzt brauche ich erst mal wieder frische Luft!« Er wandte sich dem Aufstieg zu.

Kurz darauf waren sie oben angekommen.

»Viel schlauer sind wir ja noch nicht«, sagte Tom, als sie den Weg zurückgingen. Dann klopfte er auf die Dokumente unter seinem Arm. »Aber wir wissen, dass es hier noch einiges zu entdecken gibt. Interessiert dich die Sache immer noch?«

»Unbedingt!«, gab Juli zurück.

»Aber was könnte es mit deiner Schwester zu tun haben?«

»Ich weiß es nicht, wirklich. Aber ich muss einfach irgendetwas tun, verstehst du?«

Tom dachte darüber nach. Sicherlich hatte sie recht. Es musste furchtbar sein, wenn man zur Untätigkeit verdammt war. Vielleicht wäre es zwar eine bessere Idee, in das Urwalddorf nach Brasilien zu fahren, um dort nach dem Rechten zu sehen, als Hirngespinsten auf einer aufgeschütteten Elbinsel nachzujagen, aber eine Beschäftigung war vermutlich besser, als sich vor Sorge den Geist zu zermartern.

Die Entdeckung erregte Tom. Ein geheimes Labor auf der Elbinsel. Eine Story, die möglicherweise viel interessanter war als ein angerissener Fuß, der aus irgendeinem Bootsunfall stammen mochte. Es gelang ihm nicht, Juli richtig einzuschätzen. Sicherlich war sie entschlossen und furchtlos. Aber vielleicht war es bloß eine Art Verblendung, eine Manie, und möglicherweise wurde er sie nun viel schwieriger wieder los, als es ihm recht war. In erster Linie musste er an seinen Job denken und konnte sich nicht auch noch um die Befindlichkeiten irgendeiner Frau kümmern, egal, wie gut sie aussah. Bisher benahm sie sich professionell und neutral, aber wer wusste schon, wie lange das gut gehen würde.

Jeder der beiden hing seinen Gedanken nach, und so verlief der Rückweg nahezu schweigend.

Sie traten aus dem Wald und wurden vom grellen Licht zweier Taschenlampen empfangen, die ihnen in die Gesichter strahlten.

»Hier ist die Polizei! Treten Sie langsam vor!«

Unwillkürlich hoben Tom und Juli ihre Arme an.

»So ein Mist!«, zischte Tom.

Die beiden Polizisten standen breitbeinig am Strand.

»Können Sie mir verraten, was Sie hier tun?«, fragte der größere der beiden.

»Wir haben uns hier umgesehen«, gab Juli arglos zurück.

»Haben Sie das Schild da drüben gesehen?« Der Mann leuchtete zum Waldrand auf ein unübersehbares Hinweisschild mit einem grünen Dreieck und der Silhouette eines Adlers.

Tom schwieg.

»Na, was steht da drauf?«, fragte der Mann. »Lesen können Sie ja wohl.«

»Wir wissen, dass diese Insel ein Naturschutzgebiet ist«, sagte Juli in einem Tonfall, um dessen Ruhe Tom sie beneidete. Er hasste es, herablassend behandelt zu werden, insbesondere von irgendwelchen Streifenpolizisten, die sich für kleine Könige hielten.

»Und was ist das Besondere an einem Naturschutzgebiet, junge Dame? Dass man es nicht betreten darf! Zeigen Sie mir bitte mal Ihre Ausweise.«

Tom knirschte mit den Zähnen. Er hätte dem selbstgefälligen Kerl am liebsten gehörig die Meinung gesagt. Leider war der Mann im Recht, und Handgreiflichkeiten würden vermutlich nicht helfen, die Situation zu entspannen.

»Wir haben sie im Boot gelassen«, sagte Juli.

»Gut, dann gehen wir jetzt gemeinsam zu Ihrem Boot.«

Tom und Juli gingen voraus, die Polizisten folgten ihnen.

Das Boot war nicht weit entfernt. Die Flut war noch

ein bisschen gestiegen, sodass es nun direkt am Wassersaum lag.

»Wir haben eine Sondergenehmigung von Hauptkommissar Berger«, erklärte Juli, während sie sich dem Boot näherte. »Ich arbeite am UKE. Wir haben ihn dort heute getroffen, und auf seinen ausdrücklichen Auftrag hin sind wir hierhergefahren.«

Die beiden Männer sahen sich an.

»Berger?«, fragte der größere.

»Ja, den kenne ich. Sitzt in der City Nord, meine ich.«

»Okay, prüf nach, ob da was dran ist. Ich bleibe hier und nehme die Personalien auf.«

Der kleinere der beiden Männer entfernte sich mit seiner Lampe. Vermutlich ging er in Richtung des Anlegestegs, der etwas weiter westlich lag. Dort mussten sie ihr Boot festgemacht haben, überlegte Tom. Weit war es nicht, in fünf Minuten war er sicher dort und würde über Funk in Erfahrung bringen, dass es einen solchen Auftrag von Hauptkommissar Berger nicht gab.

Tom überlegte fieberhaft. Wenn sie hier wegwollten, mussten sie jetzt schnell sein. Aber der andere durfte nicht mehr in Rufweite sein, und so lange mussten sie die Herausgabe ihrer Ausweise verzögern …

Juli gab sich bereits Mühe, Zeit zu schinden. Sie beugte sich über das Boot und suchte darin herum. »Verdammt … wo hast du den Rucksack hingelegt?«

Tatsächlich hatten sie außer ihrer Kleidung nichts weiter dabeigehabt, aber Juli suchte in den Ecken und unter einem Haufen aus schwerer Plane.

»Ich hab ihn dir doch gegeben«, warf Tom ein. »Ich

dachte, du hattest ihn mitgenommen.« Er ging einen Schritt auf das Boot zu und blickte den Strand hinunter, wo er den Schein der Taschenlampe immer kleiner werden sah.

»Du hast ihn mir nicht gegeben«, sagte Juli. »Ich habe ihn nicht einmal angefasst, seit wir eingestiegen sind. Und mitgenommen auch nicht. Er muss noch hier sein.«

»Lass mal sehen!« Tom sah in das Boot, legte die Dokumente hinein und wühlte dann herum. Tatsächlich musterte er den Polizeibeamten. Er trug keine Waffe.

»Sie können mir in der Zwischenzeit schon einmal sagen, wie Sie heißen«, erklärte der Polizist missmutig, während er seine Lampe auf sie gerichtet hielt.

Das Boot ließ sich bewegen, stellte Tom fest, als er leicht am Rand rüttelte. Vielleicht war das eine Möglichkeit ... Er sah zu Juli hinüber, die unauffällig zu ihm hinaufblickte und ein Einverständnis signalisierte. Er musste darauf vertrauen, dass sie verstanden hatte, was er plante!

Er drehte sich um, und mit einer plötzlichen Bewegung hieb er dem Polizist eine Faust in den Magen. Der krümmte sich und ließ seine Taschenlampe fallen.

»Was ...!«, entfuhr es ihm, als Tom auch schon nachsetzte und dem Mann ein Knie in die Weichteile rammte.

»Los!«, rief Tom. Er drehte sich um, packte den Rand des Gummiboots und schob es an. Juli hatte verstanden und schob ebenfalls. Mit einem Sprung war sie im Boot, als es vollständig im Wasser war.

Tom drückte noch ein Stück weiter, machte zwei

Schritte in den Fluss hinein, dann hechtete er ebenfalls über den Rand und klappte den Außenborder herunter. Fast zeitgleich zog er am Seilzug des Motorstarters.

Der Polizist taumelte auf sie zu. »Stehen bleiben!«, brachte er hervor und streckte einen Arm kraftlos nach ihnen aus.

Noch einmal zerrte Tom am Anlasserseil, und dieses Mal sprang der Motor an.

Nach wenigen Sekunden waren sie außer Reichweite und beobachteten, wie der Polizist sich fluchend auf die Oberschenkel stützte. Dann ließen sie ihn als Schatten am Strand der Insel zurück.

»Es hat geklappt«, meinte Juli. Nach einer Weile fügte sie hinzu: »Glaubst du, dass das eine gute Idee war?«

Tom hielt seinen Blick auf das gegenüberliegende Elbufer gerichtet. »Ich hoffe es.«

»Hey, warum hältst du an?«

Der Motor wurde leiser und verstummte schließlich.

»Keine Ahnung. Ist einfach ausgegangen.« Tom zog am Anlasserseil, aber der Motor reagierte nicht. »Verdammte Kiste«, fluchte er und riss erneut an der Leine. Erst heftiger, dann versuchte er es gefühlvoller. Das Ergebnis blieb das Gleiche.

»Beeil dich«, rief Juli, »sonst wird es hier gleich ungemütlich! Hast du schon mal da rübergeschaut?«

Sie trieben inmitten der Fahrrinne des dunklen Flusses, ohne Positionslampen oder sonstige Beleuchtung. Und von flussabwärts näherte sich ein gewaltiger Frachter. Er hielt geradewegs auf sie zu.

Erschrocken wandte sich Tom wieder dem Motor zu.

Er klappte ihn hoch, ließ ihn wieder zu Wasser und versuchte erneut, ihn zu starten.

»Nimm das Paddel«, rief er, »und paddle um dein Leben!«

Während Juli hastig mit dem Paddel hantierte, bemühte sich Tom weiter um den Motor. Sie mussten die Fahrrinne verlassen!

»Ich schaffe es nicht«, rief Juli. »Wir kommen nicht schnell genug voran.«

Noch einmal riss Tom an der Leine. Der Motor ratterte zögerlich, erstarb aber wieder.

Nun drang ein Zischen zu ihnen herüber. Es war das Geräusch der kleinen Bugwelle, die der Frachter vor sich herschob. In wenigen Augenblicken würde er über ihnen sein.

Mit irrsinniger Wucht riss Tom an der Leine. Noch einmal und noch einmal. Und plötzlich sprang der Motor an. Tom gab Vollgas und beschrieb eine scharfe Kurve. Nicht einen Moment zu früh, denn nur wenige Meter hinter ihm zerschnitt die zwanzig Meter hohe Bordwand des gewaltigen Schiffes den Fluss.

Als sie sich ein Stück entfernt hatten und die Wellen des vorbeiziehenden Frachters ihr Boot tanzen ließen, warf Juli das Paddel zu Boden und lehnte sich erschöpft zurück.

»Das war ja wohl mehr als knapp«, sagte sie und atmete aus.

»Das hat man davon, wenn man sich fremden Schrott ausleiht«, meinte Tom.

»Jetzt ahne ich auch, warum er nicht mitfahren wollte«,

überlegte Juli. Dann lachte sie auf. »Meine Güte, das war vielleicht ein Schreck! Jetzt sag mir nicht, dass dein Job immer so aussieht.«

»Ich würde dich ja gerne beeindrucken«, gab Tom zurück, »aber nein. Das ist mir auch noch nicht passiert.«

»Du würdest mich also gerne beeindrucken?«

Tom biss sich auf die Zunge. Wie leicht einem so etwas herausrutschte! Und er wusste genau, wo es hinführte.

»Ehrlich gesagt: nein«, sagte er. »Für so was habe ich keine Zeit.«

»Gut so«, gab Juli zurück und grinste.

Tom lenkte das Boot quer über den Fluss auf das gegenüberliegende Ufer zu. Bald konnten sie das spärlich beleuchtete Industriegebiet sehen und die dort geparkten Autos.

Aber ihre Hoffnung, das Ufer ohne weitere Zwischenfälle zu erreichen, wurde jäh enttäuscht, als hinter ihnen ein Scheinwerfer aufflammte. Das Boot der Wasserschutzpolizei hatte sie ausfindig gemacht und eingeholt.

»Hier spricht die Polizei«, hallte es durch Lautsprecher über das Wasser. »Halten Sie Ihr Boot an.«

»Ich hätte nicht gedacht, dass ich Sie so schnell wiedersehe.«

Hauptkommissar Berger lehnte sich in seinem Stuhl zurück. Juli und Tom saßen vor ihm. Die Fahrt mit dem Polizeiboot nach Harburg und ihr Transport durch die Stadt zum Polizeipräsidium in der City Nord waren reichlich unfreundlich und darüber hinaus schweigend verlaufen. Die Wasserschutzpolizei hatte Tom und Juli zwar auf besondere Anweisung an die Kriminalpolizei übergeben, aber die beiden Beamten waren mitgekommen und befanden sich nun ebenfalls im Raum.

»Gestern bitte ich Sie noch, sich zurückzuhalten – und jetzt dies. Ist Ihnen eigentlich klar, dass Sie nicht nur als Zeugen, sondern auch als potenzielle Verdächtige in dem Vorfall am UKE eingestuft sind? Und nun sind Sie nicht nur in ein Sperrgebiet eingedrungen, Sie haben auch einen Polizeibeamten tätlich angegriffen, von der unbeleuchteten und fast tödlich endenden Überquerung der Fahrrinne der Elbe einmal abgesehen. Ich weiß noch gar nicht, wie viele Strafanzeigen Sie sich damit gleichzeitig eingefangen haben. Haben Sie irgendeine Erklärung für diesen Irrsinn?«

»Es war im Affekt …«, begann Tom.

»Unsinn! Das war geplant, und den Beamten hätten Sie nicht angegriffen, wenn Sie nicht etwas zu verbergen gehabt hätten. Was hatten Sie auf der Insel zu suchen?«

»Ich sagte schon, dass ich an einer Dissertation arbeite«, setzte nun Juli an, aber Berger unterbrach auch sie.

»Wir haben das inzwischen geprüft, und außer Ihnen weiß komischerweise niemand etwas davon. Wie kommen Sie eigentlich dazu, Polizeibeamte anzulügen? Finden Sie das schlau?«

Tom und Juli schwiegen.

Berger sah sie eine Weile eindringlich an. Dann wandte er sich an die Beamten. »Meine Herren, vielen Dank für Ihre Mühe. Bitte schicken Sie mir einen vollständigen Bericht, ich werde mich um die Anzeige kümmern. Ich möchte mich noch einen Augenblick allein mit den beiden unterhalten.«

Die Polizisten standen auf und verließen den Raum. Tom war froh, dass er ihnen nicht noch einmal ins Gesicht sehen musste.

Als die Tür zufiel, beugte sich Berger vor. »Ich könnte Sie in Untersuchungshaft stecken«, sagte er. »Dann wären Sie erst einmal eine Zeit lang aus dem Verkehr.« Wieder machte er eine Pause. »Aber ich habe eine bessere Idee«, sagte er dann. »Sie werden für mich arbeiten.«

Berger beobachtete, wie sich auf den Gesichtern der beiden Verwirrung breitmachte.

»Und weil Sie der Strafverfolgung entgehen möchten, werden Sie das auch tun«, fuhr er fort.

»Für Sie arbeiten?«, fragte Tom. »Wie stellen Sie sich das vor?«

Berger legte seine Hand auf eine Mappe auf seinem Schreibtisch. Es waren die Unterlagen, die Tom von der Insel mitgebracht hatte.

»Ich weiß natürlich, wo Sie waren. Und Sie können mir glauben, dass ich genauso neugierig bin wie Sie, was hier drin steht.« Er schob die Mappe ein Stück auf Tom zu.

»Aber Sie wissen ja, wie das ist: Ohne einen triftigen Grund und einen Durchsuchungsbefehl und diesen ganzen bürokratischen Wust ist es mir nicht möglich, tätig zu werden.«

Berger stand auf, trat ans Fenster und sah hinaus.

»Auf Neßsand ist vor einigen Jahren ein Gebäudekomplex gebaut worden. Nicht sehr groß und weitestgehend unterirdisch. Wir wissen, dass dort wissenschaftliche Forschung betrieben wurde. Die Behörde für Stadtentwicklung und Umwelt, die für das Naturschutzgebiet der Insel zuständig ist, weiß angeblich von nichts. Dennoch ist es gebaut worden. Irgendjemand muss davon wissen, jemand, der Kontakte in die höchsten Kreise der Landesregierung hat. Anders wäre eine solche Verschleierung nicht möglich.«

Berger wandte sich wieder um.

»Bestimmte Stellen in der Regierung sind offenbar Vereinbarungen mit Industrieunternehmen eingegangen, und es ist anzunehmen, dass nicht unerhebliche Gelder dabei geflossen sind. Und Sie können sich sicher sein, dass die nicht in den Haushalt eingegangen sind. Also wo ist das Geld? Und was wurde auf der Insel geforscht?«

Berger setzte sich wieder. »Nach dem, was ich an Informationen vorliegen habe, handelt es sich um medizinische Untersuchungen. Was die Vermutung nahelegt, dass dieser Klüngel auch mit der unrühmlichen Geschichte der Privatisierung der Hamburger Krankenhäuser verwoben ist. Sie sehen, das Ganze zieht womöglich weitere Kreise, als Sie geahnt haben.«

»Dann war der Vorfall am Krankenhaus heute …«

»… weder ein Unfall noch ein Zufall, richtig. Wir haben den Brandsatz identifiziert, der durch das Fenster geworfen wurde. Und ich glaube Ihnen sogar, wenn Sie jetzt sagen, dass Sie nichts damit zu tun haben.«

Er zog eine weitere Mappe aus einem Ablagekorb und legte sie ebenfalls auf den Tisch. »Das sind die Untersuchungsergebnisse des Fußes. Sie werden sie vielleicht benötigen.«

»Und der Fuß selbst?«

»Ist verschwunden.«

Tom rückte auf seinem Stuhl nach vorn. »Sie möchten also von uns, dass wir an Ihrer Stelle dieser Sache nachgehen?«

»Ganz recht. Mit den Informationen, die ich habe, kann ich keine Untersuchung der Insel beantragen. Ganz abgesehen davon, dass ich möglicherweise genau die Leute auf mich aufmerksam mache, die ich aufdecken möchte. Sie sind doch Journalist, und dass Sie sich über Auflagen und Gesetze hinwegsetzen, um einer Sache auf den Grund zu gehen, haben Sie ja bewiesen. Sie beide.«

»Wollen Sie uns etwa anstiften, noch mehr Gesetze zu brechen?«

Berger hob abwehrend die Hände. »Auf keinen Fall! Ich bitte Sie nur, Ihre Recherchen fortzuführen. Dafür halte ich Ihnen jetzt den Rücken frei. Bringen Sie mir Ergebnisse, Zusammenhänge, Namen. Wie Sie das anstellen, bleibt Ihnen überlassen. Dass Sie sich dabei ausschließlich im legalen Rahmen bewegen, davon muss ich selbstverständlich ausgehen.« Er faltete seine Hände und stützte die Ellenbogen auf.

»Ich vermute, es bleibt uns keine andere Wahl«, bemerkte Juli und verzog den Mund.

»Man hat immer eine Wahl, Frau Thomas. Aber nur, weil ich Sie vor eine Entscheidung stelle, sollten Sie nicht aus lauter Stolz das verleugnen, was Sie ohnehin geplant hatten.«

Juli und Tom fuhren mit einem Taxi nach Wedel zu ihren Wagen.

»Und? Was hältst du davon?«, fragte Juli.

»Berger ist ein selbstgefälliger Arsch.«

»Du ärgerst dich, weil du jetzt das Gefühl hast, nach seiner Pfeife zu tanzen.«

»Und, tun wir das etwa nicht?«

»Wir hatten doch sowieso vor weiterzumachen.«

»Aber es war meine Story. Jetzt haben wir die Polizei im Nacken.«

»Ich sehe es eher so, dass wir inoffizielle Protektion haben«, gab Juli zurück. »Und wieso überhaupt *deine* Story? Ich dachte, wir arbeiten zusammen!«

»Es ist trotzdem etwas anderes, ob man auf eigene Faust unterwegs ist oder ob man beauftragt wird.«

»Wir müssen herausfinden, wer dahintersteckt. Das Ergebnis ist doch alles, was zählt.«

»Für dich vielleicht! Ich habe aber keine Schwester verloren, für mich geht es um eine Story, um Exklusivität. Ich kann keine Polizei gebrauchen, die mir dazwischenfunkt.«

»So? Gut zu wissen, dass dir meine Schwester und die Machenschaften so unwichtig sind. Für dich zählt nur das Geld.«

»Nein. Meine Güte, so war es nicht gemeint.«

»Doch, das war es. Und du weißt es.«

Tom wandte sich ab und sah aus dem Fenster.

»Aber das ist okay«, sagte Juli. »Besser, wir haben klare Verhältnisse und wissen, wann wir uns auf den anderen verlassen können und wann nicht.«

Tom drehte sich wieder um. »Du brauchst nicht zynisch zu werden.«

»Zynismus liegt mir fern. Ich weiß nur gerne, woran ich bin. Damit kann ich umgehen. Und offenbar reicht deine Motivation ja, um dich mit der Polizei anzulegen. Ich weiß zwar noch nicht, was ich davon halten soll, aber solange es mir hilft, mein Ziel zu erreichen, nehme ich es mal so hin.«

»Du nimmst es hin?! Wenn ich mich richtig erinnere, hast du dich an mich rangeschmissen. Wer wollte denn unbedingt mehr über meinen Artikel wissen? Und wer hat herausgefunden, woher der Fuß gekommen ist? Und wer hat das Boot besorgt?«

Juli grinste. »Im Grunde bist du ganz charmant, wenn du dich echauffierst.«

Tom stockte irritiert. »Damit kommst du bei mir nicht durch«, gab er schließlich zurück.

»Nein?«

»Sicher nicht.«

Sie lachte auf. »Gut. Wir brauchen deinen klaren Verstand nämlich noch.«

»Ist das so?«

»Du hast einige Recherchen vor dir. Über die Unterlagen, die wir gefunden haben. Und darüber, wer mit dem Bau der Anlage auf der Insel zu tun gehabt haben könnte. Und ich werde die Briefe meiner Schwester studieren und nach anderen möglichen Hinweisen suchen.«

»Ach, und jetzt gibst du mir auch noch Aufträge.«

Sie winkte ab. »War ja nur ein Vorschlag. Vielleicht fällt dir etwas Besseres ein. Auf jeden Fall sollten wir uns aber morgen wieder treffen und sehen, was wir bis dahin herausgefunden haben, einverstanden?«

»Ja, können wir machen«, grummelte Tom und nickte. Es fing also schon an mit den Hormonen. Er hatte es geahnt, und es würde kein gutes Ende nehmen.

Kapitel 6

Tagebuch von Marie Thomas – Brasilien, 13. Mai

Ich schreibe das hier auf, damit ich morgen sicher bin, nicht geträumt zu haben.

Nachdem ich erst lange nicht einschlafen konnte, bin ich vorhin wie aus einem leichten Dämmern aufgewacht. Ich war mir sicher, eine Art Gesang gehört zu haben. Er war erst Teil meines Traums, wie es einem manchmal morgens früh geht, wenn sich die Geräusche von draußen in den eigenen Schlaf weben, bis einem klar wird, dass man es tatsächlich schon eine Weile lang unbewusst gehört hat.

Ich lag einen Moment mit offenen Augen im Bett und lauschte den Nachtgeräuschen des Regenwalds, die durch die geöffneten Fenster hereinkommen. Es ist wie ein dichtes Rauschen, durchsetzt von einem vielfältigen Zirpen und Flirren unzähliger Insekten, unterbrochen durch einzelne Schreie von Nachtvögeln. Ab und zu hört man die leisen bellenden Geräusche der Geckos, die sich an der Zimmerdecke und überall an den Außenwänden unserer Hütten tummeln. Durch den wilden Klangteppich wehte wie aus einiger Entfernung eine menschliche Stimme, die einen seltsamen atonalen Sprechgesang hervorbrachte.

Es klingt mutiger, als ich war, aber ich wollte unbedingt herausfinden, was da vor sich ging. Also habe ich mich unter dem Moskitonetz hervorgearbeitet, mich angezogen und bin nach draußen gegangen.

Es war gegen halb vier. Das Camp schien ausgestorben, und bis auf ein paar Lichtflecken vereinzelter Glühbirnen lag alles andere in vollkommener Dunkelheit. Ich folgte dem Klang des Gesangs und entdeckte, dass der Stuhl, auf dem nachts Jaime saß, um Wache zu halten, leer war. Auch wenn der junge Indio keinen wahrhaftigen Schutz vor irgendetwas bieten konnte, war er doch eifrig, uns helfen zu dürfen, und stets pflichtbewusst, und es war ein gutes Gefühl zu wissen, dass jemand die ganze Nacht über da saß und im Notfall alle anderen wecken konnte.

Ich ging über die inzwischen auseinanderbrechenden Zementplatten, die den zentralen Weg durch das Camp bildeten, und erreichte die Lager.

Schon von Weitem sah ich, dass die Tür zum Lagerhaus geöffnet war. Ich fragte mich, ob der Letzte, der die Leiche befeuchtet hatte, vergessen hatte, das Lager wieder ordentlich zu schließen. Oder ob jemand eingebrochen war. Jemand, der vielleicht nicht wusste, dass es in dem Raum nichts zu stehlen gab.

Als ich mich dem Lager näherte, sah ich, dass der Boden aus festgetretener Erde dunkle Flecken aufwies, die in einer Spur am Generatorhäuschen vorbei in Richtung des Waldrands führten. Ich presste meinen Ärmel vor die Nase und wagte einen Blick durch die Tür. Ich erkannte die dunkle Form des Tischs und die hellen Tücher, die auf dem Boden lagen.

Der Leichnam war verschwunden.

Büro der MediCapital Invest, Zürich, 22. Juli

Luc Gironde studierte den Bericht, der ihn als E-Mail erreicht hatte. Er atmete tief ein und strich sich über seinen Kinnbart. Früher oder später hatte so etwas passieren müssen. Er schalt sich einen Narren, sich nicht schon früher darum gekümmert zu haben. Es war ein Faktum, dass man sich um die wichtigen Dinge selbst bemühen musste. Wenn man nicht vor Ort war und sich auf andere Leute verließ, dann war es nur eine Frage der Zeit, bis etwas schieflief. Und wie oft in der Nachbetrachtung stellte man fest, dass der Aufwand, den man zur Kontrolle aufwendete, und der dennoch folgende Ärger die vermeintliche Zeitersparnis zunichtemachten. Und noch dazu war es ein denkbar ungeeigneter Zeitpunkt.

Erneut las er die Mail aus Hamburg. Es war im Grunde klar, dass etwas geschehen musste. Und dass Villiers informiert werden musste. Der Mann war kein Freund von Störungen und von schlechten Nachrichten noch viel weniger. Aber es war schlimm genug, wie es war. Nun durfte er sich nicht auch noch ohne dessen Zustimmung einmischen.

Luc griff zum Telefon und wählte.

Als er Villiers endlich persönlich am Hörer hatte, fasste er die Lage in wenigen Sätzen zusammen. Villiers hatte keine Zeit für ausschweifende Erläuterungen. Er erwartete stets nur die wichtigsten Details der Situation und verlangte eine bündige Entscheidungsvorlage.

Wenige Minuten später war das Gespräch beendet.

Und nun stand Lucs Job auf dem Spiel. Letzte Chance. So einfach war das. Handhaben oder gehandhabt werden.

Er stöhnte auf, lehnte sich zurück und rieb seine Schläfen.

Dann wählte er die Nummer seiner Sekretärin. Er benötigte einen Flug nach Hamburg. Noch heute.

Löwenstraße, Eppendorf, Hamburg, 22. Juli

»Also, was hast du herausgefunden?«, fragte Juli, als Tom ihr am Nachmittag die Tür öffnete.

»Danke, gut. Und wie geht es dir?« Tom blockierte die halboffene Tür, indem er sich mit einem Arm am Rahmen abstützte. Wenn sie sich nicht auf eine Zusammenarbeit geeinigt hätten, dann wäre jetzt der richtige Zeitpunkt gewesen, ihr die Tür vor der Nase zuzuschlagen, dachte er.

Juli schlüpfte unter seinem Arm hindurch und ging zielstrebig ins Wohnzimmer. »Machst du mir noch mal einen Kaffee?«

Tom folgte ihr. »Ist kaputt«, log er, setzte sich neben sie und klappte seinen Laptop auf. Neben dem Rechner lag die Mappe mit den Unterlagen von der Insel.

»Also gut«, begann er, »diese Unterlagen hier haben zwar nichts darüber verraten, was genau auf der Insel ablief, aber immerhin eines ist sicher: Es gab dort definitiv wissenschaftliche Labors. Dies hier sind Lieferscheine für Chemikalien, medizinische Gerätschaften und Utensilien. Ich habe einiges davon im Netz recherchiert, und wie es aussieht, hat man damit ein Lazarett und mindestens einen Operationssaal ausgerüstet.«

Er reichte ihr die Mappe. Juli klappte sie auf und blätterte die Papiere durch.

»Du hast recht. Das ist medizinisches Equipment. Und sehr modernes noch dazu.«

»Interessant an den Unterlagen ist, dass die Lieferadressen alle unterschiedlich sind. Es handelt sich dabei um verschiedene Lagerhäuser im Hamburger Freihafen. Von dort aus müssen die Sachen dann auf die Insel geschafft worden sein. Ich habe herausgefunden, dass diese Lagerhäuser alle der gleichen Firma gehören oder von ihr angemietet wurden: Transcontor.«

»Transcontor? Was ist das für eine Firma?«

»Als Firmensitz ist Frankfurt angegeben, und laut dem dortigen Handelskammerregister ist es ein Handelsunternehmen. Import und Export. Mehr ist über die Firma allerdings nicht zu erfahren. Keine Website, keine Erwähnungen im Internet oder in der Presse.«

»Und wer ist der Inhaber?«

»Ja, da wird es interessant«, erklärte Tom und startete ein Computerprogramm. Kurz darauf erschien eine Grafik aus einer Vielzahl von Rechtecken, die durch Linien miteinander verbunden waren.

»Das sind die Verflechtungen, die ich aufgedeckt habe.« Er deutete auf die einzelnen Boxen. »Das hier ist Transcontor. Sie besitzt die Lagerhäuser oder hat sie gemietet. Inhaber von Transcontor ist ein gewisser Jean-Pierre Dubois. Er leitet noch eine andere Firma in Liechtenstein mit dem Namen TGM Trading International. Diese

Firma ist Hauptgesellschafter der Reederei Validora. Validora wiederum taucht in den Lieferpapieren mehrfach auf, es handelt sich dabei nämlich um die Reederei, deren Schiffe einen Teil der Chemikalien und Ausrüstungsgegenstände nach Hamburg gebracht haben.«

»Dann ist dieser Dubois für alles verantwortlich?«

»Es geht noch weiter«, sagte Tom. »Denn Dubois ist zwar Geschäftsführer in Liechtenstein, aber Kapitaleigner und somit vermutlich tatsächlicher Drahtzieher der TGM Trading International ist eine Investmentfirma aus Zürich mit dem Namen MediCapital Invest. Die Schweizer Datenbanken sind überraschend auskunftsfreudig, und so habe ich noch eine ganze Menge weiterer Objekte gefunden, in die von Zürich aus investiert wird. So hängen zwei der größten Schweizer Pharmaunternehmen mit zwanzig und fünfunddreißig Prozent Anteilen am Finanztropf von MediCapital Invest. Die Firma ist auch alleiniger Investor einer hypermodernen medizinischen Forschungseinrichtung in Bern. Außerdem verwaltet sie die Gelder einer Krebsstiftung in Genf.«

Juli verfolgte Toms Erläuterungen auf dem Schaubild, das alle Verbindungen und Namen enthielt.

»Ich habe mir MediCapital näher angesehen. Geschäftsführer ist ein gewisser Luc Gironde. Aber wie im Fall der Liechtensteiner Firma ist er lediglich der eingesetzte Manager. Gründer und Kapitaleigner ist jemand anders: Dr. André Villiers.«

Tom deutete auf seinem Rechner auf eine Reihe von Fotografien, auf der der Mann – mal jünger, mal älter – zu sehen war. Er war schlank und groß, seine Haare bildeten schon in mittlerem Alter einen dürren Kranz, in späteren Jahren trug er eine Glatze. Seine Augen hatten eine stechende, autoritäre Ausstrahlung.

»Ein interessanter Typ«, fuhr Tom fort. »Ein Schweizer. Karrierestart als Arzt in St. Gallen. Dann wurde er zur medizinischen Koryphäe und zum Visionär. In den Siebzigerjahren war er laufend in der Fachpresse. Hat einige bahnbrechende Entdeckungen in der Krebsforschung und der Immunologie gemacht. Dann ist es ruhig um ihn geworden, tragische Familiengeschichte, persönliche Gründe, was auch immer. Jedenfalls hat er sich zurückgezogen. Er muss heute über siebzig sein. Spannend war aber dann Folgendes: In der Zeit, kurz bevor die Hamburger Regierung entschieden hatte, die Krankenhäuser zu privatisieren, ist Villiers mehrfach in Hamburg und zu Gast im Rathaus gewesen, das stand sogar in der Zeitung. Nur hat damals niemand zur Kenntnis genommen, dass er nicht bloß ein alt gewordener prominenter Wissenschaftler war, sondern inzwischen einer der finanzkräftigsten Männer Europas. Also habe ich überprüft, welche Investoren sich inzwischen an den Hamburger Krankenhäusern beteiligt haben. Und, Überraschung, über ein oder zwei Verbindungen stößt man immer wieder auf MediCapital Invest und Villiers.«

»Hältst du es für möglich, dass er sich in Hamburg irgendwie einnisten will? Und dass er auch hinter den Untersuchungen auf der Insel steckt?«

»Das hat doch ganz den Anschein, oder nicht? Berger hatte also vielleicht recht, als er andeutete, dass es bei den Privatisierungen im Gesundheitssektor nicht ganz mit rechten Dingen zugegangen ist. Villiers ist Hamburg finanziell beiseitegesprungen. Und dafür hat man ihm eine Genehmigung erteilt und die Möglichkeit gegeben, unter absoluter Verschwiegenheit auf der Insel zu forschen.«

Juli wiegte den Kopf. »Na ja, aber Beweise haben wir dafür nicht. Und es ist auch immer noch nicht klar, warum in Hamburg und warum auf der Insel. Jemand wie Villiers kann ja vermutlich sogar auf dem Himalaja Labors bauen, was will er ausgerechnet hier?«

»Das ist die große Frage. Aber das ist doch schon mal ein guter Anfang, oder? Ach ja, und noch etwas: Diese Reederei, an der er indirekt beteiligt ist, Validora, hat ihren Firmensitz in Manaus, in Brasilien. Und von dort kamen auch die Schiffe.«

Juli schluckte. Von Manaus aus gelangte man zu dem Urwalddorf, in dem die Ärzte ohne Grenzen arbeiteten. Wo die mysteriösen Leichenteile gefunden worden waren. Und dem Gebiet des Regenwalds, in dem ihre Schwester verschwunden war. Also hatte ihr Instinkt sie nicht getrogen, es gab eine Verbindung, und war sie noch so dünn!

»Wir müssen herausfinden, was sie auf der Insel getrieben haben«, sagte sie. »Was auch immer es war, es hatte mit medizinischen Versuchen und Menschen oder menschlichen Körperteilen zu tun. Und es war geheim, vielleicht sogar illegal, wenn man bedenkt, welchen Aufwand man betrieben hat, um es zu verschleiern.«

»Ich vermute, wir sollten uns gleich mit Berger in Verbindung setzen und ihm die Sachen durchgeben.«

»Ich dachte, du wolltest das lieber alleine durchziehen?«

»Nun haben wir ihn schon am Hals, vielleicht können wir ihn ja nutzbar machen. Zum Beispiel könnte er uns helfen, dass wir nicht noch ein zweites Mal auf der Insel erwischt werden.«

Juli nickte. »Ja, warum nicht? Ich habe sowieso nichts dagegen, wenn sich die Polizei in die Sache einmischt.«

Tom stand auf und ging in die Küche. »Ich werd mal sehen, ob ich die Kaffeemaschine retten kann. Und du, hast du die Briefe deiner Schwester noch mal genau studiert?«

Juli folgte ihm. »Ja, habe ich.« Tatsächlich war es kaum nötig gewesen. Sie kannte die Briefe fast auswendig, so häufig hatte sie sie in den Wochen seit Maries Verschwinden wieder und wieder gelesen. Bei jedem der Briefe erinnerte sie sich genauestens der Situation, als er sie erreicht hatte. Sie erlebte jeden Augenblick noch einmal neu und spürte den sorgenvollen Unterton der letzten Zeilen. Und die Leere, die danach gefolgt war, deren Griff sie in ruhigen Augenblicken noch immer spürte.

»Aber sehr hilfreich sind sie nicht«, fuhr sie fort. »Es gibt eine Kleinigkeit, die wir vielleicht prüfen können.«

Tom, der sich um den Kaffee kümmerte, sah auf. »Ach ja?«

»In ihrem letzten Brief schrieb Marie von einem jungen Arzt, der auch schon ein Jahr zuvor flussaufwärts verschwunden war. Warte, ich lese es dir am besten vor.«

Juli ging zurück ins Wohnzimmer, zog einen Stapel

Briefe aus ihrer Tasche, öffnete einen, und als Tom mit zwei kleinen Tassen Kaffee dazukam, las sie vor:

Wir haben den vom Wasser aufgedunsenen und faulenden Kadaver geborgen und untersucht. Es war ein mit Beulen übersäter missgestalteter Mann. Dem Körper fehlten beide Hände, und von einem Bein war nur der Stumpf des Oberschenkels übrig. Brust und Bauch waren vollkommen aufgerissen. Reichlich abstoßend, und der Gestank war die reine Hölle; dagegen ist die Pathologie am UKE ein Kindermärchen.

Wir haben an mehreren Stellen eine ungewöhnliche, borstige Behaarung entdeckt. Überall gab es Beulen unter der Haut wie Geschwüre. Vielleicht eine Krankheit. Das Fleisch war im Kern seltsam violett verfärbt. Niemand von uns konnte sich das erklären. Wir haben die Polizei in Manaus verständigt, die ist allerdings bis heute nicht gekommen. Inzwischen sind die Leichenreste verbrannt worden. Das Ganze war eine reichlich seltsame und mystische Aktion, aber das ist eine Geschichte für sich.

Die Einheimischen hatten natürlich sofort etwas von Walddämonen geflüstert, wie sie eben so sind. Die Stimmung ist abergläubisch, und alles wirkt sehr mysteriös. Ich hab ein bisschen rumgeforscht und von Susan – die Campleiterin, du kennst sie ja – schließlich erfahren, dass vor einem Jahr ein junger Student aus dem Team, Oliver, diesen Gerüchten einmal nachgehen wollte. Er soll wohl ein recht verdrehter Typ gewesen sein, interessierte sich für Fabelwesen und Schamanismus und solche Sachen. Jedenfalls hatte er sich vom Camp abgemeldet und war mit Sack und Pack flussaufwärts gezogen, weil er heraus-

finden wollte, was dahintersteckt. Er hatte sich danach aber nicht wieder zurückgemeldet. Ich schätze, den hat ohnehin keiner richtig vermisst.

Ich habe das Gefühl, hier wird irgendetwas verheimlicht, aber ich kann den Finger nicht drauf legen. Ich werde mal weitere Nachforschungen betreiben und dir dann alle Details schreiben, wenn ich selbst mehr weiß.

Juli reichte den Brief an Tom.

»Vielleicht lässt sich etwas über diesen Oliver erfahren«, schlug sie vor. »Es könnte doch sein, dass man inzwischen etwas über seinen Verbleib weiß und was er herausgefunden hat.«

Tom überflog den Brief. »Hm ... Das wird nicht leicht. Oliver ist ja nicht gerade ein einzigartiger Name.«

»Es könnte aber klappen. Das Team im Dorf bilden hauptsächlich Ärzte und Studenten aus Deutschland und insbesondere aus Hamburg, weil die Teamleiterin hier in Hamburg an der Uni Vorlesungen hält und immer wieder Leute anwirbt. Es gibt ein Büro auf dem Campus, wo man sich melden kann, und die wissen, wer sonst noch im Camp ist. Mit Sicherheit haben sie auch Unterlagen aus den vergangenen Jahren.«

»Okay, das ist einen Versuch wert! Aber wenn du dir solche Sorgen um den Verbleib deiner Schwester machst, warum bist du dieser Spur nicht schon längst nachgegangen? Ich meine, da werden Leichenteile angespült, ein Typ geht in den Wald und kommt nicht zurück. Ein Jahr später passiert es wieder, deine Schwester geht auch in den Wald und kommt auch nicht zurück. Das klingt doch verdächtig nach einem Muster.«

»Ja, ich weiß. Ich habe das Camp ja kontaktiert und danach gefragt, und die haben sich sogar auf den Weg gemacht, sie zu suchen. Aber Susan betonte immer wieder, dass es nun mal eine gefährliche Gegend sei und jedes Jahr Hunderte von Menschen im Urwald verschwinden. Durch Unfälle, Krankheiten oder wilde Tiere oder weil sie sich verlaufen.«

»Na ja, *verlaufen*? Dafür gibt es doch GPS-Geräte und Satellitentelefone.«

»Dafür braucht man aber eine Lichtung oder einen hohen Baum, das ist nicht so leicht, wie du dir das vorstellst.«

Tom gab ihr den Brief zurück. »Du kennst dich wohl ganz gut aus, hm? Und woher kennst du diese Susan?«

»Ich war selbst auch schon zweimal in dem Camp, in den Semesterferien. Habe dafür ja sogar Portugiesisch gelernt.«

Tom hob die Augenbrauen. »Dann hättest du doch in den letzten Wochen hinfliegen können, um nach dem Rechten zu sehen.«

»Sicher! Ich hatte auch schon ein Ticket gebucht, aber Susan hat es mir untersagt, weil bei ihnen gerade ein heftiger Virus umgeht und sie das gesamte Dorf zur Quarantänezone erklären mussten. Es kommt keiner rein oder raus.«

Tom zuckte mit den Schultern. »Na gut, dann bleibt uns also dieser Oliver. Versuch du etwas über ihn in Erfahrung zu bringen. Ich werde mich bei Berger melden und ihm die bisherigen Hinweise durchgeben.«

Hauptkommissar Berger hörte sich an, was Tom über die Verflechtungen der Firmen zu erzählen hatte.

»Ich habe dazu ein Schaubild erstellt«, erklärte Tom, »das ich Ihnen per E-Mail schicken kann.«

»Vielen Dank, Herr Hiller, aber das wird nicht nötig sein.«

Tom meinte, durch das Telefon den herablassenden Gesichtsausdruck des Mannes sehen zu können.

»Diese Verbindungen sind mir schon länger bekannt. Aber weder ist das außergewöhnlich schwierig aufzudecken, noch ist daran irgendetwas Illegales. Wenn Sie mir weiterhelfen möchten – und das sollten Sie in Ihrem eigenen Interesse –, dann müssen Sie mir schon etwas Substanzielleres bringen.«

»Wie stellen Sie sich das vor?«, gab Tom gereizt zurück.

»Sie sind der Journalist, Herr Hiller, nicht ich. Wenn es so einfach wäre, wie Sie sich das offenbar gedacht haben, wäre die Sache schon längst aufgeflogen. Also strengen Sie sich ein bisschen an und verschwenden Sie nicht meine Zeit.«

»Wir müssen dazu noch einmal auf die Insel.«

»Was Sie meinen zu müssen, interessiert mich nicht. Sie wissen, dass es illegal ist.«

»Wo kein Kläger ist, ist auch kein Richter.«

»Das will ich nicht gehört haben. Wenn die Wasserschutzpolizei Sie auf ihrer nächtlichen Patrouille heute um halb drei oder morgen um eins erwischt, werde ich bestimmt kein zweites Mal die Augen zudrücken können.«

»Heute um halb drei und morgen um eins?«

»Ich weiß nicht, wovon Sie sprechen, Herr Hiller. Und jetzt muss ich weiterarbeiten und hoffe, dass Sie es auch tun.«

Damit legte er auf.

Tom grinste. Berger mochte ein arroganter Klotz sein, aber dumm war er nicht.

Am frühen Abend parkte Tom vor einem alten Haus in Hamburgs Norden. Es war eine baumreiche, fast waldige Gegend, wo sich in den Nebenstraßen und hinter mannshohen Hecken prachtvolle Villen verbargen. Anders als an der Elbchaussee, wo jene Prominenten ihre Villen pflegten, die Wert auf Sichtbarkeit und eine exquisite Adresse legten, zog es die Millionäre hier in die Abgeschiedenheit einer fast dörflichen Umgebung. Denn im Norden der Hansestadt befanden sich nicht nur übergroße Parkgrundstücke und von Sicherheitskameras beobachtete Millionenobjekte, sondern auch Backsteinhäuser, die vor vielen Jahrzehnten einmal von wohlhabenden Kaufleuten erbaut worden waren. Diese Häuser wurden häufig nur in den Familien weitervererbt, denn niemand wollte die noblen Altbauten und ihre einzigartigen Grundstücke aufgeben, egal wie baufällig sie inzwischen sein mochten. Allein ihre Lage war zu kostbar, und Neubesitzer hätten sie vermutlich abgerissen.

Vor einem solchen Haus stiegen Tom und Juli aus. Es war dreistöckig, mit mehreren Erkern, verspielten Holzschnitzereien an den Balkonen und einem verwinkelten und mit Schiefer bedeckten Spitzdach. Tom schätzte das

Alter des Anwesens auf mindestens einhundert Jahre. Es war deutlich, dass das Haus bessere Zeiten gesehen hatte, und nicht nur der Garten, auch die Fassade aus Backstein und Fachwerk hätte Pflege und Restauration nötig gehabt.

Sie klingelten an der Gartenpforte. Nachdem der Summer betätigt wurde und sie auf das Haus zugingen, erwartete sie eine junge Frau an der um einige Stufen erhöhten Haustür.

»Guten Tag, Frau Scholz, ich bin Julia Thomas, und das ist mein Kollege Thomas Hiller. Wir hatten telefoniert.«

Die Frau grüßte und führte sie durch eine kleine Vorhalle in ein geräumiges Wohnzimmer, wo sie ihnen Plätze auf einer Sofagarnitur anbot.

»Ich habe mich über Ihren Anruf sehr gewundert«, sagte sie. »Seit fast einem Jahr habe ich nichts mehr von den Ärzten ohne Grenzen gehört.«

Tom betrachtete die Frau genauer. Er schätzte sie auf Ende zwanzig. Körperlich noch fast jugendlich, aber ihr Gesicht wies einige tiefe Falten auf, die ihr einen verhärmten Ausdruck verliehen. Sie wirkte nicht abgerissen oder verlebt, im Gegenteil, das Haus, das Mobiliar und auch ihre Kleidung zeugten von ausreichend Geld, um ein sorgenfreies Leben führen zu können. Vermutlich von Beruf Tochter, schätzte er. Mit einer goldenen Saugglocke auf die Welt geholt. Aber glücklich schien sie nicht zu sein. Vielleicht war sie von Natur aus griesgrämig.

»Es geht zwar um das Camp der Ärzte ohne Grenzen«, erklärte Juli, »und ich bin als Medizinstudentin selbst schon dort gewesen, aber wir selbst gehören nicht direkt dazu.« Sie deutete auf Tom. »Herr Hiller ist freier Journalist, und ich selbst arbeite noch an meiner Promotion in der Humanmedizin. Gemeinsam recherchieren wir für einen Bericht über das Camp in Brasilien. Das Camp, in dem Ihr Bruder, Oliver, gewesen ist.«

Bei der Erwähnung des Namens zog sich der Mund der Frau zu einer schmalen Linie zusammen, aber sie nickte.

»Wir haben erfahren, dass er im Camp gearbeitet, sich aber dann auf den Weg zu einer Expedition gemacht hat, weil er einige Vorfälle untersuchen wollte. Man sagte uns, er sei danach nicht wieder zu den Ärzten zurückgekehrt, und wir wollten uns bei Ihnen erkundigen, was genau damals geschah und was aus ihm und seiner Expedition geworden ist.«

»Oliver ist nicht zurückgekommen«, sagte die Frau knapp. »Weder zu den Ärzten noch nach Hamburg. Ich weiß nicht, wo er ist.«

Juli zuckte innerlich zusammen. Es war, wie sie befürchtet hatte. »Ist er ... verschollen?«

»Ja, das ist er.«

Tom beobachtete, wie die Frau den Blick senkte und sich die Falten in ihrem Gesicht noch tiefer eingruben. Es waren Falten der Trauer, wie er jetzt erkannte.

»Das tut mir aufrichtig leid«, sagte Juli und beugte sich vor. »Der Verlust eines geliebten Menschen ist furchtbar, umso schlimmer, wenn man nichts Sicheres über den Verbleib weiß.« Sie machte eine Pause. »Ich weiß, was Sie fühlen. Mir geht es nämlich genauso.«

Die Frau sah mit einer langsamen Bewegung auf.

»Meine Schwester ist ebenfalls verschollen«, erklärte Juli. »Und zwar ebendort, im selben Camp. Seit mehreren Wochen gibt es keine Spur von ihr.«

Julis Stimme war leiser geworden.

Tom spürte die Bedrückung im Raum und fühlte sich gezwungen, etwas zu sagen. »Wir sind gekommen, weil wir der Sache auf den Grund gehen wollen«, erklärte er. »Vielleicht können wir Ihnen helfen, und vielleicht können Sie uns helfen.«

»Wissen Sie denn etwas?«, fragte die Frau.

»Nein«, erklärte Juli mit sanfter Stimme. »Aber wir sind fest entschlossen, es herauszufinden.« Sie setzte sich aufrecht. »Sehen Sie, meine Schwester hat mir viele Briefe aus Brasilien geschrieben. Aus diesen Briefen wissen wir auch von Oliver, denn man hat ihr von ihm erzählt. Offenbar gab es damals einen Vorfall. Etwas wurde vom Fluss angespült, und daraufhin erst hat sich Ihr Bruder entschieden, eine Expedition zu unternehmen. Wir vermuten, dass etwas seine Aufmerksamkeit erregt hat, und wir wüssten gerne, womit er sich beschäftigt hat. Hat er Ihnen auch geschrieben? Oder Ihren Eltern?«

»Unsere Eltern sind schon vor einigen Jahren gestorben«, erklärte die Frau. »Daher haben wir dieses Haus gemeinsam bewohnt. Es ist ja groß genug, und solange er noch Student war, war es die beste Lösung.«

»Aber Sie beide standen in Kontakt?«

»Nicht sonderlich, nein. Er ist eher ein verschlossener Typ und betrachtet das Haus als eine WG, in der man ungestört nebeneinanderher leben konnte. Nein, geschrieben hat er nicht. Wir haben ein- oder zweimal telefoniert, aber das war Wochen vor seinem Verschwinden.«

»Hat er dabei irgendetwas erwähnt oder einen merkwürdigen Eindruck gemacht?«, fragte Tom.

Die Frau schüttelte den Kopf. »Überhaupt nicht. Ich sollte ihm Geld überweisen und ein Vorlesungsverzeichnis von der Universität besorgen. Solche Sachen.«

»Womit hat er sich denn neben der Medizin sonst noch beschäftigt?«, fragte Tom. »Vielleicht gibt uns das einen Hinweis darauf, was ihn angetrieben hat, plötzlich loszuziehen.«

»Ich wusste nicht, dass es einen besonderen Anlass gegeben hatte. Mir sagte man nur, dass er eines Morgens losmarschiert sei. Und scheinbar fühlte sich keiner im Camp für ihn verantwortlich. Angeblich war man zwar zwei Wochen später flussaufwärts unterwegs gewesen, hatte dabei aber keine Spuren von ihm gefunden. Sie wollten ihn nicht als vermisst melden, weil er sich regelrecht abgemeldet und auch nichts davon gesagt hatte, dass er zurückkehren wollte. Also ist man wohl davon ausgegangen, dass er über den Fluss oder auf anderem Weg allein zurück nach Manaus gezogen ist.«

»In den Briefen, die ich von meiner Schwester erhalten habe«, erklärte Juli, »stand, dass er sich für Mythologie interessierte. Und als die Dorfbewohner nach dem Fund dieser Sachen anfingen, von Walddämonen zu sprechen, ist er aufgebrochen.«

»Was waren das für Funde?«

Juli sah Tom an. Sie hatte vermeiden wollen, die grausigen Details zu beschreiben, um die Frau nicht zu beunruhigen. Aber Tom nickte nur.

»Es waren Leichenteile«, sagte sie schließlich.

Die Frau schwieg, aber ihre Augen weiteten sich.

»Deswegen möchten wir unbedingt herausfinden, was in dem Dorf vor sich geht«, sagte Tom.

»Ich will nicht glauben, dass meine Schwester und Ihr Bruder einfach verunglückt sind«, fügte Juli hinzu. »Wenn dort etwas nicht mit rechten Dingen vor sich geht, müssen wir es aufdecken.«

»Vielleicht war Ihr Bruder auf einer Spur, die uns weiterhelfen kann«, sagte Tom.

»Er war nie besonders kommunikativ, aber sich ein Jahr lang nicht zu melden, das ist überhaupt nicht seine Art. Es muss ihm etwas zugestoßen sein. Ich habe schon vor Monaten von ihm Abschied genommen.« Sie schüttelte den Kopf. »Ich kann nicht erlauben, dass Sie mir Hoffnungen machen.«

»Ich verstehe das«, sagte Juli behutsam. Sie selbst wollte nicht glauben, dass ihre Schwester möglicherweise tot war. Aber diese Frau hatte ihren Bruder bereits vor einem Jahr verloren. Sie hatte lange mit diesem Gedanken gekämpft und sich ihm ergeben. Es war verständlich, wenn sie sich nicht auf eine vielleicht bösartig trügerische Hoffnung einlassen wollte, um nicht erneut daran zu zerbrechen. Aber der Sinn für Gerechtigkeit mochte sie vielleicht aufrütteln. »Wenn hier ein Unrecht geschehen ist, müssen wir etwas unternehmen. Schon aus Verpflichtung unseren Geschwistern gegenüber.«

Die Frau schluckte und atmete tief ein.

»Ja«, sagte sie. Dann stand sie auf. »Kommen Sie, ich zeige Ihnen seine Zimmer.«

Sie folgten ihr durch das Haus in den ersten Stock.

»Das hier ist sein Schlafzimmer«, erklärte sie, »und das hier das Arbeitszimmer. Ein ziemliches Durcheinander. Aber er kommt damit zurecht. Oder kam…«

Der Raum sah aus wie eine typische Studentenbehausung, in der sich bis zum nächsten Umzug einfach alles ansammelte. Der Schreibtisch war mit Büchern und Papieren überhäuft, auf dem Boden türmten sich Zeitschriften und Unterlagen, und die Regale quollen auf dieselbe Weise über.

»Vielleicht finden Sie etwas, das Ihnen weiterhilft«, sagte die Frau. »Ich werde wieder nach unten gehen. Wenn Sie etwas brauchen, rufen Sie einfach.« Dann ging sie und überließ Tom und Juli sich selbst.

»Also gut«, meinte Tom. »Dann schauen wir mal, ob wir irgendetwas finden, das uns einen Hinweis gibt.«

Während Juli die Unterlagen auf dem Boden und auf dem Schreibtisch sichtete, sah sich Tom die Regale an. Neben wissenschaftlichen Zeitschriften, die Oliver offenbar im Abonnement bezogen hatte, fanden sich allerlei medizinische Fachbücher, aber auch Bildbände und Romane. Tom bemerkte eine gewisse thematische Ordnung in den verschiedenen Fächern. So beschäftigten sich die Romane häufig mit denselben Ländern wie die daneben liegenden Bildbände und die Reiseliteratur. Oliver hatte sich für vielerlei Kulturen und Anthropologie interessiert. Das Regal mit der umfangreichsten Sammlung enthielt allerdings Bücher und Hefte, die Mythologie, Sagen und Märchen zum Thema hatten. Auch viele religiöse Texte waren dabei. War Oliver ein religiöser Mensch gewesen? War er auf einer Sinnsuche gewesen?

Toms Überlegungen wurden kurz darauf zerstreut, als er feststellte, in welchem Zusammenhang diese Bücher hier aufbewahrt wurden. Neben dem Mythologie-Bereich befanden sich pseudowissenschaftliche Sachbücher über Kryptozoologie, Abenteuerromane über verlorene Kontinente und unbekannte Tierarten, Jules Verne, Arthur Conan Doyle. Dann folgte Literatur über Schöpfungsmythen und Sachbücher, die den Kreationismus vertraten, Romane über wissenschaftliche Experimente, *Frankenstein*, *Jurassic Park*, und schließlich medizinische Artikel und Abhandlungen über Gentechnologie und Xenotransplantation. Tom, der den Begriff noch nie gehört hatte, blätterte hindurch und verstand, dass es sich um die Transplantation von tierischem Gewebe oder Organen in Menschen drehte. In allem ging es um Chimären und Hybriden, um Mischwesen aus Mensch und Tier, zum Teil aus dem Altertum überliefert, zum Teil in Romanen verarbeitet und zum Teil als tatsächliches Arbeitsgebiet in der modernen Forschung.

»Ich denke, ich habe etwas«, wandte er sich an Juli.

Sie drehte sich um und hielt ein Ringbuch in der Hand. »Ich auch«, gab sie zurück.

»Was ist das?«

»Ein Notizbuch. Er hat noch einige andere davon, aber dieses hier ist nicht ganz voll, und ich denke, das war das aktuellste.«

»Und was schreibt er?«

»Hier sind haufenweise Zeichnungen drin. Komische Monster und daneben Beschriftungen und Beschreibungen, so als hätte er sich das selbst ausgedacht. Er schien eine lebhafte Fantasie zu haben.«

»Vielleicht hat er nicht fantasiert«, sagte Tom, »sondern er hat davon gelesen und versucht, sich ein Bild zu machen.« Er deutete auf das Regal. »Dort drüben stehen haufenweise solche Bücher. Mythologie und Kryptozoologie. Möglich, dass er sich als Forscher sah, der den Kern von Legenden wie dem Monster von Loch Ness und diesem Dinosaurier im Kongo auf die Spur kommen wollte.«

»Er schreibt hier von einem Wesen, das man überall in Lateinamerika kennt. Chupacabra wird es genannt.« Sie las eine Passage aus dem Notizbuch vor:

Der Chupacabra ist als Legende nicht nur in Brasilien, sondern in ganz Mittel- und Südamerika bekannt. Er überfällt normalerweise kleine Tiere wie Schafe oder Ziegen und tötet sie in der Nacht, indem er ihnen das Blut vollständig aussaugt. Das Wesen soll nicht viel größer als ein Schäferhund sein, rot leuchtende Augen haben und sich perfekt tarnen können. Alle, die behaupten, einen Chupacabra gesehen zu haben, beschreiben ihn aber anders, und die Exemplare, die man bisher gefangen oder tot gefunden hat, waren allesamt abgemagerte Kadaver von irgendwelchen anderen Tieren wie Füchsen oder Coyoten.

Inzwischen glaube ich, dass es den Chupacabra gar nicht gibt, sondern dass man den Begriff einfach als Synonym für alles Unerklärliche und Gefährliche verwendet. Deswegen sind die ganzen Beschreibungen so vielfältig und beliebig. Vielleicht sind es aber auch verschiedene Wesen oder Mutationen einer Spezies, die alle etwas anders aussehen.
Was letztes Jahr passiert ist, kann jedenfalls unmöglich mit einem solchen Chupacabra zu tun haben, auch wenn die Indios darauf bestehen. Aber der Chupacabra frisst kein Fleisch, es geht ihm nur um das Blut, das ist der gemeinsame Aspekt aller Geschichten. Außerdem ist er in keiner der Legenden so groß, dass er einen Menschen angreifen könnte.
Letztes Jahr war ich viel zu schockiert, um noch weiter nachzuhaken. Wenn ich jetzt im Camp bin, werde ich mich jedenfalls besser umhören.

»Es ist schon einmal etwas passiert!«, sagte Tom.

»Ja, ganz genau«, gab Juli zurück. »Und auch damals war Oliver bereits im Camp. Ein Jahr später ist er noch einmal hingefahren, kurz nachdem er das hier geschrieben hatte.«

»Und dann gab es wieder einen Vorfall«, überlegte Tom. »Vermutlich hat er dieses Mal die Indios ausgequetscht. Die haben ihm irgendetwas erzählt, und daraufhin ist er in den Urwald aufgebrochen.«

»Er suchte den Chupacabra … Wenn wir nur wüssten, was genau sie ihm erzählt haben.«

»Etwas ist dort jedenfalls nicht normal. Als deine Schwester dort ist, wird eine verstümmelte Leiche angeschwemmt, ein Jahr davor wird Oliver Zeuge, wie das Gleiche passiert, und wie wir jetzt erfahren, hatte er ein Jahr früher bereits schon einmal ein schockierendes Erlebnis in dem Camp gehabt.«

»Vielleicht finden wir heraus, was es war«, sagte Juli. Sie deutete auf einen Stapel Ringbücher. »Er schien sich ja viele Notizen zu machen. Ich kann mir vorstellen, dass er von dem ersten Vorfall im Camp auch etwas festgehalten hat.«

»Also pack alles ein. Da haben wir ja nun eine Menge zu lesen …«

Kapitel 7

Tagebuch von Marie Thomas – Brasilien, 13. Mai

Natürlich ging ich nicht davon aus, dass eine Leiche sich erheben und davonlaufen konnte. Zumal es sich hier nicht um einen vielleicht Scheintoten gehandelt hatte; dieser Kadaver war verfault und fast zur Unkenntlichkeit zerstört, nur noch eine Ansammlung von verwesendem organischem Material, nicht mehr, als hätte man überreife Abfälle eines Schlachthofs auf einen Haufen geworfen.

Aber wer machte sich hier nachts zu schaffen und zu welchem Zweck?

Ich folgte der dunklen Spur, die sich vom Lagereingang bis zum Waldrand zog. Hier war etwas Nasses, Tropfendes entlanggegangen, nein, natürlich transportiert worden.

Indem ich mich dem Waldsaum näherte, wurde der seltsame Gesang deutlicher. Er hatte etwas Archaisches an sich, klagend, beschwörend und scheinbar keiner nachvollziehbaren Melodie folgend.

Als ich den Rand des Camps hinter mir ließ, zögerte ich einen Moment, ob ich mich auf den unbefestigten Pfad wagen sollte, der von hier aus in den Urwald führte. Er war zwar breit genug, sodass wir ihn auch mit unseren Pick-ups befahren konnten, denn nur so kam man von hier aus nach einer Stunde Fahrt auf die nächste reguläre Straße. Aber im Dunklen, wenn alles seine Farben verliert und die Schatten zusammenrücken, war der Gedanke, mich auf einer freien Schneise durch ein Spalier undurchdringlichen Dickichts zu bewegen, aus dem mir zahllose Augen kleiner und großer Tiere folgen konnten, alles andere als angenehm.

Aber da waren diese Spur auf dem Boden und dieser Gesang, der meine Neugier anstachelte. Er berührte etwas Urtümliches in mir. Ich hörte ihn nun deutlicher, auch über die Geräusche des Urwalds hinweg, er konnte nicht weit entfernt sein.

Ich machte einige vorsichtige Schritte auf den Pfad. Einen Moment lang wünschte ich, eine Lampe mitgenommen zu haben, aber damit hätte ich nur auf mich aufmerksam gemacht und mich womöglich selbst geblendet. So aber waren meine Sinne geschärft.

Der Gesang zog mich vorwärts, während mein Blick auf den Boden geheftet war, wo ich die dunklen Tropfen auszumachen versuchte, die immer seltener zu sehen waren. Bald hatte ich mich mehrere hundert Meter vorgewagt. Hinter mir konnte ich die Lichter des Camps am Ende der Schneise sehen. Es war ein merkwürdiges Gefühl, in der Ferne die sichere Geborgenheit, die Räume, die anderen, mein Bett zu wissen. Der fast übermächtige Drang, kehrtzumachen und zurückzurennen, überkam mich. Aber nun hörte ich den Gesang zu meiner Linken aus dem Wald kommen, und nur wenige Meter weiter zweigte ein Trampelpfad ab. Ich wusste, dass er zu einer Lichtung führte. Dort hatte es einmal einige Felder gegeben, die aber seit Jahren brachlagen. Die Indios wollten dort nicht mehr arbeiten und mieden die Lichtung. Inzwischen hatte der Urwald begonnen, sie wieder in Besitz zu nehmen, und auch der Weg war schon fast wieder Teil der Umgebung geworden.

Ich meinte, einen Lichtschein zwischen den Bäumen zu erkennen, und wagte mich den Trampelpfad entlang. Ich näherte mich dem Gesang, und bald konnte ich das Leuchten immer häufiger aufblitzen sehen. Ich dachte schon nicht mehr an die Dunkelheit, die mich umgab, meine Aufmerksamkeit war allein auf das gerichtet, dem ich mich näherte. Der Gesang wandelte sich, ich konnte nun Wörter heraushören, allerdings blieben sie unverständlich. Es war weder das unbeholfen artikulierte brasilianische Portugiesisch der Einheimischen, noch waren es irgendwelche Wörter aus ihrer Indiosprache, die ich jemals zuvor schon einmal gehört hätte. Die Laute waren guttural und vollkommen fremdartig.

Ich erreichte den Rand der Lichtung und blieb im Schutz der Bäume stehen. Was ich sah, erregte und schockierte mich gleichermaßen.

Auf der Lichtung brannte ein fast mannshoher hölzerner Stapel. Die Flammen züngelten hoch hinauf, sandten einen beständigen Strom von tanzenden Funken in den Himmel, und in den Flammen erkannte ich die unförmige Fleischmasse, die einmal eine menschliche Leiche gewesen war. Die Haut bildete Blasen, wo sie noch nicht schwarz verkohlt war, die Rippen stachen wie geschälte Äste heraus, und Säfte rannen aus dem Kadaver, tropften über das Holz und fingen Feuer.

Ich kann mir nicht erklären, wie ich diese Details aus meinem Versteck erkennen konnte, aber mein Blick wurde mit unvorstellbarer Gewalt angezogen, bohrte sich gleichsam in den Scheiterhaufen, als stünde ich direkt daneben.

Hinter dem Scheiterhaufen, erhellt durch die lodernden Flammen, stand ein alter Indio, den ich noch nie zuvor im Camp gesehen hatte. Gesicht und Körper waren weiß bemalt, und außer einer Kette und einer mit Federn besetzten Kopfbedeckung war er nackt. Sein Kopf war in den Nacken geneigt, seine verdrehten oder blinden Augen offenbarten nur das Weiße. Er schwenkte einen Stab und ein anderes Utensil, von dem ich annahm, dass es der Fuß oder die Klaue eines Tieres war. Er war es, der den beschwörenden Gesang ausstieß.

Neben ihm, ebenfalls weiß bemalt und vollkommen nackt, standen Dr. Paulsen und die Leiterin unseres Camps, Susan.

Fabrikgelände bei Hamburg, 22. Juli

»Es wundert mich ja, dass dein Freund uns das Boot noch ein zweites Mal ausleiht«, sagte Juli.

Sie standen an derselben Stelle, von der aus sie am Tag zuvor auf die Insel übergesetzt waren. Es war elf Uhr und dunkel genug, um ungesehen zu fahren. Es würden ihnen rund vier Stunden bleiben, um sich umzusehen, bevor die Wasserschutzpolizei ihre Kontrollfahrt unternahm.

»Es ist nur eine Frage des Geldes«, sagte Tom.

»Du hast ihn dafür bezahlt? War es teuer?«

»Nicht der Rede wert. Das kann ich mir als Spesen zurückholen. Immerhin ist das hier eine Auftragsarbeit der Zeitung.«

»Ich dachte, du recherchierst das hier auf eigene Faust.«

»Im Grunde ja. Aber der Chefredakteur war so interessiert an der Geschichte mit dem Fuß, dass er mir den Auftrag gegeben hat, über das zu schreiben, was ich ohnehin vorhatte. Das hat so seine Annehmlichkeiten.«

Juli zuckte mit den Schultern. »Also dann … Hast du alles dabei?«

Tom deutete auf die Utensilien, die er bei sich trug. »Rucksack, Taschenlampen, Knicklichter, Bolzenschneider und ein Brecheisen. Und deine Pflaster.«

»Pflaster?«

»Den Erste-Hilfe-Koffer aus dem Auto. Wolltest du doch unbedingt.«

»Ja, wollte ich. Man weiß nie, was einem zustößt. Du hast doch gesehen, was das für ein Gelände ist.«

»Wenn du meinst. Ich hoffe mal, dass wir das nicht brauchen werden.«

Sie passten einen günstigen Moment ab und fuhren los.

»Hast du in den Tagebüchern eigentlich was gefunden?«, fragte Tom.

»Ja und nein. Mit seinem Interesse an verlorenen Ländern und sagenhaften Kreaturen und Kryptozoologie hattest du recht. Davon war eine ganze Menge drin. Verworrene Sachen. Ich habe dann auch das Tagebuch über seinen ersten Besuch in dem Camp gefunden. Aber viel gab es nicht her. Es war ebenfalls eine Leiche angespült worden, genauso wie ein Jahr später und dann bei meiner Schwester. Wer weiß, wie oft das dort so vorkommt.«

»Und hat er beschrieben, wie sie aussah?«

»Ja. Auch bei ihm fehlten Gliedmaßen, andere Körperteile waren verformt oder angeschwollen, und auch hier war das Fleisch violett verfärbt. Aber nichts über eine Todesursache und natürlich auch keine Identifikation.«

»Früher oder später werden wir uns das Camp näher ansehen müssen«, sagte Tom. »Aber vorher müssen wir wissen, was uns erwartet und was dort vor sich geht. Ganz offenbar ist es ja nicht ganz ungefährlich, sich eigenhändig auf die Suche zu begeben.«

Juli schwieg. In der Tat, es war sogar verdammt gefährlich. Und Marie hatte es erwischt – was immer es war. Sie mussten das Rätsel lösen.

Der kleine Motor des Schlauchboots brachte sie ohne Zwischenfälle zum anderen Ufer. Tom fuhr dieses Mal ein Stück weiter, weil er das Boot nicht an einem der Strandabschnitte anlanden wollte, sondern dort, wo Gras und Schilf bis ins Wasser wuchsen. Hier würden sie noch besser vor ungewünschten Blicken geschützt sein. Um das Boot dort verlassen zu können, trugen sie vorsorglich hohe Gummistiefel.

Bald hatte er eine geeignete Stelle gefunden und fuhr so tief hinein, wie er konnte, bis sie aufsetzten. Dann sprangen sie hinaus und zogen das Boot noch zwei Schritte weiter. Schließlich war es in der Vegetation vollkommen verborgen.

»Das Wasser wird noch zwei Stunden lang ablaufen«,

sagte Tom, »und kommt erst dann wieder. Es sollte hier also sicher liegen bleiben.«

Während sie sich auf den Weg ins Innere der Insel machten, bemerkten sie nicht, dass sich ein weiteres Boot näherte. Es war ebenfalls ohne Licht gefahren und legte zehn Minuten später unweit derselben Stelle an.

Tom und Juli schlugen sich durch das Unterholz des Pappelwalds, stiegen über die knorrigen Wurzelgeflechte der Weiden hinweg und erreichten schließlich den Zaun.

»Wolltest du den nicht aufschneiden?«, fragte Juli.

»Ach was, das dauert unnötig lang. Es gibt ja eine Öffnung, die reicht. Wir sollten unsere Zeit für die Baracke aufsparen.«

So folgten sie dem Weg, den sie bereits entdeckt hatten, fanden das Loch, zwängten sich hindurch und kamen bald auf das verwilderte Gelände, das sie zu dem Blechschuppen führte.

Vor der Tür blieben sie stehen.

»Hier, halt mal«, sagte Tom und reichte Juli das Brecheisen. Er selbst nahm den Bolzenschneider in beide Hände. »Wollen wir mal sehen, ob das so einfach geht, wie es immer aussieht.«

Er öffnete die gewaltige Zange und setzte sie an der Kette an, die um den Metallriegel geschlungen war. Er drückte die Griffe mit aller Kraft zusammen, aber es tat sich nichts. Nach einigen Augenblicken der Anstrengung setzte er den Bolzenschneider erschöpft ab und begutachtete im Licht der Taschenlampe die Stelle, die er hatte durchtrennen wollen.

»Nur eine winzige Kerbe«, bemerkte er.

»Nicht genug zum Abendessen gehabt?«, scherzte Juli.

Noch einmal setzte er an derselben Stelle an und drückte unter lautem Ächzen zu. Aber als er nachsah, hatte sich die Kerbe nicht wesentlich vertieft.

»Das gibt's doch gar nicht. Wofür ist das Ding denn da?«

»Probier es doch am Schloss«, schlug Juli vor. »Der Bügel ist viel schmaler als die Kettenglieder.«

Tom positionierte die Backen der Zange am Bügel des Umhängeschlosses und drückte zu.

Er wurde jäh unterbrochen, als hinter ihm ein Knurren ertönte. Erschrocken fuhr er herum und sah im Licht von Julis Lampe, dass der streunende Hund nur wenige Meter entfernt stand. Er hatte die Ohren angelegt und bleckte die Zähne.

»Ganz ruhig bleiben«, sagte Juli. »Ganz ruhig … ich habe hier etwas …«

Tom sah zu ihr hinüber und bemerkte, dass sie in die Hocke ging und den Hund ansprach.

»Wir tun dir nichts … komm her … sieh mal …«

Sie griff mit langsamen Bewegungen in eine Jackentasche und brachte ein kleines Aluschälchen hervor, dessen Deckel sie abzog. »Hier ist etwas zu fressen … ja, komm …«

Sie warf das Schälchen behutsam einen knappen Meter nach vorn. Der Hund zuckte zurück und knurrte auf. Dann bemerkte er, dass sich das Objekt nicht mehr bewegte, witterte etwas, senkte die Lefzen, stellte die Ohren auf und begann zu schnuppern. Langsam machte er einige Schritte beiseite, dann wieder zurück und schließlich nach vorn.

»Was machst du denn da?!«, raunte Tom. »Hast du allen Ernstes Futter für das Mistvieh mitgebracht?«

»Das ist kein Mistvieh«, sagte Juli. »Er hat Hunger, das ist doch klar. Kümmere du dich um das Schloss, ich beruhige den Hund.«

Widerwillig wandte sich Tom ab und machte sich am Schloss zu schaffen. Er musste mehrfach neu ansetzen, aber nach einigen Minuten hatte er den Bügel des Schlosses tatsächlich durchtrennt. Mit lautem Klappern zog er die Kette vom Metallriegel und schob ihn hoch. Darunter kamen eine Klinke und ein Sicherheitsschloss zum Vorschein.

Juli reichte ihm das Brecheisen. »Bist du sicher, dass das klappt?«

»Das werden wir gleich sehen.«

Er setzte das Brecheisen im Spalt neben dem Schloss an und bog den Hebel mit aller Kraft herum. Das Blech knirschte, und schließlich brach die Tür mit einem lauten Knall auf.

»Na also, das war's«, sagte er etwas atemlos. »Wo ist das Vieh?«

»Hat sich erschreckt«, sagte Juli, während sie sich erhob. »Der Lärm war bestimmt noch am anderen Elbufer zu hören. Schnell rein jetzt.«

Sie betraten einen schmucklosen Raum. Im Schein ihrer Lampen erkannten sie lediglich einige leere Regale und Kisten. Das Innere des Schuppens machte genau den Eindruck, den es offenbar auch erwecken sollte: den eines ungenutzten Lagerschuppens. Allein die übermäßige Sicherung der Tür ließ vermuten, dass es sich um eine Tarnung handelte, was die unterirdischen Räume, von denen sie wussten, schließlich auch bestätigten.

»Siehst du einen Lichtschalter?«, fragte Tom.

Juli leuchtete an den Wänden entlang, fand einen Schalter und legte ihn um. Aber nichts tat sich. »Der Strom wurde anscheinend abgeschaltet.«

»Na gut, dann nehmen wir eben die Taschenlampen.«

Tom entdeckte eine weitere Tür, und nach kurzer Zeit hatte er sie aufgebrochen. Dahinter lag eine nach unten führende Treppe.

»Jetzt wird's spannend.« Er ging voraus und erhellte die Stufen. Am unteren Treppenabsatz stießen sie auf eine weitere Tür. Sie enthielt eine große Glasscheibe, durch die sich ein feines Netz von Metallfäden zog. Tom leuchtete hindurch und konnte vage einen Gang erkennen. Rechts von ihm, an der Wand daneben, befand sich ein Kästchen mit einer Zahlentastatur.

»Ein Codeschloss«, sagte er und tippte versuchsweise darauf herum. Aber weder bewirkte es irgendein Geräusch, noch leuchteten Dioden auf. »Ohne Strom können wir das wohl vergessen«, brummte er. »Immerhin wird's dann sicher auch keinen Alarm geben.«

Wieder setzte er das Brecheisen an, doch dieser Türrahmen erwies sich als deutlich widerstandsfähiger.

»Was soll's. Dann eben so!«, meinte er und hieb auf die Glasscheibe ein, die sogleich in ein kristallenes Mosaik zersprang, sich aber nicht löste. Die Metallfäden hielten sie zusammen.

Tom stach mit dem Brecheisen mehrfach auf das Glas ein, bis er es an einer Stelle durchstoßen hatte, dann hebelte und riss er daran herum. Nur langsam gelang es ihm, das Sicherheitsglas aus dem Rahmen zu lösen. Die Metallfäden waren kräftiger, als er erwartet hatte. Es dauerte mehrere Minuten, bis er so viel zerstört hatte, dass er sich durch die entstandene Lücke zwängen konnte.

»Einen Vorteil hat es«, sagte er etwas außer Atem, als er auf der anderen Seite der Tür stand und Juli ihm folgte. »Man kann sich immerhin nicht dran schneiden.«

Sie befanden sich vier oder fünf Meter unter der Erde. Die Luft war kühl und roch abgestanden. Vor ihnen verlief ein mit Linoleum belegter Gang. Zu beiden Seiten befanden sich Türen oder zweigten weitere Gänge ab.

»Sieh dir das an!«, sagte Juli. »Hier hat jemand eine ganze Bunkeranlage angelegt.«

Langsam gingen sie voran. Die ersten Räume, die sie untersuchten, waren leer. Es gab Steckdosen, Lampen an der Decke und vereinzelte Metallregale, hin und wieder Stühle oder einen Schreibtisch, aber keine Gerätschaften, Bücher, Unterlagen oder irgendetwas, das auf eine Funktion hingewiesen hätte.

»Ich hoffe, wir stolpern nicht gleich wieder in eine Asservatensammlung oder etwas ähnlich Ekeliges«, sagte Tom, dem nicht wohl dabei war, nur mit ihren Lichtkegeln durch die verlassenen Räumlichkeiten zu schleichen.

Er fuhr herum, als er hinter ihnen ein leises, rhythmisches Klacken hörte.

Er leuchtete den Gang hinab, den sie gekommen

waren, und erschrak, als ihm aus einiger Entfernung die Augen des Hundes entgegenleuchteten. Offenbar folgte er ihnen. Seine Krallen klapperten auf dem Boden und erinnerten Tom auf unangenehme Weise daran, dass er ihnen jederzeit an die Kehle springen konnte.

»Das gibt's doch nicht! Was will der?«

»Lass ihn doch«, meinte Juli. »Sicher hofft er, noch mehr Futter zu bekommen. Er wird uns nichts tun.«

»Das sagst du!«

»Nun stell dich nicht so an. Er weiß, dass wir gut zu ihm sind. Er beginnt, uns zu vertrauen. Hunde sind Rudeltiere, er sucht Anschluss.«

»Aber *ich* suche keinen Anschluss!«

»Was hast du eigentlich gegen Hunde?«

»Ich mag sie einfach nicht, okay?«

Juli zuckte mit den Schultern. »Dann versuch ihn zu ignorieren. Aber mach ihm keine Angst. Denn dann wissen wir nicht, wie er reagiert.«

»Na prima«, murrte Tom, drehte sich aber wieder nach vorn und versuchte, sich auf ihre Suche zu konzentrieren.

Der nächste Raum, den sie betraten, war größer als die anderen. Zu ihrer Überraschung beherbergte er vier Betten, wie man sie in einem Krankenhaus vermutet hätte. Sie waren schlicht, und weder an ihrem Kopfende noch neben ihnen befanden sich medizinische Apparaturen. Dennoch war klar, dass dies Krankenbetten waren, die sich verstellen ließen.

»Schau mal«, meinte Tom und leuchtete an die Seite eines der Betten. Auf Brusthöhe und am Fußende hingen breite Riemen herab. Ganz offenbar konnte man damit den Patient festschnallen. »Ist das normal?«

»Vielleicht in einer Psychiatrie«, meinte Juli. »Aber wegen einer Blinddarmentzündung sicher nicht.«

Sie gingen weiter.

»Es muss doch irgendwo ein Büro gegeben haben«, überlegte Tom. »Aktenschränke, Computer oder so was.«

»Das ist vermutlich längst alles weg.«

»Aber es gab doch diesen Abstellraum oder was es war, den wir gefunden haben. Vielleicht gibt es davon noch mehr.«

»Ich dachte, du wolltest keine Körperteile in Gläsern mehr sehen.«

»Um die kümmerst du dich dann.«

Sie entdeckten einen Waschraum, und als sie eine dahinter liegende Schleuse durchquerten, standen sie plötzlich in einem geräumigen Saal. In der Mitte befand sich ein großer Tisch, neben dem verschiedene Geräte standen, von denen aus sich ein gewaltiger Schwenkarm mit mehreren Lampen herüberbeugte.

»Unfassbar«, stieß Juli aus. »Das ist ein Operationssaal!«

»Was haben die hier bloß getrieben?«, fragte Tom, der die Gerätschaften erkundete. »An ein Lazarett für Not-OPs kann ich nicht glauben.«

»Nein, bestimmt nicht. Der Heimlichkeit nach zu urteilen und wenn man die Firmen bedenkt, die dahinterstecken, würde ich schätzen, dass es sich um ein Zentrum für medizinische Experimente gehandelt hat. Und zwar an Menschen.«

»Illegale Menschenexperimente?«

»Vielleicht war der OP-Saal ja tatsächlich nur für Notfälle gedacht, und vielleicht hat man nur Medikamente oder Impfstoffe untersucht. Aber jedenfalls muss es etwas gewesen sein, für das man auf regulärem Weg keine Lizenz erhalten hätte.«

»Aber warum hier auf der Insel? Direkt neben einer so großen Stadt? Warum nicht in irgendeinem Kaff im Hindukusch oder im afrikanischen Dschungel?«

»Vielleicht, weil man die Infrastruktur brauchte.«

»Wir werden es nicht herausfinden, wenn wir raten«, meinte Tom. »Lass uns nach Dokumenten suchen, etwas, das uns einen eindeutigen Hinweis auf die Betreiber und ihre Arbeit ... Was macht denn das Viech da?«

Juli folgte Toms Blick. Der Hund, der ihnen bisher in einigem Abstand gefolgt war, stand in der Tür und sah in die Richtung, aus der sie gekommen waren. Sein Fell war gesträubt, der Kopf gesenkt, und er knurrte leise.

»Etwas ist da ...«, sagte Tom.

»Vielleicht eine Ratte?«, überlegte Juli.

Tom schauderte es. »Wir sollten weitergehen.«

Sie verließen den Operationssaal durch eine gegenüberliegende Tür und kamen in einen neuen Trakt der labyrinthischen Anlage.

Sie fanden Abstellkammern, leere Lagerräume, und endlich stießen sie auf eine verriegelte Tür, deren Schloss Tom aufbrechen musste. Dahinter kam ihnen ein frischer Luftzug entgegen. Als sie nach oben leuchteten, erkannten sie, dass es sich um den Raum handelte, dessen Decke eingestürzt war.

»Möglich, dass dies die einzigen Reste sind, die hier noch übrig geblieben sind«, sagte Tom. »Das würde erklären, warum der Raum zusätzlich verriegelt war. Aber was für eine Ironie, dass man ausgerechnet in diesen hier nun auch von oben reinkommt… Los, suchen wir noch ein paar mehr Unterlagen.«

Gemeinsam machten sie sich daran, die Schachteln und Boxen zu öffnen, die sie fanden. Tom beschränkte sich darauf, dort nachzusehen, wo Papierstapel zu erkennen waren. Die Vorstellung, dass ihn im Licht seiner Lampe plötzlich der in Formalin schwimmende Kopf einer Leiche aus einem Karton entgegenstarrte, entsetzte ihn.

Sie luden alles, was nach selbst gefertigten Papieren, Rechnungen, Protokollen oder Akten aussah, in Toms Rucksack. Es war letztlich eine magere Ausbeute, keinesfalls das Archiv dieser Anlage, sondern vermutlich nur ein Rest, der eher zufällig zusammen mit den anderen Dingen schon früh in diesen Stauraum verfrachtet und dann vergessen worden war. Aber dennoch mochte es Aufschluss über die geheimnisvollen Vorgänge in diesen merkwürdigen Räumen geben.

Plötzlich hörte Tom wieder ein Rascheln und fuhr herum. Der Streuner hatte zu ihnen aufgeschlossen und wanderte schnuppernd über die auf dem Boden verstreuten Scherben und Papiere.

»Wenn du ihn nicht gefüttert hättest, würde er uns jetzt nicht ständig hinterherlaufen.«

»Ist doch nicht schlimm. Vielleicht können wir ihn auch mitnehmen und in einem Tierheim abgeben.«

»Kommt nicht infrage.«

»Wir werden ja sehen.«

»Was machst du denn da?«, fragte Tom gerade noch, als ihn mit einem Mal ein Blitzlicht blendete.

»Ich mache Fotos, was denn sonst.« Juli beugte sich nach unten und fixierte das Glas mit dem Kopf. Dann blitzte es erneut. »Wir müssen den Fund doch dokumentieren. Oder wolltest du den etwa mitnehmen?«

Das strahlend hell erleuchtete Bild des grausamen Schädels brannte sich in Toms Gedächtnis. Er hatte nicht vorgehabt, noch einmal hinzusehen, und nun hatte er ein weißes Abbild der glasigen Augen und der aufgeschwemmten Haut in seinem Kopf.

»Das reicht!«, rief er. »Los, lass uns zurück.«

Er wandte sich ab, während Juli hinter ihm ein weiteres Foto schoss, dann schloss sie zu ihm auf.

»Und jetzt?«, fragte sie. »Denselben Weg zurück?«

»Ja. Ich glaube nicht, dass wir hier noch mehr finden.«

Der Hund lief ihnen voraus. Sie verfolgten ihren Weg zurück durch die Gänge und erreichten schließlich den Operationssaal, als der Hund einige Meter vor ihnen erneut seine Rückenhaare aufstellte und leise knurrte.

»Mach das Licht aus!«, zischte Juli.

»Was?!«

»Los, schnell! Da ist jemand!«

Tom schaltete seine Lampe aus, und in der plötzlichen Dunkelheit fühlten sie sich einen Augenblick lang orientierungslos. Dann hörten sie die Geräusche. Es waren entfernte Schritte. Und ein unverständliches Gemurmel.

Auf einmal preschte der Hund davon. Sie hörten seine Krallen über den Boden kratzen, dann war er weg.

»Jemand läuft hier herum«, sagte Tom. »Wir müssen uns verstecken!«

»Los, in den Waschraum«, entschied Juli. »Da waren Wandschränke.«

»Ohne Licht?«

Juli griff nach Toms Hand. »Hier, fass mich an. Ich gehe voraus.«

Er spürte ihre zarte Hand warm in seiner. Sie zog ihn voran, und wäre es nicht eine so unbequeme Situation gewesen, hätte er den Moment genossen. So aber hoffte er nur, dass sie wusste, was sie tat, und dass er nicht im nächsten Augenblick mit dem Schädel gegen eine Wand oder einen Türrahmen stoßen würde.

Während er sich vortastete, hörte er die Schritte näher kommen. Und nun waren auch die Stimmen auszumachen. Tief, männlich, aber in einer fremden Sprache.

»Espera aí! Ouve lá!«

»O que foi?

»Cala-te!«

Dann war es einen Moment lang ruhig. Juli zog Tom hinter sich her, tastete herum, und schließlich hörte Tom, wie sich eine Schranktür öffnete.

»Hier«, flüsterte sie. »Das sind vermutlich Kleiderschränke für Kittel oder so was. Rein mit dir und mach mir etwas Platz.«

Tom drängte sich blind voran und schob beiseite, was er vorfand. Er quetschte sich in eine Ecke und fühlte, wie Juli ihm folgte und sich an ihn presste. Er nahm einen süßlichen Duft wahr, der von ihren Haaren aufstieg.

»Leise jetzt«, hauchte sie.

Die geschlossene Schranktür dämpfte alle Geräusche von draußen. Aber die Fremden mussten die Spuren ihres Einbruches und die offen stehenden Türen entdeckt haben und folgten sicherlich dem gleichen Weg. Sie würden auch durch diesen Raum kommen.

Nach einer Weile drangen tatsächlich Stimmen durch das dünne Holz der Tür. Tom machte zwei verschiedene Personen aus, die sich unterhielten. Kurz darauf wurden die Stimmen wieder leiser.

»Es sind Brasilianer«, flüsterte Juli, als die Männer an ihrem Versteck vorbei waren.

»Hast du verstanden, was sie gesagt haben?«

»Sie suchen uns.«

»Was?!«

»Sie sind uns anscheinend gefolgt und vermuten, dass wir noch hier unten sind.«

»Verdammt, dann müssen wir sofort hier raus!«

Tom hörte, wie Juli die Schranktür öffnete, und spürte mit leichtem Bedauern, wie sie sich von ihm entfernte.

»Los, komm«, sagte sie. »Wir müssen uns beeilen!«

Tom kletterte hinter ihr aus dem Schrank. Er legte seine Hand vor die Taschenlampe und schaltete sie ein, sodass nur ein schmaler Lichtstreifen sichtbar wurde. Nach der Zeit in absoluter Dunkelheit kam es ihm gleißend hell vor.

Sie machten sich auf den Weg durch den Waschraum und die Gänge, die sie gekommen waren.

Sie waren nicht weit gegangen, als sie hinter sich laute Rufe hörten. Dann bellte ein Schuss durch die unterirdischen Räume. Tom und Juli sahen erschrocken zurück, ob sich Lichter näherten, als von dort plötzlich der Streuner durch die Dunkelheit auf sie zugerannt kam, an ihnen vorbeihetzte und Richtung Ausgang verschwand.

»Ich schätze, es wird Zeit, abzuhauen«, sagte Tom, und gemeinsam liefen sie so schnell es ging den Weg zurück.

Die aufgebrachten Stimmen der Männer kamen näher.

»Estão aí em frente«, war zu hören.

»Hier links«, rief Tom atemlos. Juli folgte ihm. Doch plötzlich standen sie in einem Raum ohne weiteren Ausgang.

»Verdammt«, stieß er aus. Er wollte sich wieder umwenden, als Juli ihn festhielt.

»Lampe aus, schnell.«

Dann zog sie ihn zur Seite, weg vom Eingang und in eine versteckte Ecke.

Nur einen Lidschlag später fielen tanzende Lichtkegel in den Gang, von dem sie abgebogen waren. Hastige Schritte näherten sich, dann waren die dunklen Silhouetten von zwei kräftig gebauten Männern zu sehen. Sie blieben neben dem Türrahmen stehen. Die Strahlen ihrer Taschenlampen fielen in den Raum, sie wanderten über den Fußboden und zuckten über die Wände, streiften flüchtig das Regal, hinter dem sich Tom und Juli duckten. Dann wandten die Männer sich wieder dem Gang zu und eilten weiter.

»Da können wir nicht mehr entlang«, sagte Juli. »Wir müssen zurück zum Hinterausgang.«

Mit abgedunkelter Lampe liefen sie durch die Anlage zurück, ein weiteres Mal durch den unheimlichen Operationssaal und bis zu dem Lagerraum mit der eingestürzten Decke.

Tom atmete auf, als er den Nachthimmel sah und die frische Luft einatmete.

»Okay«, sagte er nach einer kurzen Verschnaufpause leise. »Vielleicht sind sie noch da oben. Wir müssen also vorsichtig sein und das Gelände sondieren. Ich klettere hoch und sehe mich um.«

Dann machte er sich an den Aufstieg über die Bretter, Regale und Trümmer. Er erreichte die Oberfläche, versuchte, zwischen Brombeerdornen und Brennnesseln eine hockende Stellung einzunehmen und richtete sich ganz langsam auf, um über das Gestrüpp hinweg in Richtung des Schuppens zu sehen.

Deutlich waren die beiden Männer zu erkennen, die das Gebäude inzwischen verlassen hatten und nun mit ihren Taschenlampen die aufgebrochene Tür und den Boden untersuchten.

»Kannst raufkommen«, rief Tom leise nach unten.

Als Juli kurz darauf bei ihm angekommen war, deutete er zum Schuppen. »Noch sind sie beschäftigt, können aber jederzeit hersehen. Wir müssen den nächsten günstigen Moment abpassen, um von hier in Richtung der Bäume zu verschwinden.«

»Sie haben Waffen dabei.«

»Das kannst du sehen?«

»Nein, aber wir haben es doch vorhin gehört.«

»Ja ... Ich schätze, der Hund hatte sie unten erschreckt.«

»Gut, dass er uns vor ihnen gewarnt hat.«

Die Männer hielten sich noch eine Weile vor dem

Schuppen auf, berieten vielleicht, was nun zu tun sei. Dann drehten sie sich um und gingen je einer links und rechts um das Gebäude herum.

Tom und Juli richteten sich auf und eilten los durch das Gestrüpp. Der Waldrand war nur rund hundert Meter entfernt. Doch die Strecke über das halbwegs offene Gelände erschien ihnen endlos. Jederzeit konnten sich die Männer umsehen, mit ihren starken Lampen einmal in die Ferne leuchten und würden sie davonrennen sehen.

Endlich hatten sie die schützenden Bäume erreicht und lehnten sich atemlos an zwei Stämme.

»Okay«, sagte Tom. »Das wäre geschafft. Jetzt also zum Boot.«

Stets ein wenig geduckt hasteten sie bis zum Zaun, dann an ihm entlang bis zur ausgespülten Stelle, schlüpften durch das Loch und schlugen sich anschließend weiter durch das Unterholz in Richtung des Wassers. Kurz vor der letzten Baumreihe blieben sie stehen. Sie befanden sich auf Höhe des mit Gräsern bewachsenen Uferabschnittes, in dem sie ihr Boot versteckt hatten.

»Verdammt, die waren uns tatsächlich gefolgt«, sagte Tom.

Nur unweit der Stelle, wo sich ihr Schlauchboot verbarg, trieb ein etwa doppelt so großes Motorboot. Es lag einige Meter weiter draußen und hatte daher noch ausreichend Wasser unter dem Kiel. Es war niemand zu sehen.

Sie liefen zum Wassersaum und blieben entsetzt stehen, als sie ihr Boot gefunden hatten. In der dicken Gummihaut des Rumpfs klaffte ein Schnitt, der sich über die halbe Länge zog. Sämtliche Luft war entwichen, die Konstruktion in sich zusammengefallen.

»Diese Schweine!«, entfuhr es Juli.

Tom trat wütend gegen den wabbeligen Haufen.

»Es gibt nur eines, was wir tun können«, sagte er dann.

Juli sah zu ihm auf und folgte seinem Blick. Das Boot der Brasilianer!

»Du willst es klauen?«

»Eine andere Chance, von hier wegzukommen, haben wir nicht. Oder willst du schwimmen?«

Juli wusste nichts darauf zu erwidern. Also folgte sie Tom, der sich schon auf den Weg machte.

»Der Schlüssel steckt!«, rief er, als er es erreicht hatte und Anstalten machte, an Bord zu klettern.

Plötzlich ertönte eine Stimme vom Ufer her: »Stehen bleiben!«

»Er hat eine Waffe, Tom!«

Er drehte sich um und entdeckte einen Mann in etwa zehn Metern Entfernung. Er war offenbar aus dem Wald gekommen und leuchtete zu ihnen herüber. Juli hatte ihrerseits ihre Lampe auf ihn gerichtet, sodass er deutlich zu erkennen war. Es war ein Kerl mit Glatze und breiten Schultern und keiner der beiden Männer, die ihren Weg in der Anlage gekreuzt hatten. Dieser hier musste am Ufer gewartet und auf das Boot aufgepasst haben.

»Runter vom Boot und herkommen«, rief der Glatzköpfige. Er hatte einen deutlichen Akzent.

Tom kletterte wieder runter und folgte Juli, die bereits langsam auf den Mann zuging.

»O que é que quer de nós?«, fragte sie auf Portugiesisch, in der Hoffnung, dass der Mann ebenfalls ein Brasilianer war. Und tatsächlich legte er den Kopf schief. Er schien vollkommen überrascht, senkte für einen Moment sogar seine Waffe.

»Isto não pode ser…«, gab er von sich. Dann riss er sich zusammen, hob die Waffe erneut und rief: »Venham cá! Etwas schneller!«

Sie gingen auf den Mann zu, unsicher, was sie erwarten würde.

Mit einem Mal fuhr der Glatzkopf herum. Etwas war hinter ihm. Ein Schuss löste sich aus seiner Pistole. Dann taumelte er einen Schritt zurück, als ihn etwas anfiel. Im Licht von Julis Lampe war der Streuner zu erkennen, der den Mann angesprungen und sich in dessen rechten Unterarm verbissen hatte.

»Das ist unsere Chance«, rief Tom. »Los!«

Juli blieb stehen. »Aber der Hund!«

»Nichts da! Wir müssen abhauen, komm schon!« Er packte sie am Arm und zog sie mit sich. Nur widerwillig setzte sie sich in Bewegung, dann waren sie auch schon am Boot und schwangen sich über den Rand.

»Guck, ob du einen Anker findest und zieh ihn hoch«, rief Tom, der sich an der Zündung zu schaffen machte. Nur einen Augenblick später lief der Motor auch schon an. Juli holte ein Tau ein, und als der kleine Klappanker an der Wasseroberfläche erschien, schlug Tom das Lenkrad ein und gab Gas. Der Motor heulte auf, das Boot setzte sich in Bewegung. Mit wild aufschäumendem Kielwasser entfernten sie sich von der Insel.

Sie ließen das gekaperte Boot am Nordufer der Elbe zurück und fuhren mit ihren Wagen in Toms Wohnung.

»Ich brauche erst mal einen starken Kaffee«, sagte Juli.

Tom ging in die Küche. »Ob der stark genug ist, weiß ich nicht, aber dafür haben wir ausreichend Vorrat.« Er öffnete eine Tür des Küchenschranks und offenbarte eine Großhandelspackung mit Kaffeepads. »War günstiger so.«

Tom nahm sich selbst ein Bier, und gemeinsam ließen sie sich erschöpft auf das Sofa im Wohnzimmer sinken. Tom legte den Kopf in den Nacken, Juli setzte sich seitlich, hängte die Beine über den Sofarand und lehnte sich an Tom.

»Da sind wir ja ganz schön in was reingeraten«, sagte sie nach einer Weile.

»Ja. Das kann man wohl sagen. Erst wollte jemand verhindern, dass der Fuß untersucht wird, hat das Labor am UKE zerstört, versucht, die Ergebnisse zu löschen und den Fuß gestohlen. Und dann sind wir denen wohl aufgefallen.«

»Sie müssen uns beobachtet und gewusst haben, dass wir auf die Insel fahren würden … Wenn die uns erwischt hätten!«

»Das zeigt nur, dass da etwas mit aller Macht geheim gehalten werden soll. Notfalls mit Gewalt.«

»Hast du schon mit Berger telefoniert?« Noch auf dem Boot hatten sie besprochen, dass sie den Hauptkommissar umgehend von den Geschehnissen informieren wollten.

»Er war nicht da.«

»Und jetzt?«

»Die haben mich an einen anderen Kommissar weitergeleitet, dem ich alles erzählen sollte. Wilms hieß der.«

»Aber Berger sagte extra, dass wir mit niemand anderem sprechen sollten!«

»Ja, weil er Sorge hat, dass seine Suche nach dem Maulwurf auffliegt. Aber mir war ehrlich gesagt wichtiger, dass die Polizei notfalls *unseren* Arsch retten kann.«

»Als ob die nun Bodyguards für uns abstellen. Was hat er denn gesagt?«

»Er hat sich alles angehört, Notizen gemacht und gesagt, wir sollen weitere Anweisungen von der Polizei abwarten und bis dahin unbedingt zu Hause bleiben und keine weiteren Risiken eingehen.«

»Soso, zu Hause bleiben.« Juli drehte sich zu Tom und grinste breit. »Und vorzugsweise bei dir, hast du dir vorgestellt, was?«

Tom hob die Arme in einer Geste der Unschuld. »Es steht dir frei zu gehen.«

Juli setzte sich auf. »Noch nicht. Wir haben einen ganzen Rucksack voll Zeug. Ich will unbedingt wissen, was drin steht!«

Zwei Stunden später hatten sie das Material gesichtet. Ihre Vermutung, dass die Anlage als Versuchslabor gedient hatte, bestätigte sich anhand der Inventarlisten und Lieferscheine, die sie fanden. Die Details blieben zwar im Dunklen, aber es wurde deutlich, dass es um genetische Versuche ging und dass Operationen vorgenommen wurden, bei denen Organe transplantiert wurden. Die Räume waren fast alle leer geräumt gewesen, aber die Unterlagen führten eine große Menge Hightech-Ausrüstung auf, die dort gestanden haben musste. Die Papiere zeigten auch, dass man bis vor drei Jahren noch hier gearbeitet hatte. Dann waren die Arbeiten auf der Insel vermutlich eingestellt worden.

Sie fanden erneute Hinweise auf dasselbe Firmennetzwerk, das sie schon zuvor entdeckt hatten. Nun tauchte aber ein neuer Name auf: *Lab M2*. Offenbar ein Codename für eine weitere Anlage, die, wie es schien, in Brasilien lag und sich zum Zeitpunkt der Aktivitäten auf der Insel noch im Bau befand. Es ging um Lieferungen nach Brasilien und Datenaustausch mit den dortigen Wissenschaftlern.

»Die Anlage auf der Insel war also eine temporäre Einrichtung«, sagte Juli. »Hier wurde nur geforscht, bis dieses Lab M2 in Brasilien fertiggestellt war, dann sind die Arbeiten dorthin verlagert worden.«

»Ja. Und zwar irgendwo in der Gegend um Manaus«, sagte Tom, »und etwa genau zu dem Zeitpunkt, wo im Camp Leichenteile angespült wurden …«

»Es muss einen Zusammenhang geben! Was genau forschen die da? Genetik, Transplantation … Erinnerst du dich, was in dem Bericht über den Fuß stand? Es war aus genetischer Sicht ein Hybrid. Halb Mensch, halb Tier … Es geht um Xenotransplantation. Und wie es aussieht, sind es keine bloßen Studien im Labor.«

»Nein. Sie nehmen Menschenversuche vor!«

Juli sah Tom an. »Wir müssen da hin«, sagte sie entschlossen.

Tom nickte. »Ja, das denke ich auch.«

»Wir müssen uns weiter informieren«, sagte Juli. »Wer genau steckt dahinter? Wer zieht die Fäden? Ist es dieser Dr. Villiers selbst? Was treibt ihn an, wie skrupellos ist er, wer sind seine Leute, wo genau ist das Labor, und wie kommen wir hin?«

Tom rieb sich die Schläfen. »Ja. Ja. Aber heute nicht mehr, wenn du erlaubst.« Er stand auf und drückte seinen Rücken durch. »Ich bin ziemlich am Ende. Und es ist halb drei. Wir sollten das auf morgen verschieben.«

Juli nickte und stand ebenfalls auf. Ihre Gedanken rasten, aber auch sie fühlte, dass ihr Körper sich nach Ruhe sehnte.

»Ich bleibe hier«, sagte sie.

»Du kannst das Schlafzimmer haben, wenn dich die Unordnung nicht stört«, bot Tom an. »Ich schlafe hier auf der Couch.«

»Schade«, gab Juli zurück.

»Wie bitte?«

Sie trat an Tom heran und schmunzelte. »Ich hatte auf eine lebende Wärmflasche gehofft.«

Tom stockte. Bisher hatte Juli ihm nicht den Eindruck vermittelt, dass sie an ihm interessiert sei, und abgesehen davon, dass er sie – optisch gesehen – durchaus attraktiv fand, waren es Situationen wie diese, die seiner Erfahrung nach eine weitere Zusammenarbeit erschwerten.

»Okay …«, setzte er zögerlich an.

»Oder ist dein Bett zu klein?«

»Nein, natürlich nicht. Ich meine, klar können wir auch zusammen drin liegen.«

»Schön! Wo ist das Bad?«

Tom führte sie durch die Wohnung, dann eilte er zurück ins Schlafzimmer und sah sich um. Die Kleidungsstücke, die auf dem zerwühlten Futon lagen, griff er mit beiden Armen und warf sie in den Schrank. Dann schüttelte er sein Kissen auf und legte es ordentlich hin. Als er ins Wohnzimmer ging, um ein Sitzkissen zu holen, hörte er im Bad die Dusche rauschen. Das verschaffte ihm etwas Zeit. Er schnappte sich ein Kissen von der Couch, suchte im Kleiderschrank einen sauberen Bezug und entschied sich dann, es in ein großes T-Shirt zu wickeln. Schließlich griff er die Bettdecke und warf sie so ordentlich wie möglich über das Bett. Sieht ganz passabel aus, entschied er. Nicht perfekt, aber auch nicht mehr wie eine Räuberhöhle.

Er setzte sich einen Augenblick hin und dachte nach. Vielleicht machte er sich zu viele Gedanken. Es war nicht so viel dabei, im selben Bett zu schlafen. Sie kannten sich noch nicht lange, aber sie hatten viel zusammen durchgemacht. Vielleicht war es nur natürlich, dass man beginnen sollte, etwas lockerer miteinander umzugehen. Und bloß, weil Juli nicht alleine schlafen wollte, hieß das noch lange nicht, dass sie etwas von ihm erwartete.

Die Dusche verstummte. Tom stand auf, sah sich noch einmal um und verließ das Schlafzimmer in Richtung Küche. Dort begann er, aus Verlegenheit ein paar Sachen wegzuräumen, als kurz darauf Juli in der Tür stand. Sie hatte ein großes Badehandtuch um sich gewickelt und die kaum trocken gerubbelten Haare aus dem Gesicht gestrichen.

»Komm mal her«, sagte sie und nickte ihm zu.

Tom trat an sie heran, roch ihre Frische. Dann ergriff sie seine Hand und zog ihn an sich.

»Lass uns ins Bett gehen«, sagte sie, drehte sich um und führte Tom in sein Schlafzimmer. Er blieb still vor dem Bett stehen. Juli schaltete das Licht aus. Die Straßenlaternen warfen blasse, helle Rechtecke an die Wand. In diesem Licht erschien Juli als dunkler Schatten, als sie mit einer Bewegung das Handtuch löste, das zu Boden glitt. Ihr schwach beleuchteter Körper war kaum mehr als eine silberblaue Silhouette. Tom erkannte ihre Brüste, ihre schmale Hüfte, und sein Blick wanderte hinab zu ihrer Scham. Aber Juli achtete nicht darauf, sondern schmiegte sich wie selbstverständlich unter die Decke. Sprachlos verharrte Tom.

»Nun?«, hörte er ihre Stimme, etwas leiser als üblich.

Tom zog sich bis auf seine Unterhose aus, kroch ebenfalls unter die Decke und legte sich auf den Rücken. Unschlüssig. Er kam sich eigenartig vor. Jeder andere Mann hätte die Situation ausgenutzt, und da es ihm üblicherweise egal war, was andere von ihm dachten, hätte er nun nichts zu verlieren, wenn er es zumindest versuchte. Aber es kam ihm nicht richtig vor. Er hatte angefangen, Juli zu respektieren. Er schätzte sie, fühlte sich in manchen Augenblicken sogar unterlegen, und daher konnte er unmöglich …

Weiter kam er nicht, denn Juli drehte sich auf die Seite zu ihm herum, kuschelte sich an ihn und legte einen

Arm über seinen Bauch. Sie streichelte den Ansatz feiner Haare, die dort wuchsen, dann wanderte ihre Hand abwärts.

Tom hielt einen Moment lang die Luft an. Julis Hand wanderte ein kleines Stück über seinen Oberschenkel, dann wieder hinauf und fuhr mit den Fingernägeln über seine Unterhose. Durch den Stoff fühlte er das Kratzen über seinen bereits erregten Penis.

»Hm… sieh mal an«, sagte Juli etwas amüsiert. Sie bewegte ihre Hand zum Saum seiner Hose und fuhr mit geschickten Fingern unter den Bund.

Tom atmete unwillkürlich ein, als er spürte, wie Julis kühle, schlanke Finger seinen Penis umfassten und massierten. Mit langsamen Bewegungen zog er seine Hose aus und trat sie von sich. Als er schließlich nackt war, rollte sich Juli auf seinen Bauch und küsste ihn.

Tom spürte, wie sie mit einer Hand seinen Penis weiter bearbeitete, während sie ihn küsste, und mit einem Mal senkte sie sich ein Stück, und er spürte, wie er in ihrer Wärme und Enge versank. Juli richtete sich auf, streifte die Decke ab und setzte sich rittlings auf ihn. Sie begann, sich langsam vor und zurück zu bewegen, ließ seinen Penis tief in sich vor und zurück gleiten. Tom legte den Kopf in den Nacken, gab sich ihrem angenehmen Gewicht, dem Druck und ihrem fordernden Rhythmus hin.

Kapitel 8

Tagebuch von Marie Thomas – Brasilien, 14. Mai

Nach meiner Entdeckung gestern Nacht habe ich heute Susan aufgesucht und sie um ein Gespräch gebeten. Ich musste wissen, was es mit der Verbrennung und dem seltsamen Ritual auf sich hatte.

Erst wirkte sie entsetzt, dass ich sie beobachtet hatte, aber dann wurde ihr natürlich klar, dass sie es nicht abstreiten und weiter vor mir verheimlichen konnte. Also hat sie mich beiseitegenommen und es mir bei einem Spaziergang erzählt.

Der Mann, den ich gesehen hatte, ist ein alter Schamane. Nachdem ihn die Nachricht von unserem Fund erreicht hatte, war er ins Dorf gekommen und schließlich zu Susan. Seiner Überzeugung nach seien die Leiche und ihr Zustand ein Zeichen, dass der Chupacabra zurückgekehrt sei. Die Leiche müsse verbrannt und von den Flammen rituell gereinigt werden, damit er die Spur verliert. Denn der Chupacabra riecht den Tod und kehrt immer wieder dorthin zurück, wo er die Reste seiner Mahlzeiten zurückgelassen hat.

Der Chupacabra ist wohl so eine Art mythologische Bestie, die üblicherweise das Vieh der Bauern reißt, aber manchmal auch Menschen angreift.

Der Schamane ist ein hoch angesehener Mann bei den

Indios im Dorf und auch bei denen, die bei uns im Camp arbeiten. Seine Meinung wird von allen respektiert und seine Furcht von allen geteilt. Um ihn und die anderen zu beruhigen, hatte Susan dem Ritual zugestimmt.

Falls im Laufe der nächsten Tage die Polizei aus Manaus eintrifft, würde sie sagen, sie hätte die Leiche aufgrund von Gesundheitsbestimmungen und einer möglichen Ansteckungsgefahr verbrannt. Das würde sie auch den anderen im Camp so erklären, und es sei das einfachste, wenn ich es ebenfalls so halten und nichts von meiner nächtlichen Exkursion erwähnen würde.

Ich habe sie gefragt, ob sie denn der Sache nicht nachgehen will, zumal es ja vielleicht auch ein Mord gewesen sein kann. Aber Susan wollte nichts davon wissen. Der Urwald sei zu groß, um Spuren zu finden, und außerdem, sagte sie, wäre man auf sich allein gestellt, denn keiner der Einheimischen würde mitkommen wollen, denn sie hätten viel zu viel Angst, den Chupacabra ins Dorf zu locken.

Nun ist die Leiche also verbrannt, und der Fußboden des Lagerraums wird gerade mit Bleiche oder Chlor oder etwas Ähnlichem gereinigt. Ich vermute aber, dass der Gestank trotzdem noch lange haften bleiben wird.

Ich werde das Gefühl nicht los, dass Susan mir immer noch nicht alles gesagt hat, was sie weiß. Sie wirkte zu eifrig, mir ihre Geschichte so einfach wie möglich zu erzählen und alles Weitere abzuwiegeln. Man sollte meinen, dass man eine so außergewöhnliche Sache nicht allzu oft erlebt und sie nicht mit einer solchen Selbstverständlichkeit abhandelt. Susan wirkte so gefasst, als handle es sich um eine seltene, aber durchaus bekannte Routine. Auch dass ausgerechnet Dr. Paulsen in der Nacht dabei war, einer, der schon genauso lange im Camp arbeitet wie sie, scheint mir merkwürdig.

Am Nachmittag bin ich ins Dorf gegangen. Im Grunde geht das Dorf in unser Camp über, unsere Häuser stehen etwas außerhalb, was wohl einmal so angelegt worden war, um Kranke einerseits isolieren, sie aber andererseits in Sichtweite ihrer Angehörigen behalten zu können.

Ich suchte Elvira, die geholfen hatte, den Leichnam nass und damit kühl zu halten. Entweder sie wusste zu dem Zeitpunkt noch nichts vom Chupacabra oder sie kümmerte sich nicht um das Gerede der anderen. Von ihr ließ sich vielleicht mehr erfahren. Sie arbeitet nur gelegentlich im Camp, und da sie heute nicht da war, hoffte ich, sie im Dorf zu treffen.

Aber die Straße war leer. Die Kinder spielten nicht, sondern drückten sich in den Hauseingängen herum. Niemand war unterwegs, niemand beschäftigt. Nur die voluminöse Tia Velha saß vor ihrer Hütte auf ihrem Aluminiumstuhl, dessen Sitzfläche aus bunt geflochtenen Plastikschnüren sich weit durchwölbte. Tia Velha ist vermutlich die Dorfälteste, aber alle halten sie für beschränkt, und niemand kümmert sich um sie. Sie wird *Alte Tante* genannt, aber wir wissen nicht, mit wem sie tatsächlich verwandt ist, vielleicht mit allen, vielleicht mit niemandem. Bevor es das Camp und den Aluministahl gab, hat sie sicher auch schon dort gesessen, auf einem Holzschemel vermutlich, und genauso beständig über den Unsinn der Welt nachgedacht und vor sich hin gelächelt.

Die uralte Tia Velha schert sich nicht um das, was alle tun oder denken, und es wunderte mich nicht, dass sie da saß wie an jedem anderen Tag auch, obwohl ganz offenbar etwas im Dorf vor sich geht. Ich habe mich neben sie auf den Boden gesetzt, mit dem Rücken an ihre Hütte, und mich mit ihr unterhalten. Das ist nicht leicht, weil sie nur ganz wenige Brocken Portugiesisch spricht, die sie irgendwann im Laufe der tausend Jahre ihres Lebens aufgeschnappt hat, und dass sie nur noch drei dunkle Zähne im Mund hat, hilft ihrer Artikulation auch nicht gerade.

Aber irgendwie habe ich das Gefühl, sie mag mich. Jedenfalls lacht sie mich immer an, und das ist kein Reflex, denn bei anderen Weißen macht sie das nicht.

Wie dem auch sei, jedenfalls hat sie mir nach einer Weile zu verstehen gegeben, dass Elvira nicht da sei, sondern mit dem Geist in den Wald gegangen sei, was auch immer das bedeuten sollte. Als ich sie dann über das Ritual befragte und mich nur mit einfachen Worten wie »Feuer« und »Nacht« verständlich machen konnte, sah sie mich erst fragend an.

Ich wusste nicht weiter, also ahmte ich den Singsang des Schamanen und seine verklärten Gesten nach. Da begann Tia Velha plötzlich zu lachen. Ja, den kenne sie, gab sie mir zu verstehen, die Geister des Waldes seien gekommen. Ich weiß nicht, ob sie nun den Chupacabra oder den Schamanen meinte. Mal sagte sie Geist, mal Geister. Was das Feuer bedeute, wollte ich noch einmal wissen. Dann brabbelte sie etwas von den Jahreszeiten oder etwas Ähnliches und von dem Feuer, den Geistern und deren Haus und wies in den Wald.

Ich wurde nicht schlau aus ihr, aber beunruhigt schien sie nicht zu sein. Ob sie denn keine Angst habe, wollte ich von ihr wissen, denn es schien mir offensichtlich, dass die anderen Dorfbewohner aus abergläubischer Furcht in ihren Hütten blieben. Daraufhin lachte Tia Velha, deutete an sich herunter, hob mit den Händen eines ihrer Beine an, ließ es wieder fallen, hob dann mit einer Hand einen ihrer Arme an, wackelte an ihm wie an einer losen Zaunlatte, ließ ihn wieder fallen und entblößte dann ihre dunklen Zahnstummel. An so etwas, meinte sie lachend, hätten die Geister kein Interesse.

Dann ergriff sie plötzlich meinen Arm und sah mich ernst an. Ich solle nicht gehen, sagte sie eindringlich. Wohin, das sagte sie nicht. Nur immer: »Geh nicht!« Und dann hörte ich einen Namen aus ihrem Genuschel: »Oliver.«

Ich wusste nicht, wen sie meinen könnte, denn wir haben keinen Oliver im Camp, und dass einer der Indios so heißen sollte, wäre mir neu gewesen.

Ich nahm mir vor, Susan darauf anzusprechen, aber als ich auf dem Rückweg von Tia Velha war, fiel mein Blick wieder auf den Waldweg, den ich in der Nacht gegangen war.

Ohne dass ich mir einer gezielten Entscheidung bewusst gewesen wäre, führten mich meine Beine zum Waldrand. Ich sah die Schneise entlang, die bei Tageslicht so viel breiter und freundlicher wirkte, und wie von unsichtbaren Fäden gezogen, ging ich voran. Ich hatte das Gefühl, als spürte ich Augen in meinem Rücken und schlenderte absichtlich beiläufig, so als wolle ich mich bei etwas Verbotenem nicht erwischen lassen. Dabei war ich diesen Weg schon zig Mal gegangen und noch viel häufiger gefahren. Aber heute war irgendetwas anders als sonst.

Nach einigen Hundert Metern gelangte ich an den abzweigenden Trampelpfad zu meiner Linken. Ich ertappte mich dabei, einen Blick zurück auf das Camp zu werfen, das ich am Ende der Schneise sehen konnte, dann schlüpfte ich zwischen die Bäume.

Der Pfad war kaum erkennbar, nur die niedergetretenen Gräser und Farne am Boden zeugten davon, dass in der letzten Nacht Menschen hier entlanggegangen waren. Ich fragte mich, wie ich den Weg in der Dunkelheit so zielsicher gefunden hatte. Aber indem ich dem Gesang und später dem Lichtschein gefolgt war, war ich vielleicht auch querfeldein gelaufen.

Bald drang mir ein beunruhigender Geruch in die Nase, rauchig und würzig, und als ich bald darauf die ehemalige Lichtung erreichte, sah ich die Überreste des Holzstapels. Er war vollkommen in sich zusammengefallen, ein großer Haufen weißer Asche, der eine Rauchfahne absonderte, die sich bis hoch in die Bäume schlängelte. Der Geruch nach verbranntem Fleisch überlagerte nun alles und ließ mich würgen. Mit vorgehaltener Hand trat ich näher und erschauderte, als ich zwischen der Asche und einigen verkohlten Holzresten einen langen, geschwärzten Knochen herausragen sah. Das Feuer war nicht heiß genug gewesen, um ihn zu verbrennen. Auch der Schädel würde sicher noch erhalten sein. Ich wandte den Blick ab, um ihn nicht entdecken zu müssen.

Ich wusste nicht, was mich hergeführt hatte, welche Neugier, welcher Irrsinn. Aber ich hatte dieses unerklärliche Bedürfnis, zu verstehen, was geschehen war.

Ich ließ meinen Blick über die Lichtung schweifen. Das einstige Ackerland war mit Gräsern und niedrigen Sträuchern überwuchert. Ich ging ziellos umher. Warum mieden die Indios diesen Platz, hatten ihn verfallen lassen? Waren die Ernten nicht gut gewesen? Fürchteten sie etwas?

Und dann sah ich, was alles erklärte und doch gar nichts: Ich trat auf einen Ast, der keiner war. Bleicher Knochen leuchtete zu mir herauf, umgeben von schwarzen Holzresten. Ich hatte einen alten Scheiterhaufen gefunden. Und als ich mich umsah, erkannte ich überall auf der Lichtung die Stellen, die sich im Bewuchs vom Rest des Untergrunds unterschieden.

Dies war lange schon keine normale Lichtung mehr, sondern ein Friedhof! Heiliger oder unheiliger Boden, wer konnte das wissen, aber hier waren schon mehr Leichen verbrannt worden, womöglich alle mit einer ähnlichen Zeremonie. Üblicherweise verbrennen die Indios ihre Toten nicht – mit diesem Ort hatte es also ganz eine besondere Bewandtnis. War der Chupacabra schon so oft gekommen? Und wie viel weiß Susan darüber?

Löwenstraße, Eppendorf, Hamburg, 23. Juli

Tom wachte auf, weil er Durst hatte. Er orientierte sich kurz. Neben ihm lag Juli und atmete kaum hörbar. Er setzte sich auf, erhob sich behutsam aus dem niedrigen Bett und ging in die Küche. Er ließ das Wasser am Spülbecken einen Moment laufen, bis es kalt genug war, dann füllte er sich ein Glas und trank es in einem Zug leer.

Die LED-Anzeige am Radio zeigte kurz nach vier Uhr an. Die friedlichste Zeit der Nacht. Der Mond schien in den kleinen Raum und hüllte alles in einen unwirklichen Schein. So unwirklich wie die Liebesnacht, die er gerade erlebt hatte, unerwartet, ohne Umschweife, fordernd und doch erstaunlich sanft und intensiv.

Es waren seltsame Wege, die das Leben nahm. Innerhalb kürzester Zeit war aus einer Geschichte mit einem abgerissenen Fuß und einer forschen Studentin ein Abenteuer ganz anderer Art geworden, eines, das ihn im Innersten berührte. Er war sich nicht sicher, ob es ihn nachhaltig beeinflussen würde, ob er es überhaupt wollte. Aber dass es ihn berührte, daran bestand kein Zweifel. Nachdem Anne ihn verlassen hatte, war sein Interesse an anderen Menschen, insbesondere an Frauen auf den absoluten Nullpunkt gesunken. Anne hätte behauptet, das sei vorher auch schon nicht anders gewesen, aber er wusste, dass es nicht stimmte. Er hatte sich bemüht. Einen Job, in dem man sich täglich beweisen und um den nächsten Auftrag kämpfen musste, und eine Frau, die ständig ihren Anteil an Aufmerksamkeit einforderte, waren zeitgleich nicht leicht und schon gar nicht immer mit Ruhe und großer Einfühlung zu handhaben. Er musste Prioritäten setzen wie jeder andere Mensch auch. Und dass in Annes Freundeskreis dann die Heirats- und Kinderwunsch-Welle ausgebrochen war, hatte die Situation nicht vereinfacht. Er hatte sich weiß Gott bemüht, hatte Termine abgesagt, Kinokarten besorgt, war mit ihr am Samstag einkaufen gewesen, wenn er stattdessen hätte recherchieren und Artikel vorbereiten müssen. Am Ende hatte sie ihn angeklagt, nur halbherzig bei der Sache zu sein, sich überhaupt nicht mehr wirklich für ihre Belange zu interessieren. Sie hatte ihm Kälte und Lieblosigkeit vorgeworfen, hatte dann begonnen, abends selbstständig etwas zu unternehmen, und als sie eines Morgens erst um sechs Uhr nach Hause kam, hatte sie ihm erklärt, dass es da einen anderen Mann gäbe und dass Tom im Grunde schuld daran sei. Damit löste sich alles auf, und wenige Tage später war Anne zügig und spurlos wie der Morgennebel aus seinem Leben verschwunden.

»Was ist los?«

Tom fuhr herum, als er hinter sich Julis Stimme hörte.

Sie hatte sich ihr T-Shirt übergezogen, das sie aus dem Bad geholt haben musste, und sah ihn an. »Alles okay?«

Tom nickte. »Ja klar. Ich hatte nur Durst.«

Juli ging an ihm vorbei, füllte sich ebenfalls ein Glas mit Wasser und blickte aus dem Fenster.

»Ich brauchte das«, sagte sie nach einem Moment der Stille. »Ich hoffe, du kommst damit zurecht.«

Tom wusste nicht, was er sagen sollte. »Ja, sicher«, war alles, was er herausbrachte.

Sie drehte sich zu ihm und legte eine Hand auf seine Brust. »Danke.« Dann ging sie in den Flur.

Tom sah ihr irritiert hinterher.

Plötzlich verharrte sie. Sie hob ihre rechte Hand und beugte sich nach vorn. Dann winkte sie.

»Was ist los?«, fragte Tom und ging zu ihr, aber Juli drehte sich zu ihm um und legte einen Finger auf ihren Mund.

Dann hörte er es auch. An der Tür waren Kratzgeräusche zu vernehmen. Jemand versuchte, das Schloss zu öffnen!

Tom griff Juli an der Schulter.

»Die Brasilianer! Abhauen, los!«, drängte er und zerrte sie in Richtung des Schlafzimmers.

»Meine Sachen!«, stieß sie aus und hastete hinüber ins Badezimmer, aus dem sie gleich darauf mit ihren eilig zusammengeklaubten Kleidungsstücken herauskam.

»Los, los«, rief Tom aus dem Schlafzimmer, während er noch den letzten Knopf seiner Jeans schloss, in die er geschlüpft war. »Auf den Balkon!«

Er öffnete die Fenster, und nun sah Juli, dass sich dahinter ein nur wenige Quadratmeter großer Balkon befand, auf den sie hinaustraten.

»Und jetzt?«

»Rüberklettern!«, rief Tom, hielt sich mit einer Hand an der Wand fest und bestieg das Geländer. Mit einem kleinen Sprung war er auf dem Nachbarbalkon angekommen. »Komm schon!«, rief er und winkte.

Juli hatte ihre Sachen unter einen Arm geklemmt und tat es ihm gleich. Die Geländer waren kalt unter den blanken Füßen, aber wenigstens fand sie sicheren Halt.

»Vom letzten Balkon aus kommt man auf das Dach da drüben«, erklärte Tom und kletterte weiter.

Eilig folgte Juli ihm. Sie bemühte sich, ihren Blick nicht nach unten zu richten, aber es war unmöglich zu ignorieren, dass sie sich mindestens zehn Meter über dem Boden befanden. Ein Fehltritt wäre verhängnisvoll.

Einige Augenblicke später hatten sie die letzte Wohnung erreicht. Wie Tom beschrieben hatte, war es möglich, von hier aus auf das etwas niedrigere Flachdach des direkt angrenzenden Gebäudes zu springen. Tom wartete dort schon auf sie. Nach kurzem Zögern sprang sie. Ihr T-Shirt rutschte hoch, die kalte Nachtluft fuhr über ihre nackte Brust darunter, und ein wenig ungeschickt landete sie zwischen Toms Armen, der sie abfing. Aber weder er noch Juli hatten Sinn für den Reiz des Moments.

»Los, weiter«, rief er, und noch während er Juli am Handgelenk fasste, bellte ein Knall durch die Nacht.

»Schießen die etwa?«, rief Juli atemlos. Sie stolperte Tom hinterher und versuchte gleichzeitig, sich umzudrehen.

»Auf jeden Fall sollten wir nicht stehen bleiben, um es herauszufinden. Komm mit!«

Sie hasteten über das Dach. Tom führte sie zu einem weiteren Balkon auf der anderen Seite. Hinunter auf eine Dachterrasse, dann zu einem neuerlichen Balkon und schließlich auf das Dach einer Garage und von dort aus auf die Straße. Juli musste bei der waghalsigen Klettertour ein Höchstmaß an Konzentration aufbieten. Aber Tom drängte sie sogleich zum Weiterlaufen.

»Wo willst du hin?«, rief sie ihm hinterher, aber Tom machte sich nicht die Mühe zu antworten. Er fischte einen Gegenstand aus seiner Jeans, als hinter ihnen laute Rufe über die Straße hallten. Dann bellte ein weiterer Schuss, und dieses Mal hörte Juli die Kugel unweit von ihnen am Asphalt abprallen.

Juli widerstand dem Drang, sich umzudrehen, und beschleunigte stattdessen ihren Lauf.

Tom bog um eine Straßenecke, und als Juli ihn erreichte, sah sie, dass er auf sein dort geparktes Auto zulief, dessen Lichter gerade aufblitzten. Sie bekam die Türklinke zu fassen, als Tom bereits den Motor startete. Sie warf sich hinein, zog die Tür hinter sich zu, Tom schlug die Reifen ein und gab Gas. Wenige Augenblicke später hatten sie die Wohnstraße verlassen.

Während Tom an einer Ampel stehen blieb, schlüpfte Juli in ihre Kleider. Sie streifte gerade ihre Jeans über den Po, als Tom plötzlich beschleunigte und sie in den Sitz gepresst wurde.

»Pass doch mal auf!«, stieß sie aus.

»Sie sind hinter uns«, rief Tom.

Juli drehte sich um. Auf der menschenleeren Straße war das Auto ihrer Verfolger deutlich daran zu erkennen, dass es Toms wiederholtem Spurwechsel folgte und beständig näher kam.

»Und jetzt?!«

»Wir müssen in die Innenstadt«, sagte Tom.

»Wir können doch in die City Nord fahren, zum Präsidium.«

»Keine Chance.« Tom überholte ein Taxi mit inzwischen neunzig Stundenkilometern. »Da ist jetzt Totentanz. Wir müssen unter Menschen!«

Juli sah, wie die Brasilianer – jedenfalls vermutete sie, dass es die Brasilianer waren – ebenfalls weiter beschleunigten. Auf den verlassenen Straßen zu dieser Uhrzeit würden sie ein leichtes Spiel haben, sie einzuholen.

Unterdessen jagte Tom weiter die Straße hinunter, ignorierte rote Ampeln und scherte sich nicht um Verkehrsregeln. Im Gegenteil, es wäre ihnen sogar gelegen gekommen, wenn die Polizei auf sie aufmerksam geworden wäre.

»Du kannst sie nicht abhängen«, rief Juli, die die Manöver der Brasilianer hinter ihnen beobachtete.

Plötzlich bremste Tom. Juli wurde in den Gurt gepresst. Sie sah nach vorn. Tom fuhr auf die roten Lichter eines Wagens zu. Vor ihnen befand sich die Ampel einer Baustelle. Die Straße war bis auf eine schmale Durchfahrt gesperrt und im Augenblick nur für den Gegenverkehr freigegeben.

»Verdammt«, fluchte Tom. Es gelang ihm gerade noch abzubremsen, um nicht auf den stehenden Wagen aufzufahren. Die Straße vor ihnen war wie ausgestorben. Kurz entschlossen gab er wieder Gas, scherte aus und raste durch die Gasse.

Die Brasilianer preschten ebenfalls auf die Baustelle zu. Kurz bevor sie sie erreichten, sprang die Ampel auf Grün um, und der wartende Wagen fuhr an.

Juli beobachtete über die Schulter hinweg, wie sich ihre Verfolger mit rasendem Tempo gerade noch an dem anderen Wagen vorbeidrängten, dabei einen heftigen Schlenker machten und einige der rot-weißen Sicherheitsbalken der Baustelle beiseitefegten. Ihre Geschwindigkeit zu verringern, schien den Brasilianern nicht in den Sinn zu kommen.

Die Straße vor ihnen war frei. Tom hatte inzwischen wieder neunzig Stundenkilometer erreicht, aber ihre Verfolger waren nur noch zehn Meter hinter ihnen. Einer der Brasilianer kurbelte ein Fenster runter und beugte sich seitlich heraus. Im ausgestreckten Arm hielt er eine Waffe.

Tom riss das Steuer herum. Der Wagen machte einen gefährlichen Satz zur Seite, als im selben Augenblick der Knall eines Schusses zu hören war.

Tom gab weiter Gas. Es war irrsinnig, auf den unübersichtlichen Straßen der Stadt so schnell zu fahren, aber er hatte keine andere Wahl. Er versuchte, Schlangenlinien zu fahren, und überlegte fieberhaft, wohin er steuern sollte. *Reeperbahn,* schoss es ihm durch den Kopf. Dort tobte die ganze Nacht das Leben, die Männer würden es nicht wagen …

Weiter kam er nicht. Ein Krachen zerriss das Innere des Wagens, Splitter schossen an seinem Kopf vorbei, dann spürte er Kälte und hörte das ungefilterte Rauschen der Fahrgeräusche. Er hatte sich instinktiv geduckt. Als er wieder aufsah, erkannte er im Rückspiegel, dass die Brasilianer die Heckscheibe zerschossen hatten. Er musste aus der Schusslinie verschwinden! In kleine Seitenstraßen. Oder in dichteren Verkehr.

Vor ihnen tauchte eine Kreuzung auf. Tom hielt auf den Fernsehturm zu, der ins Blickfeld kam. »Das ist ein echt schlechter Zeitpunkt, um sich weiter umzuziehen«, sagte Tom, der beobachtete, wie Juli ihr T-Shirt auszog. Der Beifahrer im Wagen der Verfolger lehnte sich bereits wieder aus dem Fenster, als Juli das T-Shirt durch die zerschmetterte Heckscheibe warf.

»Hey, das war meins!«, rief Tom. Aber dann sah er, wie das T-Shirt auf der Motorhaube der Brasilianer landete, auf die Windschutzscheibe rutschte und an den Scheibenwischern hängen blieb.

»Ha!«, machte Juli.

Die Verfolger bremsten notgedrungen ab. Der Fahrer betätigte die Scheibenwischer, aber das T-Shirt löste sich nicht. Toms Abstand vergrößerte sich rasant.

»Gut gemacht!«, rief er und sah kurz zu Juli hinüber. Sie nutzte die Zeit, um ihr Top anzuziehen, das sie zuvor zusammen mit ihrer Jacke in den Fußraum geworfen hatte. *Sie sieht toll aus*, zuckte es ihm durch den Kopf.

»Pass auf!«

Er sah nach vorn und raste dabei um Haaresbreite am Heck eines Lieferwagens vorbei, der von links kommend über die Kreuzung fuhr, die sie gerade überquerten. Hier waren noch mehr vereinzelte Autos unterwegs. Sie fuhren an den Messehallen vorbei und näherten sich der Innenstadt.

Hinter ihnen preschte der Wagen der Brasilianer über die Kreuzung. Das T-Shirt war verschwunden, und nun holten sie wieder auf. Tom bemühte sich, auf der schmaler gewordenen Straße voranzukommen, wich immer wieder anderen Fahrzeugen aus, doch die Verfolger kamen stetig näher.

Bald erschien eine weitere Kreuzung vor ihnen. Die Ampel war rot. Zwei Wagen warteten dort. Tom wollte überholen und einfach weiterfahren, aber er musste bremsen, als er sah, dass ihnen auf der Gegenspur ein Taxi mit Lichthupe entgegenkam. Als es vorbei war, trat Tom augenblicklich das Gaspedal wieder durch und zog an den wartenden Autos vorbei. Die Verfolger kamen in diesem Moment von hinten heran, und ihr Wagen krachte in ihr Heck. Tom und Juli wurden in die Sitze geschleudert.

»Scheißkarre!«, rief Tom aus. Er trat weiter aufs Gas, aber der Wagen beschleunigte nur zäh.

Ein weiteres Mal rammten die Brasilianer sie, dann endlich konnte Tom den Abstand halten, und nach einigen Überholmanövern und halsbrecherischen Kurven schien es, als hätten die Verfolger ihren Eifer eingebüßt. Aber Tom wusste, dass sie nichts gewonnen hatten, solange sie sie nicht endgültig abhängen konnten.

Die Straße führte nun am mitten in der Stadt gelegenen legendären Fußballstadion FC St. Pauli vorbei. Immer mehr Autos waren hier unterwegs, und als sie an der nächsten großen Kreuzung abbogen, fanden sie sich unvermittelt im neonbeleuchteten Treiben der Reeperbahn wieder, der Lebensader des Hamburger Rotlichtbezirks. Hier konnten sie nur in Schrittgeschwindigkeit vorankommen. »Irgendwie weiß ich nicht, wie uns das hier weiterhelfen soll«, meinte Juli.

»Immerhin schießen sie jetzt nicht mehr«, bemerkte Tom. »Vielleicht schaffen wir es nun, zu entwischen.«

»Und wo sollen wir dann hin? In deine Wohnung können wir nicht zurück. Und in meine vermutlich auch nicht.«

Tom zögerte. »Dazu fällt uns schon noch was ein.«

Der Verkehr rollte weiter. Tom wechselte mehrfach die Spur und drängte sich voran. Bald hatten sie die Allee der bunt leuchtenden Sexshops und Bars hinter sich gelassen. Er bog ab, um im Gewirr der Seitenstraßen unterzutauchen. Verkehr gab es hier wenig. Aber er hatte nicht damit gerechnet, dass die meisten Straßen nur in eine Richtung befahrbar waren und ihn zwangen, eine bestimmte Richtung einzuschlagen. Die Verfolger würden ein leichtes Spiel haben, die gleiche Strecke zu nehmen.

Tom überlegte kurz, ob er sich nicht einfach durch die Einbahnstraßen mogeln sollte, aber sie waren dicht beparkt, und das Risiko war zu hoch, dass er durch ein entgegenkommendes Auto gezwungen war, stehen zu bleiben. Er suchte nach Möglichkeiten, den vorgegebenen Weg zu verlassen, aber da waren sie schon auf einer neuerlichen Hauptstraße angelangt, die in einer weiten Kurve zum Elbufer und den Landungsbrücken hinabführte. Sie waren nicht weit gekommen, als ein Fahrzeug hinter ihnen aufschloss. Es war nicht der schwarze Wagen der Brasilianer. Aber er bedrängte sie auf dieselbe Weise. Die beiden Insassen gestikulierten heftig. Tom trat das Gaspedal durch.

Er schoss an der Hafenstraße entlang, quer über die nächste Kreuzung. Ein lautes Rumpeln erfüllte den Wagen, als sie den mit Kopfsteinen gepflasterten Teil der Straße erreichten, der zum Fischmarkt führte. Die Reste der zersplitterten Heckscheibe klirrten im Fond.

Nun tauchte auch das Auto der Brasilianer auf und kam näher. Jetzt hatten sie zwei Verfolger im Nacken.

Tom beschleunigte auf dem Kopfsteinpflaster. Ihm fiel siedend heiß ein, dass diese Straße irgendwann nicht weiterführte, sondern eine große Schleife beschrieb. Wenn die Verfolger sich an der Kreuzung aufteilten, war er geliefert.

Sie preschten an alten Lagerhäusern vorbei. Um diese Uhrzeit waren die Prostituierten verschwunden, die üblicherweise hier auf Kundschaft warteten. Die Gegend war verlassen und nur spärlich erhellt. Kurz darauf weitete sich die Straße und teilte sich bald auf. Tom entschied sich, geradeaus zu fahren. Erleichtert bemerkte er, dass beide Wagen noch immer hinter ihm blieben. Er würde also die Schleife entlangfahren und denselben Weg zurück nehmen können.

Ein Schuss hallte durch die Nacht. Tom duckte sich, fürchtete, die Kugel einschlagen zu hören. Da ertönte ein weiterer Schuss.

»Sie halten sie auf«, rief Juli verwundert.

Tom sah in den Rückspiegel. Aus dem Wagen direkt hinter ihnen wurden Schüsse auf die Brasilianer dahinter abgefeuert. Deren Fahrzeug schlingerte und blieb zurück. Kurz darauf erwiderten die Brasilianer das Feuer, und während die beiden Wagen im Gefecht abbremsten, nutzte Tom die Gelegenheit, um zu flüchten. Mit quietschenden Reifen fuhr er durch die Kurve, beschleunigte auf der Geraden und preschte bald denselben Weg zurück, den sie gekommen waren. Die beiden Wagen ließen sie weit hinter sich. Einige weitere Schüsse konnten sie noch hören, dann waren sie außer Sicht- und Hörweite.

»Was war denn das?«, fragte Tom, als sie wenige Kilometer entfernt durch die Gassen des Portugiesenviertels fuhren.

»Irgendjemand hat uns anscheinend Rückendeckung gegeben.«

»Oder wollte seinen Anspruch verteidigen. Nur weil jemand unsere Gegner angreift, ist er noch lang kein Freund von uns.«

»Hier sind wir nicht sicher«, sagte Juli. »Irgendwo müssen wir hin.«

»Ja. Und ich weiß auch schon, wo.«

»Nicht schlecht«, meinte Juli und sank erschöpft nach hinten.

Sie parkten in der Tiefgarage des Verlags. Tom arbeitete zwar nur als Freier, aber einmal hatte er sich statt eines mageren Honorars eine Chipkarte für die Garage ausgehandelt. Selbst wenn ihre Verfolger noch unterwegs waren, würden sie hier nicht hineinkommen.

Sie hatten die Lehnen der Sitze so weit zurückgedreht, wie es ging, und versuchten, ein paar Stunden zu schlafen. Am Morgen würden sie entscheiden, was sie nun tun konnten.

Es war erst halb acht, als Juli bereits durch die ersten Wagen, die morgens durch die Garage fuhren, geweckt wurde.

Sie fühlte sich wie gerädert. Der wenige Schlaf, die Flucht über die Balkone und schließlich mit dem Wagen durch die halbe Stadt hatten ihre Spuren hinterlassen. Ihr Mund fühlte sich pelzig an und der Geschmack darin war übel. Tom schlief noch. Sie drehte ihre Rückenlehne senkrecht und öffnete das Handschuhfach, um einen Kaugummi oder ein Minzbonbon zu finden. Aber in dem Fach lagen nur selbst gebrannte CDs, ein alter Kugelschreiber mit abgebrochenem Clip und allerlei Papiere. Sie sah an sich herab. Bis auf die Tatsache, dass sie keine Schuhe mitgenommen hatte, sah sie mit Jeans und Bluse halbwegs passabel aus. Tom hingegen trug weder Schuhe noch T-Shirt. Bevor sie etwas unternehmen konnten, mussten sie sich herrichten.

Ihre Tasche hatte sie in Toms Wohnung gelassen, aber sie wusste, dass Jungs wie er ihr Geld häufig in der Hosentasche trugen. Sie befühlte Toms Hose und tatsächlich konnte sie Münzen und zusammengefaltete Scheine ertasten. Sie schob ihre Finger in seine vordere Tasche. Tom grummelte etwas im Halbschlaf und schob sich auf dem Sitz zurecht. Juli erwischte die Scheine mit zwei Fingerspitzen und zog sie heraus. Ein Zwanziger und zwei Fünfer. Nicht üppig, aber es würde reichen.

Sie schrieb eine kleine Notiz, legte sie auf das Armaturenbrett, dann nahm sie seinen Schlüssel mit dem Garagenchip und verließ den Wagen so leise sie konnte.

Als sie eine halbe Stunde später zurückkam, schlief Tom noch immer. Sie stieg ein, drehte die Fenster runter und rüttelte ihn wach.

»Guten Morgen«, sagte sie, als er sich orientiert hatte. »Ich hab dir ein T-Shirt besorgt und ein paar Flipflops.« Dann reichte sie ihm einen Pappbecher mit Kaffee. »Wir müssen jetzt mal überlegen, wie es weitergeht.«

Tom nahm den Kaffee dankend entgegen. »Tja, gute Frage«, sagte er nach einer Weile. »Wir haben nichts dabei, wir können nicht in die Wohnung, um die Sachen zu holen, und irgendwo müssen wir unterkommen.«

»Vielleicht wäre jetzt der richtige Zeitpunkt, um zur Polizei zu gehen«, schlug Juli vor.

Tom schüttelte den Kopf. »Ich weiß nicht. Und was dann? Glaubst du wirklich, die würden den Fall übernehmen? Selbst wenn wir ihnen alles präsentieren, was wir haben, werden sie uns sicherlich keine Überwachung rund um die Uhr zu unserem Schutz abstellen. Die werden ganz reguläre Ermittlungen aufnehmen, und alles, was ins Ausland führt, in die Schweiz oder nach Brasilien, das versandet doch. Auf jeden Fall wird es sich endlos hinziehen, und ich bezweifle, dass deine Schwester so viel Zeit hat.« *Wenn sie noch lebt*, wollte er hinzufügen, biss sich aber gerade noch auf die Zunge.

»Also willst du auf eigene Faust weitermachen?«

»Als Journalist kenne ich es nicht anders. Wenn man etwas geschafft bekommen will, ist man alleine besser dran.« Er trank noch einen Schluck. »Die Sache ist so groß, sie darf nicht irgendwo in den Behörden versacken. Wir brauchen mehr Material, Beweise, Fotos, und dann müssen wir an die Öffentlichkeit.«

»Du willst nach Brasilien?«

»Ja.«

»Gut, aber trotzdem müssen wir an Geld kommen.«

Tom nickte stumm.

»Kennst du irgendwelche Leute, die uns helfen können?«, fragte Juli.

»Na ja, hier geht es um mehr als einen kleinen Gefallen…«

»Was ist denn mit deiner Zeitung? Können die dich nicht unterstützen? Die könnten dich doch vorfinanzieren. Immerhin haben die selbst ein Interesse an der Geschichte, oder nicht?«

Tom wiegte den Kopf. »Keine Ahnung. So gut ist mein Verhältnis auch wieder nicht. Und ich bin auch nur ein Externer. Außerdem hasse ich es, solche Verpflichtungen einzugehen und dann von jemandem abhängig zu sein.«

»Mag ja sein, aber so furchtbar viele Möglichkeiten zur Auswahl haben wir nicht. Ich habe jedenfalls keine derartigen Kontakte.«

»Soll ich etwa für dich gleich mit fragen?«

»Ja, was glaubst du denn? Oder wolltest du etwa alleine weitermachen?«

»Ja, eigentlich schon. Es geht längst nicht mehr darum, Daten über einen abgegammelten Fuß zu finden oder sich in ein Naturschutzgebiet zu schleichen. Inzwischen wurden wir gesucht, verfolgt, überfallen und beschossen. Das ist eine Nummer zu groß für dich.«

»Vielen Dank! Und du alleine würdest besser zurechtkommen oder wie?«

»Ich kann dich nicht immer beschützen wie gestern Abend. Es war reines Glück, dass uns nichts passiert ist.«

Juli stieg aus.

»Na prima. Dann wird dich das kleine Mädchen nicht weiter aufhalten. Wenn du so viel Ahnung hast, dann sieh doch zu, wie weit du kommst!« Sie knallte die Wagentür zu und ging.

Scheiße, dachte Tom. Er stieg aus und lief ihr hinterher. »Hör mal, es tut mir leid, okay. So war es nicht gemeint.«

»Ach ja?«

»Ich ...« Tom suchte nach Worten. »Ich bin nicht gut in solchen Sachen, okay? Was ich meinte, ist ... ich kann keine Verantwortung für dich übernehmen.«

Juli stemmte die Hände in die Hüften. »Danke, aber ich bin alt genug, um für mich selbst Verantwortung zu übernehmen, weißt du?«

»Sicher. Aber ... ich will nicht, dass dir etwas zustößt, gut?«

Juli lächelte. »Aha. Und deswegen willst du lieber alleine losziehen?«

»Ja, genau.«

»Ach, du Dummkopf. In Brasilien kennst du dich doch gar nicht aus. Und Portugiesisch kannst du auch nicht. Du wirst mich brauchen. Mal ganz abgesehen davon, dass du keinen Schimmer von Medizin hast. Was auch immer es zu finden gibt, wirst du gar nicht verstehen können.«

Tom wollte etwas erwidern. Aber sie hatte recht. Er war tatsächlich auf sie angewiesen.

»Es ist in erster Linie mein Interesse, dass wir herausfinden, was hier läuft«, fügte sie hinzu. »Oder hast du jetzt etwa Angst, dass ich anfange zu klammern?«

»Wie meinst du das?«

»Nur, weil wir letzte Nacht Sex hatten?«

»Nun ja, zugegeben, da bin ich mir auch nicht so sicher, was du jetzt denkst.«

»Da mach dir mal keine Sorgen. Wir hatten unseren Spaß und um mehr musst du dir meinetwegen keine Gedanken machen, klar?« Juli wandte sich um. »Kommst du jetzt?«

Tom fühlte sich ein wenig überfahren. »Wo willst du denn hin?«

»Na, in deinen Verlag. Wir suchen deinen Chef und erzählen ihm von der Sache. Und dann soll er uns helfen. Er will doch eine Story oder nicht? Dann wird er auch etwas dafür tun.«

Tom folgte Juli, die zielstrebig den Weg zum Fahrstuhl eingeschlagen hatte. »Weißt du«, erklärte er, »ich habe nicht das beste Verhältnis zu ihm. Ich bin ziemlich sicher, dass Gregory keinen Finger krumm machen wird. Ich bin nicht das, was man gemeinhin Teamplayer nennt.«

»Ja, das habe ich schon gemerkt«, gab Juli zurück. »Aber jetzt wirst du dich mal langsam dran gewöhnen müssen. Mit mir hat es bis jetzt gut geklappt – von deinem blöden Spruch vorhin mal abgesehen –, und mit Gregory wird es auch klappen.« Sie betraten den Fahrstuhl. »Stockwerk?«

»Zwölf.«

»Und wer weiß«, fuhr sie fort, »vielleicht stellst du ja ganz überraschend fest, dass es sich sogar lohnen kann.«

Büro der Transcontor, Hamburg

Luc Gironde sah die Männer einen Augenblick lang schweigend an. Grobschlächtige Gorillas, wie sie nur einem vorstädtischen Getto entwachsen konnten, wo körperliches Durchsetzungsvermögen und kriminelle Energie die einzigen Überlebenschancen boten. Er verstand noch immer nicht, wie ein nobler Visionär und Unternehmer vom Schlage Villiers in der äußeren Peripherie seiner Aktivitäten auf derartige Leute zurückgreifen konnte, von deren Händen schließlich, wie man sah, Erfolg und Misserfolg seiner überwichtigen Projekte abhingen.

Er kannte nur einen von ihnen. Lazaro. Das war der große Glatzköpfige. Wie sein richtiger Name war, wusste Luc nicht. Lazaro war seit den Hamburger Versuchsreihen Teil des Unternehmens geworden und Villiers besondere Treue schuldig. Seitdem trug er diesen Namen. Ein unbedingt gehorsamer und zuverlässiger Soldat mit besonderen Fähigkeiten. Aber trotz des scharfen Verstands, der ihn indirekt anleitete, zweifelte Luc daran, ob es richtig war, einem so groben und ungebildeten Klotz so viel Verantwortung zu überlassen.

»Wie konnte es dazu kommen?«, fragte Luc. Seine Stimme war leise, aber eindringlich.

Die drei Brasilianer rührten keine Miene. Sie kannten Respekt, aber keine Furcht. Sie ließen sich weder einschüchtern noch bedrohen, zumindest würden sie es sich nicht anmerken lassen. Sie standen aufrecht und wussten, dass sie versagt hatten. Sie würden jede Konsequenz tragen.

»Wir haben sie unterschätzt«, gab Lazaro zu. »Sie konnten fliehen und sind weggetaucht.«

»Untergetaucht«, verbesserte Luc. Die Brasilianer schwiegen. »Wisst ihr, wo sie hin sind?«

»Nein.«

»Ihre Wohnungen?«

»Wir haben Männer dort.«

Luc seufzte hörbar auf. Der Journalist und die Frau wussten, dass sie verfolgt wurden, und würden nicht so leichtsinnig sein, in nächster Zeit in ihre Wohnungen zurückzukehren. Trotzdem war es natürlich richtig, dort Leute zu postieren. Nur für den Fall. Die Frage war aber: Wo waren sie jetzt, und was würden sie als Nächstes tun? Sie standen bereits mit Berger in Kontakt. Würden sie also die Polizei aufsuchen und dort Schutz suchen? Luc schätzte den Journalist als eher eigensinnig ein. Möglich, dass er sich nicht so leicht abschrecken ließ und seine Nase nun erst recht überall reinstecken würde. Und es gab im Grunde nur einen Weg, den er nun sinnvollerweise einschlagen würde. Luc nickte leicht. Ja, das war sogar wahrscheinlich. Also wandte er sich an seine Männer und erklärte ihnen, wie sie vorgehen sollten.

Axel-Springer-Gebäude, Valentinskamp, Hamburg

»Das ist eine ziemlich verrückte Geschichte«, sagte Gregory. Er saß zurückgelehnt hinter seinem Schreibtisch, und seine Augen funkelten. »Habt ihr irgendwelche Beweise?«

»Die Unterlagen sind in meiner Wohnung, und Fotos habe ich keine, wenn du das meinst«, sagte Tom. »Aber du kannst dir gerne die Einschusslöcher ansehen. Der Wagen steht in der Tiefgarage.«

»Das ist gut.«

»Gut?«

»Sicher! Den werden wir als Corpus Delicti benötigen. Vielleicht können wir den für eine Fotostrecke inszenieren. Unten am Fischmarkt zum Beispiel, dort wo es passiert ist, das ist doch eine tolle Location.«

»Im Moment haben wir ein ganz anderes Problem als das Auto«, warf Juli ein.

Gregory verschränkte die Hände und stützte die Ellenbogen auf. »Ich höre?«

»Die Story ist größer als nur ein Überfall und ein angeschossenes Auto«, begann Tom.

»So viel ist mir schon klar«, sagte der Chefredakteur.

»Wir brauchen Ihre Hilfe«, platzte Juli heraus.

»Du willst mehr Geld, hm?« Gregory sah Tom abschätzend an. »Gefahrenzulage oder so?«

»Es geht nicht um Geld«, erklärte Juli. »Wir brauchen organisatorische Hilfe.«

»Eine Zusammenarbeit?« Gregory grinste und winkte ab. »Tom arbeitet immer allein. Hat er mir lange genug zu verstehen gegeben.«

»Siehst du«, sagte Tom an Juli gewandt. »Ich hab's dir gleich gesagt.«

»Es ist tatsächlich so«, fuhr Juli unbeirrt fort. »Wir wollen der Sache auf den Grund gehen, aber wir brauchen Unterstützung.«

Gregory sah von einem zum anderen. »Tatsächlich? Und wie sollte die aussehen?«

»Wir müssen irgendwie an unsere Kreditkarten und unsere Pässe herankommen. Wir gehen aber davon aus, dass unsere Wohnungen überwacht werden, also müssen wir uns irgendetwas einfallen lassen. Und dann brauchen wir ein bisschen Ausrüstung und zwei kurzfristige Flüge nach Brasilien.«

»Das klingt nicht so sonderlich aufwendig«, meinte Gregory. »Und deswegen kommt ihr zu mir? Tom?«

»Es war Julis Idee«, gab er zu. »Aber es ist die beste, die wir haben. Dich interessiert die Story doch vielleicht auch ...«

»Ob sie mich interessiert?« Gregory schlug die Hände zusammen. »Und wie sie mich interessiert! Junge, ich gäbe etwas darum, selbst noch losziehen zu können. Aber du weißt ja, wie das ist ...«, er deutete auf das Büro um sie herum, »wenn man einen festen Job hat, Verantwortung, Termine und so.« Er stand auf und ging hinter seinem Schreibtisch auf und ab. »Ach, ich beneide euch! Das wäre wirklich tolles Material. Ihr reist nach Brasilien und versucht herauszufinden, was in dem Camp vor sich geht, und ich werde derweil die Spuren verfolgen, die von der Schweiz ins Hamburger Rathaus führen. Und wenn ihr zurück seid, legen wir alles zusammen und machen eine fette Nummer daraus. Was haltet ihr davon?«

»Und das Honorar und die Rechte?«, hakte Tom nach.

»Ehre wem Ehre gebührt, sage ich immer«, antwortete der Chefredakteur. »Wenn wir es zusammen machen, teilen wir auch alles.«

Tom verzog den Mund. Damit waren seine Träume, Gregory eine exklusive Coverstory teuer verkaufen zu können, dahin. Aber andererseits: Den Chefredakteur im Boot zu haben, konnte vielleicht auch nicht schaden, wenn man sicher sein wollte, dass man Aufmerksamkeit bekam. Er würde nur dafür sorgen müssen, dass sein Name nicht »versehentlich« unterschlagen wurde.

»Wir sind einverstanden«, sagte nun Juli. »Aber wir haben es eilig.«

Gregory setzte sich hin und begann, Notizen zu machen. »Das bekommen wir schon hin. Ich werde eine Putzfrau in Toms Wohnung schicken lassen, die alle eure wichtigen Unterlagen gemeinsam mit der schmutzigen Wäsche mitnehmen kann. Dann haben wir auch Ihre Handtasche, Frau Thomas, und damit kann sie gleich weiter in Ihre Wohnung und dort das gleiche Spiel noch einmal spielen. Natürlich müssen wir die Dame vorher ausführlich instruieren, und wir geben ihr ein Handy mit.

Tom, du stellst dir aus unserem Fundus eine leichte Fotoausrüstung zusammen und was du sonst noch brauchst.«

Tom brachte keine Erwiderung hervor. Zu sehr überraschte ihn der plötzliche Eifer des Mannes.

»Das Kofferpacken wird etwas problematisch«, fuhr Gregory inzwischen fort. »Ich werde euch also nach dem Mittagessen zwei Teamassistentinnen besorgen, denen ihr eine Einkaufsliste erstellt mit einfacher Kleidung, Toilettenartikeln und allem, was ihr für zwei Wochen Brasilien benötigt.

Ich bleibe den Rest des Tages hier im Gebäude, und heute Abend fahrt ihr mit mir nach Hause. Ich habe ausreichend Platz für die Nacht, und morgen könnt ihr euch schon auf den Weg nach Rio machen.«

»Manaus«, korrigierte Tom tonlos.

»Dann eben so.«

Kapitel 9

Tagebuch von Marie Thomas – Brasilien, 15. Mai

Die Geheimniskrämerei geht mir auf die Nerven. Heute habe ich Susan noch einmal zur Rede gestellt. Als ich wissen wollte, was es mit dem Friedhof im Wald auf sich hat, war sie völlig überrascht, tat, als wüsste sie von nichts. Aber sie kann mich nicht täuschen. Warum will sie es mir nicht sagen? Was ist so irrsinnig geheim?

Ich habe sie auch auf das Gefasel von Tia Velha angesprochen, von dem Geist oder den Geistern des Waldes und deren Haus im Wald. Ich habe sehr wohl bemerkt, dass Susan bei der Erwähnung leicht zusammenzuckte, aber wieder tat sie so, als hätte sie noch nie davon gehört.

Erst als ich erzählte, dass ich von einem Oliver erfahren habe und ob sie mir wenigstens etwas über ihn erzählen könne, hat sie dann eingelenkt. Vielleicht, weil sie dachte, ich wüsste mehr und wollte sie testen, keine Ahnung, vielleicht auch, um mir wenigstens eine einzige Antwort zu geben.

Aber viel war das auch nicht. Sie sagte, es habe mal einen Oliver im Camp gegeben, vor rund einem Jahr, auch ein Medizinstudent. Der sei etwas merkwürdig gewesen und hätte sich genauso wie ich für das abergläubische Gerede über den Chupacabra und die Geister des Waldes interessiert. Überhaupt hätte er sich viel für Mythologie, Sagen, legendäre Wesen und dergleichen begeistert, so sehr, dass er überzeugt war, dass es einen wahren Kern geben müsse. Dann hätte er eines Tages seine Sachen gepackt, habe sich offiziell abgemeldet und sei flussaufwärts gezogen. Seitdem habe man nichts mehr von ihm gehört und wisse nicht, was aus ihm geworden sei.

Ich bin mir ziemlich sicher, dass das nur die halbe Wahrheit war und dass Susan mir diese Geschichte nur aufgetischt hat, um mir Angst zu machen.

Irgendetwas verbirgt sich flussaufwärts. Es muss einfach so sein. Ich habe mir den ganzen Tag darüber Gedanken gemacht, aber letztlich gibt es nur einen Weg, es herauszufinden.

Ich werde nachher noch einen Brief an Juli schreiben, aber ohne die ganzen Details, ich weiß nicht, wer die Post unterwegs vielleicht aufmacht.

Proviant habe ich nun schon zusammen, eine kleine Ausrüstung mit Messer, Seil, Medikamente und was man so braucht. Und morgen früh breche ich auf.

Flughafen Fuhlsbüttel, Hamburg, 26. Juli

Tom und Juli warteten darauf, dass ihr Gate öffnete und die Maschine nach Frankfurt zum Einsteigen freigegeben wurde.

Der ganze vorherige Tag war noch mit der Organisation der Reise angefüllt gewesen. Gregory hatte sein Versprechen gehalten und schon am Vortag mithilfe der vorgeblichen Putzfrau nicht nur die Pässe und Brieftaschen unbehelligt aus den Wohnungen holen können.

Auch hatte er zwei Assistentinnen abgestellt, die die Einkäufe erledigten. Mehrfach fielen Tom und Juli zahlreiche weitere Kleinigkeiten ein, und sie schickten sie erneut los. Außerdem mussten sie sich ausreichend Malariaprophylaxe verschreiben lassen und besorgen, und Tom, der nicht wie Juli bereits in den letzten Jahren einmal in Brasilien gewesen war, musste sich im Tropeninstitut gegen Gelbfieber impfen lassen. Die Resistenz würde sich zwar erst in etwas mehr als einer Woche bilden, aber so lange konnten sie nicht warten, und immerhin war es besser als gar nichts.

Ihr Gepäck war aufgegeben und durchgecheckt, nun gab es nichts weiter zu tun, als zu warten. Der Flug würde von Frankfurt aus nach São Paulo gehen und von dort nach Manaus. Einen längeren Zwischenstopp gab es nicht, lediglich vier Stunden am frühen Morgen in São Paulo, wo sie sich die Beine vertreten und frühstücken wollten. Tom hoffte, auf dem Flug schlafen zu können, um nicht völlig gerädert in Brasilien anzukommen. Seine Fototasche hatte er als Handgepäck dabei, ausreichend Akkus, Ladegeräte und Speicherkarten ebenfalls. Nun musste er sich auf Juli und ihre immerhin rudimentäre Ortskenntnis verlassen, bis sie in dem Camp waren, von dem sie immer erzählte.

Der Flug verlief ereignislos, und Tom schien es, als zöge er sich unendlich in die Länge. Seine Gedanken kreisten immer wieder um ihre Erlebnisse, die Entdeckung auf der Elbinsel und ihre Verfolger, die es tödlich ernst meinten. Nun tatenlos herumzusitzen, mit Angst im Nacken und unsicheren Zielen vor ihnen, die sich unaufhaltsam näherten, schürte sein Unbehagen. Er fühlte sich rastlos, aber zur Handlungsunfähigkeit verdammt.

Dann dachte er an den undurchsichtigen Dr. Villiers, über den er recherchiert hatte. Was trieb einen seriösen und hoch angesehenen Mediziner an, sich in solche Machenschaften zu verstricken? Oder war er nur eine Strohpuppe an der Spitze eines Konzerns, die gar nicht wusste, was in weiter Ferne und ohne ihr Wissen getan wurde? Wer steckte tatsächlich hinter dem geheimen Labor, den aufwendigen Firmenverschachtelungen und letztlich hinter den Killern, die sich an ihre Fersen geheftet hatten?

Und was geschah dort überhaupt? Es ging um medizinische Forschungen, um Transplantationsversuche, so viel hatten sie herausgefunden, aber viel weiter waren sie noch nicht.

Juli hatte ihm auf dem Flug einiges zur Xenotransplantation erläutert. Dahinter steckte der Drang, Menschen helfen zu können, die einen Ersatz für ihre Organe benötigten. Knochen und Gelenke ließen sich durch Stahl ersetzen, und für geschädigte Herzen gab es künstliche Klappen und Schrittmacher. Aber vollständig funktionsuntüchtige Organe ließen sich nur schwer oder gar nicht ersetzen. Und bei aller medizinischen Komplikation blieb das größte Problem, Spenderorgane zu finden, denn es gab weltweit viel zu wenige davon.

Ein weiteres Problem war, dass sie häufig vom Körper des Patienten nicht angenommen wurden, weil das Immunsystem sie als Fremdkörper erkannte und bekämpfte.

Patienten mussten den Rest ihres Lebens Medikamente nehmen, um ihr eigenes Immunsystem zu unterdrücken, was sie aber anfällig für jede andere Art von Krankheit oder Infektion machte.

Der medizinische Zweig, der sich mit der Transplantation beschäftigte, suchte also nicht nur nach effizienteren Möglichkeiten, die Autoimmunreaktion besser kontrollieren zu können, damit Spenderorgane als körpereigen erkannt wurden und sich ganz natürlich in den Patienten integrierten. Und es ging auch darum, mehr Spenderorgane zu finden.

Schon früher hatte es vereinzelte Experimente gegeben, tierische Organe die Funktionen menschlicher Organe übernehmen zu lassen, aber stets ohne Erfolg. Damals verstand man noch nicht, dass es trotz prinzipiell gleicher Funktionsweise zu viele Unterschiede und Hindernisse für ein reibungsloses Zusammenspiel gab. Die Patienten starben stets nach wenigen Tagen. Aber seit man Mitte der Achtzigerjahre ein Pavianherz in ein Baby verpflanzt hatte, das immerhin zwanzig Tage damit überlebte, wurde die Hoffnung der Wissenschaftler wieder genährt, ob es nicht eines Tages möglich wäre, Tiere nicht nur für den Verzehr, sondern auch als Organlieferanten zu züchten, sodass eine Niere, eine Leber oder ein Herz billig und vor allem schnell ersetzt werden konnte.

Selbstverständlich waren die moralischen Fragen längst nicht geklärt. Aber wie überall gab es auch hier genügend Wissenschaftler, die die Notwendigkeit der Weiterentwicklung und den potenziellen Nutzen ihrer Forschung – und natürlich die Möglichkeit, viel Geld zu verdienen – über die gesellschaftlichen Bedenken stellten.

Die Forschung ging also weiter. Zwar nicht in der Öffentlichkeit, aber der heimliche Wettlauf hatte längst begonnen. Und während in einigen Ländern ethische Grundsatzdiskussionen geführt und sogar Resolutionen oder Gesetze erlassen wurden, arbeiteten unabhängige Wissenschaftler weiter und würden die Welt eines Tages vor vollendete Tatsachen stellen. Genauso, wie es inzwischen nicht nur zahlreiche geklonte Tiere gab, sondern eines Tages auch geklonte Menschen geben würde – völlig unabhängig von ethischen Fragen oder religiösen Bedenken.

Wenn es stimmte, dass die Betreiber des verlassenen Labors auf der Elbinsel Transplantationsversuche vorgenommen hatten, dann erklärte sich die Geheimhaltung daraus, dass diese Forschung nicht akzeptiert und vermutlich auch nicht genehmigt war. Darüber hinaus hatten sie möglicherweise nicht nur an Gewebe, sondern an menschlichen Patienten experimentiert, was üblicherweise nur unter allerstrengsten Auflagen erlaubt war.

Juli wies noch auf einen anderen Aspekt hin, der Tom gar nicht in den Sinn gekommen war: das Risiko einer Seuche.

Es war denkbar, dass Krankheitserreger vom Tier auf den Menschen übersprangen. Selbst wenn die Tiere keimfrei und absolut gesund aufgezogen wurden, gab es die Möglichkeit, dass bestimmte Viren plötzlich auftraten. Sogenannte Retroviren konnten sich als Bestandteil des Erbguts in einen Organismus einpflanzen und sogar durch viele Generationen weitergegeben werden, ohne dass sie aktiv oder entdeckt wurden. Als Teil der DNS, die sich in jeder Zelle eines Lebewesens fand, würden diese Retroviren durch eine Gewebe- oder Organtransplantation in den menschlichen Körper gelangen, wo sie mutieren und einen neuen, für den Menschen gefährlichen Virenstamm bilden konnten. Einen Virenstamm, für den der menschliche Organismus weder Abwehrkörper noch Impfstoffe hatte. Bestenfalls löste er lediglich Tumore aus, schlimmstenfalls konnte er zu einer hoch ansteckenden und tödlichen Gefahr werden. Die katastrophalen Folgen von Krankheiten, die vom Tier auf den Mensch übergesprungen waren, ließen sich am H5N1-Virus, dem Erreger der Vogelgrippe, und am HI-Virus, dem Erreger von AIDS, mehr als deutlich sehen.

Auch aus diesem Grund war das Feld der Xenotransplantation unter Wissenschaftlern äußerst umstritten. Die gesundheitlichen Folgen waren einfach nicht abschätzbar und das Risiko daher unkalkulierbar. Die Lage des Labors auf einer Insel bot immerhin eine gewisse Isolation. Für den Fall, dass eine ansteckende Virusinfektion auftrat, konnte verhältnismäßig leicht eine natürliche Quarantänezone eingerichtet werden – jedenfalls davon ausgehend, dass das Virus nicht durch Vögel einen Weg aufs Festland fand.

Als sie in Manaus landeten, waren sie seit rund siebzehn Stunden unterwegs. Nun war es Mittag, und Tom, der kaum ein Auge zugemacht hatte, war froh, dass der halbe Tag schon um war.

Sehr schnell bekamen sie eine Ahnung von der unklimatisierten, tropischen Luft, die, warm, schwer und feucht, bereits im Flughafengebäude spürbar war. Und Tom fragte sich, wie es wohl draußen sein würde.

»Hast du diesen Kerl gesehen?«, raunte ihm Juli ins Ohr, als sie die Passkontrolle hinter sich gelassen hatten und auf ihr Gepäck warteten. »Sieh nicht direkt hin. Ich meine den dahinten mit dem schwarzen T-Shirt, der Baseballmütze und dem kleinen Rucksack.«

Tom nickte und ließ seinen Blick unauffällig in die Richtung schweifen, die Juli ihm gedeutet hatte.

»Hm, was ist mit ihm?«

»Kommt er dir nicht bekannt vor? Ich meine, ich habe ihn vor Kurzem erst gesehen.«

»Nein, eigentlich nicht.«

»Stell ihn dir ohne Mütze vor. Er hat doch eine Glatze, wenn ich das richtig sehe.«

Ein weiteres Mal sah Tom hinüber. Ein glatzköpfiger, kräftiger Mann … Sie hatten in letzter Zeit nur einen einzigen …

»Meinst du, das ist der Brasilianer von der Insel?«

»Ich bin mir nicht sicher«, gab Juli zurück. »Es war ja schon dunkel. Aber die Statur und der Gesichtsausdruck … Außerdem war er mir schon in São Paulo aufgefallen. Ich habe das Gefühl, er beobachtet uns!«

»Wenn man in einem Flugzeug unterwegs ist, sieht man doch ganz automatisch immer wieder die gleichen Gesichter.«

»Ja, aber der beobachtet uns, ich bin mir ziemlich sicher.«

»Vielleicht hat er aus anderen Gründen ein Auge auf dich geworfen?«

Juli grinste. »Du solltest nicht von dir auf andere schließen.« Dann fügte sie etwas leiser hinzu: »Aber mal im Ernst: Achte einfach ein bisschen auf ihn, okay?«

Als sie ihre beiden Koffer schließlich in Empfang genommen hatten, machten sie sich auf den Weg zum Ausgang. Tatsächlich hatte Tom eine beunruhigende Beobachtung gemacht und erzählte Juli davon. Der Glatzköpfige hatte überhaupt keinen Koffer erhalten. Zwar hatte er gewartet, als käme noch etwas, aber als Tom und Juli die Halle verließen, folgte er ihnen in gemessenem Abstand, ohne jedoch am Schalter vorbeizugehen, wo er verlorenes Gepäck hätte melden können.

»Ich sag's dir«, meinte Juli halb laut. »Das ist der Brasilianer von der Insel. Und ich würde mich auch nicht wundern, wenn er bei der Schießerei in dem Wagen dabei war.«

»Er wird uns vermutlich noch weiter folgen.«

»Ja. Aber ich habe eine Idee. Wir müssen uns dazu aufteilen.«

»Aufteilen?!«, fragte Tom. »Bist du verrückt? Dann erwischt er mindestens einen von uns.«

»Keine Sorge. Du rennst, so schnell du kannst, ich bleibe etwas langsamer zurück, dann wird er sich an mich halten.«

»Na großartig, und was dann?«

»Ich weiß, was ich tue, vertrau mir. Ich kann ihn ganz sicher loswerden. Du rennst los und schnappst dir ein Taxi. Wir treffen uns später im Hotel Dez de Julho, warte dort auf mich, auch wenn's etwas länger dauert. Dez de Julho, kannst du dir das merken?«

Tom nickte. »Sicher, ja. Aber ich halte das für eine verdammt schlechte Idee.«

»Tu's einfach! Anders können wir ihn nicht loswerden. Wenn wir durch die Tür sind, rennst du los. Die Taxis sind irgendwo draußen, und drängel ruhig, stell dich bloß nicht irgendwo an, das macht hier auch keiner, okay?«

Tom grummelte, nickte aber. Sich von Juli hier zu trennen war das Letzte, was ihm behagte. Aber vielleicht war ihr Vorschlag die beste Lösung, und nun war keine Zeit für lange Erklärungen.

Sie erreichten die Vorhalle des Flughafens und fanden sich unversehens im vielfältigen Getümmel der Menschen wieder, die hier auf die Ankunft von Reisenden warteten. Familien, Reiseleiter, Fahrer, betriebsames Personal und Schaulustige. Englisch war nur vereinzelt zu hören, stattdessen das kantige Portugiesisch Brasiliens, von dem Tom kein Wort verstand.

Sie drängten sich durch die Menge, und Tom sah, dass ihnen der Kahlköpfige auf den Fersen blieb.

»Los jetzt!«, sagte Juli, und sofort spurtete Tom los, tauchte zwischen die Menschen, boxte mit seinem Koffer immer wieder Leute beiseite und sah zu, dass er schnellstmöglich in Richtung der Ausgänge kam. Einmal drehte er sich kurz um, aber im Gewimmel konnte er nicht erkennen, ob ihm jemand folgte.

Er rannte, bis er einen gläsernen Ausgang erreicht hatte, zwängte sich nach draußen und wäre fast an der dichten, feuchtwarmen Luft zurückgeprallt, die ihm entgegenschlug. Hastig versuchte er, sich zu orientieren. Dann sah er Taxis. Er lief auf eines zu, das sich gerade einen Halteplatz suchen wollte, an dem bereits zwei Leute warteten.

Er drängte sich an ihnen vorbei, riss die Tür zum Fond auf, warf seinen Koffer hinein, stieß ein »Sorry, emergency!« aus, stieg ein und knallte die Tür hinter sich zu.

»Hotel Dez de Julho please«, wies er den Fahrer an. »As fast as you can. It's an emergency.«

Während das Taxi beschleunigte, sah Tom aus dem Rückfenster und stellte befriedigt fest, dass der Kahlköpfige nirgendwo zu sehen war.

Juli drehte sich um, als Tom losrannte. Sie wollte sichergehen, dass der Glatzkopf sie sah. Dann bewegte sie sich in eine andere Richtung, langsamer als Tom, als würde sie versuchen, heimlich unterzutauchen. Wie sie erwartet hatte, heftete sich der Mann an sie und ließ Tom davonlaufen.

Juli versuchte, den Mann auf Abstand zu halten, der nun seinen Schritt beschleunigte, nachdem ihm klar geworden war, dass man ihn entdeckt hatte. Juli steuerte eine mindestens zwanzigköpfige Großfamilie an, die sich mit mehreren Gepäckwagen, zahlreichen Großeltern, Kindern und zwei Hunden versammelt hatte. Sie lief auf die Gruppe zu, drängte sich hastig zwischen den Gepäckwagen hindurch, und als sie in einiger Entfernung ein paar Sicherheitsbeamte stehen sah, rief sie laut: »*Cuidado! Tem uma bomba na mochila!*« Während sich sofort zahlreiche Umstehende umdrehten, deutete sie auf den Brasilianer, der sie verfolgte. »*Tem uma bomba!*«, rief sie noch einmal.

Die Worte verfehlten ihre Wirkung nicht. Die Menschen stieben kopflos in alle Richtungen auseinander, und in Sekundenschnelle breitete sich eine massenhafte Panik aus. Von überall her ertönten Rufe nach einer Bombe und angsterfüllte Schreie. Alles strömte und stolperte in Richtung der Ausgänge. Juli wurde von allen Seiten angerempelt, geschoben und getreten und schaffte es schließlich gerade noch nach draußen. Nur Augenblicke später waren die Türen hoffnungslos verstopft. Menschen prallten und hämmerten von innen gegen die Scheiben. Erste Sirenen heulten auf.

Einen Augenblick lang blieb Juli stehen und sah betroffen auf das panische Toben. Zahllose Menschen rannten atemlos an ihr vorbei, versuchten, sich vermeintlich in Sicherheit zu bringen. Koffer landeten auf dem Boden, brüllende Kinder wurden gezerrt.

Eigentlich hatte sie bloß geplant gehabt, dass sich die Sicherheitskräfte um den Mann kümmern und ihn festhalten würden. Nun hoffte sie, dass in dem Chaos niemand zu Schaden kam. Aber sie durfte keine Zeit verlieren. Immerhin hatte sie den Mann wirkungsvoll abgehängt. Jetzt musste sie in die Innenstadt verschwinden, bevor er den Weg nach draußen schaffte.

Tom wartete im Foyer des Hotels. Große Ventilatoren drehten sich unter der Decke, nur wenige Gäste waren zu sehen.

Während der Fahrt hatte er zum ersten Mal die Atmosphäre des Landes bewusst in sich aufgenommen. Es war noch viel wärmer, als er es sich vorgestellt hatte. Unerträglich warm und so schwül, dass das Schwitzen keine Kühlung brachte. Der Wagen hatte keine Klimaanlage gehabt, und durch die geöffneten Fenster strömte die Luft wie aus einem Warmluftgebläse ins Innere. Sie roch nach feuchter Erde und Abgasen.

Manaus war laut und stickig. Die Straßen waren überfüllt und dreckig, vereinzelte Palmen und gewaltige Bäume, die direkt dem Regenwald entsprungen zu sein schienen, leuchteten wie grüne Fremdkörper zwischen den Häusern. Eine Millionenstadt mitten im Urwald und lediglich über den Fluss oder per Flugzeug zu erreichen. Dennoch gab es hier auch Hochhäuser, Industrie und eine halbwegs moderne Infrastruktur, die man in einer so abgelegenen Gegend nicht erwartet hätte. Ein merkwürdiges Völkchen tummelte sich draußen, die meisten mit T-Shirts oder luftigen Hemden, alles wirkte unorganisiert und trotzdem funktionierte es irgendwie. Es musste eine Qual sein, hier ein Unternehmen zu führen und mit der unbekümmerten Gelassenheit der Leute zurechtzukommen. Tom schüttelte innerlich den Kopf.

Nach etwa einer halben Stunde begann er sich Sorgen zu machen, aber da tauchte Juli schon auf.

»Tut mir leid«, sagte sie. »Stau.«

»Und?« Er stand auf. »Wie ist es gelaufen?«

»Ich bin hier, oder?«

»Wie bist du ihn losgeworden?«

»Ich habe nur ein bisschen Verwirrung gestiftet.«

»Und wie geht's jetzt weiter?«, fragte Tom.

»Wir müssen den Rio Negro überqueren und nach Süden. Aber das wird heute nichts mehr.«

»Es ist doch erst Mittag.«

Juli lachte auf. »Ja, in Hamburg würde man jetzt noch einiges erledigen können. Aber hier laufen die Uhren anders. Erst brauchen wir einen Mietwagen, allein damit sind wir hier eine Stunde beschäftigt. Auf die Fähre warten und übersetzen dauert noch mal zwei Stunden. Dann ist es vier, bis wir am anderen Ufer sind.«

Tom nickte, so ähnlich hatte er sich das nach seinem ersten Eindruck der Stadt auch vorgestellt. Ein Albtraum.

»Ich weiß ja nicht, wie fit du nach dem Flug bist«, fuhr Juli fort, »aber die vierstündige Fahrt von dort aus ins Camp ist kein Vergnügen. Das ist keine gute Idee, wenn einem die Augen zufallen, und im Dunkeln schon gar nicht. Ab halb sieben siehst du da draußen gar nichts mehr.«

Tom zuckte mit den Schultern. »Ist ja gut. Also Schluss für heute?«

»Ja. Wir können uns ein bisschen ausruhen, nachher einen Wagen besorgen, und heute Abend gehen wir etwas essen und dann zeitig ins Bett. Wir werden es brauchen, denn die Hitze wird uns noch früh genug zu schaffen machen.«

Büro der Senatskanzlei im
Hamburger Rathaus, 27. Juli

»Sie wissen, dass dieses Treffen reichlich unpassend ist.«

Paul Christiansen, der Erste Bürgermeister der alten Hansestadt, lehnte sich in seinem gepolsterten Sessel zurück. Als Luc Gironde kurzfristig erschienen war, hatte er das nächstbeste freie Büro gesucht und alle anderen Leute rausgeschickt. Nun saß er dem Schweizer gegenüber und seiner ganzen Haltung war abzulesen, wie unbehaglich er sich fühlte.

»Dr. Villiers schickt mich«, erwiderte Gironde. »Wie Sie sich sicher denken können, duldet die Sache dann keinen Aufschub. Die MedExpo steht vor der Tür und mit ihr der Empfang von Dr. Villiers.«

»Was gibt es so Dringendes, dass es nicht die Kanzlei übernehmen könnte? Sie ist für alle organisatorischen Fragen zuständig, wie Sie wissen. Und alles Weitere bespreche ich nur mit Dr. Villiers persönlich wie in der Vergangenheit auch.«

»Das ist mir vollkommen klar, Herr Bürgermeister. In diese Gespräche mische ich mich nicht ein. Hier geht es jedoch um einige Vorfälle, die in mein Aufgabengebiet fallen. Und von Ihrer Seite aus müsste der Innensenator eingebunden werden. Daher wende ich mich an Sie, damit Sie im Boot sind.«

Der Bürgermeister verzog den Mund. Als er sich vor Jahren auf die Zusammenarbeit mit dem Schweizer Arzt und Finanzmagnaten eingelassen hatte, war ihm alles so einfach und elegant erschienen. Aber nun drohten ihn die Geister der Vergangenheit einzuholen. Während er Villiers sehr schätzte, machte ihn Gironde nervös. Etwas allzu Glattes umgab den Mann. Unter seinem oberflächlichen Charme lauerte eine zielgerichtete Skrupellosigkeit. Wenn Gironde etwas vom Innensenator verlangte, dann war es keine Kleinigkeit. Und vermutlich alles andere als legal.

»Also was gibt es?«

»Das Labor auf Neßsand ist entdeckt worden.«

Christiansen zuckte zusammen. Das war in der Tat die Art von Neuigkeit, auf die er gerne verzichtet hätte. Über die ganze Neßsand-Geschichte hatte er damals viel zu leichtfertig entschieden. Ihm war nicht wohl dabei, und er war froh gewesen, als Villiers die Arbeiten nach kurzer Zeit hatte einstellen lassen. Danach hatte er jeden Gedanken daran verdrängt. Aber ein Labor ließ sich nicht verdrängen. Unabgeschlossenes hatte die Angewohnheit, irgendwann wieder aufzutauchen. Und dieser Zeitpunkt war offenbar gekommen.

»Sie haben meine volle Aufmerksamkeit«, sagte Christiansen mürrisch.

»Das ist gut«, gab Gironde zurück. »Denn es kommt leider noch schlimmer. Die beiden, die das Labor gefunden haben, sind Journalisten, jedenfalls einer von ihnen. Wir können also davon ausgehen, dass sie der Sache weiter nachgehen werden.«

»Und ...«, der Bürgermeister rutschte auf dem Stuhl in eine bequemere Lage, »hat sich noch niemand darum ... *gekümmert*?«

»Doch. Es kam dabei zu einer Schießerei. Neulich am Fischmarkt. Sicher haben Sie davon gelesen.«

Christiansen hob die Augenbrauen. »Also das ...«

»Ja, das waren sie. Leider sind die beiden entwischt und befinden sich nun auf dem Weg nach Manaus. Dort können wir sie immerhin festsetzen. Trotzdem muss hier in Hamburg noch einiges bereinigt werden. Es gibt zu viele Spuren.«

»Was ist mit dem Polizeipräsidenten? Und diesem einen Hauptkommissar, der sich überall hineinhängt, wie heißt er, Berger?«

»Um beide werde ich mich kümmern. Aber auf Dr. Villiers' ausdrücklichen Wunsch hin sollte ich die Sachlage zuerst mit Ihnen besprechen.«

»Gut, das haben Sie ja jetzt getan.«

»Außerdem lässt er mich Ihnen mitteilen, dass er sich auf das Treffen mit Ihnen freut und auf eine weiterhin fruchtbare Zusammenarbeit auf dem medizinischen Sektor hofft.«

Erneut verzog Christiansen das Gesicht. Die Warnung war unverhohlen. Denn dass dem Land das Geld an allen Ecken und Enden fehlte, war kein Geheimnis, und Villiers hatte auf dem einen oder anderen Weg die Hand auf fast jedem der privatisierten Krankenhäuser in der Stadt.

»Richten Sie ihm aus, ich werde mein Möglichstes tun, um ihm den Aufenthalt so angenehm wie möglich zu gestalten.«

Gironde nickte freundlich. »Vielen Dank. Und auch für Ihre Zeit. Ich muss nun einiges erledigen. Ich wünsche Ihnen noch einen schönen Tag.«

Luc verließ das Rathaus. Auf dem Weg nach draußen vibrierte sein Handy. Er kannte die Nummer. In Manaus musste es jetzt etwa Mittagszeit sein. Das Gespräch war nur kurz.

»Scheiße!«, war alles, was ihm über die Lippen kam.

Kapitel 10

Tagebuch von Marie Thomas – Brasilien, 16. Mai

Ich habe mein Lager ein Stück abseits des Flusses errichtet und liege nun in einer Hängematte, über mir ein Moskitonetz und unzählige Mücken, Nachtfalter und Insekten, die versuchen, hineinzukommen. Im Licht der kleinen Gaslaterne ist es schwer zu schreiben, aber ich wollte vor Einbruch der Dunkelheit möglichst weit vorankommen und mich nicht mit dem Tagebuch aufhalten.

Ich weiß nicht, wie weit ich gekommen bin, vielleicht zehn Kilometer, vielleicht auch nur fünf. Es lässt sich kaum abschätzen, weil der Weg streckenweise sehr beschwerlich ist. Eine Zeit lang konnte ich dem Fluss folgen, aber dann wurden die Mangroven so dicht, dass ich mich immer weiter vom Ufer entfernen musste. Es ist ein merkwürdiges Gefühl, vollkommen allein in der Wildnis zu sein. Beunruhigend, aber dann auch wieder seltsam erregend und frei.

Anders als ich vermutet hatte, gab es im Camp heute Morgen keine langen Diskussionen, fast so, als sei es Susan gar nicht so unrecht, dass ich gehe. Niemand hat versucht, mich aufzuhalten, obwohl ich kaum Erfahrung mit dem Dschungel habe und erst recht keine Survival-Expertin bin. Seltsam eigentlich, aber nun bin ich froh, unterwegs zu sein, denn vielleicht hätte ich es mir anders überlegt, wenn man auf mich eingeredet hätte. Ich werde auch so zurechtkommen, und in zwei oder spätestens drei Tagen werde ich mich auch schon auf den Rückweg machen, wenn ich nichts finde. Jetzt werde ich erst einmal versuchen, hier draußen zu schlafen.

Ich bin vorhin aufgewacht, weil ich Geräusche gehört habe. Der Urwald ist auch nachts voller Leben, aber dies war anders. Ein unheimliches Heulen und Kreischen, das fast menschlich klang. Ich habe lange Zeit regungslos in meiner Hängematte gelegen, mein Herz klopfte bis zum Hals. Es ist stockfinster hier tief unter dem Blätterdach, selbst bei Vollmond sähe man seine Hand vor Augen nicht. Aber ich wagte nicht, meine Lampe anzuzünden, um nicht auf mich aufmerksam zu machen. Das Kreischen war mal lauter, mal leiser, mal war es weiter entfernt, dann wanderte es in einem Kreis um mich herum. Es war, als belauere mich etwas. Ich kenne kein Tier, das solche Laute von sich gibt. Vielleicht war es ein seltsamer Nachtvogel oder ein verletzter Affe, vielleicht ein Raubtier… es war unmöglich, die grauenvollen Schreie zu identifizieren.

Während ich im Dunklen lag, vollkommen ungeschützt und nur von der Nacht dürftig verschleiert, fiel mir auf, dass ich außer einem Messer nichts bei mir trage, mit dem ich mich notfalls verteidigen könnte. Ich horchte in die Schwärze, alle meine Sinne gespannt. Nicht nur das seltsame Wesen, dessen entsetzliche Schreie mein Mark durchdrangen, ließ mich erschaudern, auch die Tatsache, dass die anderen Geräusche des Waldes, das beständige

Zirpen, Zischen und Pfeifen der anderen Tiere, auf unheimliche Weise verstummt waren.

Und dann begann dieser Gesang. Ähnlich wie der, den ich in der Nacht im Camp gehört hatte, ohne erkennbare Melodie, auf irritierende Weise atonal und gespenstisch. Der Schamane hatte auf ähnliche Art gesungen, wenn man es überhaupt einen Gesang nennen konnte. Vielleicht war auch dies der Schamane, der sich im Wald herumtrieb, vielleicht war es auch eine Frau, es war einfach nicht zu erfassen.

Ich lag da wie versteinert. Selbst wenn ich es gewollt hätte, wäre ich nicht in der Lage gewesen, mich zu bewegen.

Der schauderhafte Gesang wanderte umher, ich fürchtete schon, er würde sich meinem Lager nähern. Aber stattdessen wurde er nach einer Weile leiser, und ich bemerkte, wie sich auch die Schreie der Kreatur von mir zu entfernen begannen.

Es dauerte eine ganze Weile, bis ich mir schließlich sicher war, dass ich nichts mehr hören konnte, dass ich nur noch den Echos in meinem Kopf lauschte.

Sie waren fort. Und bald darauf setzten die Geräusche des Waldes wieder ein. Das Zirpen und Rascheln der Insekten, die Rufe der Nachtvögel. Die Normalität kehrte in den Wald zurück.

Ich habe mich entschieden, nun doch alles aufzuschreiben. Ich bin noch so elektrisiert, dass ich ohnehin nicht schlafen kann. Und morgen früh sind die Eindrücke vielleicht verschwommen, und ich wäre mir nicht mehr sicher, was wirklich passiert ist.

Hotel Dez de Julho, Manaus, 28. Juli

Juli hatte recht gehabt. Nach dem Essen waren sie zu Bett gegangen, und wie dringend er sich ausruhen musste, hatte Tom daran gemerkt, dass er eingeschlafen war, kaum dass sein Kopf das Kissen berührt hatte. Dank der Klimaanlage war die Nacht wunderbar frisch und erholsam gewesen. Er meinte sich zu erinnern, dass sich Juli irgendwann an ihn gekuschelt hatte, aber als er am Morgen wach wurde, stand sie bereits unter der Dusche, und sie sprachen nicht darüber.

Nun saßen sie bei einem gewöhnungsbedürftigen Frühstück mit streng riechendem Käse, gebratenen Würstchen, viel zu süßer Marmelade, ein paar Früchten, von denen er nur Mangos identifizieren konnte, und labberigem Brot. Wenigstens der Kaffee war wirklich gut.

Tom schenkte sich nach und beobachtete Juli, die sich eine Frucht aufschnitt. Wie hübsch sie war. Und was für äußerst merkwürdige Umstände ihn nun hier mir ihr zusammengeführt hatten. Noch vor zwei Wochen hatte er sich nicht vorstellen können, sich in nächster Zeit erneut auf eine Frau einzulassen, geschweige denn mit einer, die jünger war als er. Sie war sicher unter dreißig, der von ihm selbst gezogenen Schwelle der geistigen Entwicklung, und trotzdem strahlte sie eine Klarheit und Entschlossenheit aus, die ihn beeindruckte. Er wollte sie noch viel besser kennenlernen, und diese Erkenntnis überraschte ihn. Woher sie kam, was sie dachte, wie sie fühlte. Er kannte sie bisher kaum, und nun fürchtete er fast, dass es auch dabei bleiben würde. Juli war eine Frau, die selbst entschied, wie weit sie ging, wie sehr sie sich auf etwas einließ, wie sie Abstand hielt. Und es war abzusehen, dass sich ihre Wege nach diesem gemeinsamen Unterfangen einfach wieder trennten.

Während Juli aß, machte sie sich Gedanken über diesen Mann, mit dem sie nun an einem Tisch saß und der sie schweigend beobachtete. Es war nicht leicht, aus ihm schlau zu werden. Er pendelte zwischen einem selbstgefälligen, fast arroganten Mittdreißiger, der meinte, schon alles gesehen zu haben und alles zu wissen, und einem in die Jahre gekommenen unfreiwilligen Single, der in manchen Momenten unsicher, fast scheu wirkte. Ihr gefiel die Mischung auf eine gewisse Weise. Nicht nur, dass er durchaus gut aussah und seine blauen Augen ein verdammt charmantes Blitzen von sich geben konnten. Sie hatte auch festgestellt, dass er ihr ohne große Umstände das Ruder übergab, wenn er erkannte, dass die Situation es erforderte. Es war beinahe so, als führten sie einen sanften Wettstreit, in dem jeder streckenweise dem anderen zeigen wollte, was er konnte und wusste, ohne jedoch den anderen in stolzer Manier zu übertrumpfen. Es war ein Kennenlernen, ein sich Annähern, das Hand in Hand ging.

Sie hatte kurz überlegt, ob sie sich nach der Dusche noch einmal zu ihm legen sollte. Lust hätte sie gehabt, und die Situation wäre ideal gewesen. In diesem Augenblick der Ruhe, der Verschnaufpause vor den Strapazen, die vielleicht vor ihnen lagen, hätte sie gerne noch einmal die intensive Energie seiner Leidenschaft aufgenommen. Vielleicht hätte es beiden gutgetan, sich noch einmal aufzuladen, sich gegenseitig Lust zu schenken und dann entspannt den Tag anzugehen. Nun hing zwischen ihnen eine unausgesprochene sexuelle Spannung. Sie wusste, wie er sie beobachtete, wie er sich kontrollierte, sich zurückhielt. Aber das war auch der Grund, weshalb sie sich schließlich dagegen entschieden hatte. Vielleicht hätte der Sex ihre Bande gestärkt, aber vielleicht hätte es Tom auch ausgesprochen irritiert. Zu viel war zwischen ihnen noch ungeklärt. Über Gefühle hatten sie bisher nicht gesprochen, sicher war nur, dass keiner von beiden auf der Suche nach einer Partnerschaft war, und wenn sie sich nun auf ihre Suche konzentrieren sollten, war es vielleicht keine gute Idee, das Miteinander unnötig kompliziert zu machen.

Sie hatte entschieden, ihre gemeinsame Unternehmung so sachlich und professionell wie möglich zu halten. Vielleicht ergab sich mehr, wenn dies alles vorbei war. Aber dann war auch Zeit, sich darüber Gedanken zu machen.

»Und nun? Fahren wir los?«, fragte Tom unvermittelt.

»Ja«, sagte Juli und legte ihr Besteck beiseite. »Lass uns aufbrechen.«

Wenig später waren sie in ihrem gemieteten Toyota-Geländewagen unterwegs. Die Koffer hatten sie im Hotel gelagert und außer ihrer Umhängetasche und seiner Fotoausrüstung nur eine große Reisetasche dabei, die quer auf den Rücksitzen lag. Es war halb zehn, die Straßen voll und geschäftig, aber die Klimaanlage im Wagen funktionierte, und die wiederholten Staus machten ihnen nichts aus.

Nach einer halben Stunde wichen die großen Häuser zurück, fast schon glaubte Tom, dass sie sich dem Stadtrand näherten und in zunehmend bewaldetes Gebiet kommen würden, als er am Ende der Straße plötzlich Schiffe ausmachte, und kurz darauf fanden sie sich in einer wartenden Autokolonne wieder.

»Die wollen auf die Fähren«, erklärte Juli. »Wie wir auch. Jetzt müssen wir Geduld haben.«

Die Fähre entpuppte sich schließlich als etwas, das Tom bestenfalls als Floß bezeichnet hätte. Die Konstruktion war vollkommen flach und bot nur Platz für ein gutes Dutzend Wagen. Fast erwartete er, dass die Plattform vom anderen Ufer des Flusses aus mit Seilen herübergezogen würde, aber er bemerkte bald, dass es ganz offenbar irgendwo einen recht starken Motor gab, der die Fähre antrieb. Mit Seilen wäre es ohnehin schwierig geworden, denn das gegenüberliegende Ufer des braun und träge dahinfließenden Rio Negro lag in mindestens zwei Kilometern Entfernung.

Während der Überfahrt wanderten sie zwischen den Wagen umher und kauften sich kühle Getränke von einem Mann mit Kühlbox.

Tom überdachte noch einmal, weswegen sie hergekommen waren. Sie suchten das Camp der Ärzte ohne Grenzen, um herauszufinden, was mit Julis Schwester geschehen war, und um zu erfahren, was sich über die früheren Vorfälle von angeschwemmten Leichen und den im Jahr zuvor verschwundenen Oliver in Erfahrung bringen ließ. Aber das war nur eine der Spuren, die sie hatten. Sie wussten auch, dass es mindestens eine Firma in Manaus gab, die mit Lieferungen an das geheime Labor in Hamburg in Kontakt stand. Und sie vermuteten, dass das in den Unterlagen erwähnte brasilianische Labor M2 hier in der Nähe lag. Das waren zwei weitere Spuren, denen sie nach dem Ausflug in das Camp noch folgen mussten. Aber die Suche nach Julis Schwester hatte Vorrang. Und möglicherweise fanden sie dort auch Hinweise, die ihnen für die weiteren Recherchen von Nutzen sein konnten.

Das Ende ihrer Überfahrt brachte sie keineswegs einfach an das andere Ufer. Vielmehr fuhren sie eine große Schleife und gelangten schließlich an das Ufer eines kaum weniger breiten Nebenarmes, des Rio Solimões, wie Juli erklärte. Ein Name, der übersetzt »Fluss der Gifttränke« bedeutete, was wenig vertrauenerweckend war. Der Ort, den sie dort ansteuerten, hieß Careiro da Várzea. Das klang zwar erfreulicher, etwas mit einer Flussniederung, wie Juli übersetzte, aber der Anblick war ernüchternd. Am Anlegesteg ging das Flussufer in eine schlammige Fläche über, durch die eine rotbraune Piste bis zu etwas höher gelegenen Häusern und der dort beginnenden Asphaltstraße führte.

Ihr Toyota führte sie durch die kleine Ortschaft und am anderen Ende wieder hinaus, wo die Landschaft ländlicher wurde. Die Straße war gesäumt von Feldern und einzelnen Häusern, die zum Teil nicht mehr als Baracken waren, die Wände aus unverputzten Zementquadern, die Dächer mit Wellblech bedeckt.

»Wieso bist du eigentlich sicher, dass du das Camp wiederfindest«, fragte Tom. Er hatte Juli das Steuer überlassen und sah aus dem Fenster. »Wie oft warst du schon hier?«

»Einmal nur, zusammen mit Marie. Aber jetzt geht's erst mal eine gute Stunde lang nur geradeaus. Und danach ...« Sie steckte ihren rechten Arm in ihre Umhängetasche, die auf dem Rücksitz lag, wühlte darin herum und zog ein kleines Gerät hervor. »Danach geht's hiermit weiter.«

»Ein GPS-Empfänger, natürlich!« Tom nahm das Gerät entgegen, schaltete es ein und studierte die Handhabung. »Hast du die Zielkoordinaten schon hinterlegt?«

»Vorbereitung ist alles. Dort, wo wir hinfahren, gibt es niemand, den wir nach dem Weg fragen können.«

Tom sah sie von der Seite an und lächelte. »Macht Spaß mit dir«, sagte er.

Juli runzelte die Stirn und sah kurz zu ihm hinüber. Dann zuckte sie mit den Schultern. »Okay ... Danke.«

»Was ist? Findest du nicht?«

»Ich weiß nicht, ob das ein Kompliment sein sollte oder ob es herablassend war.«

»Wieso denn herablassend?«

»Na, dann ist es ja gut.«

Tom versuchte, die merkwürdige Stimmung aufzulockern. »Hey, ich habe auch etwas Sinnvolles mitgebracht.« Er öffnete die Kameratasche zu seinen Füßen und holte eine rote Frucht hervor, die er Juli reichte. »Hunger?«

»Wo hast du denn die her?«

»Aus dem Hotel, da lagen ganz viele beim Büfett.«

Juli lachte auf. »Die sind doch nur Dekoration gewesen. Aus den Kernen wird Farbe hergestellt, die kann man nicht essen!«

»Also gut.« Tom öffnete das Fenster und warf die Frucht hinaus. Zwei weitere warf er hinterher. »Du kennst dich besser aus. Aber es war einen Versuch wert.«

Sie hatten etwa achtzig Kilometer zurückgelegt, als Juli Tom bat, auf das GPS-Gerät zu achten. »Die Abzweigung müsste bald auf der rechten Seite kommen.«

Es dauerte noch zehn Minuten, und Tom war sich sicher, dass er sie ohne den Empfänger übersehen hätte. Was Juli eine Abzweigung genannt hatte, war nicht mehr als eine staubige Piste, die ebenso gut eine Zufahrt zu einer etwas abgelegenen Hütte hätte sein können.

»Ab jetzt wird's etwas rumpelig«, sagte Juli. »Aber es sind auch nur noch drei Stunden.« Dabei grinste sie. »Musst sagen, wenn du eine Pause machen willst.«

Die Route führte sie abseits einer Siedlung quer durch den Wald. Nun verstand Tom, weswegen Juli darauf bestanden hatte, einen Wagen mit Allradantrieb zu wählen. Der Boden war alles andere als eben, bestand lediglich aus hart gefahrenem Lehm, der von tiefen Rillen und Löchern übersät war. In der Regenzeit gab es hier vermutlich überhaupt kein Durchkommen. Tom stellte sich vor, dass die Straße vor vielen Jahren als Schneise durch den Urwald geschlagen worden war, um Holztransportern und Baggern eines Rodungsunternehmens Platz zu schaffen. Ehemals vorhandener Schotter war noch stellenweise zu erahnen, hatte aber auf die Dauer dem immer wieder aufweichenden Boden keinen Widerstand bieten können. An den Rändern der Piste wucherten junge Sträucher und nahmen die Schneise wieder in Besitz. Zunächst unterschied sich der Wald im Wesentlichen kaum von einem europäischen Laubwald, aber nach einer Weile zog sich das Unterholz immer mehr zusammen, verfilzte geradezu, die Bäume wuchsen höher und höher, und ihr undurchdringliches Blätterdach entschwand immer weiter ihren Blicken. Die Schneise glich geradezu einem Tunnel, der sie durch eine unwirkliche und menschenleere Landschaft führte.

So exotisch die Umgebung auch war, so eintönig wurde sie mit der Zeit. Tom verstand, dass die Fahrtzeit von drei Stunden keineswegs aufgrund der besonderen Entfernung zustande kam. Streckenweise musste Juli den Wagen im Schritttempo über die Bodenschwellen und durch gewaltige Löcher bugsieren.

Die Lichtung tauchte unvermittelt hinter einer Biegung auf. Eine Fläche so groß wie ein Fußballfeld. Der Boden war aufgewühlt, von Erdhaufen, herumliegenden Baumstämmen und Ästen übersät, einige Wellblechhütten zeugten davon, dass Waldarbeiter hier einen Aufenthalts- und Umschlagplatz gehabt hatten. Einstmals hatten hier Bagger und Bulldozer rangiert, waren Lastwagen beladen und Fahrer instruiert worden. Niedriges Gestrüpp und junge Bäume überwucherten inzwischen den Großteil der Lichtung.

»So«, sagte Juli, »jetzt ist es nicht mehr weit. Bis hier führt die offizielle Straße. Der Rest ist ein alter Waldpfad. Er müsste irgendwo dahinten liegen.«

Tatsächlich fanden sie am anderen Ende der Lichtung eine schmale Schneise zwischen den Bäumen. Sie war nicht so breit und verlief auch nicht so gerade wie die bisherige Straße. Man hatte wohl einen natürlichen Weg gesucht, ohne dafür die Urwaldriesen fällen zu müssen, deren gewaltige Brettwurzeln einen Umfang von zehn und mehr Metern aufwiesen. Strauchwerk, Lianen und kleineres Gehölz hatte man offenbar entfernt und so aus einem ehemaligen Trampelpfad eine Schneise geschaffen, die immerhin so breit war, dass ein Wagen sie passieren konnte. Dass Tom und Juli nicht die Einzigen waren, die sie verwendeten, bewiesen frische Reifenspuren. Einige Kilometer später erreichten sie schließlich den natürlichen Waldrand und fuhren aus dem Halbdunkel der Bäume ins Sonnenlicht.

Nicht weit entfernt von ihnen standen einige niedrige Gebäude, gemauert und schlicht verputzt.

»Da sind wir. Das Camp!« Juli fuhr eine Kurve und parkte den Wagen.

»Wurde auch Zeit«, meinte Tom. »Nachdem wir schon das Mittagessen verpasst haben, könnte ich jetzt gut was im Magen vertragen.«

Als sie ausstiegen, überraschte Tom aufs Neue die Wucht der heißen, tropischen Luft, die gesättigt war mit einer Vielzahl unbekannter Gerüche; erdig und süß. Aus dem Wald hinter ihnen drang ein dichter Klangteppich aus Zirpen, Zischen und Zwitschern; Tausende von Insekten und Vögeln, die mit ihren Lauten auf sich aufmerksam machten.

Er folgte Juli hinüber zu den Gebäuden. Niemand kam heraus, um sie zu begrüßen. Sie sahen keine Bewegungen, hörten keine Stimmen, nicht einmal ein Transistorradio, das Musik aus dem Äther zapfte und vor sich hin dudelte. Das Camp schien verlassen zu sein.

»Scheinen wohl alle gerade unterwegs zu sein«, vermutete Tom. Er rüttelte versuchsweise an einer Tür. Sie war verschlossen.

»Möglich«, meinte Juli. »Suchen wir weiter. Vielleicht finden wir einen Hinweis, wo sie sind.«

Sie streiften über das Gelände. Tatsächlich trafen sie niemand an. Alle Türen waren verschlossen oder führten lediglich in ungenutzte, leere Räume.

»Ich schätze, die sind nicht einfach nur mal eben zum Picknicken los«, meinte Tom schließlich, als sie alles abgesucht hatten. »Die haben das Lager verlassen. Warum sonst hätten sie sich die Mühe gemacht, alles abzuschließen? Ist sicher nicht so, dass man hier mitten im Urwald mit Einbrechern zu rechnen hätte. Es ist niemand hiergeblieben, um das Abendessen vorzubereiten, und der Generator ist ebenfalls aus. Und wenn es ein Auto hier gegeben hat, ist es nun weg.«

»Ja«, stimmte Juli zu, stemmte die Hände in die Hüften und ließ ihren Blick über das Camp wandern. »Es sieht ganz danach aus, als ob wir zu spät kommen. Antworten werden wir hier jedenfalls keine bekommen.«

»Und nichts zu essen.«

Sie lächelte. »Nun, dagegen können wir aber vielleicht was tun. Los, sehen wir uns das Dorf an.«

»Dorf?«

»Na, hast du gedacht, die Ärzte ohne Grenzen würden ihr Camp ins Nirgendwo bauen? Hinter der Anhöhe dort ist nicht nur der Fluss, hier gibt's natürlich auch ein Indiodorf.«

Sie folgten einem Pfad, der vom Camp aus eine Biegung beschrieb, und tatsächlich führte er kaum hundert Meter weiter auf eine Ansammlung hölzerner Hütten zu.

Tom blieb stehen. »Können wir da einfach hin? Was, wenn sie aggressiv reagieren?«

»Ach was. Warum sollten sie? Sie kennen doch die Ärzte. Außerdem wissen sie längst, dass wir hier sind.«

Sie näherten sich dem Dorf. Die auf niedrigen Stelzen gebauten Behausungen schienen fast ebenso verlassen wie das Camp. Keine Kinder, die herumtollten, keine Frauen oder Männer, die mit etwas beschäftigt waren. Nur ein paar Hühner scharrten zwischen den Hütten.

»Was ist hier los?«, raunte Tom. »Sind hier alle Menschen ausgestorben?«

»Das ist wirklich merkwürdig …«

»Da sieh mal! Dort ist noch jemand.«

An der Wand einer Hütte stand ein Aluminiumstuhl mit einer Sitzfläche aus bunten Plastikschnüren. Auf dem Stuhl saß eine alte Frau. Sie war nicht sonderlich groß, aber außerordentlich dick. Sie sah ihnen stumm und ohne sonderliche Regung entgegen.

»Die habe ich schon einmal gesehen«, sagte Juli halblaut. »Ist so eine Art Dorfunikum.«

»Vielleicht haben die anderen sie zurückgelassen?«

Juli ging zu der Alten hinüber, die sie unverwandt ansah. Als Juli direkt vor ihr stand, hellte sich das Gesicht der Frau auf. Sie lächelte sie an und begann zu sprechen, wobei sie ihre letzten verbliebenen Zähne entblößte.

»Was sagt sie?«, fragte Tom, als er herangetreten war.

Juli hielt ihren Kopf ein wenig schräg. »Ich weiß nicht. Es ist schwer zu verstehen …«

»Frag sie, wo die Leute aus dem Camp sind.«

Juli wies in die Richtung, aus der sie gekommen waren. »Os médicos. Onde estão?«

Die Alte unterbrach kaum ihren Redefluss, machte aber dabei eine wegwerfende Handbewegung.

»Sie sind weggegangen, sagt sie«, übersetzte Juli. »Erst kamen die Götter des Waldes, dann bin ich weggegangen, und dann sind die Ärzte gegangen. Aber nun bin ich zurückgekommen. Und vielleicht kommen die Ärzte nun auch wieder zurück.«

»Was soll das heißen, du bist weggegangen und wieder zurückgekommen?«

»Vielleicht verwechselt sie mich mit meiner Schwester.« Juli stellte der Frau erneut einige Fragen, woraufhin die Alte ihre Hand hob und auf Julis Arm legte. Sie schloss die Augen und nickte, dann erwiderte sie etwas.

»Sie sagt, meine Schwester und ich sind eins. Sie sagt, ich habe die Götter des Waldes gefunden und nun würde ich gehen und sie besänftigen.«

»Ich glaube, die Alte faselt einfach nur. Wundert mich auch nicht, dass man sie hiergelassen hat.«

Wieder fragte Juli etwas. Dann übersetzte sie. »Die Alten sind noch hier. Aber sie haben Angst. Die Jüngeren sind von den Göttern des Waldes geholt worden.«

Tom sah sich um. Tatsächlich waren nun an einigen Türen und Fensteröffnungen der anderen Hütten Menschen zu sehen, die verstohlen zu ihnen herüberspähten.

»Hier geht irgendetwas vor sich«, raunte Tom.

»Ja, das Gefühl habe ich auch.«

»Wir müssen ihr Vertrauen gewinnen. Sie sollen verstehen, dass wir ihnen vielleicht helfen können.«

Juli sah ihn fragend an. »Und wie wollen wir das anstellen?«

Tom grinste. »Frag sie, ob wir etwas zu essen haben können.«

»Also gut«, sagte Tom, während er sich die Finger an der Hose abstreifte. »Ein kulinarischer Genuss war es nicht. Aber ich will nicht undankbar sein.«

Auf Julis Frage hin hatte die Alte nur auf eine andere Hütte gedeutet und ihnen zu verstehen gegeben, sie sollten dort nachfragen. Eine Frau war in der Tür erschienen. Sie hatte an den Fremden vorbei einen Blick mit der Alten auf dem Stuhl gewechselt, dann aus einem Topf zwei Kellen eines pampigen Eintopfs in hölzerne Schalen gefüllt und vor Tom und Juli auf den Boden gestellt. Die beiden hatten sich in der kleinen Hütte im Schneidersitz hingesetzt und die klumpige Masse mit verbogenen Blechlöffeln gegessen.

Die Frau, die ihnen das Essen gegeben hatte, tat so, als würde sie sie nicht beachten, aber Tom hatte bemerkt, dass sie immer wieder verstohlene Blicke herüberwarf. Juli hatte versucht, sie auf Portugiesisch anzusprechen, aber offenbar verstand sie es nicht, jedenfalls reagierte sie nicht.

»Ich fürchte, es wird schwierig, etwas von den Indios zu erfahren«, meinte Tom schließlich. »Wollen wir uns noch einmal das Camp ansehen? Probieren, irgendwo reinzukommen?«

»Einsteigen, meinst du?«

»Ja, warum nicht? Es scheint ja keiner da zu sein, den es stört. Und wer weiß, wann und ob sie überhaupt noch einmal zurückkommen.«

»In letzter Zeit haben wir schon eine ganz ordentliche kriminelle Karriere begonnen. Ich glaube, du hast einen schlechten Einfluss auf mich.«

»Tatsächlich? Dafür hast du dich aber ganz gut angepasst.«

»Kann schon sein.« Sie lächelte.

»Also?«

»Es kann vielleicht nicht schaden, wenn wir uns dort noch einmal umsehen. Aber lass uns das auf morgen verschieben, ja? Ich bin ehrlich gesagt ein bisschen durchgeschüttelt von der Fahrt, und es wird jetzt auch schnell dunkel. Wir sollten uns lieber morgen in aller Ruhe und bei Tageslicht Zeit für das Camp nehmen.«

»Na gut.« Tom rieb sich seinen Bauch. »Nur dieser mysteriöse Eintopf liegt mir reichlich schief im Magen. Bevor ich es mir hier auf dem wunderbaren Steinfußboden gemütlich mache, könnte ich noch etwas zu trinken vertragen.«

»Wir haben noch Softdrinks im Wagen.«

Tom sah sie zweifelnd an. »Das ist nicht das, wonach mir der Sinn steht.«

»Das habe ich mir schon gedacht. Aber einen Martini wirst du hier nicht finden.«

Tom seufzte. »Das wäre ein Grund gewesen, im Camp nachzusehen. Da hätte man vielleicht noch eine Flasche Bier auftreiben können. Aber irgendwas müssen die Indios doch auch trinken.«

Juli stand auf und klopfte sich den Hintern ab. »Gut, dann schauen wir mal, ob wir uns bei der Alten mit deinem Problem verständlich machen können. Und was das Übernachten angeht: Statt des Steinfußbodens schlage ich lieber das Auto vor.«

»Verlockend, verlockend.«

Tom schreckte auf, weil er kratzende Geräusche hörte. Die Sitze ließen sich nicht vollkommen gerade nach hinten neigen und waren unbequemer, als er es aus seiner Jugend in Erinnerung hatte. Damals war er oft unterwegs gewesen, und ein paar Stunden Schlaf auf einer Raststätte im Wagen hatten ihm gereicht, um Kraft zu tanken und weitere acht Stunden zu fahren. Ein paar Mal war sein Wagen auch trotz aller Enge zur Spielwiese für aufregenden Sex geworden. Inklusive heftigst schaukelnder Federung und beschlagener Scheiben. Nun zählte er sich noch lange nicht zum alten Eisen, aber dass sein Körper nicht mehr ganz so unempfindlich war wie noch vor zehn Jahren, machte sich bisweilen schon bemerkbar. Er lag hier auf engstem Raum mit einer jungen Frau mit verlockendem Körper und dass er kaum schlafen konnte, lag nicht etwa an einer unbefriedigten Lust, sondern weil es ihm zu warm war und sein Rücken schmerzte.

Wieder kratzte und klopfte es am Wagen. Tom sah durch die Frontscheibe, aber es war so dunkel, dass er nur ineinanderfließende Schatten erkannte. Vielleicht hatten irgendwelche kleinen Tiere ihr Auto entdeckt und kletterten nun darauf herum? Vögel vielleicht, Ratten oder anderes Urwaldgetier.

Tom presste sein Gesicht an die Seitenscheibe und versuchte, dort etwas zu erkennen. Er fuhr mit einem Schrei zusammen, als eine flache Hand gegen die Scheibe vor seinem Gesicht schlug.

Er wich zurück und rüttelte Juli an der Schulter.

»Da ist jemand draußen!«

»Was?« Julis Stimme klang schläfrig.

»Jemand klopft an unser Auto!«

Juli richtete sich auf. »Wer ist es?«

»Ich kann es nicht erkennen. Ich bin von Geräuschen wach geworden. Und vorhin habe ich eine Hand gesehen.«

»Kann es vielleicht ein Affe gewesen sein?«

»Nein, es war ganz eindeutig eine Menschenhand. Mit einem Perlenband um das Gelenk… Was machen wir jetzt?«

Juli bemühte sich, hinauszusehen. Gerade als sie etwas sagen wollte, erschien direkt neben ihr ein Gesicht an der Scheibe, und sie zuckte zurück.

»Es ist die Dicke!«, rief Tom aus.

Und tatsächlich erkannte Juli nun, dass es das Gesicht der Alten war, die vor ihrer Hütte auf dem Stuhl gesessen hatte. Sie winkte ihnen zu.

Juli ließ das Fenster herunter. Die hereinströmende Luft war feucht und süß und ebenso warm wie das Wageninnere. Die Alte begann heftig zu gestikulieren und redete in einem eindringlichen Wortschwall.

»Was will sie?«, fragte Tom.

»Langsam…«, sagte Juli zu der Frau. »Ich verstehe nicht…« Sie hob beschwichtigend eine Hand und sagte ein paar Worte auf Portugiesisch. Die Frau redete weiter und schwenkte eine Halskette mit einem Amulett. Damit deutete sie erst auf Tom, dann auf Juli und reichte die Kette durch das Fenster. Zögernd nahm Juli das Geschenk entgegen. Damit schien die Frau erreicht zu haben, was sie wollte. Sie sprach noch einige Sätze, dann wandte sie sich ab und ging schwerfällig zurück zu ihrem Dorf.

Juli schloss das Fenster und reichte die Kette unschlüssig an Tom.

»Sie sagte, du sollst das tragen. Es wird dich beschützen.«

»Aha?« Tom besah die Konstruktion aus hölzernen Perlen und einem Anhänger aus geschnitztem Horn, der eine kleine Maske mit grimmigem Blick darstellte. »So ein Quatsch.«

»Sieht aber doch ganz hübsch aus, findest du nicht?«

»Soll ich das etwa jetzt wirklich anlegen?«

»Warum nicht?« Sie nahm ihm die Kette aus den Händen und hängte sie ihm um den Hals. »Es macht dich so ... verwegen.«

Tom lachte auf. »So. Und nur deswegen war sie hier?«

»Sie wollte uns vor irgendetwas warnen. Alles konnte ich nicht verstehen. Es ging um den Wald und wieder um die Geister des Waldes und ihre Heimat, flussaufwärts. Wir sollen die Geister fürchten und diejenigen strafen, die sie zu dem gemacht haben, was sie sind. Oder so ähnlich.«

»Ich dachte, wir wollten nur deine Schwester suchen.«

»Ganz offenbar liegt hier noch deutlich mehr im Argen ...«

»Na, wie gut, dass ich jetzt ein Zaubermedaillon habe.« Er lehnte sich wieder zurück.

»Sieh es als Geste des Vertrauens. Besser zu wissen, dass die Dorfbewohner uns unterstützen, als wenn wir fürchten müssten, dass sie uns in den Rücken fallen, weil wir unbeabsichtigt heiligen Boden betreten oder so.«

»Dann hoffen wir mal, dass du recht hast.«

Kapitel 11

Tagebuch von Marie Thomas – Brasilien, 17. Mai

Etwas verfolgt mich.

Erst dachte ich, es läge an meinen überspannten Nerven. Die Nacht war kurz, nach den merkwürdigen Schreien und Geräuschen konnte ich nicht mehr richtig schlafen, und es war viel zu warm. Nun bin ich seit einigen Stunden wieder unterwegs, inzwischen konnte ich auch wieder das Flussufer erreichen.

Mehrmals habe ich in einiger Entfernung hinter mir etwas zwischen den Bäumen huschen sehen. Einmal bin ich stehen geblieben, um zu sehen, ob es sich nähern würde. Ich weiß nicht einmal, was es ist. Es scheint größer zu sein als ein Affe. Es bewegt sich über den Boden. Und es ist schnell. Wenn ich mich blitzartig umdrehe, erkenne ich manchmal noch einen Schatten. Dann scheint es fort zu sein, aber nach einer halben Stunde wiederholt sich das Spiel. Wenn es ein Raubtier ist, verfolgt es mich sehr hartnäckig. Vielleicht wartet die Kreatur auf einen günstigen Augenblick, mich anzugreifen. Aber es weicht immerhin meinem Blick aus. Solange ich mich ständig umsehe, scheine ich sicher zu sein. Auch wenn das nur ein schwacher Trost ist.

Ich mache nun eine Pause, sitze hier am Fluss, schreibe in mein Tagebuch und überlege, wie lange ich noch weitergehen soll. Wasser gibt es genug, und mit meinen Vorräten könnte ich noch zwei Tage auskommen und hätte noch genug für den Rückweg.

Ich frage mich, was ich zu finden hoffe. Einen Hinweis? Was für einen Hinweis sollte ich mitten im Urwald finden können? Der Fluss mag mir eine Richtung vorgeben, aber ich könnte nur wenige hundert Meter an einer tiefer im Wald gelegenen Siedlung vorbeilaufen und würde sie nicht sehen. Meine ganze Expedition ist nicht mehr als der Versuch, wenigstens etwas zu tun, statt die Ereignisse und die offenen Fragen einfach zu akzeptieren.

Ich mache mir Sorgen über die kommende Nacht. Wird das Wesen, das mich verfolgt, mich aufspüren? Versuchen, mich anzufallen? Sicherheitshalber werde ich mir rechtzeitig vor Beginn der viel zu kurzen Dämmerung einen Schlafbaum suchen. Hoffen, dass das Tier nicht zu mir hinaufklettert.

Vielleicht sollte ich jetzt lieber umkehren. Der Rückweg wird noch einmal genauso weit. Wenn ich jetzt abbreche, liegt nur eine Nacht vor mir, die mich schon wieder näher an das Camp bringt. Wenn ich erst morgen umkehre, liegt nicht nur die heutige Nacht noch vor mir, dann sind es auch zwei Nächte auf dem Rückweg.

Im Grunde ist es doch vollkommen irrwitzig, was ich hier tue! Und trotzdem habe ich das Gefühl, ich muss das tun. Juli würde das verstehen. Außerdem: Wenn ich jetzt zurückgehe, war alles vollkommen sinnlos. Im Grunde besteht doch keine Gefahr. Vielleicht ist das bloß ein Wildschwein oder so was, das zufällig demselben Weg folgt, irgendein Tier, das gar nichts von mir will, das viel mehr Angst vor mir hat als ich vor ihm.

Ich werde bis morgen Mittag weitergehen. Vielleicht finde ich ja noch eine Siedlung am Flussufer. Irgendwoher muss der Tote ja gekommen sein. Es sei denn, er wäre aus einem Boot gefallen. Aber auch das muss ja flussaufwärts etwas gesucht haben.

So, mein Wasser hat ausreichend gekocht. Ich werde es noch durch den Filter gießen, meine Flasche auffüllen, und dann geht's weiter.

Camp der Ärzte ohne Grenzen, 29. Juli

Zwar waren alle Türen verschlossen, aber Tom hatte ihnen mit ein wenig Kraftaufwand Zugang zum Hauptgebäude verschafft, und im Büro hatten sie einen Bund Schlüssel gefunden, der ihnen ohne weitere Schwierigkeiten Zutritt zu sämtlichen Bereichen ermöglichte.

Während sie durch die Räume streiften, machte Tom Fotos, in der Hoffnung, sie für einen späteren Artikel verwenden zu können. Sie fanden heraus, dass das Camp tatsächlich nicht nur kurzzeitig verlassen wurde. Der Generator lief nicht, die Kühlschränke waren aus, warm und leer. Bis auf einige kleinere Gerätschaften und Konserven gab es keine umfangreichen Vorräte und erst recht keine medizinischen Ampullen oder Medikamente, die gekühlt werden mussten. Einen Hinweis darauf, weswegen die Ärzte gegangen waren, fanden sie nicht. Die Schlafräume waren allesamt leer, von Marie gab es keine Spur. Ein Kalender enthielt noch zahlreiche Einträge, die bis in die nächsten Wochen reichten. Offenbar war die Schließung also kurzfristig erfolgt.

»Was jetzt?«, fragte Tom. »Wollen wir noch einmal versuchen, die Dorfbewohner zu befragen?«

»Eine andere Möglichkeit haben wir nicht«, gab Juli zurück.

Sie verriegelten alle Türen wieder und deponierten den Schlüsselbund dort, wo sie ihn gefunden hatten. Dann machten sie sich auf den Weg zum Dorf der Indios.

Schon von Weitem sahen sie, dass die Alte wieder auf ihrem Stuhl vor der Hütte saß. Toms Hand fuhr zu seiner Brust, wo er den geschnitzten Anhänger der Kette spürte, den die Frau in der Nacht vorbeigebracht hatte. Würde sie es freuen, wenn sie sah, dass er ihn trug? Oder sollte es geheim bleiben, sollte er ihn lieber verstecken? Warum sonst hätte sie ihn heimlich überbracht? Er entschloss sich, das Medaillon unter seinem T-Shirt zu verstecken.

Während sie näher kamen, begann die Alte, mit schwerfälligen Bewegungen aufzustehen, trat ein paar Schritte von ihrer Hütte weg auf die Straße und winkte ihnen zu. Dann wandte sie sich ab und ging die Straße entlang.

Tom und Juli sahen sich kurz an und folgten ihr.

Ein Stück weiter die Straße hinunter ging es um eine Biegung, hinter der sie auf einen kleinen Platz kamen, auf dem ein mächtiger Baum stand. Dort hatte sich ein Dutzend Indios versammelt, allesamt ältere Menschen, die ihnen entgegensahen. In ihren Gesichtern stand eine Mischung aus Neugier, Zweifel und Erwartung. Tom hob seine Kamera an, er wollte das Szenario fotografieren, aber Juli legte ihre Hand auf seine Schulter und bedeutete ihm, dies zu unterlassen. Als sie herantraten, wichen die Männer und Frauen beiseite und bildeten einen Halbkreis, in deren Mitte ein einzelner Mann stand. Er trug einen mehrfarbigen Schulterüberwurf aus Stoff mit darin eingewebten Perlen und eine kronenartige Kopfbedeckung mit Federn. In seiner Hand befand sich ein Stab, der in einer Klaue endete.

Unsicher blieben sie stehen.

»Ist das ein gutes Zeichen?«, raunte Tom.

»Ich hoffe es«, gab Juli halblaut zurück.

»*Sentem-se*«, sagte die Alte, die im Halbkreis der anderen stand, und wies auf den Boden vor dem einzelnen Mann, der nichts anderes als ein Schamane sein konnte.

»Wir sollen uns setzen, sagt sie«, erklärte Juli und nahm im Schneidersitz Platz. Tom tat es ihr gleich, während er sich umsah und die Leute beäugte. Waren sie feindselig? Was erwarteten sie?

»*Vai afugentar os espíritos malignos*«, sagte die Alte nun, als würde es alles erklären.

»Sie sagt, er will die bösen Geister vertreiben«, übersetzte Juli.

»Und was sollen wir machen?«

»Nichts, vermute ich. Einfach stillhalten.«

Der Schamane sah zu ihnen herab und sprach sie nun an. Er redete schnell und mit grimmigem Gesicht, und als er nach einer Weile noch keine Pause machte und auch keine Antwort erwartete, dämmerte es Tom, dass er sie gar nicht ansprach, sondern predigte, dass er einen Schwall von Beschimpfungen oder Beschwörungen losließ, der nicht an sie gerichtet war, sondern an irgendwelche Wesenheiten, die er vermutlich vertreiben wollte.

Schließlich begann er einen merkwürdigen Singsang, der unangenehm schief und fremdartig klang, aber doch einem Muster zu folgen schien, denn die Umstehenden stimmten regelmäßig in ihn ein.

Während des Singens schwang er seinen Krallenstab über ihren Köpfen, als fegte er etwas hinweg, seine Augen rollten sich in den Höhlen nach oben, was seinem Gesicht etwas grauenvoll Manisches verlieh.

Die Prozedur dauerte an, und Toms Beine schmerzten allmählich, weil er nicht wagte, eine bequemere Haltung einzunehmen. Nach weiteren qualvoll langen Minuten verstummte der Mann schließlich, und kurz darauf hörte Tom, wie die Alte etwas sagte. Daraufhin stand Juli auf, und Tom folgte dankbar ihrem Beispiel.

Der Schamane sah sie an, blickte ihnen zum ersten Mal mit klarem Blick direkt in die Augen. Er sagte etwas, dann reichte er Tom einen Speer, der hinter ihm an einem Baum gelehnt hatte. Die Alte erklärte etwas, und Juli übersetzte: »Du sollst damit nicht töten.« Tom nahm die Waffe unschlüssig entgegen. Es war ein einfacher, aber sehr gerader Holzstab mit einigen geflochtenen Bändern direkt unterhalb einer scharfkantigen Spitze aus dünnem Metall. Tom verneigte sich leicht.

Als Nächstes sprach der Schamane Juli an und reichte ihr eine Trinkflasche, die aus einer Tierblase oder dünnem Leder gefertigt war. Nachdem die Alte die Anweisungen des Schamanen übersetzt hatte, erklärte Juli an Tom gewandt: »Und mir sagt er, ich soll nicht daraus trinken.

Wir sind nun gereinigt, wir haben eine Waffe für das Leben und Wasser für den Tod. Und wenn wir wissen, wie wir beides richtig verwenden, werden wir Erfolg haben.«

»Wie bitte?«

Juli zuckte mit den Schultern. »Mehr weiß ich auch nicht. Das ist das, was er gesagt hat.«

»Ich bin mir nicht sicher, ob uns das alles nun wirklich geholfen hat.«

Der Kreis der Indios um sie herum löste sich auf. Jeder, der ging, ließ beim Vorbeigehen eine Hand an Juli und Tom vorbeistreichen. Als Letzte passierte sie die Alte. Sie lächelte, und als sie das Band von Toms Kette entdeckte, fasste sie sich selbst an den Hals und nickte. Tom lächelte fast unmerklich.

»Er ist weg«, bemerkte Juli.

»Wer?«

»Der Schamane. Hast du gesehen, wo er hingegangen ist?«

Tom zuckte mit den Schultern. »Sich heimlich zu verdrücken, gehört vermutlich zu den ersten Tricks, die man auf der Schamanenschule lernt.«

Sie standen inzwischen allein auf der Straße. Die Indios waren in ihren Häusern verschwunden.

»Also gut.« Tom stemmte die Hände in die Hüften. »Jetzt wissen wir, dass wir deine Schwester suchen sollen, dass sie mit den Geistern des Waldes weggegangen ist oder so, wir sind rituell gereinigt, und wir haben eine Waffe, die wir nicht benutzen sollen, und Wasser, das genauso wenig für etwas gut ist. Irgendwie eine recht dürftige Ausgangssituation, findest du nicht?«

»Lass uns noch mal mit der Alten reden«, schlug Juli vor. »Dass wir uns irgendwie auf den Weg machen sollen, scheint ja klar zu sein. Nur wohin, das müssen sie uns noch sagen.«

Sie fanden die Alte erwartungsgemäß auf ihrem Stuhl vor ihrer Hütte vor. Sie sah sie mit demselben Lächeln an, das sie ständig trug und das im Laufe der Jahre so unzählige Falten in ihr Gesicht gegraben hatte. Es verlieh ihr einen Ausdruck von Abgeklärtheit und Zufriedenheit, der zugleich den Verdacht erweckte, sie könnte naiv sein und in Wahrheit gar nicht wissen, was um sie herum vor sich ging.

Juli sprach mit ihr und versuchte, aus den holprig formulierten und undeutlich artikulierten Antworten so gut es ging schlau zu werden.

»Sie sagt, wir sollen dem Fluss folgen«, erklärte sie schließlich. »Flussaufwärts, am Ufer entlang, also nicht mit dem Boot. Und in ein paar Tagen würden wir die Geister des Waldes finden.«

»Hat sie mal beschrieben, was sie mit diesen Geistern meint?«

»Nein, ich verstehe sie nicht. Jedenfalls scheint es etwas zu sein, das die anderen Dorfbewohner fürchten, nur sie selbst nicht. Aber was auch immer es ist, dort scheint auch meine Schwester hingegangen zu sein.«

»Klingt ja verlockend.«

Juli bedankte sich bei der Frau, die nur nickte und lächelte.

»Auf eine Urwaldexpedition sind wir ja nicht gerade eingerichtet«, bemerkte Tom, als sie zurückgingen.

»Dann lass uns das Camp noch einmal nach brauchbarer Ausrüstung absuchen. Verpflegung brauchen wir auch. Und wenn wir nicht genug zusammen bekommen, müssen wir noch mal nach Manaus und übermorgen wiederkommen.«

»Ich möchte nicht noch mehr Zeit verlieren«, entschied Juli. »Da lag noch genug herum, ich bin sicher, wir bekommen alles zusammen, was wir brauchen. Wir wollen ja auch nur ein paar Tage in den Wald, keine zwei Wochen.«

Eine Stunde später begutachteten sie ihr gesammeltes Beutegut. Sie hatten Konserven für mehrere Tage gefunden, einen Campingkocher mit zwei Gaskartuschen, Hängematten, Moskitonetze, eine Wasserflasche zum Umhängen, zwei Wegwerffeuerzeuge, ein Mehrzweckwerkzeug, das Messer, Zange, Schraubenzieher und allerlei anderes zugleich war, und eine Machete. Sie hatten auch eine Taschenlampe entdeckt, aber keine Batterien. Nachts würden sie auf Licht verzichten müssen.

Tom drehte eine Rolle Toilettenpapier in den Händen, die Juli dazugelegt hatte. »Und wofür ist das?«

»Damit wir nicht auf giftige Efeublätter zurückgreifen müssen.«

»Hm.« Er legte die Rolle zurück.

»Also, alles zusammen ist das nicht schlecht«, meinte Juli zufrieden. »Und es passt in unsere große Reisetasche.«

»Nicht schlecht, aber auch nicht großartig«, wandte Tom ein. »Ich würde mich wohler fühlen, wenn wir ein bisschen professionelleres Equipment hätten, muss ich sagen. Im Nirgendwo nützt uns auch der GPS-Empfänger nichts. Wir bräuchten ein paar Karten, ein Satellitentelefon, Gegengifte für Schlangenbisse, solche Sachen.«

»Solange wir dem Fluss folgen, ist das alles halb so wild. Wir planen ja keine mehrwöchige Expedition quer durch den Kongo. Das reicht schon alles.« Sie grinste. »Und aus dem Wagen nehmen wir noch den Verbandskasten mit, dann kann ich dir auch mal ein Pflaster aufkleben, wenn du dir wehgetan hast, okay?«

»So siehst du das, ja?« Er drückte die Schultern nach hinten. »Na, dann wollen wir mal sehen, wer als Erster von uns schlappmacht.«

»Verdammt!«, stieß Tom drei Stunden später aus und setzte sich auf eine Mangrovenwurzel. Die Reisetasche, die er wie einen Rucksack auf seinen Rücken geschnallt hatte, wuchtete er herunter und ließ sie auf den Boden sinken. Seine Fototasche behielt er quer über der Schulter.

»Ruh dich aus, solange du musst«, scherzte Juli. Sie stand neben ihm und machte ein entspanntes Gesicht. Aber auch ihr standen die Schweißperlen auf der Stirn. Sie stützte sich auf dem Speer auf, den sie als Wanderstab verwendete.

»Über und durch diese verflixten Mangroven zu klettern«, sagte Tom, während er nach der Wasserflasche griff, »nur, damit wir in der Nähe des Flusses bleiben, halte ich für eine ziemlich miese Idee.«

»Was sollten wir denn sonst tun?«

»Entweder etwas tiefer in den Wald …«

»Meinst du denn, das wäre dort besser? Da gibt es auch Unterholz.«

»… oder wir hätten uns ein Kanu oder so was suchen können. Auf dem Fluss wäre es am sinnvollsten gewesen.«

»Wir sollten der Frau vertrauen. Immerhin hat sie es extra betont. Sie wird sich schon etwas dabei gedacht haben.«

»Ich wäre mir da nicht so sicher. Besonders helle wirkte die alte Schachtel nicht gerade.«

»Was bist du denn so grantig?«

»Weil mir *warm* ist, deswegen!«

»Nun, dann erhol dich erst einmal.« Juli grinste.

»Ich muss mich nicht erholen. Ich möchte nur ein paar Fotos von unserer Tour machen.« Er holte seine Kamera aus der Tasche und fotografierte die Umgebung. »So, es kann weitergehen«, sagte er, als er fertig war.

Er schlug einen Weg ein, der sie etwas näher in Richtung des Flusses bringen sollte. Er hoffte, dass es dort eine Art Ufer gab. Die Mangroven, die ein unmöglich verknotetes Wurzelgeflecht bildeten, mussten irgendwann einmal aufhören.

»Vielleicht können wir die nächste Etappe, also bis zum nächsten Fotostopp, etwas ruhiger angehen lassen«, schlug Juli vor. »Nicht, dass es dich zu sehr anstrengen würde. Nur, um die Landschaft zu genießen.«

»Ist das nur ein Gefühl, oder machst du dich über mich lustig?«

»Höchstens ein kleines bisschen.«

»Na gut, ich schätze, das ist ein Ausdruck deiner Zuneigung.«

»So, meinst du das?« Juli lachte leise auf. »Was für ein Glück, dass dein Selbstbewusstsein so gut ausgeprägt ist.«

»Es ist nur eine einigermaßen fundierte Beobachtung.«

Juli lächelte in sich hinein. Sie allein wusste, wie sehr er ihr wirklich gefiel, und sie wusste auch, dass er trotz seiner lockeren Sprüche niemand war, der in so einer Sache den ersten Schritt machen würde. Diese Mischung machte ihn interessant.

Der Weg blieb beschwerlich. Die Hitze des Urwalds war fast unerträglich. Die Luft war schwer und feucht, das Atmen mühevoll. Ein Schwarm von Mücken folgte ihnen unablässig, und beide waren sie ständig damit beschäftigt, sie aus dem Nacken und aus dem Gesicht zu streichen. Am frühen Nachmittag fanden sie einen sandig und flach abfallenden Zugang zum Fluss, wo sie im Schatten der Bäume Rast machten. Sie teilten sich eine Konservendose mit Chili con Carne und kochten Wasser aus dem Fluss ab, um ihre Wasserflasche zu füllen.

Tom holte das Gefäß hervor, das der Schamane ihnen mitgegeben hatte. Er öffnete es und roch daran.

»Das würde ich lieber nicht probieren«, sagte Juli.

»Warum nicht? Was glaubst du, was es ist?«

»Gesund ist es sicher nicht. Er sagte, es sei für den Tod. Vermutlich ist es vergiftet.«

Tom schloss die Flasche eilig und legte sie weg. »Warum um Himmels willen sollte er uns vergiftetes Wasser mitgeben?«

»Ich habe keine Ahnung«, sagte Juli. Sie ergriff die Flasche, roch ebenfalls daran, dann hängte sie sie sich an ihren Gürtel. »Wer weiß, wofür sie einmal gut ist. Vielleicht, damit wir uns notfalls selbst vergiften können, bevor wir von einem wilden Tier gefressen werden.«

»Na, sehr beruhigend.« Er verzog den Mund. »Was glaubst du, wie weit wir schon gekommen sind?«, fragte er dann, um das Thema zu wechseln.

»Nicht sonderlich weit. Fünf oder sechs Kilometer vielleicht. Sieh doch auf dem GPS-Gerät nach.«

Tom suchte das Gerät heraus. Als Ziel war immer noch die Lage des Camps hinterlegt. Zwar gab es hier keine Straßen, aber das Gerät konnte dennoch ihre augenblickliche Position erfassen und berechnete eine Luftlinie.

»Viereinhalb«, las Tom ab. »Etwas entmutigend, wenn ich ehrlich bin.«

»Viel schneller geht es nicht. Dazu bräuchten wir einen Führer, der bessere Wege durch den Wald findet. Aber hier am Wasser kommen wir ja zügiger vorwärts.«

»Immerhin so lange, bis der Weg … warte mal!« Tom hob eine Hand und neigte seinen Kopf. »Hörst du das? Auf dem Fluss!«

Juli hielt den Atem an und lauschte. Zwischen dem Schnarren und Zirben der Insekten und dem ständigen Vogelgezeter war ein brummendes Geräusch zu hören. Wie von einem Motor.

»Es kommt von dort«, sagte Tom und deutete flussabwärts. »Ein Boot! Lass uns verschwinden!«

»Wieso verschwinden? Was meinst du?«

»Nur ein paar Schritte in den Wald. Damit wir außer Sichtweite sind. Wir wissen nicht, wer das ist, und wenn wir entdeckt werden, möchte ich keine komischen Fragen beantworten müssen. Los, komm!«

Tom stand auf, ergriff seine Fotoausrüstung und die Reisetasche und verschwand zwischen den Bäumen. Dann kam er noch einmal heraus und half Juli, den Rest ihrer Ausrüstung aufzuraffen und mitzunehmen. Wenig später standen sie im Schutz der Blätter und Büsche. Tom holte seine Kamera aus der Tasche und setzte mit flinken Fingern das Teleobjektiv auf. Dann sah er durch den Sucher der Kamera auf den Fluss. Er musste nicht lange warten, bis das Boot erschien. Es war keiner der auf dem Amazonas üblichen mehrstöckigen Kähne und auch kein alter Nachen mit kleinem Außenborder. Was hier durch das Wasser pflügte, war ein modernes und sehr schnelles Motorboot. Es war grau gestrichen und machte einen paramilitärischen Eindruck. Tom riss die Blende auf, schoss einige Fotos und hoffte, dass sie trotz der Geschwindigkeit des Boots scharf würden. Er erkannte deutlich drei einheitlich gekleidete Männer, südländisch wirkend, und einen nordeuropäisch aussehenden Mann mit Kinnbart, vielleicht der Anführer des Trupps. Mit einem Zischen zog das Boot an ihnen vorbei und verschwand so schnell, wie es gekommen war. Wenig später schwappten die Wellen des Kielwassers an das Ufer.

»Jetzt können wir also sicher sein, dass es flussaufwärts etwas gibt«, meinte Juli.

»Nun ja, ein paar hundert Kilometer Fluss, da wird schon noch das ein oder andere Indiodorf zu finden sein.«

»Nur sahen die nicht wie Indios aus.«

»Nein, wohl nicht. Gut, dass wir uns versteckt haben, wer weiß, was das für Leute waren.«

»Ja, du hast recht.« Juli trat einen Schritt zurück. »Also dann weiter jetzt. Und am besten nicht mehr direkt am Ufer.«

Sie machten sich wieder auf den Weg, mal näher am Fluss entlang, mal tiefer durch den Wald. Tom ging voran, versuchte, mit der Machete die gröbsten Hindernisse zu entfernen, aber bald schon ging sein Arm nur noch halbherzig, er suchte stattdessen einfachere Wege. Pausen machten sie in immer kürzeren Abständen, bis sie sich eingestehen mussten, dass sie der Tag erheblich mehr angestrengt hatte, als sie es zunächst für möglich gehalten hatten.

Es dämmerte noch nicht, als Juli haltmachte.

»Lass uns hier das Lager aufschlagen«, sagte sie zu Tom, der sich verwundert umsah.

»Jetzt? An dieser Stelle?«

»Hier haben wir ein bisschen Platz, nur wenig Unterholz, und zwischen den Bäumen dort können wir unsere Hängematten aufspannen. Wir können sogar noch ein bisschen Holz sammeln, bevor es dunkel wird.«

Tom sah sich um. »Einverstanden. Dieser Platz ist vermutlich so gut wie jeder andere.« Er stellte seine Fototasche und die große Reisetasche ab. »Und viel weiter könnte ich ehrlich gesagt auch nicht.«

Sie schlugen ihr Lager auf, befestigten die Hängematten, und während Juli eine Konservendose erhitzte, suchte Tom Holz für ein kleines Lagerfeuer. Es stellte sich als schwierig heraus, denn was auf dem Boden lag, war feucht, unter Blättern und Pflanzen begraben und meist schon halb vermodert. Was auch immer im Regenwald abstarb, wurde schnellstmöglich wieder zum Teil des ewigen Kreislaufs. Als Tom schließlich mit einem Arm voll hauptsächlich dürrer Äste zurückkehrte, dämmerte es bereits, was hier in Äquatornähe innerhalb von einer halben Stunde zu völliger Dunkelheit führte.

Das Essen war wenig schmackhaft und leidlich nahrhaft, aber trotz des kräftezehrenden Marsches waren sie nicht sonderlich hungrig. Viel stärker war ihr Durst. Die Hitze hatte ihnen zugesetzt, und so tranken sie fast ihr gesamtes Wasser, bis sie schließlich ein wenig zur Ruhe kamen, nebeneinandersaßen und in die Flammen ihres kleinen Feuers sahen. Immer wieder zuckten dabei ihre Hände, verscheuchten Moskitos, die sich auf ihren Beinen niederließen und durch den Stoff der Hosen stachen.

»Lange wird es nicht brennen«, meinte Tom.

»Nein, aber wenn wir schlafen, brauchen wir kein Licht. Und der Geruch hält viele Tiere fern.«

Tom sah auf seine Uhr. »Acht Uhr. Und ich könnte umfallen.«

»Ich auch. Das hat man davon, wenn man aus der Stadt kommt. Wir sind entwöhnt. Dabei ist das hier doch so viel natürlicher, so viel lebendiger. Aber wir kommen damit nicht mehr zurecht.«

»In zehntausend Jahren haben wir nur noch kurze Stummelbeine, kaum noch Muskeln und riesige Köpfe.«

Juli lachte auf. »Und fette Ärsche vom ganzen Herumsitzen.«

Tom legte ein paar Zweige auf das Feuer. »Nun, ich schätze, uns beiden wird das so schnell nicht passieren. Wenn man überlegt, wie sehr wir in der letzten Zeit unterwegs sind.« Er sah Juli an und lächelte. »Ich habe bisher noch keine Frau kennengelernt, die so aktiv war wie du. Wie halten es deine Freunde mit dir aus?«

»Oh, nicht viel anders als du: Sie setzen sich erschöpft hin und fragen, wie die anderen es mit mir aushalten.« Dann lachte sie. »Nein, im Ernst, ich bin nicht immer so. Neugierig oder unternehmungslustig, ja, aber wenn du mich in den letzten Wochen kennengelernt hättest, wäre ich dir reichlich apathisch vorgekommen. Es ist der Gedanke, jetzt endlich etwas tun zu können, die Spur von Marie suchen und finden zu können, der mich antreibt.«

»Und Marie? Wie ist sie? Erzähl mir von ihr.«

»Stark«, sagte Juli. »Sie war immer die stärkere von uns. Nicht körperlich, meine ich, sondern willensstark. Und mutig. Wenn etwas schwierig oder riskant war, hat sie sich davon nie abschrecken lassen, hat die Dinge angepackt. Schon damals, wenn es Ärger in der Schule gab, ist sie hingegangen und hat die Leute zur Rede gestellt, auch wenn sie größer und älter waren als sie. Sie hat Zustände nie einfach hingenommen, sich nie etwas sagen lassen, sondern immer alles hinterfragt und für das gekämpft, was ihrer Meinung nach richtig war.«

»Das klingt nicht so viel anders als du selbst.«

»Ja, du kennst sie eben nicht. Sie an meiner Stelle hätte sich viel mehr Mühe gemacht, mich zu finden. Sie hätte niemals so viele Wochen gezögert, um selbst in Brasilien nachzusehen...« Julis Stimme wurde leiser. »Sie hätte die

Welt auf den Kopf gestellt für mich. Und ich … ich habe nur gewartet.«

Tom legte behutsam eine Hand auf ihre Schulter.

»Nun mach dir keine Vorwürfe«, sagte er. »Wir sind hier, oder? Wir suchen sie. Wir sind auf ihrer Spur!«

Juli drehte sich weg und stand auf.

»Lass uns schlafen gehen«, sagte sie.

»Hab ich etwas Falsches gesagt?« Tom stand auf. »Wenn ja, tut es mir leid!«

»Nein, nein.« Julis Stimme war matt. »Ich bin nur müde und brauche Zeit für mich.«

Tom nickte. »Okay.« Er legte die restlichen Äste auf das Feuer und kletterte in seine Hängematte, die auf Brusthöhe über dem Boden hing. Juli hatte ihm geraten, seine Schuhe anzubehalten oder zumindest mit nach oben zu nehmen, damit keine Insekten hineinkriechen konnten. Einmal in der wackeligen Matte angekommen, musste er dann das Moskitonetz über sich spannen und darauf achten, dass sich keine Mücken im Inneren verfingen. Tom ächzte und fluchte eine Weile, bis es geschafft war, dann lag er endlich leicht schaukelnd auf dem Rücken. Aber so ging es nicht. Er rappelte sich noch einmal auf und drehte sich auf den Bauch, versuchte seinen angewinkelten Arm als Kissen zu verwenden, was in der durchhängenden Konstruktion fast unmöglich war. Schließlich gab er es auf und rollte sich auf die Seite. Er würde kein Auge zutun können.

Tom wachte von einem gellenden Schrei auf. Er meinte, sich nur ständig hin und her gewälzt zu haben, aber die tiefe Ohnmacht, aus der ihn der Schrei gerissen hatte, verriet ihm, dass er sehr wohl geschlafen hatte.

Er sah nur Schwärze um sich herum, und einen Augenblick lang drohte ihn Panik zu befallen wie in einem Albtraum, der ihm vorgaukelte, lebendig begraben worden zu sein und in einem verschlossenen Sarg tief unter der Erde aufzuwachen. Er war blind, die Luft ließ sich kaum atmen, wirkte dumpf und schwer. Dann nahm er aus dem Augenwinkel schwache Lichtpunkte wahr, und als er sich zur Seite drehte, erkannte er, dass es kleine Reste glühender Kohle waren, die aus dem Aschehaufen des Lagerfeuers herausragten.

Tom fragte sich, ob die Geräusche des Waldes in der Nacht tatsächlich etwas gedämpfter waren als tagsüber. Vereinzelte Insekten zirpten leise, aber das allgegenwärtige Durcheinander an Pfeiftönen, Flöten und Zischen, das Gezeter der Vögel und Affen, alles war verstummt. Dass der Wald nachts schlief, konnte Tom nicht glauben, es war, als hielte er den Atem an.

Plötzlich ertönte erneut ein Schrei. Er klang fremdartig hohl, als wären die Bäume Säulen einer gewaltigen Halle. Der Schrei war unmenschlich kreischend, wehklagend und bedrohlich zugleich. Tom spürte, wie sich die Haare an seinem Körper aufrichteten. Was auch immer diese Geräusche von sich gab, war nichts, dem man begegnen wollte. Schon gar nicht in völliger Dunkelheit, wehrlos eingerollt in einer baumelnden Hängematte.

»Juli?«, rief Tom halblaut.

»Ja?«, kam die Antwort.

»Hast du das gehört?«

»Ja…«

»Was war das?«

»Ich weiß es nicht… Vielleicht ein Nachtvogel. Oder ein Affe, der gerissen wurde.«

Tom zögerte einen Moment. »Ich fühle mich etwas unwohl«, sagte er dann.

»Ich auch«, antwortete Juli. »Aber selbst wenn es eine Raubkatze war, dann ist sie bestimmt jetzt satt.«

»Du hast eine seltsame Art, einem Mut zu machen.«

»Ich versuche mich abzulenken und wieder einzuschlafen. Etwas anderes können wir nicht tun.«

Tom antwortete nicht. Mochte auch Juli sich selbst leicht auf andere Gedanken bringen können, er war dazu nicht in der Lage. Er fühlte sich schutzlos und allem ausgeliefert. Eine quälende Rastlosigkeit befiel ihn, und vor seinem geistigen Auge vermischten sich die Geschichten über den Chupacabra mit dem Gefasel der Alten von den Geistern des Waldes. Tom belächelte die menschlichen Urahnen nicht mehr, die, nur in Tierfelle gehüllt, ohne mächtige Waffen oder Licht durch die nächtlichen Wälder und Savannen gestreift waren und sich abends am Feuer Geschichten über Monster und Dämonen erzählt hatten. Wenn es Orte und Momente gab, in der sich Aberglaube manifestierte, dann waren es Situationen wie die, in der Tom sich gerade befand.

Er lag noch lange wach und wusste nicht, wann er die Augen geschlossen hatte oder in das Dunkel des Waldes starrte. Aber es ertönte kein weiterer Schrei. Irgendwann setzten die normalen Geräusche des Waldes wieder ein, und Tom fiel in einen leichten und unruhigen Schlaf.

Der Morgen begann mit dem Krakeelen unbekannter Vögel in den hohen Baumkronen des Dschungels. Tom schlug die Augen auf und sah die Bäume im Zwielicht liegen. Ein fast unwirklich schöner Anblick, aber der Gedanke währte nur kurz, bevor ihm sein entsetzlich schmerzender Rücken bewusst wurde und die Tatsache, dass er bereits jetzt schwitzte, obwohl er sich noch keinen Schritt bewegt hatte.

»Hey, guten Morgen«, hörte er Juli, und als er zur Seite blickte, sah er, dass sie gerade zwischen einigen Bäumen auftauchte.

»Wo warst du?«, fragte er und versuchte, sich in der Hängematte aufzurichten.

»Fragt man das eine Dame, die in den Büschen verschwunden ist?« Sie schien erstaunlich gut gelaunt zu sein.

»Entschuldige …«

»Ich wollte dich bloß ärgern. Ich war am Fluss.« Sie schwenkte die Wasserflasche.

Tom schwang seine Beine über den Rand der Hängematte und ließ sich hinunter. »Ganz allein?«

»Vielleicht ist ja Feiertag, und alle schlafen noch. Jedenfalls habe ich sonst niemanden getroffen.«

»Es hätte dir doch was passieren können!«

»Ach Tom …« Sie lachte leise. Während Tom sich streckte, baute sie den Campingkocher auf.

»Äh, das ist ja ganz nett«, meinte Tom, »aber so früh morgens für mich bitte noch kein Chili.«

»Quatsch, kein Chili. Kaffee!«

»Was?!«

Juli hielt ein kleines Schraubglas hoch. »Mein geheimer Vorrat Instantkaffee. Ich hoffe, du verzeihst, wenn wir auf Milch und Zucker verzichten müssen.«

Tom zog die Augenbrauen hoch. »Das … Das ist die beste Neuigkeit des Tages!«

»Der allerdings auch gerade erst angefangen hat.«

»Ach, sonst bin ich doch immer der Zyniker.«

»Es wäre ja schön, wenn der heutige Tag weniger mühsam würde als gestern, bloß weil ich Kaffee dabeihabe. Ich fürchte nur, dass wir uns darauf nicht verlassen können. Und wenn du jetzt schon Gicht im Rücken hast …«

»Gicht? Mir geht's prima!«

»Na, umso besser.«

Juli sollte recht behalten. Der Urwald blieb fast undurchdringlich, und ihr Weg führte sie durch dichtes Unterholz, zwischen herabhängenden Lianen und Luftwurzeln hindurch und durch ein Dickicht von meterhohen Farnen. Zeitweilig musste Tom die Machete an Juli abgeben, um seinen rechten Arm zu schonen. Immer wieder suchten sie die Nähe des Flusses, um ihn nicht durch eine plötzliche Biegung aus den Augen zu verlieren. Als es Mittag wurde und sie ihre dritte Pause an diesem Tag einlegten, waren sie bereits erschöpfter als am Abend zuvor.

»Lass uns ein bisschen länger ausruhen«, schlug Tom vor. »Du legst dich in deine Hängematte, und ich sehe mal, ob wir nicht vielleicht doch eine Konservendose mit Pfeffersteak und Pommes frites haben.«

Ohne Widerrede befestigte Juli ihre Hängematte und

legte sich hinein. Sie war todmüde. In der Nacht hatte sie kaum Ruhe gefunden, und sie fragte sich, wie Tom in der Lage gewesen war, nach dem grauenvollen Kreischen in der Nacht wieder einzuschlafen. War er wirklich so leicht zu beruhigen? Oder war er so mutig? Vielleicht bemühte er sich auch, keine Schwäche zu zeigen, ähnlich wie er versuchte, sich seine Erschöpfung nicht anmerken zu lassen. Ein nicht sehr erfolgreiches Unterfangen, das Juli amüsiert zur Kenntnis nahm, aber sie rechnete es ihm an, dass er sich nicht hängen ließ. Ihre kleine Expedition war anstrengend genug. Waghalsig und nur wenig Erfolg versprechend. Die Suche nach Marie unternahm er auch ihr zuliebe – seiner Story über die Verflechtungen der Pharmafirma und ihrer illegalen Menschenexperimente könnte er in Manaus viel sinnvoller nachgehen. Indem Tom sich zusammenriss, half er auch Juli, stark zu bleiben und durchzuhalten. Möglich, dass es in der Nacht nicht anders gewesen war. Nicht auszudenken, wenn sie sich gegenseitig mit ihrer Unruhe angestachelt hätten und hysterisch geworden wären. So aber stützten sie sich gegenseitig. Fast ein wenig so, wie es mit Marie immer gewesen war. Auf ihre Kraft und ihren unbeugsamen Willen hatte sie sich immer verlassen können …

»Es sind wieder nur Bohnen geworden«, hörte sie Tom plötzlich neben sich und schreckte auf. Sie musste eingenickt sein. Tom stand neben ihrer Hängematte und sah sie an.

»Tut mir leid, ich hatte nicht gesehen, dass du geschlafen hast«, sagte er. »Willst du dich noch weiter ausruhen? Oder hast du ein bisschen Hunger?«

Juli richtete sich auf und massierte ihre Stirn.

»Doch, etwas zu essen, wäre jetzt ganz gut. Das hier zehrt ganz schön an den Kräften.«

»Ja, das kann man wohl sagen. Mir läuft auch schon das Wasser im Mund zusammen, obwohl …«

»Ja, ich weiß«, sagte sie. »Die Menüauswahl im Camp war wirklich mies. Ich werde mich beim Management beschweren.«

Sie verzehrten ihr Mahl und machten sich kurz darauf wieder auf den Weg. Als der Wald immer undurchdringlicher wurde, suchten sie erneut einen Zugang zum Fluss. Am Nachmittag fanden sie schließlich ein sandiges und sanft abfallendes Ufer, das so in einer Biegung gelegen war, dass sie weit in beide Richtungen sehen konnten. Das Wasser floss träge dahin, und von Booten war weder etwas zu sehen noch zu hören.

Tom warf seine Taschen in den Sand, und während Juli ihn belustigt beobachtete, zog er sich bis auf seine Boxershorts aus und stürzte sich in den Fluss. Prustend und lachend kam er wieder an die Oberfläche und winkte Juli herbei. Die ließ sich nicht lange bitten, und kurz darauf badeten sie beide und erholten sich im lauwarmen Wasser von der Anstrengung des schweißtreibenden Gewaltmarsches durch das Dickicht des Regenwaldes.

Kurz vor Beginn der Dämmerung begannen sie, sich erneut einen Lagerplatz für die Nacht zu suchen. Tom sah dabei nach oben und hielt nach etwas ganz Bestimmtem Ausschau.

»Ich suche Bäume, in denen wir höher hinaufklettern können«, erklärte er, als Juli ihn darauf ansprach. »Ich glaube, ich fühle mich wohler, wenn wir nicht so sehr in Bodennähe schlafen.«

»Du denkst noch an letzte Nacht?«

»Ja. Oder ist das eine blöde Idee? Ich meine, was gibt's denn hier für Tiere? Tiger? Können die klettern?«

Juli lachte auf. »Tiger wohl kaum. Jaguare vielleicht. Aber ob die gut klettern, weiß ich nicht. Ich denke, ein bisschen sicherer ist es allemal. Vorausgesetzt natürlich, du fällst nachts nicht aus der Hängematte.«

Kurz bevor es gänzlich dunkel wurde, hatten sie einen Baum gefunden, der ihnen geeignet erschien. Während die meisten der Urwaldriesen keine Äste in Bodennähe aufwiesen, an denen man hätte hinaufklettern können, war dieser von einer gewaltigen Würgefeige befallen, die ihn mit ihren Luftwurzeln wie mit einem dichten Netzgeflecht umschloss. Darin konnten sie mit etwas Mühe hinaufklettern und entdeckten in fünf Metern Höhe eine Stelle, an der sie ihre Hängematten nebeneinander aufspannen konnten. Das Wurzelgeflecht unter ihnen gab ihnen ein gewisses Gefühl von Sicherheit, anders, als wenn darunter gähnende Leere gewesen wäre.

Zum Essen begaben sie sich noch mal auf den Boden, erhitzten eine weitere Dose und verzogen sich danach wieder in ihr luftiges Nest. Tom erschien die Hängematte himmlisch bequem. Seine Beine waren bleischwer, und die körperliche Erschöpfung übermannte ihn. Juli schien es nicht anders zu gehen, denn auf sein gemurmeltes »Schlaf gut« antwortete sie schon nicht mehr. Kurz darauf war Tom selbst eingeschlafen.

Der unheimliche Schrei ließ Tom wie elektrisiert auffahren. Ein kreischendes Brüllen, halb menschlich, halb animalisch. Das Wesen musste ganz in der Nähe sein.

»Juli?«, zischte er.

»Es ist wieder da«, kam die halblaute Antwort aus der Hängematte neben ihm.

Tom streckte seinen Arm zu ihr hinüber und berührte sie. Sie ergriff seine Hand und hielt sie fest.

»Das ist kein Jaguar«, sagte er.

»Nein …«

Wieder ertönte ein Schrei. Langgezogen, heulend, wie unter unirdischen Qualen. Es klang näher diesmal. Wie am Abend zuvor bemerkte Tom mit Schaudern, dass die Geräusche des Urwalds nahezu verstummt waren. Als zögen sich alle Tiere zurück, versteckten sich vor dem, was nun durch das Unterholz streifte.

Einen Augenblick lang war es ruhig, dann hörte Tom das Rascheln von Laub, das Knacken kleiner Hölzer. Schwere und ungleichmäßige Schritte, hastend, verharrend, weitereilend. Sie zogen Kreise um den Baum, in dem sie übernachteten. Und sie kamen rasch näher. Bis die Geräusche direkt unter ihnen waren.

Ein feuchtes Schnaufen war zu hören, das bald in ein gutturales Knurren überging.

Tom spürte, wie sich Julis Hand verkrampfte. Er drückte ebenfalls zu, wie um ihr zu versichern, dass er bei ihr war.

Die Kreatur war stehen geblieben. Sie hörten, wie sie am Fuß des Baumes wütete, berstendes Holz und ein heftiges Kratzen, so als versuche sie, über das Wurzelgeflecht nach oben zu klettern. Dann ein dumpfes Poltern und im selben Augenblick ein Aufschrei. Das Wesen brüllte, schien um sich zu schlagen.

Juli und Tom wagten nicht, laut zu atmen, hilflos und vollkommen erstarrt vor diesem mörderischen Untier, das jederzeit drohte, zu ihnen heraufzukommen.

Immer wieder raschelte und kratzte das Wesen, heulte laut auf. Die Töne, die es von sich gab, waren so fremdartig wie grauenerregend, nicht unähnlich denen eines Tiers, das in äußerster Erregung und größtem Schmerz ein fast menschliches Schreien ausstieß.

Es schien eine Stunde vergangen zu sein, eine endlose Zeit, in der sich Tom und Juli nicht bewegten und nicht den kleinsten Laut von sich gaben, als das Wüten der Kreatur nachließ. Das Wesen lungerte und strich noch immer um den Fuß des Baums herum, aber seine Bewegungen waren langsamer, Schübe plötzlicher Aggression kamen seltener, und ihr Brüllen war einem klagenden Heulen gewichen, das beständig leiser wurde.

Als lange Zeit nichts mehr zu hören war, spürte Tom, wie sich Julis Hand aus seiner löste. Er konnte nicht ausmachen, ob sie sich nun etwas entspannte oder ob sie erschöpft eingeschlafen war. Aber er wagte nicht, sie anzusprechen. Er zog seinen eigenen Arm langsam zurück. Dann lauschte er wieder in die Nacht, lenkte alle seine Sinne auf den Boden, ob er von dort etwas hörte. Aber alles blieb ruhig. Als die ersten Vogelstimmen einsetzten, wusste er nicht, ob es daran lag, dass die Kreatur abgezogen war, oder ob der Tag anbrach. Aber er fühlte sich befreit, und endlich sank er in den Schlaf.

Als Tom erwachte, konnte er sich kaum rühren. Seine Glieder fühlten sich schwer an, und als er sich versuchsweise bewegte, meinte er, jeden Muskel zu spüren. Nicht nur die Strapazen des vergangenen Tages, auch die Anspannung in der Nacht hatten ihm zugesetzt. Er sah zu Juli hinüber. Sie lag auf der Seite und schlief noch.

Es war hell geworden, jedenfalls so hell, wie es tief unter dem Blätterdach des Regenwalds wurde. Es war ein grünbraunes Zwielicht, das durch die feuchte Wärme umso dichter wirkte.

Tom hatte kein gutes Gefühl dabei, den Baum zu verlassen, aber er musste dringend pinkeln, und so setzte er sich mühsam in seiner Hängematte auf. Augenblicklich wurde es ihm schwarz vor Augen. Er sank zurück. Die Nacht war weder kühl noch erholsam gewesen, und sein Kreislauf sandte ihm massive Alarmsignale. Es wurde höchste Zeit, etwas zu trinken, etwas Herzhaftes zu essen, oder besser noch, etwas mit viel Zucker, und den Körper dann behutsam wieder in Bewegung zu bringen.

Nach einigen Momenten ging es ihm etwas besser. Vorsichtig kletterte er aus der Hängematte und achtete beim Abstieg über das verknotete Wurzelgeflecht auf jeden Tritt, jeden Griff. Er dachte daran, wie gut es war, dass ihn jetzt niemand sah, wie er im Zeitlupentempo einen lächerlichen Baum herunterkrabbelte. Er musste aussehen wie ein behindertes Faultier, das sich nach jeder Bewegung neu erinnern musste, was es als Nächstes tun wollte.

Am Boden angekommen atmete er tief durch und streckte sich. Er würde noch einmal hinaufsteigen müssen, erinnerte er sich, um die Hängematte und die Ausrüstung zu holen. Aber jetzt hatte er erst etwas Dringenderes zu erledigen.

Mit ungelenken Schritten ging er los, als er nur zwei Meter entfernt ein großes, dunkles Bündel inmitten von zersplittertem Unterholz, herausgerissenen Farnen und aufgewühltem Erdreich liegen sah.

Sofort waren ihm die Geräusche aus der Nacht wieder gegenwärtig. Überall um sich herum sah er nun Spuren der Verwüstung. Entwurzelte Pflanzen, herabgerissene Lianen, Kratzspuren in der Rinde des Baums hinter ihm. Und rotbraune Schlieren und Spritzer, die sich ungesund vom Grün der Blätter abhoben.

Tom stockte der Atem.

Das Wesen hatte hier gewütet und geschrien.

Und das dunkle Bündel direkt vor ihm ... Es musste die Kreatur sein. Schlafend. Oder lauernd. Bereit, ihm an die Kehle zu springen.

Tom spürte, wie er sich verkrampfte, zitterte. Er wusste nicht, was er tun sollte. Instinktiv wollte er wegrennen. Oder rückwärts gehen. Abstand zwischen sich und dieses Wesen bringen. Aber er konnte sich nicht bewegen. Sein Blick hing gebannt an dem undefinierbaren Haufen zwischen dem Gestrüpp und dem verwüsteten Unterholz. *Was war das?!* Er musste einfach hinsehen, es ergründen.

Er machte einen langsamen Schritt nach vorn.

Aber das Wesen rührte sich nicht.

Tom sah Insekten über die Oberfläche krabbeln. Viele, geschäftige Insekten.

Dann machte er einen weiteren kleinen Schritt.

Laut surrend flog eine Wolke Fliegen auf und verteilte sich auf den Pflanzen in der Nähe.

An dem Bündel kam etwas zum Vorschein, das Tom eine eisige Kälte den Rücken hinabrieseln ließ.

Ein Arm ragte seitlich aus dem Haufen. Mit Dreck verkrustet und blutverschmiert. Ein menschlicher Arm. Und er endete in einer verkrümmten Hand, deren Finger in blutigen Hautfetzen und Spitzen von Knochen endeten.

Toms Magen rebellierte. Speichel lief in seinem Mund zusammen. Stöhnend ging er in die Hocke, stützte sich auf seine Oberschenkel. Dann erbrach er sich mit heftigem Würgen.

Mit wackeligen Beinen richtete er sich wieder auf. War dies ein Opfer, das die Kreatur in der Nacht verfolgt oder herbeigezerrt hatte? Der Chupacabra, der Menschen jagte und ausweidete?

Tom zögerte, näher an die Leiche heranzugehen. Eine abergläubische Furcht hatte ihn erfasst. Vor dem Tod und dem zerfetzten Fleisch. Vor einem Leichnam, der sich vielleicht noch einmal bewegte.

Er wandte sich ab und suchte die Sicherheit des Baums. Mit zitternden Händen ergriff er das Wurzelgeflecht und kletterte hinauf. Oben angekommen suchte er sich eine Position, in der er sitzen konnte, und lehnte sich an. Er atmete tief durch, roch sein Erbrochenes und musste ein neuerliches Würgen unterdrücken.

Als er sich gefangen hatte, weckte er Juli.

»Wir haben ein Problem«, sagte er. »Da unten liegt eine Leiche.«

»Ein totes Tier?«, fragte sie noch etwas benommen vom Schlaf.

»Nein, ein toter Mensch?«

Juli wurde schlagartig wach. »Was?!«

»Ich habe es mir nicht genau angesehen. Es ist … ziemlich ekelig.«

»Das ist doch völlig unmöglich, mitten im … Oder ist es etwa …« Sie dachte an ihre Schwester, aber sie wagte nicht, den Gedanken zu Ende zu führen. »Vielleicht ist es ein Indio?«

»Ich weiß es nicht.«

Juli richtete sich auf. »Wir müssen es uns ansehen!« Sie kletterte aus der Hängematte und begann mit dem Abstieg. Tom folgte ihr widerstrebend und in einigem Abstand.

»Wo denn genau?«, rief sie, als sie unten angekommen war. Dann stockte sie. »Oh.«

Tom schloss zu ihr auf und blieb neben ihr stehen.

»Ich wäre vorhin fast darüber gestolpert«, sagte er, bemerkte aber, dass sein Tonfall nicht so lässig klang, wie er gewünscht hätte.

Juli ging näher an das dunkle Bündel heran. Fliegen stoben auf. In einem Meter Abstand ging sie in die Hocke, legte ihren Kopf ein wenig schief und betrachtete die Leiche. Nach einer Weile griff sie neben sich, suchte etwas im Laub. Als sie nicht fündig wurde, stand sie auf, ging ein bisschen umher und kam schließlich mit einem kräftigen Stock zurück. Sie ging um die Leiche herum.

»Meine Güte, sieh dir das an«, stieß sie aus.

Tom zögerte. »Nun komm schon«, wiederholte sie.

Tom ging zu ihr hinüber und folgte ihrem Blick. Er spürte, wie sich sein Magen neuerlich zusammenkrampfte.

Der gekrümmt daliegende Tote war nackt und mit Schlamm und anderen Substanzen verschmiert. Die Hände waren bis auf die Fingerknochen abgewetzt und glichen blutigen Krallen. Überall aus der Haut ragten borstige Haare wie Flecken bizarrer Parasiten. Faustgroße Beulen und offene, eitrige Geschwüre bedeckten den Brustkörper, der Bauch war zum Platzen aufgebläht und mit einem Geflecht fingerdicker, dunkelblauer Adern überzogen. Am grausamsten aber war das Gesicht des Toten. Es war teigig zugeschwollen und so verformt, dass kaum menschliche Züge zu erkennen waren. Auch hier wucherten die schwarzen Borsten, die untere Lippe war aufgerissen, hatte sich nach unten gerollt und entblößte entzündetes Zahnfleisch, aus dem gelbe und verschmierte Zähne herausstachen.

Juli hob den Stock an.

»Halt«, rief Tom. »Was machst du da?!«

»Ich will ihn herumdrehen, sehen, ob er eine Verletzung hat. Woran er gestorben ist.«

»Machst du Witze?! Guck dir das doch an. Ein Wunder, dass er gestern noch die Kraft hatte, so herumzubrüllen.«

»Meinst du, die Schreie waren von ihm?«

»Ich wüsste nicht… he, lass das!«

Juli versuchte, die Spitze des Stockes unter die Leiche zu schieben.

»Der hat vielleicht irgendeinen Urwaldvirus oder

so«, fuhr Tom fort. »Wir sollten lieber von ihm fernbleiben!«

»Ich kenne kein Virus, der so etwas verursacht«, sagte Juli und schüttelte den Kopf. »Sieh dir diese merkwürdigen Haare in seinem Gesicht an. Und wie verformt er ist. Als ob er mutiert wäre. Er hat seine Hände vollkommen abgewetzt, die Lippe hat er sich vielleicht selbst heruntergerissen. Und überall diese tiefen Kratzer an seinem Körper und in seinem Gesicht. Als hätte er aus seinem Körper fliehen oder ihn sich abreißen wollen.«

»Du glaubst, er hat sich selbst so zugerichtet?«

Juli zog den Stock zurück und stützte sich darauf. »Er muss furchtbar gelitten haben. Jetzt verstehe ich seine Schreie in der Nacht ...« Sie schloss die Augen.

Tom wandte sich vom Anblick der entstellten Leiche ab. Seine Blase drückte nun wieder, und ihm war flau im Magen. Er ging einige Schritte fort und stellte sich hinter einen Baum. Kaum vorstellbar, dass ein so deformierter, aufgedunsener und verletzter Mensch sie durch den Urwald verfolgt und in der Nacht derart gewütet haben sollte. Falls doch, musste das Wesen über eine außergewöhnliche körperliche Konstitution verfügt haben. Was sollten sie nun tun? Mussten sie den Toten irgendwo melden? Sollten sie ihn begraben? Oder ihn einfach liegen lassen?

»Tom, du musst noch mal herkommen!«

Als Tom zu Juli zurückkehrte, war sie tief über die Leiche gebeugt und stocherte mit einem kleineren Stock an ihr herum.

»Was tust du da?«

»Du musst dir diese Verletzung ansehen.«

»Ähm, ich ...«

»Wir sind auf der richtigen Spur!«

Tom trat näher heran und konzentrierte sich auf das Detail, das Juli ihm zeigte. Er versuchte zu vergessen, dass er eine Leiche betrachtete, blendete alles andere aus, sah nur den Stock, die Spitze des Stocks und die kleine Stelle, wo die Haut aufklaffte und das blanke Fleisch darunter zum Vorschein kam.

Es hatte einen violetten Schimmer.

»Du musst das fotografieren!«

Ruckartig richtete Tom sich auf. Sie hatte recht. Dies hier war nicht einfach irgendein Missgestalteter. Diese Leiche verband den fremdartigen angespülten Fuß, das Labor auf der Elbinsel mit ihrer Suche nach Marie und Maries Bericht der Leiche, die sie gefunden hatte ... Maries Brief!

»Erinnerst du dich an den Brief von deiner Schwester«, rief Tom, während er loslief, um seine Kameratasche vom Baum zu holen. »Sie beschrieb darin nicht nur das violett gefärbte Fleisch. Sondern auch Geschwüre und borstige Haare! Genau wie bei dem hier!«

Als er kurz darauf zurück war, befestigte er ein Objektiv auf seiner Kamera und begann zu fotografieren.

»Er hat keine besonderen Merkmale«, stellte er schließlich fest. »Keine Tätowierungen oder etwas, womit man ihn identifizieren könnte.«

»Wir kommen hier nicht weiter«, sagte Juli. »Wir müssen uns auf den Weg machen. Endlich herausfinden, was hier vorgeht.«

Tom nickte. Stumm packte er seine Kamera weg und gemeinsam bedeckten sie den Leichnam erst mit großen Blättern und legten schließlich so viele Stöcke darüber, wie sie finden konnten.

»Er muss auf diese Weise Teil des Kreislaufes werden«, meinte Juli. Dann holten sie ihre Ausrüstung vom Baum, und bald waren sie wieder auf dem Weg.

Sie fanden einen gut zu bewältigenden Zugang zum Fluss, der hier ein sandiges und nur niedrig bewachsendes Ufer aufwies. Inzwischen war es acht Uhr morgens, und nach den Schrecken der Nacht und des Morgens und der erdrückenden Dichte des Urwalds genossen sie den erholsamen Blick auf das offene, träge dahinfließende Gewässer. Sie nutzten die Stelle, um etwas zu frühstücken, Kaffee zu trinken und Wasser für ihre Vorräte abzukochen. Sie sprachen nur wenig und hingen ihren Gedanken nach.

»Ich schlage vor, dass wir nun am Fluss bleiben«, sagte Tom nach einer ganzen Weile. »Auch auf die Gefahr hin, dass noch mal ein Boot kommt und wir gesehen werden.«

»Ja«, sagte Juli. »Ich fühle mich hier auch wohler.«

So folgten sie dem Flussufer und kamen zügig voran.

»Was denkst du, was der Mann von uns wollte?«, fragte Juli irgendwann unvermittelt.

»Ich zerbreche mir den ganzen Morgen den Kopf darüber«, entgegnete Tom. »Was für ein Zufall kann es schon gewesen sein, dass er auf uns getroffen ist? Er muss uns den ganzen Tag schon gefolgt sein, wenn er es auch war, den wir in der Nacht zuvor gehört hatten.«

»Es klingt vielleicht komisch«, sagte Juli, »aber ich werde das Gefühl nicht los, dass er uns tatsächlich gesucht hat und dass er Hilfe brauchte.«

Ähnlich ging es Tom. Auch ihn hatte insbesondere der klagende Ton der nächtlichen Schreie an einem Nerv getroffen, auch in ihm hatte der entstellte Mann trotz allen Ekels in erster Linie Mitleid ausgelöst. Aber wie hätten sie ihm helfen können? Oder hatte er ihnen etwas sagen oder zeigen wollen? Vielleicht war er auch einfach nur wahnsinnig vor Schmerzen gewesen.

»Wir werden es nicht mehr erfahren«, antwortete er.

Juli war stehen geblieben. »Vielleicht doch«, sagte sie.

»Hm?« Tom drehte sich zu ihr.

Juli sah in Richtung der Bäume. Etwas bewegte sich dort flüchtig.

»Was ist da?«, fragte Tom.

Juli wandte sich um und sah wieder geradeaus. »Lass uns langsam weitergehen. Irgendjemand folgt uns schon eine Weile im Wald. Er bleibt immer auf unserer Höhe und beobachtet uns von dort. Verhalte dich unauffällig, damit er nicht merkt, dass wir ihn gesehen haben.«

»Ist das wahr? Und das sagst du erst jetzt?« Während Tom weiterging, schielte er aus dem Augenwinkel hinüber zu den höheren Bäumen. Jetzt sah er auch, dass sich dort, kaum zwanzig Meter von ihnen entfernt, ein Wesen zwischen den Schatten der Stämme bewegte. Leicht gebeugt, auf zwei Beinen und sehr schnell. Für einen Affen war es zu groß. Es musste ein Indio sein.

Während der nächsten halben Stunde war Toms Aufmerksamkeit vollkommen gefesselt von der unbekannten Gestalt. Gemeinsam mit Juli gingen sie am Flussufer entlang, konnten eigentlich hinter jeder Biegung auf eine kleine Siedlung oder auf ein Boot stoßen, aber er dachte kaum darüber nach. Zu sehr versuchte er auszumachen, wer ihnen auflauerte. Aber die Person war zu flink. Und irritierenderweise bewegte sie sich dabei seltsam gekrümmt, gar nicht so, wie man es von einem Indio, ob Krieger oder Fährtenleser, erwarten würde.

Und mit einem Mal war die Gestalt verschwunden.

»Er ist weg«, bemerkte Juli. Sie blieb stehen und sah in den Wald. Auch Tom stoppte und versuchte, zwischen den Bäumen etwas zu erkennen. Aber der Wald war reglos.

»Hast du etwas erkennen können?«, fragte Tom. »Er war immer so schnell. War das überhaupt ein Mensch? Er ging so merkwürdig.«

»Ich konnte sehen, dass er etwas trug. Eine Schärpe oder Tasche. Ein Tier war es also nicht. Aber ich wollte auch nicht hinüberstarren.«

»Nun, offenbar hat er jetzt genug von uns. Entweder er ist zufrieden und bleibt fort, oder er ist zu dem Schluss gekommen, dass wir feindlich oder ganz schmackhaft aussehen, und kommt gleich mit seinem ganzen Dorf zurück.«

Als sich auch nach einer Weile nichts regte, setzten sie ihren Weg fort. Aber schon kurz darauf blieben sie stehen. Vor ihnen am Flussufer, keine fünfzig Meter entfernt, stand jemand und schien auf sie zu warten. Er befand sich im Schatten eines weit über den Fluss ragenden Baumes, sodass er nur als Silhouette zu sehen war. Sein

Oberkörper war zur Seite gebeugt, ein Arm hing fast bis auf den Boden.

»Er ist es…«, raunte Tom. »Was hat er vor?«

Der Mann bewegte sich umständlich. Nach einer Weile hielt er einen Beutel in der Hand, den er über der Schulter getragen hatte. Er streckte den Arm seitlich aus und hielt ihn so, als wolle er sichergehen, dass sie sahen, was er tat. Dann setzte er den Beutel langsam auf dem Boden ab. Als er fertig war, richtete er sich wieder auf und lief mit überraschend gelenkigen Bewegungen in den Wald.

»Los, das müssen wir uns ansehen«, rief Juli und lief eilig los. Als Tom mit der schweren geschulterten Tasche zu ihr aufschloss, saß Juli bereits auf dem Boden und hielt einen kleinen Rucksack in den Händen. Sie sah zu ihm auf.

»Der gehörte Marie«, sagte sie mit bebender Stimme.

Tom setzte seine Tasche ab und ließ sich neben Juli nieder, die den Rucksack öffnete. Sie zog ihn auf und sah hinein. Er war fast leer. Sie griff hinein und holte ein T-Shirt heraus. Sie ergriff es mit beiden Händen, hielt es an ihre Nase und vergrub ihr Gesicht darin.

Tom sagte nichts, als Julis Schultern sich zu heben und zu senken begannen. Er hörte sie leise schluchzen und legte eine Hand auf ihren Arm.

Nach einigen Minuten ließ Juli das T-Shirt sinken, legte es sich in den Schoß und atmete tief durch.

»Wir finden sie«, sagte Tom halblaut, und er sagte es nicht, um sie zu beruhigen. Er wollte es.

Juli griff ein weiteres Mal in den Rucksack. Dieses Mal holte sie ein Notizbuch hervor und schlug es auf.

»Ihr Tagebuch…«, sagte sie und begann, es zu lesen.

Tom stand auf. Er wollte sie eine Weile allein lassen. Er ging zum Ufersaum und sah auf den träge dahinziehenden Fluss. Welch ein abgeschiedener Ort dies war und wie unwahrscheinlich, dass er nun hier stand, irgendwo im Urwald, an einem Fluss, dessen Namen er nicht kannte, der vielleicht nicht einmal einen Namen hatte. Und hier fanden sie die Spur einer Vermissten. Wenn auch *finden* nicht das richtige Wort war. Man hatte sie beobachtet und sie auf die Spur gesetzt.

Hatten also auch die Geschenke des Schamanen einen tieferen Sinn? Hatte er gewusst oder geahnt, was sie finden würden? Und hatte auch die Alte im Dorf mehr gewusst? Offenbar benötigten die Leute Hilfe von ihnen, aber vielleicht wussten sie nicht, ob sie ihnen trauen konnten. Man setzte sie also auf die Fährte in der Hoffnung, dass sie etwas erreichen konnten, aber man hielt sich zurück. Vielleicht aus Zweifel, vielleicht aus Angst?

Der Missgestaltete in der Nacht… Hatte er sie angreifen wollen oder tatsächlich ebenfalls Hilfe gesucht, wie Juli vermutete? Und der Mann, der ihnen nun den Rucksack überlassen hatte; versuchte er, mit ihnen zu kommunizieren? Wollte er ihnen noch mehr zeigen? Benötigte er ebenfalls ihre Hilfe?

Tom sah sich um. Juli saß noch immer in das Tagebuch vertieft unter dem Baum. Toms Blick wanderte umher, und etwas weiter abseits, am Rand des Waldes, erkannte er den Schatten des gekrümmten Indios, der sie weiterhin beobachtete. Er bezweckte etwas. Vielleicht wollte er sehen, wie sie auf das Geschenk reagierten.

Tom ging zurück zum Schatten des Baums. Neben Juli auf dem Boden lag der Speer, den sie als Wanderstab verwendete. Er nahm ihn auf. Sie sollten damit nicht töten, hatte ihnen der Schamane gesagt. Der Speer sei für das Leben. Er war also nicht als Kriegswaffe gedacht. Er und Juli konnten nicht viel mit ihm anfangen. Aber der Indio vielleicht schon. Vielleicht konnte er sich damit verteidigen oder zur Jagd gehen. Vielleicht konnte er ihn zum Überleben verwenden.

Tom ging zum Waldrand, dorthin, wo er den Indio zuletzt gesehen hatte. Der Mann war verschwunden, aber dort, wo er gestanden hatte, lag ein umgestürzter Baum. Das Sonnenlicht fiel hier in einem dünnen Strahl durch die dichten Kronen und erhellte eine Astgabel, an der eine goldene Kette mit einem glitzernden Medaillon hing. Es war eine moderne Kette, und der Anhänger zeigte das Sternzeichen Zwilling. Sehr wahrscheinlich war die Kette ebenfalls von Julis Schwester.

Tom nahm die Kette vom Ast und lehnte stattdessen den Speer dort an. Der Indio würde verstehen, dass sie ihm nichts Böses wollten, wenn sie ihm eine Waffe hinterließen. Er würde sie als Geschenk erkennen, das für ihn viel wertvoller war als für Tom und Juli.

Er sah sich um, aber im Zwielicht des Unterholzes war der Mann nirgendwo zu erkennen. Tom konnte nur vermuten, dass er dennoch nicht weit entfernt war und ihn beobachtete. Also ließ er den Speer zurück und ging zurück zu Juli, die noch immer über das Tagebuch ihrer Schwester gebeugt war.

Als er näher kam, sah sie zu ihm auf.

»Du musst das lesen!«, sagte sie. Sie reichte ihm das Buch, aufgeschlagen auf einer der letzten Seiten, bei einem Eintrag vom zwölften Mai.

Tom nahm das Buch entgegen und setzte sich zu ihr. Maries Handschrift war eine Mischung aus Schreibschrift und Druckbuchstaben, die dennoch harmonisch und geschwungen aussah. Sie wirkte weiblich, aber ohne schulmädchenhafte Schleifen. Es war Schrift von jemandem, der viel und schnell schrieb und einen ganz eigenen Stil entwickelt hatte. Vielleicht interpretierte er zu viel hinein, aber die Seiten sahen aus, wie von jemandem geschrieben, der selbstbewusst und zielstrebig war, ganz wie Juli ihre Schwester beschrieben hatte. Tom fragte sich kurz, wie Julis eigene Handschrift wohl aussah, aber dann las er die ersten Worte und versank in der Lektüre der Einträge.

Als er fertig war, sehnte er sich nach etwas zu trinken, als müsse er einen üblen Geschmack hinunterspülen. Er nahm einen tiefen Schluck aus ihrer Wasserflasche. Dann stand er auf und ging zu Juli, die am Flussufer saß und auf das Wasser sah.

»Deine Schwester hat eine recht plastische Ausdrucksweise«, sagte er.

»Missverständnisse gab es mit ihr nie.«

»Eines ist jetzt klar geworden: Die Vorfälle hängen zusammen. Und die Dorfbewohner wissen Bescheid, dass hier etwas läuft, ebenso wie der Schamane und die Campleiterin.«

»Ich habe Angst«, sagte Juli halblaut. »Was hat es zu bedeuten, dass wir jetzt den Rucksack bekommen haben? Heißt das nicht, dass sie verunglückt ist? Oder dass etwas anderes Schlimmes passiert ist? Warum sonst sollte sie den Rucksack und ihr Tagebuch zurückgelassen haben?«

Tom stellte sich vor sie und ergriff ihre Hände. Sie sah zu ihm auf. »Wir werden Marie finden«, sagte er noch einmal. »Ich bin ganz sicher.«

Juli schlang ihre Arme um seine Hüfte und legte ihren Kopf auf seine Brust. Sie atmete tief durch.

»Der Indio wird uns zu ihr führen«, sagte Tom nach einer Weile. »Er hat uns das hier hinterlassen.« Er zeigte ihr die goldene Kette. Juli nahm sie mit zitternden Fingern entgegen, betrachtete sie kurz und schloss dann die Hand fest darum.

»Der einzige Grund, weswegen er uns aufgesucht hat und uns Hinweise gibt, muss sein, dass er uns etwas Wichtiges zeigen will.« Er hätte die Kette wohl kaum einer Toten entwendet, dachte Tom, aber er wagte nicht, es auszusprechen. »Wahrscheinlich ist sie in dem Dorf des Indios und braucht Hilfe.«

Juli nickte kaum merklich.

»Wir sollten uns auf den Weg machen«, meinte Tom. »Bessere Chancen, sie zu finden, hatten wir nie. Wir sollten froh sein und uns jetzt beeilen.«

Juli fuhr sich mit dem Handrücken über die Augen. »Ja«, sagte sie schließlich. »Sicher hast du recht.« Sie hängte sich die Kette um den Hals, steckte das Buch in den Rucksack und schnallte ihn sich um.

»Wo ist der Speer?«

»Ich habe ihn dem Indio dort hinterlassen, wo er die

Kette deponiert hatte. Ich hoffte, dass er ihn als Geschenk annehmen würde.«

»Das war eine gute Idee«, sagte Juli und lächelte. »Sieh mal dort.«

Tom folgte ihrem Fingerzeig, und tatsächlich stand dort, etwas weiter flussaufwärts, erneut der Indio. Und er trug den Speer. Als er sah, dass sie ihn entdeckt hatten, winkte er mit der Waffe. Er ging ein paar Schritte, wandte sich um und winkte dann erneut. Sie sollten ihm folgen.

Kapitel 12

Urwald südwestlich von Manaus,
Brasilien, 31. Juli

Der buckelige Indio eilte ihnen voraus, vom Fluss fort und durch den Urwald. Er durchbrach das Unterholz und überwand die schwierigsten Passagen ohne sichtliche Anstrengung. Er blieb immer wieder stehen, um zu warten, bis sie ihn entdeckt, den Weg gefunden und sich ihm genähert hatten. Allerdings ließ er sie nie so nah herankommen, dass sie ihn sich hätten genauer ansehen können. Er blieb kaum mehr als ein dahineilender Schatten, eine Figur in der Ferne.

Dem Mann zu folgen, war anstrengend, und sein Weg wirkte ziellos, schien bisweilen regelrecht in Kreisen zu führen. Aber wenn zu beiden Seiten die Brettwurzeln meterhoch emporragten und Baumstämme, Unterholz und Wurzelgeflechte alles andere um sie herum versperrten, stellte Tom fest, dass sie offenbar die einzig gangbare Passage verwendeten und dass der Indio sehr genau wusste, wo er sie entlangführte.

Eine Stunde später mussten Tom und Juli verschnaufen und etwas trinken. Als der Indio sich das nächste Mal umsah, streckte Tom den Arm in die Höhe, dann blieben sie stehen und legten eine Pause ein. Der Indio wartete in einiger Entfernung. Tom hob die Wasserflasche an, um sie ihm zu zeigen und ihm anzubieten, aber der Mann reagierte nicht.

»Er will wohl nicht, dass wir ihm zu nahe kommen«, meinte Juli. »Ich habe das Gefühl, er ist ganz furchtbar missgestaltet. Nicht nur der Buckel, meine ich. Seine ganzen Proportionen stimmen irgendwie nicht. Und manchmal sieht seine Haut ganz uneben aus, je nachdem, wie das Licht darauf fällt.«

»Ja, das ist mir aufgefallen. Aber er ist so flink … Er wirkt nicht krank, sondern so, als sei er schon von Geburt an fehlgebildet gewesen und hätte sich daran gewöhnt.«

Sie wagten nicht, allzu lange zu pausieren, und machten sich nach einigen Minuten auf den Weg.

»Ich hoffe, dass er nicht vorhat, uns noch tagelang so zu hetzen«, sagte Tom. »Wir müssen den ganzen Weg auch noch zurück.«

»Immerhin können wir mit dem GPS-Gerät den Rückweg finden«, sagte Juli. »Sonst würde ich mir erhebliche Sorgen machen. Ich habe inzwischen total die Orientierung verloren.«

Der Indio führte sie stetig tiefer in den Regenwald. Den Fluss bekamen sie nicht mehr zu Gesicht. Stattdessen ging es durch den sich ständig ändernden Urwald, der schließlich zu einem grünen Einerlei wurde, durch das Juli und Tom sich quälten, fast willenlos, immer nur den Indio vor Augen. Am späten Nachmittag war es schließlich so weit.

Der Indio verschwand vor ihnen, und als sie die Stelle erreichten, an der sie ihn zuletzt gesehen hatten, blieben sie einen Augenblick unschlüssig stehen.

»Das kann ja jetzt wohl nicht alles gewesen sein«, meinte Tom. Doch als er sich umsah, entdeckte er den Mann in einiger Entfernung auf gleicher Höhe mit ihnen. Er wies mit dem Speer in eine Richtung, deutete ihnen an, dass sie weiter geradeaus gehen sollten. Er hatte offenbar vor, zurückzubleiben.

Vor ihnen zog sich quer durch den Wald eine Mauer aus undurchdringlichem Unterholz, das sich fast vier Meter hoch auftürmte. Ein Gewirr aus abgestorbenen Ästen, Büschen und Luftwurzeln. Tom wies darauf und sah fragend zum Indio hinüber. Der zeigte weiter stoisch mit seinem Speer darauf.

»Ja, ja, lustig«, murrte Tom. »Klettern dürfen wir jetzt alleine.« Er ging an die natürliche Barriere heran. »Schaffen wir das?«, meinte er an Juli gewandt.

»Ja, vermutlich«, seufzte sie. »Scheint ja ganz wichtig zu sein. Ich will nur hoffen, dass es das auch wert ist. Danach kann ich nämlich für heute keinen Schritt weiter, das sage ich dir.«

»Also dann...« Tom begutachtete die Unterholzbarrikade und suchte nach einer geeigneten Stelle, um hinaufzugelangen. Der nur lose Zusammenhalt der Zweige auf dem unförmigen Haufen machte die Kletterei zu einer sehr wackeligen Angelegenheit. Tom kam nur langsam voran. Plötzlich rutschte er aus und versank bis zur Hüfte in einem Hohlraum zwischen den Ästen und Wurzeln, nur die Reisetasche auf seinem Rücken hielt ihn auf.

»Hast du dir was getan?«, rief Juli.

»Hänge nur ein bisschen herum«, gab er zurück und

bemühte sich, sich zu befreien. Nachdem es ihm schließlich gelungen war, wandte er sich an Juli.

»Am besten kommst du jetzt hinterher. Wenn wir zusammenbleiben, geht es bestimmt leichter.«

Juli begann mit dem Aufstieg und suchte die gleichen Griffe und Trittstellen, die sich bei Tom als stabil erwiesen hatten. Als sie herangekommen war, streckte Tom seine Hand aus und zog sie hoch.

Gemeinsam kletterten sie weiter hinauf und halfen sich dabei gegenseitig. Minuten später waren sie oben angekommen und sahen zum ersten Mal auf die andere Seite des Walls.

»Das glaube ich nicht«, stieß Tom hervor.

Kurz hinter dem Wall hörte der Wald auf. Nur ein paar vereinzelte Bäume standen noch, dann dehnte sich ein weiter Streifen gerodeten Landes aus. Alle Bäume waren gefällt, alle Stümpfe und Sträucher entfernt, der Boden platt gewalzt und mit Schotter bedeckt. Der gerodete Streifen führte weiter nach links und rechts, als sie von ihrer Warte aus sehen konnten, und war mindestens fünfzig Meter breit. Dahinter verlief ein gewaltiger Zaun, der zwischen einer langen Reihe drei Meter hoher Betonpfeiler gespannt war. Die Oberkante des Zauns gabelte sich und war mit Stacheldrahtrollen bedeckt. Auf jedem zweiten Pfeiler war eine Überwachungskamera installiert, die auf das Innere des Geländes gerichtet war.

Jenseits des Zauns befand sich eine weitere mit Kies bedeckte Fläche, und inmitten dieses Geländes lag ein geduckter Gebäudekomplex aus Beton. Die Anlage verfügte über nur wenige Fenster, die mit stabilen Außenjalousien versehen waren. Aus den flachen Dächern ragten lange Antennen, und an einer Stelle stand eine Satellitenschüssel mit außergewöhnlich großem Durchmesser, offenbar ein Sender.

Tom nahm die Kameratasche von seiner Schulter, balancierte sie auf einigen Ästen, schraubte das Teleobjektiv auf und begann, Fotos zu schießen.

»Das ist unglaublich«, sagte er. »Eine streng gesicherte Anlage mitten im Urwald! Es muss mit den Vorfällen in dieser Gegend zusammenhängen.«

»Kannst du irgendwelche Menschen erkennen?«

»Nein. Aber an einigen Stellen sehe ich kleine, rot blinkende Lichter an den Kameras und an den Bewegungssensoren unter der Dachkante. Das Ganze ist also in Betrieb.«

»Was sollen wir jetzt tun? Hineinspazieren wird vermutlich nicht funktionieren.«

Tom suchte das Gelände noch eine Weile mithilfe des Objektivs ab, dann legte er die Kamera zurück in die Tasche.

»Ich weiß es nicht. Der Buckelige muss sich doch irgendetwas gedacht haben … Oder wollte er uns das nur zeigen, weil er hoffte, dass wir eine Idee dazu haben?«

»Er winkt uns«, sagte Juli und deutete in den Wald, wo der Indio stand und den Speer gehoben hatte.

Tom sah hinüber. Der Mann machte ihnen unbeholfene Zeichen. Sie sollten ihm erneut folgen. Es gab offenbar noch mehr zu sehen. Also schulterte Tom seine Kameratasche und suchte einen Weg, um von dem hölzernen Wall nach unten zu gelangen. Nun wurde ihm auch klar, wie dieser entstanden war. Er bestand zu einem großen Teil aus den Stämmen der gerodeten Bäume, die man in den Wald geschoben hatte.

Es dauerte eine Weile, bis sie den wackeligen Abstieg geschafft hatten. Der Indio lief ihnen voraus und führte sie zur Rückseite des Geländes. Von Weitem sahen sie, wie er stehen blieb und mit seinem Speer mehrfach in den Boden stach. Als sie dort ankamen, erkannten sie, dass es sich um eine winzige Lichtung mit fast ebenem Boden handelte, einen perfekten Platz, um in der einsetzenden Dämmerung ihr Lager aufzuschlagen. Von hier aus konnten sie einen großen Teil des abgesperrten Geländes einsehen, waren aber selbst durch dichtes Unterholz vor Blicken geschützt.

Als Tom und Juli sich umsahen, konnten sie ihren unbekannten Führer nirgendwo entdecken.

»Und jetzt? Campen wir hier?«, fragte Tom.

»Es wird dunkel, und ich bin total geschafft«, sagte Juli. »Es sieht mir aus wie eine gute Stelle, und der Indio wollte wohl, dass wir hierbleiben. Also ja, ich finde schon.«

Tom nickte. »Okay. Aber das Lagerfeuer sollten wir uns wohl sparen.«

Sie legten ihre Ausrüstung ab und suchten sich geeignete Stellen für ihre Hängematten. Sie erhitzten eine Dose auf dem Campingkocher und verbargen die kleinen Flammen hinter einem gewaltigen Baumstamm.

Als es dunkel war, schien Licht aus einigen Fenstern des Gebäudekomplexes. Die Außenjalousien verhinderten die Sicht ins Innere, aber ab und zu wanderten Schatten dahinter vorbei. Tom beobachtete alles mithilfe seines

Teleobjektives, aber von außen ließ nichts auf die Funktion der Gebäude schließen. Einmal hörten sie, wie ein Wagen wegfuhr, aber da sie sich an der Rückseite der Anlage befanden, konnten sie nichts sehen. Die Lichter im Inneren blieben erhellt, hier wurde nicht nur am Tag gearbeitet. Vermutlich wohnten die Menschen auch hier, alles andere wäre an diesem abgelegenen Ort auch unsinnig gewesen. Das bedeutete aber auch, dass man nachts genauso wenig einsteigen konnte wie tagsüber.

Tom wollte sich gerade resigniert abwenden, als eine Alarmsirene aufgellte. Fast zeitgleich flammten Flutlichter rund um die Anlage auf, die von den Dachkanten aus das Gelände bis zur Umzäunung in gleißende Helligkeit tauchten.

An einer Gebäudeseite hatte sich eine Tür geöffnet, und drei Gestalten eilten ins Freie. Sie blieben einen Augenblick geblendet stehen, und Tom konnte sie genau erkennten. Es waren zwei Männer und eine Frau. Der eine Mann war vollkommen nackt und wie ein Affe nach vorn gebeugt, sodass er auf allen vieren lief. Sein Rücken war unnatürlich gebogen, Schulterblätter und Wirbel stachen deutlich aus seiner Haut hervor, die mit blutigen Striemen und Pusteln übersät war. Der andere Mann stand auf zwei Beinen, war aber zur Seite gebeugt und schleifte sein rechtes Bein nach, dessen Fuß in einem falschen Winkel verdreht war. Sein rechter Arm baumelte ebenso nutzlos an ihm herunter. Auch er war fast nackt und trug lediglich Reste eines Hemds, das er jedoch falsch herum angezogen hatte. Sein Bauch war aufgebläht wie ein Ballon und stand im krassen Gegensatz zu seinen spindeldürren Gliedmaßen. Die Frau war von allen dreien die am wenigsten verformte Gestalt und schien die anderen anzuführen. Sie war ebenfalls fast völlig nackt, hatte sich aber ein Hemd um die Hüfte geknotet, das ihr wie ein Lendenschurz den Schritt notdürftig bedeckte. Sie rief etwas und lief auf den Zaun zu, während die anderen beiden ihr folgten.

Tom schoss Fotos, während er das Geschehen durch den Sucher verfolgte.

Der affenartige, nackte Mann hüpfte und krabbelte mit erstaunlicher Geschwindigkeit an den anderen beiden vorbei und erreichte den Zaun als Erster. Er setzte zum Sprung an und krallte sich in anderthalb Metern Höhe in das Gittergeflecht. Augenblicklich brach er in schrille Schreie aus, die die Alarmsirene übertönten. Er zuckte spastisch, blieb aber krampfhaft in den Zaun gekrallt. Er brüllte und schrie, während offenbar heftige Stromstöße durch seinen Körper jagten.

Die anderen beiden Flüchtlinge sahen sich gehetzt um, als ihnen klar wurde, dass der Zaun eine tödliche Falle war.

Der halbseitig gelähmte Mann machte gerade einen unbeholfenen Schritt, als ein Schuss durch die Nacht peitschte. Ein roter Sprühregen blitzte auf, und der Mann wurde von der Wucht eines Treffers beiseitegerissen. Er drehte sich und taumelte, blieb aber stehen, als könne er nicht verstehen, was geschehen war. Seine rechte Schulter war durchschlagen worden. Blut strömte heraus, und aus dem zerfetzten Fleisch ragten scharfkantige Knochensplitter.

Jetzt sah Tom, dass aus der Tür Männer in dunkler Uniform und mit angelegten Waffen getreten waren. Drei standen bereits im Schein der Flutlichter, zwei weitere kamen hinterher.

Sie zielten auf die Frau und den Angeschossenen, während sie den dritten ignorierten. Der hatte inzwischen aufgehört zu schreien, nur sein Körper zuckte noch stumm in den Krämpfen der durch die Hochspannung erzeugten Muskelkontraktionen.

Die Wachmänner riefen den beiden Nackten etwas zu, das Tom nicht verstand. Aber als er sich die Bewaffneten näher ansah, erkannte er einen von ihnen wieder.

»Da ist der Brasilianer«, sagte er zu Juli. »Der kahlköpfige von der Insel und der uns am Flughafen gefolgt war!«

Juli schwieg. Zu sehr nahm sie das Geschehen gefangen. Wenngleich sie ohne Zuhilfenahme des Teleobjektivs keine Details ausmachen konnte, sah sie doch genug, um ihr Herz stocken zu lassen.

»Hier, willst du mal sehen?«, sagte Tom und bot ihr die Kamera an. Aber Juli lehnte ab. Dieser Brutalität hilflos zusehen zu müssen, war schlimm genug, da wollte sie nicht noch näher heran.

Tom sah, dass die beiden Nackten vor den Wachleuten zurückwichen. Die Männer hatten zwar ihre Waffen auf sie gerichtet, wollten sie aber offenbar nicht erschießen. Wieder riefen sie etwas, aber die beiden wichen nur Schritt für Schritt zurück, die Frau mit sicheren Schritten, während der Angeschossene deutlich schwankte, als würde er jeden Moment zusammenbrechen. Sie ergriff ihn an der Hand und zog ihn.

Die Bewaffneten kamen nun näher, redeten auf die beiden ein, aber diese wichen abermals zurück, und plötzlich ging alles ganz schnell. Die Frau riss den angeschossenen Mann mit so unmenschlicher Kraft herum, dass er fünf Meter voran stolperte, in den Zaun stürzte und sich unwillkürlich mit seiner funktionierenden Hand daran festklammerte.

Wie sein unglücklicher Kamerad zuvor brach er in gellende Schreie aus, als der tödliche Strom durch seinen Körper brandete.

Die Männer stürzten nun vor, wollten etwas unternehmen, aber im selben Augenblick wandte sich auch die Frau um, machte zwei Sätze und sprang in den Zaun. Mit weit ausgestreckten Armen krallte sie sich fest. Ein tiefes Stöhnen entrang sich ihrer Kehle im Todeskampf. Wie eine Gekreuzigte hing sie im Elektrozaun, während ihr Körper einen geradezu blasphemischen, zuckenden Tanz aufführte.

Tom, der kurz zuvor noch einige Male auf den Auslöser gedrückt hatte, legte mit zitternden Fingern die Kamera beiseite. Kalter Schweiß lief über seinen Rücken. Er ging in die Knie, stützte sich auf beiden Händen auf und erbrach sich.

Er brauchte eine Weile, bis er sich gefangen hatte und Julis Hand auf seiner Schulter spürte. Die Rufe der Wachleute hörte er nur gedämpft.

»Sie haben sich lieber selbst getötet«, brachte er hervor, »als sich den Männern zu ergeben …«

»Wir sind hier«, sagte Juli an seinem Ohr, »um diesem teuflischen Treiben ein Ende zu setzen.«

Tom nickte nur erschöpft.

»Wir *müssen* es«, sagte Juli. »Wir sind hergeführt worden. Und wir können etwas verändern.«

Langsam richtete Tom sich auf. »Ja… nur was? Was können wir gegen eine solche Anlage ausrichten? Flutlichter, Bewegungssensoren, Stacheldraht, Elektrozaun, bewaffnete Wachleute… Das ist eine Hochsicherheitsanlage, vielleicht militärisch. Wer auch immer das hier betreibt, weiß verdammt gut, wie er sich zu schützen hat. Die Fotos allein nützen uns nicht viel.«

»Vielleicht finden wir doch noch Hinweise, wem das hier gehört. Irgendwo gibt es vielleicht Schilder, vielleicht Autos oder Mülltonnen mit Adressetiketten.«

Tom schüttelte den Kopf. Er wollte gerne glauben, dass es so leicht war, aber solche Recherchen in der Großstadt waren etwas anderes als hier draußen im Nirgendwo, an einer hermetisch abgeschirmten Anlage, die von Kriminellen betrieben wurde.

Ein leiser Ruf ertönte hinter ihnen aus dem Wald.

Als sie sich umsahen, blickten sie in die Dunkelheit und erkannten erst gar nichts. Dann schälte sich die Gestalt des Indios aus der Schwärze. Der diffuse Schein der entfernten Flutlichter erhellte ihn stellenweise. Er stand nur wenige Meter entfernt. Nun sahen sie, was sie schon den ganzen Tag vermutet hatten. Er war ebenso verkrüppelt und verformt wie die anderen Gestalten, die sie gesehen hatten. Die Rippen stachen kränklich aus seinem Brustkorb hervor, der Bauch war angeschwollen, seine Haltung war gebeugt, als sei seine Wirbelsäule verkrümmt. Er stand da und wies mit seinem Speer ein

Stück beiseite. Allerdings war er schräg auf den Boden gerichtet.

Tom und Juli wussten nicht, ob sie zu ihm gehen sollten, und zögerten, als sie eine Bewegung ausmachten, dort, wo der Indio hinzeigte. Die schmalen Lichtfinger, die vom gleißenden Leuchten der Scheinwerfer bis hierher drangen, schienen sich zu bewegen, als sich der Waldboden erhob. Und dann löste sich aus dem Boden eine Gestalt, krabbelte wie eine Spinne aus dem Loch, erhob sich zur Hälfte und lief in die Finsternis des Waldes. Eine weitere Gestalt erschien, dann eine dritte, schließlich eine vierte. Sie alle hielten sich nicht auf, sondern rannten und stolperten eilig und so gut es ihre Körper zuließen in den Wald.

Der Indio blieb noch einen Moment zurück, als wolle er sicherstellen, dass keine weitere Gestalt dem Erdloch entstieg. Oder vielleicht wollte er auch prüfen, ob Tom und Juli die Szene gesehen hatten. Er machte noch eine unbestimmte Geste zu ihnen hinüber, dann wandte er sich ebenfalls ab und verschwand im Wald.

»Was war denn das?«, fragte Tom.

Juli machte einen zögerlichen Schritt. »Die sind auch aus der Anlage geflohen! Bestimmt hat er uns hergeführt, weil er wusste, dass es heute Nacht geschehen würde.«

Tom folgte Juli, und gemeinsam gingen sie zu der Stelle, aus der die Gestalten gekommen waren. Aus der Nähe erkannten sie, dass es weit mehr als nur ein Erdloch war. Der Boden war in großem Umfang aufgewühlt. Eine gewaltige Menge von Erde, die ringsherum verstreut und zu beträchtlichen Haufen aufgeworfen war, ließ erkennen, dass das Loch von dieser Seite aus geschaufelt worden war. Es war eine geplante Befreiungsaktion, kein zufälliger Ausbruch gewesen.

»Wenn das hier so gezielt organisiert wurde, wie es aussieht«, überlegte Tom, »dann haben die drei auf dem Gelände vielleicht nur für eine Ablenkung gesorgt. Während sie vorgaben zu fliehen, konnten andere durch einen geheimen Tunnel entkommen.«

»Auf die Gefahr hin, dass sie sterben würden?«

»Überleg mal: Wir haben es hier mit entsetzlich Verkrüppelten, Entstellten zu tun. Erinnere dich an den Toten im Wald heute Morgen. Wenn diese Anlage für ihre Leiden verantwortlich ist, möchten sie vielleicht lieber sterben, als noch länger dort zu bleiben.«

»Und sie opfern sich füreinander auf…«

Tom kniete sich vor die rabenschwarze und wenig einladende Öffnung. »Wenn dieser Tunnel wirklich bis zu der Anlage führt, dann muss er unglaublich lang sein… Was machen wir jetzt?«

»Vermutlich haben wir nur eine Möglichkeit, auch wenn sie mir überhaupt nicht gefällt…«

»Mir auch nicht«, gab Tom zu und stand wieder auf. »Aber wir müssen es versuchen. Und zwar sofort. Bevor der Ausbruch und der Tunnel entdeckt werden. Bleib hier, ich hole meine Kamera.«

Kurz darauf war er wieder da, schraubte ein kurzes Objektiv auf und hängte sich die Tasche um. »Lass mich voran«, sagte er. »Wir können das Licht meiner Kamera verwenden, damit wir nicht in völliger Dunkelheit herumtasten müssen. Ich hoffe, der Akku hält es ein paar Minuten lang aus.«

Er ging auf alle viere und schaltete das Licht ein. Der Tunneleingang gähnte vor ihnen wie ein Schlund, etwa einen Meter im Durchmesser. Der intensive Geruch feuchter Erde stieg vor ihm auf, und Tom musste unwillkürlich an ein frisch ausgehobenes Grab denken. Um nichts in der Welt würde er üblicherweise in so eine finstere und enge Höhle kriechen. Aber gerade erst waren vier Menschen hier herausgekommen, also musste es möglich sein. Und es war der einzige Weg.

Er kroch voran. Als er kurz darauf in dem engen Gang verschwunden war, überkam ihn eine plötzliche Welle von Panik. Der schwache Schein seiner Kamera verlor sich an der nächsten Biegung der unregelmäßigen Röhre. So würde es nun fünfzig oder hundert Meter weitergehen. Über und um ihn bedrängte ihn das nasse Erdreich, der Gang konnte immer enger zusammenrücken, die Luft würde knapp werden, und es gab vielleicht keine Möglichkeit, zu wenden und umzukehren. Sie könnten ersticken oder stecken bleiben, der Waldboden über ihnen konnte nachgeben und sie lebendig begraben.

»Ich bin da«, hörte er Julis Stimme hinter sich. »Kannst weitergehen.«

Langsam krabbelte Tom weiter, versuchte, seine furchtbaren Gedanken zu verdrängen.

»Willst du was Verrücktes hören?«, sagte Juli. »Ich habe so was noch nie gemacht!«

Tom musste lächeln. »Ach, tatsächlich nicht? Nun, dann wird's aber Zeit. Früher bin ich immer so zur Schule gegangen.« Er hoffte, dass sein Scherz kein Zittern in seiner Stimme verriet.

»Ich doch auch!«, gab Juli zurück. »Aber nicht um diese Uhrzeit.«

Julis Stimme klang amüsiert und wärmte Tom für einen Moment. Er wünschte sich, dass er ebenso unbeschwert sein könnte. Aber der Gang schien schmaler zu werden, die Wände fühlten sich weich und bröckelig an. Und sie hatten erst ein winziges Stück der Strecke zurückgelegt. Er bemühte sich, schneller voranzukommen, um so bald wie möglich diesem Grab entfliehen zu können.

»Soll ich dir noch etwas erzählen?«, fragte Juli.

»Nur zu.«

»Dieser Gang hier macht mir eine Scheißangst. Ich bin leider nicht so mutig wie du. Also werde ich jetzt einfach ein bisschen herumplappern, okay? Denk dir nichts dabei.«

Erneut lächelte Tom, dieses Mal aus Zuneigung. »Was auch immer du plapperst«, sagte er, »es erhellt meinen Weg, mehr als es das Licht meiner Kamera jemals könnte.«

»O weh. Schreibst du auch so deine Artikel?«

»Nun ja … ehrlich gesagt …«

»Versuch's besser nicht«, meinte Juli. »Nach Shakespeare klang es nicht gerade. Aber ich schätze mal, es war nett gemeint, also sei dir verziehen.«

Während sie vorangingen, redete Juli beständig weiter, und tatsächlich half es auch Tom, die drohenden Gedanken fernzuhalten. Sie waren schon eine Weile unterwegs, aber die Zeit war unmöglich abzuschätzen und die Entfernung schon gar nicht. Auch wenn Tom sich anstrengte, kam er auf Händen und Füßen nicht sonderlich gut voran, und die unbequeme Haltung ließ ihn mehrfach einige Augenblicke verschnaufen. Möglich, dass sie den Sicherheitszaun schon hinter sich gelassen hatten.

Der Gang verlief unregelmäßig, wand sich stellenweise um herabreichende Wurzeln, schien aber weitestgehend in gerader Linie auf die Anlage hin zu verlaufen. Immer wieder sah er seltsame Rillen in den Wänden, wo die Erde etwas fester war, und er meinte, darin Spuren von Krallen zu erkennen. Was ihn zu der Überlegung führte, wie dieser Gang wohl geschaffen worden war. Mit Schaufeln sicherlich nicht. Dafür war er zu niedrig. Er wirkte, als hätte man ihn mit bloßen Händen und Krallen gegraben. Dann erinnerte er sich an den Toten mit den abgewetzten Fingern. Vielleicht hatte er hier gearbeitet? Oder andere wie er?

Als Tom schon meinte, der Gang würde kein Ende mehr finden, nahmen seine Sinne zweierlei Dinge wahr. Er hörte Stimmen. Gedämpft, entfernt, aber es waren Stimmen. Er hoffte jedenfalls, dass es Stimmen waren, tatsächlich hörte er zunächst nur verschiedene Laute, die unregelmäßig aufklangen, und er konnte sie nicht näher identifizieren.

Das andere, das er wahrnahm, war ein Geruch. Er war nur ganz leicht, aber er veränderte das dichte, feuchte Aroma der Erde. In der schweren, sauerstoffarmen Luft lag eine neue Note, säuerlich und schwach faulig.

»Wir müssen jetzt leise sein«, sagte er. »Ich glaube, wir sind gleich da.«

Sie krochen weiter, noch behutsamer als zuvor. Tom

entschloss sich, die Kamera auszuschalten. Ihr Licht war ohnehin schon fast verblasst, und je nachdem, wo sie herauskamen, wollte er sie nicht verraten.

Die Laute wurden mit jedem Meter deutlicher. Aber Stimmen waren es keine. Es war ein Stöhnen und Heulen aus unzähligen Kehlen, stoßweise, unkontrolliert, es waren plötzliche Schmerzensschreie und getragenes Jammern auszumachen, eine Kakophonie unsäglicher Pein, die geradewegs aus der Hölle kommen mochte.

Der Geruch hatte sich zu einem kaum erträglichen Gestank ausgewachsen. Es war die essigsaure Penetranz von faulendem Abfall, gemischt mit der süßen, dunklen Fäulnis von Fäkalien und verwesendem Fleisch. Es war, als stiegen sie geradewegs in die Gedärme der Unterwelt hinab.

Tom spürte, wie sich Julis Hand auf sein Bein legte und verharrte.

»Ich habe Angst«, sagte sie leise.

»Ich auch«, gab er zurück. »Mehr, als du ahnst. Aber bisher hast du mir Mut gemacht. Ohne dich wäre ich niemals so weit gekommen.« Er streckte seinen Arm nach hinten und ergriff ihre Hand. »Ich weiß nicht, was uns erwartet. Es wird vielleicht schlimmer sein als alles, was wir uns vorstellen können. Aber wir müssen es tun. Wir tun es für die Gestalten, die wir gesehen haben, und wir tun es für Marie. Und dafür, dass eine so großartige Frau wie du nirgendwo Angst haben muss.«

»Du bist süß«, sagte Juli, und Tom konnte das Lächeln in ihren Worten spüren. »Also dann«, fuhr sie fort, »weiter mit uns Angsthasen. In die Höhle des Löwen!«

Nach wenigen Metern stieß Tom abrupt an das Ende des Gangs. Die Wand vor ihm war fest, gerade und rau. Er schaltete das Licht seiner Kamera noch einmal ein und stellte fest, dass sich vor ihm eine Wand aus Mauersteinen befand. Er drückte versuchsweise dagegen. Die Steine ließen sich etwas bewegen. Der Mörtel, der sie einmal zusammengehalten hatte, war entfernt worden.

»Wir sind da«, sagte er. »Hier ist eine Mauer aus losen Steinen. Jemand hat das Loch wieder verschlossen.«

»Ist es zugemauert?«

»Nein, ich glaube, man hat die Steine einfach nur wieder reingesetzt, um das Loch zu verbergen.« Er schaltete die Kamera aus und betastete die Wand an der oberen Kante, um eine geeignete Stelle zu finden. »Ich werde versuchen, einen Stein rauszuziehen.«

»Sei vorsichtig!«

Tom fand eine schmale Kante, die er greifen konnte, und rüttelte an dem Stein, der sich so millimeterweise herausarbeiten ließ. Nach einer Weile ging es immer leichter, und schließlich konnte er den Stein herausziehen.

Gedämpftes Licht drang aus der Lücke, ebenso wie ein Schwall der übel riechenden Luft. Tom schlug eine Hand vor Mund und Nase.

»Puh, ist das widerwärtig«, stieß er hervor.

»Kannst du etwas sehen?«, fragte Juli leise.

Tom drückte sein Gesicht in die obere Kante des Gangs und bemühte sich, durch die Lücke zu gucken. Aber viel war nicht zu erkennen. Sie befanden sich auf Bodenhöhe, und offenbar stand ein hochbeiniges Gestell direkt an dieser Stelle. So sah er nur Teile eines Metallrahmens über ihm und erahnte einen großen, hallenartigen Raum dahinter, der nur stellenweise von kärglichem Neonlicht erhellt wurde.

»Da versperrt etwas die Sicht«, erklärte er. »Aber ich kann auch die anderen Steine rausziehen, ohne gesehen zu werden.«

Er begann damit, die Steine nach und nach zu entfernen. Als das Loch ausreichend groß war, schob er sich mit dem Oberkörper hindurch und legte die verbleibenden Steine auf den Boden unter dem Gestell. Dann war es geschafft, und er krabbelte hindurch. Er blieb auf allen vieren unter dem Gestell und sah sich um.

Der bestialische Gestank erfüllte den Raum, und das Heulen, Klagen und Schreien schien von überall und nirgendwoher zu kommen. Etwas war hier, nur Bewegungen konnte er von hier unten nicht ausmachen. Er krabbelte ein Stück weiter und sah, dass Juli ihm aus dem Loch folgte.

Sie kamen unter dem Gestell hervor. Tom half Juli auf die Beine, und als sie sich aufgerichtet hatten, brach das Chaos um sie aus.

Lautes Gekreische ertönte, und von allen Seiten tauchten mit einem Mal aus dem Zwielicht und den Schatten Kreaturen auf, hüpfend, rennend, schlurfend, als würde sich der ganze Raum in Bewegung setzen. Alles brüllte und schrie und stürmte auf Juli und Tom zu. Tom streckte seinen Arm vor Juli, als könne er sie beschützen, Juli ergriff ihn an der Schulter.

»Mein Gott«, keuchte Tom. Die Wesen, die sie angriffen, waren Menschen. Aber sie bewegten sich wie Tiere.

Ihre größtenteils nackten und mit Fäkalien und Blut verdreckten Körper waren missgestaltet und verwachsen, mit schuppigen Flechten und Pusteln bedeckt, einige hatten verkrüppelte oder aufgedunsene Gliedmaßen, sie geiferten und spuckten. Diese Menschen schienen keinen Funken Verstand mehr zu haben, sie wurden nur noch von Schmerzen beherrscht und von ihren Instinkten getrieben. Sie würden sie mit bloßen Händen und Zähnen zerreißen.

Aber die Wesen kamen nicht näher.

Sie prallten in einiger Entfernung an Gitterstäbe, klammerten sich fest, rüttelten, brüllten und streckten ihre Arme hindurch.

Der gewölbeartige Raum, in dem sie sich befanden, war in zahlreiche große und kleine Zellen unterteilt, die mit bis zur Decke reichenden Gittern voneinander getrennt und verriegelt waren. Überall waren Menschen eingepfercht; missgebildete, kranke, irrsinnige, und sie verkamen in ihrem Dreck.

Doch als Tom nach und nach alle Details erfasste, stellte er mit Schrecken fest, dass sich keinesfalls alle Angreifer in sicherer Entfernung hinter Gittern befanden. Er und Juli waren in einer ebensolchen Zelle herausgekommen, wie sie überall zu sehen waren. Und ein halbes Dutzend Entstellter befand sich hier, direkt bei ihnen, und sie kamen kreischend und stöhnend näher.

Als der erste der Angreifer seinen Arm nach Tom ausstreckte, zerrte Juli Tom an der Schulter zurück. Der oberste Knopf seines Hemdes riss ab, und plötzlich blieb der Angreifer stehen.

Tom sah direkt in seine weit aufgerissenen Augen, erfasste die geplatzten Äderchen, die blutig entzündete Bindehaut, sah die eitrigen Pickel auf Stirn, Wange und in den Mundwinkeln, roch den käsig-fauligen Atem des Mannes, der plötzlich innegehalten hatte.

Ein laut grunzendes Geräusch entwich den aufgesprungenen Lippen des Mannes, und er ruderte heftig mit einem Arm, woraufhin die anderen Kreaturen ebenfalls stehen blieben. Dann legte er den Kopf schief und streckte seine Hand nach Toms Hals aus. Die dunkel verfärbten Finger zitterten in der Luft. Er wollte nach Toms Halskette greifen, deren Amulett nun frei auf seiner Brust lag. Doch er berührte die geschnitzte Maske, die der Anhänger darstellte, nur flüchtig mit den Fingerspitzen. Dann legte er seine Hand auf Toms Brust und neigte den Kopf vor ihm. Die anderen taten es ihm gleich, und in Windeseile verbreitete sich die Bewegung durch den ganzen Raum, einer nach dem anderen verneigte sich, so gut es seine Missbildungen zuließen, und für einen Moment verstummten auch die Schreie. Eine ehrfürchtige Stille legte sich über den Raum.

»Die Kette von der Alten aus dem Dorf«, raunte Juli. »Sie war nicht so verrückt, wie sie aussah. Vielleicht war sie selbst eine Schamanin oder eine heilige Frau.«

»Was tun diese ganzen Menschen hier?«, fragte Tom, als der Mann vor ihm einen Schritt zurückwich. Langsam erhoben alle anderen wieder ihre Köpfe, und nach und nach setzte auch das allgemeine Wehklagen wieder ein.

Der Mann vor Tom legte seinen Kopf wieder schief

und streckte einen Arm aus. »*Salva-nos!*«, kam es rau aus seinem Mund.

»Was sagt er da? Kannst du ihn verstehen?«, fragte Tom.

»Er sagt: ›Rette uns‹«, übersetzte Juli.

Tom ging vorsichtig einige Schritte durch den Raum, während die Missgestalteten und Verletzten in respektvollem Abstand vor ihm und Juli zurückwichen. Der Boden war mit zerrissenen Lumpen, stinkenden Pfützen und undefinierbaren Haufen aus Speiseresten, Erbrochenem und Kot bedeckt. Die Zelle, in der sie sich befanden, maß höchstens fünfzehn Quadratmeter und war an drei Seiten von Gitterstäben umgeben. An zwei Seiten grenzte sie direkt an weitere Käfige, die dritte Seite war auf die Mitte des Gewölbes hin ausgerichtet und verfügte über eine Tür.

»Das Schloss ist offen!«, rief er erstaunt aus, als er sich die Tür ansah. »Die könnten jederzeit raus.«

»Einige sind ja auch geflohen. Aber scheinbar können das nicht alle. Oder sie wollten nicht auf sich aufmerksam machen. Deswegen haben sie vielleicht auch das Loch in der Wand wieder verschlossen.«

Tom drückte versuchsweise an der Tür. Sie bewegte sich, ließ sich öffnen. Dann ging er hindurch, dicht gefolgt von Juli.

Sie standen wie gelähmt auf einem Mittelgang. Links und rechts von ihnen bildeten die bis zur Decke reichenden Gitterstäbe ein Spalier. Zelle reihte sich an Zelle, überall streckten sich Arme in verzweifelten, bittenden und krallenden Bewegungen durch die Spalten. Es mussten Hunderte sein. Tom sah Frauen und Männer, junge und alte gleichermaßen, die schwachen kauerten oder lagen auf dem Boden. Zwischen den Gefangenen entdeckte er auch zahlreiche Kinder, ausgemergelt und krank, und Toms Hals schnürte sich zu.

Während sie sich umsahen, trat der Mann, der Toms Kette erkannt hatte, aus der Zelle, kam auf den Gang und ging zur gegenüberliegenden Zelle, wo er ein paar Arme ergriff, die sich ihm entgegenstreckten. Er drehte sich zu Tom um. Seine Stimme war kratzig und gurgelte. »*Nossas Famílias*«, brachte er über seine zerschundenen Lippen. »*Liberta-nos.*«

»Wir sollen sie befreien, sagt er«, erklärte Juli. »Das ist wohl seine Familie. Es sind alles Familien.«

»Deswegen sind sie nicht geflohen. Weil sie zusammenbleiben wollen …« Er holte seine Kamera hervor und wechselte den Akku. Aber Juli fasste ihn an der Schulter. »Mach keine Fotos hier. Es ist so … unwürdig.«

Tom zögerte einen Moment. Dann hängte er sich die Kamera um. »Ja. Und wir haben auch keine Zeit. Wir müssen hier raus, bevor die Wachleute nach dem Rechten sehen.«

Sie gingen den Mittelgang entlang zum Ende des Gewölbes. Eine Stahltür versperrte den Weg. Als Tom sie untersuchte, stellte er fest, dass auch sie unverschlossen war. Wie die Geflohenen es geschafft hatten, ihre Zelle und diesen Raum zu öffnen, blieb vermutlich ein Geheimnis. Aber noch kümmerten sich die Wachleute offenbar um die unmittelbaren Probleme draußen am Zaun.

Sie verließen den Zellentrakt und traten auf einen

schmucklosen Gang. Der schlichte Betonboden war sauber, und nachdem sie die Tür hinter sich geschlossen hatten, war der Gestank erheblich erträglicher. Sie gingen an mehreren identischen Stahltüren vorbei, die mit Zahlen beschriftet waren, die man mit einer Schablone und Sprühfarbe aufgebracht hatte.

Tom öffnete eine der Stahltüren. Warme, stinkende Luft schlug ihnen aus der Dunkelheit entgegen. Scharrende und grunzende Geräusche waren zu hören. Tom tastete an der Innenseite der Wand nach einem Lichtschalter. Unter der Decke erwachten flackernd mehrere Leuchtstoffröhren zum Leben und erhellten einen langen Raum von antiseptischer Sauberkeit. Nicht nur die Beleuchtung und der glänzend saubere Boden bildeten einen größtmöglichen Gegensatz zu dem Gewölbe, aus dem sie gerade gekommen waren. Auch war dieser Raum erheblich moderner ausgerüstet. Eine Konsole mit Bildschirm und Schaltern stand direkt neben der Tür, unter der Decke verliefen unzählige chromglänzende Rohre und bildeten ein kompliziertes Geflecht. Im Innenraum befanden sich Pferche aus Stahl, die von den jeweils aus der Decke herabreichenden Rohren mit irgendetwas versorgt wurden. Die Pferche waren regelmäßig angeordnet. Tom zählte vier Reihen mit jeweils sechs oder sieben solchen Gebilden. Als sie näher herantraten, erkannten sie, dass es sich bei den Stahlkonstruktionen um niedrige Käfige handelte, die mit Glaswänden hermetisch versiegelt waren. Und in den Käfigen befanden sich Schweine.

»Was zum Teufel …«, stieß Tom aus.

»Die werden hier gezüchtet!«, stellte Juli fest. »Es sind

Versuchstiere.« Sie deutete auf eine kleine Tafel, die von außen am ersten Hightech-Käfig befestigt war. Jeder der anderen Pferche trug ebenfalls eine solche Tafel. »*Heart/ Series 35-2/06-02-11*«, las Juli vor.

»Natürlich. Für Transplantationen! Aus den Schweinen gewinnen sie die Organe, mit denen sie ihre Versuche durchführen können.«

»Und die Schweine selbst stellen bestimmte Zuchtreihen dar, deswegen werden sie hier so sorgfältig voneinander getrennt gehalten.«

»Das ist pervers«, meinte Tom.

»Viel erschreckender finde ich den Gedanken, was sie wohl mit den Menschen angestellt haben oder anstellen wollen!«

Tom war so gefangen von den Erlebnissen der letzten Stunden, dass er alle weiterführenden Gedanken bisher verdrängt hatte. Was sie überhaupt auf diese Spur geführt hatte, welcher Ahnung sie nachgingen und was das möglicherweise für die entstellten Menschen bedeutete, denen sie begegnet waren. Xenotransplantation. Der Versuch, tierisches Gewebe und tierische Organe in Menschen zu verpflanzen. Der Mensch erhob sich zum Schöpfer und erschuf Hybridwesen, die die Natur nicht vorgesehen hatte.

»Lass uns gehen«, sagte er grimmig. »Wir haben etwas zu erledigen.«

Sie verließen den Raum und folgten dem Gang.

Bei jeder Tür, die sie passierten, zögerte Tom, ob er sie öffnen sollte, aber sie hatten nicht viel Zeit und weitere Tierkäfige würden keine neuen Erkenntnisse bringen.

Eine weitere Tür erregte allerdings Toms besonderes Interesse. An ihr war ein gelbes Schild angebracht, das vor Starkstrom warnte.

»Bestimmt die Stromversorgung der Anlage«, mutmaßte er. »Das will ich sehen!« Er drückte die Klinge herunter, aber der Raum war abgeschlossen. Ärgerlich wandte er sich ab.

Sie kamen an eine Kreuzung, als sie Schritte hörten. Sie kamen von vorn, wo eine nach oben führende Metalltreppe zu sehen war.

»Schnell«, zischte Tom und eilte in einen der Seitengänge. Auch hier fanden sich Türen, allerdings unbeschriftet, kleiner und aus Holz. Tom riss eine davon auf und schaltete das Licht an. Juli eilte ihm hinterher in den Raum und zog die Tür hinter sich zu. Den Schritten nach mindestens zwei Personen, schätzte Tom, die zügig auf dem Hauptgang vorbeistapften und sich rasch entfernten.

Tom und Juli sahen sich um. Sie standen in einem kleinen Lagerraum. An den Wänden befanden sich einfache Metallregale, in denen allerlei Hausrat aufbewahrt wurde, Schachteln mit Kerzen, Tücher und Papierrollen. Auf dem Boden waren Eimer und mehrere große weiße Plastikkanister mit Reinigungs- und Desinfektionsmitteln deponiert.

»Wir müssen herausbekommen, was genau hier abläuft. Unterlagen, Akten oder vielleicht einen Computer finden. Außerdem müssen wir herausfinden, ob deine Schwester hier ist. Was sie mit der Sache hier zu tun hat.«

»Was soll sie mit denen zu tun haben? Wenn sie hier ist, dann ganz bestimmt nicht freiwillig!«

»Nein, natürlich nicht. Aber vielleicht ist sie ja auch gar nicht hier oder nicht *mehr*, und wir müssen herausfinden, ob wir ihre Spur von hier aus weiterverfolgen können.«

»Ich spüre, dass sie hier ist«, sagte Juli. »Ich kann es nicht erklären, aber ich weiß, dass sie nah ist.«

»Hoffen wir, dass du recht hast.«

»Wie lange wollen wir jetzt hier drin bleiben? Wer weiß, wann die Leute zurückkommen.«

»Wenn wir nur wüssten, wo wir hier sind und wie es ein Stockwerk weiter oben aussieht…«

Juli ging zur Tür, lauschte daran, dann schaltete sie das Licht aus und öffnete sie einen Spalt. »Es ist nichts zu hören«, sagte sie. »Wir sollten die Chance nutzen.«

Sie trat wieder auf den Gang, gefolgt von Tom. Langsam ging sie bis zur Kreuzung des Hauptgangs zurück, lauschte noch einmal, sah um die Ecke, dann eilten sie zur Treppe. Sie bemühten sich, sie so leise wie möglich nach oben zu steigen. Am oberen Treppenabsatz befand sich eine weitere Tür, die sie behutsam öffneten. Aber dahinter war es ruhig und menschenleer. Vor ihnen erstreckte sich ein mit Linoleum ausgelegter, breiter Flur, der Tom spontan an ein Krankenhaus erinnerte. Die Deckenbeleuchtung war ausgeschaltet, nur in größeren Abständen leuchteten abgedimmte Lampen an den Wänden. Die Türen, die den Gang säumten, waren doppelflügelig und mit Milchglasscheiben versehen. Die Räume dahinter schienen im Dunklen zu liegen.

»Versuchen wir es einfach«, sagte Tom und wandte sich zur Tür zu ihrer Rechten. Auf einem Plastikschild an der Wand neben der Tür standen eine Ziffer und »*Analysis & e-Fab., Dr. Montanez, Dr. Shiram*«.

»Ein Glück, dass hier niemand etwa abschließt«, sagte er, als er die Tür öffnete und sie eintraten.

Sie standen im Dunklen, aber Tom widerstand der Versuchung, auch hier nach einem Lichtschalter zu suchen, da man es durch die Glasscheiben vom Gang aus hätte sehen können. Stattdessen warteten sie einen Augenblick, bis sich ihre Augen an das Zwielicht gewöhnt hatten.

»Hier muss keiner etwas abschließen«, sagte Juli, »weil man normalerweise in die Anlage gar nicht erst reinkommt.«

»Sieh mal«, sagte Tom, »das sind Arbeitsplätze!«

Im fahlen Lichtschimmer, der durch die Tür fiel, erkannten sie nun die Ausmaße des großen Raums. Entlang der Wände waren Tische und Tresen aufgereiht, auf denen allerlei Laborausrüstung, elektronische Geräte und Bildschirme aufgebaut waren. Es gab einige zum Teil als Raumteiler aufgestellte Regale mit Büchern, Ordnern, Heften und Papierstapeln, zwei große Stahlschränke, die wie Kühlschränke aussahen, und mehrere Schreibtische. Hier mussten mindestens ein halbes Dutzend Leute arbeiten.

»Das sieht doch hervorragend aus«, meinte Tom, »dann fangen wir gleich mal an…« Er ging an den Geräten vorbei, Zentrifugen und Elektromikroskopen, und sah sich um.

»Was sollen wir mit den Unterlagen machen?«, fragte Juli und wies auf die Regale. »Es sind zu viele, um sie alle zu lesen. Außerdem ist es zu dunkel.«

»Die brauchen wir vielleicht gar nicht«, entgegnete Tom und wies auf einen Computer. »Mit ein bisschen Glück kommen wir auch so an alles heran, was wir brauchen.«

»Willst du den etwa anmachen? Man wird das Licht auf dem Flur sehen.«

Tom grinste. »Nicht, wenn ich erst den Bildschirm einschalte und die Helligkeit ganz runterdrehe, bevor ich den Rechner anmache. Außerdem ist der Bildschirm vom Gang abgewandt und das Regal dort ist im Weg.«

Tom setzte sich auf den Stuhl vor dem Tisch, hantierte an den Geräten, und kurze Zeit später fuhr der Rechner mit einem hörbaren Rauschen seines Lüfters hoch. Tom rutschte erwartungsvoll näher heran. Aber noch bevor die grafische Bedienoberfläche sichtbar wurde, erschienen auf dem schwarzen Bildschirm weiße Textzeilen, und Tom stand abrupt auf. »Ach, verdammt!«, sagte er.

»Was ist?«, fragte Juli.

»Der Rechner verbindet sich mit dem Netzwerk, noch bevor das Betriebssystem geladen wird. Und dafür verlangt er ein Passwort. Ich komme also gar nicht erst an die Daten ran, die hier drauf sind.«

»Kann man das nicht umgehen?«

»Nicht auf die Schnelle und ohne Zusatzsoftware.«

»Tja«, sagte Juli. »Das hätte man eigentlich erwarten können, dass sie wenigstens ihre Daten einigermaßen sichern.«

»Wenn ich wenigstens eine Bootdisk hätte! Oder eine All-you-can-eat.«

»Was ist denn das?«

»Ist von einem Kollegen von mir. Hat sich einmal jährlich eine aktuelle CD-ROM zusammengestellt mit sämtlichen wichtigen Tools, um auf einem Rechner herumzufummeln, an den man sonst nicht rankommt. Alles, was man nur braucht, auf einer Disk. Daher All-you-can-eat.«

»Vielleicht hilft dir dieser Rechner hier weiter.«

»Hm?«

Tom ging zu Juli hinüber. Sie stand an einem anderen Arbeitsplatz, der mit Papierstapeln und losen Zetteln übersät war. Dazwischen standen zwei leere Kaffeetassen. Die Tastatur lehnte hochkant an einem Papierstapel. Der Flachbildschirm war ausgeschaltet, aber darauf klebte ein großer Post-it-Zettel mit einem handschriftlichen Vermerk: »*Don't turn off! – Não desligar!*« Darunter waren ein rotes Ausrufezeichen und ein krakeliger Totenkopf gezeichnet.

Tom blickte unter den Tisch. Auf dem Computergehäuse klebte ein weiterer solcher Zettel, und tatsächlich leuchtete am Rechner ein blaues Licht, und eine andere grüne Lampe blinkte hektisch.

»Super! Genau das, was wir brauchen!«

Tom schaltete den Monitor ein und bemühte sich sofort, die Helligkeit zu reduzieren.

Auf dem Bildschirm erschien eine kleine Anzeige mit einem horizontalen Balken.

»*Processing Data*«, las Tom vor. »Die Kiste berechnet etwas. Fortschritt siebenundachtzig Prozent. Verbleibende Zeit: Achtzehn Stunden. Tja, das müssen wir jetzt leider abbrechen.«

»Bist du verrückt?«

»Wieso?« Tom bewegte den Mauszeiger auf die Schaltfläche, die für den Abbruch des Vorgangs zuständig war. Dann klickte er darauf. »*Wollen Sie wirklich abbrechen?* Ja. Und zack.«

»Wer weiß, was du da gerade unterbrochen hast.«

»Ach, dann müssen sie es eben noch mal neu starten. Viel wichtiger ist, dass wir jetzt an die Maschine kommen.«

Tom setzte sich und begann, verschiedene Programme und Speicherorte auf dem Rechner zu durchsuchen.

»Weißt du, was du da tust?«

»Wer suchet, der findet«, meinte er, während er in diversen Menüs des Rechners herumklickte. »Na ja, keine Ahnung, ehrlich gesagt, aber Projektunterlagen, Protokolle und Dokumente sollten eigentlich erkennbar sein. Wir wollen ja keine Spezialdaten klauen, mit denen wir ohnehin nichts anfangen könnten, sondern Präsentationen, Handbücher, Berichte oder etwas in dieser Art, aus dem klar wird, an was die hier eigentlich arbeiten. Und wer diese Leute sind.«

Tom hantierte kurz an seiner Kamera und holte die Speicherkarte heraus. Dann beugte er sich unter den Tisch und schob sie in einen winzigen Schlitz des Rechners.

»Wer sagt's denn«, rief er aus. »Jetzt können wir einfach alles, was interessant aussieht, auf meine Speicherkarte kopieren und es uns später angucken. Das spart uns Zeit.«

Während Tom mit dem Computer beschäftigt war,

schlich Juli durch den Raum und sah sich um, so gut es das spärliche Licht zuließ. Hier arbeiteten Wissenschaftler und Techniker, ohne Frage. Nichts, was zu sehen war, ließ auf die Art ihrer Arbeit schließen. Wenn diese Anlage war, was sie vermuteten, musste es Operationssäle geben und so etwas wie eine Krankenstation. Vielleicht waren sie gar nicht weit davon entfernt, aber sie konnten unmöglich jeden einzelnen Raum untersuchen, den sie fanden. Das wichtigste war, so viele Daten zu sammeln wie nur möglich und unbeschadet hier herauszukommen, um alles den Behörden zu melden. Doch dann stutzte sie. Wen würden diese Dinge hier in Brasilien interessieren? Und wie lange würde es dauern, irgendjemand davon zu überzeugen, hier nach dem Rechten zu sehen? Bis dahin wären die Verantwortlichen längst über alle Berge. Es war sinnlos zu hoffen, dass sie dem Leid hier so schnell ein Ende setzen konnten. Sicher, Unterlagen, Namen und Beweise waren wichtig für alles Spätere. Aber wenn sie hier und heute unmittelbar etwas bewirken wollten, mussten sie selbst tätig werden. Es führte kein Weg daran vorbei. Und so traf Juli eine Entscheidung.

Beim Herumstreifen hatte Juli den Raum durchquert und kam gerade an der Tür vorbei, als sie Schritte auf dem Gang hörte. Kurz darauf flammte die Beleuchtung auf und ließ die Milchglasscheibe der Tür weiß aufleuchten.

Eilig lief sie zu Tom zurück, der in seine Arbeit am Rechner vertieft war.

»Auf dem Flur ist das Licht angegangen«, sagte sie. »Da sind Leute draußen!«

Tom sah hoch. »Scheiße«, entfuhr es ihm. Er sah hektisch zurück zum Bildschirm. »Ich muss noch dieses E-Mail-Archiv kopieren!«

»Dafür ist keine Zeit«, drängte Juli.

»Es ist gleich so weit, noch ein paar Sekunden...«

Juli sah zur Tür. Durch die Scheibe konnte sie zwei Schatten erkennen, die davor haltgemacht hatten.

»Die kommen hier rein«, zischte sie gerade noch, als die Tür auch schon geöffnet wurde. Juli und Tom duckten sich blitzartig.

»*I'll be right back*«, hörten sie eine Männerstimme mit starkem Akzent. Dann kamen Schritte näher.

Tom und Juli drückten sich hinter den Tisch. Noch verdeckte sie das große Regal in der Mitte des Raums, aber der Mann würde sie sehen, sobald er herum kam. Sie schoben den Stuhl weg und krochen gemeinsam unter die Tischplatte und so tief nach hinten, wie sie nur konnten. Der Mann suchte offenbar etwas und ging von einem Schreibtisch zum anderen. Direkt vor ihrem Versteck blieb er stehen und zögerte. Tom fluchte innerlich. In der Eile hatte er vergessen, den Monitor auszuschalten.

»*Your computer is on, Yuri*«, rief der Mann durch den Raum.

»*Yes, I know. It's working. Don't touch it*«, antwortete der andere, der offenbar an der Tür wartete.

Der Mann blieb noch einen Augenblick vor dem Schreibtisch stehen, dann wandte er sich ab und ging weiter. In einiger Entfernung hörten sie ihn in Papieren rascheln, dann wurden seine Schritte leiser, und schließlich hörten sie, wie die Tür geschlossen wurde. Sie waren wieder allein. Kurz darauf erlosch das Licht auf dem Flur.

»Verdammt«, meinte Tom, als sie unter dem Schreibtisch hervorkamen. »Es sind wohl doch noch eine ganze Menge Leute unterwegs.« Er beendete alle Programme, die er auf dem Computer gestartet hatte, versuchte, alles wieder so herzurichten, wie es gewesen war, bis auf den Rechenprozess, den er zu Beginn abgebrochen hatte. Der Besitzer würde sich zwar wundern, was passiert war, aber vielleicht würde er es auf einen Fehler im Programm zurückführen. Tom schaltete den Monitor wieder aus, beugte sich unter den Tisch und entfernte seine Speicherkarte aus dem Rechner.

»So, genug Daten haben wir jetzt. Fast acht Gigabyte an Dokumenten, Präsentationen und vor allem ein komplettes E-Mail-Archiv mit Korrespondenz, Anhängen und Adressen.«

»Gut gemacht!«

»Aber ehrlich gesagt...« Er stockte, als wisse er nicht, wie er es formulieren solle. »Ich weiß nicht, ob das reicht. Ob wir damit etwas bewirken können.«

Juli sah ihn aufmerksam an. Hatte Tom am Ende die gleichen Gedanken wie sie?

»Natürlich wollen wir noch deine Schwester suchen«, fuhr Tom fort. »Jedenfalls so gut wir können. Genug Räume gibt es ja. Aber auch dann... Wir können nicht einfach gehen und hoffen, dass man dieser Sache hier nachgeht. Ich meine, ich werde einen Artikel schreiben, und wir bringen ihn groß raus, und das wird Aufmerksamkeit erregen … Aber schlussendlich ist das hier doch viel zu weit weg von allem, und wer hier arbeitet, ist offenbar in der Lage unterzutauchen und wird kurze Zeit später irgendwo anders ein neues Labor aufbauen …«

»Also … ? Willst du aufgeben?«

»Stell dir vor, wir würden den gleichen Weg zurückgehen, den wir gekommen sind. Vorbei an all diesen entsetzlich missgestalteten und kranken Menschen. Stell es dir nur einmal vor: Wir gehen hindurch, vielleicht deine Schwester im Schlepptau, vorbei an diesen Menschen, die uns ihre Arme entgegenstrecken, die uns anflehen, sie zu retten, und wir gehen an ihnen vorbei und verschwinden durch das Erdloch. Also, ich kann das nicht.«

Juli lächelte, auch wenn sie wusste, dass Tom es nicht sehen konnte.

»Was ich sagen will«, fuhr Tom fort, »ist, dass ich hier nicht unverrichteter Dinge gehen kann. Ich wollte nur herausfinden, was hier läuft, Fotos machen, Belege sammeln. Aber das reicht mir nicht mehr.« Seine Stimme klang nun sehr klar. »Ich möchte diese Menschen befreien. Und ich möchte größtmöglichen Schaden anrichten, um diesen Laden hier kleinzukriegen.«

Juli trat an Tom heran und küsste ihn auf den Mund.

»Lass uns genau das tun«, sagte sie.

Tom wandte sich noch einmal dem Rechner zu, schaltete den Monitor ein und öffnete mit ein paar Mausklicks ein Programm.

»Wer so blöd ist, nicht einmal einen Bildschirmschoner mit Passwortschutz einzurichten, der muss bestraft werden«, sagte er. »So, fertig.« Auf dem Bildschirm war zu sehen, dass der Rechner nun etwas verarbeitete.

»Was hast du gemacht?«

»Ich habe den Computer angewiesen, seine Daten zu überschreiben und dann seine Festplatte neu zu formatieren. Ist natürlich nur ein Tropfen auf den heißen Stein, aber zumindest an diesem Arbeitsplatz wird vorläufig gar nicht mehr gearbeitet werden. Wenn der seine Daten nicht im Netzwerk gesichert hat, sind sie auf Nimmerwiedersehen futsch. Und nun los. Wir haben noch einiges vor.«

Sie verließen den Raum, schlichen sich auf den Flur und eilten durch das gedämpfte Licht. Sie blieben erst stehen, als sie eine Tür mit der Aufschrift »*Surgery*« lasen: Chirurgie.

Sie betraten einen kargen Trakt des Gebäudes. In der Luft hing ein Geruch nach frischem Gummi und Chlor. Auch hier brannte nur eine sparsame Nachtbeleuchtung.

»Okay, jetzt wird's spannend«, sagte Tom. Er versuchte, sich einzureden, dass er einer heißen Fährte folgte, dass sie großartige Entdeckungen machen würden. Aber tatsächlich war dieses der Teil des Gebäudes, von dem er am liebsten am weitesten entfernt wäre. Der Gestank, der Unrat und die verformten und mit Geschwüren übersäten Menschen im Keller stellten schon die Grenze dessen dar, was er ertragen konnte. Aber was er sich am wenigsten ausmalen mochte, das waren Krankenhäuser, Skalpelle, Knochensägen, geöffnete Bauchhöhlen, Operationen am pulsierenden Herzen, Blut und abgetrennte Körperteile, die von Gliedmaßen zu Fleischklumpen wurden. Und trotzdem mussten sie auch hier nach Julis Schwester suchen. Vielleicht sogar gerade hier.

»Vielleicht solltest du die Führung übernehmen«, schlug er Juli vor. »Du kennst dich mit solchen Sachen besser aus.«

Die ersten beiden Räume, die sie sich ansahen, waren Krankenzimmer mit jeweils vier Betten, die an hochmoderne Ausrüstung angeschlossen waren. Die Geräte waren nicht eingeschaltet, aber Juli erklärte, dass man hiermit Vitalfunktionen überwachen konnte. Außerdem gab es Beatmungsgeräte, Defibrillatoren und Monitore.

»Willst du das fotografieren?«, fragte Juli.

»Es ist zu dunkel, und ich will uns nicht durch das Blitzlicht verraten. Wer weiß, von wo man es sehen könnte.«

Sie setzten ihren Weg fort und kamen in ein chromglänzendes Labor, das von Stahlschränken dominiert wurde. Einige erinnerten beunruhigend an liegende Sarkophage, andere standen an der Wand. Juli öffnete einen davon. Eine Wolke kalten Dampfes waberte ihr entgegen. Aus dem Eisnebel ragten weiß verkrustete Behälter und Reihen von Reagenzgläsern heraus.

»Hier werden Proben aufbewahrt«, erklärte Juli. »Gewebe, Blut, Samen, solche Sachen.«

Juli wies auf einen anderen der Schränke, der ein Warnzeichen mit der Aufschrift »*Biohazard*« trug.

»Den dort sollten wir in Ruhe lassen. Da sind gefährliche biologische Substanzen drin. Vielleicht kontaminiertes Material, Bakterienkulturen. Viren oder Impfstoffe.«

Tom sträubten sich die Nackenhaare. Was diese Leute hier trieben, ging offenbar weit über reguläre medizinische Arbeit hinaus. Vielleicht waren die Menschen im Keller allesamt infiziert? Vielleicht hatten er und Juli sich schon längst mit exotischen Urwaldviren angesteckt. Er bekam das dringende Bedürfnis, diesen Ort auf schnellstem Weg zu verlassen, sich zu duschen oder, besser noch, sich untersuchen zu lassen. Der Gedanke, dass ein tödlicher Erreger sich vielleicht in diesem Moment schon durch sein Blut oder sein Gehirn fraß, ließ ihn erschaudern.

Sie verließen das Labor und untersuchten den nächsten Raum. Es war ein Umkleideraum mit Spinten und Waschbecken. Tom ahnte, wo es von hier aus hinging, und tatsächlich gelangten sie hinter dem nächsten Durchgang in einen Operationssaal. Er war kalt, roch metallisch nach Desinfektionsmitteln, und er war von gewaltigem Ausmaß. An vier voluminösen OP-Tischen, die von übergroßen Scheinwerfern überragt wurden, konnte hier gleichzeitig gearbeitet werden, ohne dass sich die Teams gegenseitig behindern würden. Der Boden war gefliest, Abflussrinnen führten zu einer Senke in der Mitte des Raums, die mit einem kleinen Gitter bedeckt war.

»Raus hier«, murmelte Tom.

»Hm?«

»Lass uns raus hier«, wiederholte Tom etwas deutlicher. »Das hier ist nichts für mich…«

Juli führte Tom aus dem OP. Sie wusste inzwischen, dass er in mancher Hinsicht empfindlicher war als sie, und sie rechnete es ihm hoch an, dass er sich trotzdem mit ihr durch diese Anlage schlich, um Marie oder Hinweise auf ihr Verschwinden zu finden.

Vom Operationssaal aus gelangten sie in einen Flur, von dem aus zahlreiche Türen abzweigten, über denen jeweils eine kleine grüne Lampe pulsierte. Die Schilder neben den Türen enthielten unerklärliche Begriffe und Codezahlen, die wie Seriennummern aussahen.

Juli legte ihre Hand auf eine Türklinke und sah Tom an. »Sollen wir?«

»Wir müssen.«

Der Anblick, der sich ihnen bot, erinnerte an eine Mischung aus Intensivstation und Hightech-Labor. Unerklärliche Gerätschaften gaben leise piepsende Geräusche von sich, diverse Konsolen erhellten den Raum mit bläulich schimmernden Monitoren und regelmäßig blinkenden Lämpchen. Als sie näher traten, erkannten sie, dass sich die technische Ausrüstung um ein zentrales Objekt gruppierte. Es war ein gläserner Tank, zwei Meter lang, einen Meter breit und hoch, und darin lag ein Mensch. Es war ein nackter Mann, der in einer klaren Flüssigkeit schwamm oder in einem Gel, denn offenbar war die Flüssigkeit in der Lage, ihn darin schweben zu lassen. Der Mann trug eine Maske, die sein Gesicht vollkommen bedeckte. Von ihr gingen zahlreiche Kabel und Schläuche zum inneren Kopfende der Wanne ab. Oberhalb des Schambeins führte ein Katheter in den Körper. Auf der Brust des Mannes war ein frischer, senkrecht verlaufender Schnitt zu sehen. Die Haut war zur Mitte hin gespannt und mit Metallklammern zu einer gewölbten Naht zusammengeführt. Die Wunde war weder verkrustet noch unterlaufen, sondern sah ungewöhnlich weich und sauber aus, als hätte man lediglich zwei dünne Gummimatten zusammengeheftet.

»Lebt er?«, fragte Tom, obwohl ihm die Geräte um sie herum eine Antwort nahelegten.

»Er scheint in einer Art künstlichem Koma zu liegen. Jedenfalls sagen mir das die Werte dort auf dem Monitor. Ich frage mich, wozu die Flüssigkeit dient. Wasser scheint es jedenfalls nicht zu sein.«

»Hast du denn so was nicht schon mal gesehen?«

»Nicht nur noch nie gesehen, ich habe von so was noch nicht einmal gehört! Ich kenne japanische Versuche, in denen Ziegenembryos über Monate hinweg in einer Art künstlichem Fruchtwasser bis hin zu einer geburtsreifen Babyziege entwickelt wurden. Also außerhalb eines echten Körpers. Aber das hier muss irgendetwas anderes sein ...«

»Macht es dir etwas aus, wenn wir weitergehen?«, fragte Tom. »Diese Apparatur macht mich nervös.«

Juli musste ihm zustimmen. Auch sie fand die Vorstellung beunruhigend, ohne Bewusstsein, ohnmächtig, hilflos und an Schläuche angeschlossen in einem überfluteten Sarg zu liegen.

Sie verließen den Raum und untersuchten den nächsten. Dort bot sich ihnen ein ganz ähnliches Bild, bis auf die Tatsache, dass sie dieses Mal eine Frau in dem Tank vorfanden. Sie war auf die gleiche Weise angeschlossen wie der Mann, allerdings wies sie keine Operationsnarben auf. Aber sie war hochschwanger. Elektroden, die von allen Seiten auf ihrem Bauch befestigt waren, maßen offenbar die Werte des ungeborenen Kindes.

Juli trat näher heran und besah sich die Frau eingehend. Dann schreckte sie plötzlich zusammen.

»Tom! Sieh dir das an!«

Tom blieb in einigem Abstand stehen. »Warum erklärst du mir nicht, was du meinst?«

»Hier wachsen Haare. Und zwar ganz merkwürdige! Es sind eher Borsten, fast einen Millimeter dick. In einer geraden Linie von den Schamhaaren hinauf in Richtung Bauch. Und hier, auf ihrem Brustbein auch. Und sogar rund um ihre Brustwarzen!«

Tom versuchte, es sich nicht allzu genau vorzustellen. »Vielleicht ist es eine Fehlbildung? Wie bei diesen Wolfsmenschen oder so? Die haben doch auch das ganze Gesicht voller Haare.«

»Nein, das ist etwas völlig anderes. Außerdem wirken diese Borsten ganz anders. Sie sehen genauso aus wie bei dem Toten, den wir heute Morgen gefunden haben. Und Marie hatte in ihrem Tagebuch doch auch von Borsten geschrieben! Es muss etwas mit dieser Anlage zu tun haben.«

»Vielleicht ist es eine Nebenwirkung«, mutmaßte Tom. »Etwas, was sie mit den Leuten anstellen?«

»Möglicherweise eine Art Hormonbehandlung... Aber ich kann mir nicht vorstellen, dass es geplant ist. Es sieht irgendwie... animalisch aus.«

»Lass uns raus hier.«

Der nächste Raum, den sie betraten, bot ein etwas anderes Bild. Auch hier standen leise summende und piepsende Maschinen, deren Zweck sich ihnen nicht erschloss, wuchtige Apparaturen aus Metall und Plastik mit LCD-Anzeigen und Reglern. Aber statt eines mit Flüssigkeit gefüllten Tanks fanden sie einen mit Glasscheiben versehenen Kasten von ähnlichen Ausmaßen vor, der an unzählige von der Decke reichende Schläuche angeschlossen war. In dem Kasten lag ein Mensch, nur schwach beleuchtet durch einen dunkelroten Strahler.

»Das ist ein Inkubator«, stieß Juli aus. Sie trat heran und sog plötzlich laut hörbar die Luft ein. Sie fuhr sich mit einer Hand vor den Mund. »Das musst du sehen«, stieß sie hervor. »Los, komm!«

»Ich … du weißt doch …« Tom wollte nicht sehen, was Juli entdeckt hatte. Aber sie stand regungslos vor dem Kasten und starrte hinein. Tom ging zu ihr. Was immer es war, das sie sah, Tom hatte das Gefühl, es mit ihr teilen zu müssen.

Er ächzte laut, als sein Blick in den Inkubator fiel, und krallte sich mit einer Hand an Julis Arm.

Das Wesen im Inkubator lag ausgestreckt auf dem Rücken. Die Gliedmaßen des Mannes waren am Boden festgeschnallt, breite Metallmanschetten verliefen über den Hals und über das Becken und hielten den Körper fest. Die Haut war übersät mit Geschwüren, als befänden sich dicke Knollen direkt unter der Oberfläche. Borstige Haare, wie Juli sie beschrieben hatte, wucherten an den Beinen, im Schambereich und über den Bauch. Aber diese Details sickerten erst stückweise in Toms Bewusstsein, denn was seinen Blick gefangen hielt, war der Brustkorb des Menschen. Er war offen. Wie die Seiten eines dämonischen Buches war die Haut des Brustkorbes nach beiden Seiten aufgeklappt und wurde mit Klammern festgehalten. Im Brustkorb waren einige Rippen durchtrennt worden, und in der entstandenen Höhle war der Bereich des Herzens freigelegt. Und ein Herz war dort tatsächlich zu sehen, es schlug und pumpte Blut durch fingerdicke Adern, die offenbar frisch zusammengenäht worden waren. Ein halbes Dutzend feiner Elektroden steckten im Herz und in den Adern. Eine Düse im Kasten erzeugte einen feinen Sprühnebel, der für andauernde Feuchtigkeit sorgte. Über dem Kasten, direkt auf den Brustkorb gerichtet, befand sich eine langsam blinkende Kamera.

Als Toms Blick sich vom albtraumhaften Bild des geöffneten Brustkorbes löste und zum Kopf des Mannes wanderte, erfasste ihn das blanke Entsetzen.

Der Kopf lag leicht erhöht auf einer kleinen Nackenstütze. Auch hier wurde beständiger Nebel gesprüht und benetzte den Schädel. Von der Stirn bis zum Hinterkopf des Mannes war die Schädeldecke entfernt worden. Die weißliche Masse des Gehirns lag frei. Auch hier waren unzählige Elektroden angebracht, die sich zu einem dicken Kabel bündelten und zu einem Anschluss am inneren Kopfende des Kastens führten.

Weder Tom noch Juli waren fähig, zu sprechen. Was sie vor sich sahen, lag weit jenseits aller menschlichen Vorstellungskraft. Sie hatten ein Kabinett des Grauens betreten, das sich in ihre Seelen fraß und von dem es kein Entrinnen gab.

Tom spürte, wie ihm kalt wurde. Er wankte, fühlte, wie sich das Blut aus seinem Kopf zurückzog. Seine Sicht verschwamm, aber er konnte sich nicht vom entsetzlichen Anblick des bei lebendigem Leibe obduzierten Menschen lösen.

Da öffnete der Mann flackernd die Augen.

Tom keuchte.

Der zur Regungslosigkeit Verdammte sah erst suchend umher, dann erfasste er Tom und Juli mit seinen wässrigen Augen. Er krallte seine Hände zusammen und bewegte den Mund. Doch durch das Glas des Inkubators war nur ein dumpfes Gemurmel zu hören.

Juli streckte langsam eine Hand aus, legte sie flach auf die Seite des Glases, hinter der die Hand des Mannes lag.

Noch einmal bemühte sich der Mann zu sprechen. Er krampfte sich zusammen, sein Herz pumpte schneller, er brüllte, und dieses Mal war seine Stimme zu hören. Dann sackte er wieder in sich zusammen, und seine Augen schlossen sich.

Tom sank auf die Knie. Er zitterte und spürte Übelkeit in sich aufsteigen. Er setzte sich auf den Boden, dann lehnte er sich mit dem Rücken an eine der großen Maschinen, legte den Kopf in den Nacken und bemühte sich, tief und gleichmäßig zu atmen.

»Was …«, stieß er nach einer Weile aus, »was hat er gesagt?«

Juli setzte sich neben ihn und schloss die Augen.

»Er hat gesagt: ›Töte mich‹.«

Tom schwieg eine Weile, bemüht, seine Übelkeit niederzuringen. Aber die Bilder schienen sich in seinen Kopf gebrannt zu haben.

»Wo sind wir hier nur hingeraten«, sagte er halblaut.

Juli wollte zu einer Erwiderung ansetzen, als mit einem

Knall die Tür des Raums aufgestoßen wurde und fast zeitgleich die Deckenbeleuchtung zu gleißender Helligkeit erwachte. Zwei Männer mit erhobenen Waffen traten auf Tom und Juli zu.

Kapitel 13

Labor M2 – Brasilien, 31. Juli

Willkommen in Brasilien!« Der Mann mit dem Kinnbart sprach akzentfreies Deutsch. Er lächelte unverbindlich und wies auf zwei Stühle, die an einer Wand seines schmucklosen Büros standen. »Setzen Sie sich.«

Die beiden Wachleute postierten sich neben Tom und Juli und hielten ihre Waffen im Anschlag. Der eine von ihnen war der glatzköpfige Brasilianer, der sie schon in Hamburg verfolgt hatte. Er musterte Tom und Juli mit Blicken voller Geringschätzung und gehässiger Vorfreude.

»Ich gehe davon aus, dass Sie Tom Hiller und Juli Thomas sind. Ich wusste, dass ich wieder von Ihnen hören würde. Dass Sie es allerdings geschafft haben, diese Anlage zu finden und hier einzudringen, nötigt mir Respekt ab.« Der Mann setzte sich auf die Ecke seines Schreibtischs und zündete sich eine Zigarette an. »Wer ich bin, tut zunächst nicht viel zur Sache, Sie können mich Luc nennen. Wie ich sehe, Herr Hiller, haben Sie eine Kamera dabei, vermutlich haben Sie ein ganz besonderes Interesse an dieser Anlage. Sie haben sich ja auch schon ein wenig umgesehen, wie wir auf den Monitoren unserer Überwachungskameras beobachten konnten. Verraten Sie mir, wie Sie hier hineingekommen sind?«

Tom schwieg.

Der Mann zog an seiner Zigarette. »Nun, das klären wir vielleicht später, nicht wahr? Wie gefällt Ihnen unser Labor?«

»Es ist entsetzlich!«, platzte Juli heraus.

»So, entsetzlich?« Der Mann schmunzelte. »Dabei haben Sie nicht einmal die Hälfte gesehen. Ich gebe zu, dass es auch einige unschöne Anblicke gibt. Das hat die Biologie so an sich. Gewebe, Sekrete und so weiter. Aber wissenschaftlich betrachtet, ist diese Anlage ein Wunder. Wissen Sie, was wir hier tun?«

»Sie machen Menschenversuche«, antwortete Juli.

Der Mann schüttelte den Kopf. »Nein, wir verändern die Welt. Sehen Sie, das ist der Unterschied zwischen Wissenschaftlern und normalen Menschen wie Sie, Ihr Freund dort oder ich. Ich schließe mich da durchaus mit ein, schließlich habe ich das auch erst gelernt. Während normale Menschen ihr direktes Umfeld erfassen, denkt die Wissenschaft in viel größeren Zusammenhängen.«

»So groß können Zusammenhänge nicht sein, dass sie die Moral außer Kraft setzen könnten«, hielt Juli dagegen.

»Moral?« Der Mann lachte auf. »Etwas Besseres fällt Ihnen nicht ein? Das ist es, was ich meinte, als ich sagte, Menschen beschränkten sich auf ihr direktes Umfeld. Mit Moral können Sie in jede Argumentation einsteigen, gewinnen werden Sie damit aber niemals. Ist es gegen die Moral, Medikamente an einem Dutzend Tieren zu testen, um damit Tausende von Menschen zu retten? Ist es gegen die Moral, einen Menschen zu töten, der ansonsten Zehntausende in den Krieg führen würde? Ein Dilemma, dem Sie, Frau Thomas, mit Ihrer eingeengten Betrachtungsweise nicht entfliehen können. Wie niemand in der christlichen Welt. Wäre es denn nicht auch gegen die Moral, ein Menschenopfer zu fordern, um Loyalität auf die Probe zu stellen? Und wäre es nicht auch unmoralisch, den eigenen Sohn am Kreuz sterben zu lassen, um die Menschenrasse zu erlösen?«

Luc stand auf und ging auf Juli und Tom zu.

»Nein, mit Moral werden Sie nicht weiterkommen. Wie auch die Menschheit nicht weiterkommt. Die ganze Wissenschaft wäre schon erheblich weiter, wenn wir uns nicht von moralischen Fragen bremsen lassen würden. Sie sind das Einzige, das zwischen uns und den größten Errungenschaften stehen. Errungenschaften, die unser aller Leben, das von Millionen und Milliarden Menschen verbessern könnte. Leben retten könnte. Nur, indem wir uns von moralischen Betrachtungen befreien, indem wir ungehemmt über das ›Waswärewenn?‹ nachdenken und mutig handeln, können wir unser Potenzial befreien.«

»Waren Sie früher einmal Wanderprediger?«, fragte Tom. Aber der Mann ignorierte ihn.

»Aber natürlich haben Sie keine Ahnung, was wir hier leisten, dafür war Ihr Besuch ja bisher viel zu kurz. Ich erzähle Ihnen einfach ein bisschen. Ich weiß natürlich, dass es schon spät ist. Bitte unterbrechen Sie mich, wenn Sie das Gefühl haben, ich würde Sie langweilen. Ja?«

Er lächelte und sah von einem zum anderen.

»Gut, Ihr Schweigen fasse ich als Interesse auf.« Er

ging zum Schreibtisch zurück und setzte sich dort wieder auf die Ecke der Tischplatte. »Ich würde Ihnen gerne eine tolle multimediale Präsentation vorführen oder mit Ihnen eine Tour durch unsere Labore machen. Aber wie mir scheint, sind Sie beide etwas zart besaitet, sodass es vermutlich wenig gewinnbringend wäre. Bleiben wir also hier in diesem Büro. Und am Ende des Gesprächs überlegen wir gemeinsam, wie es weitergehen soll, einverstanden?«

Er drehte sich halb herum und drückte seine Zigarette in einem Aschenbecher aus.

»Angefangen hat unsere Arbeit bereits vor Jahrzehnten. Damals mit Grundlagenforschung, wenn Sie so wollen. Und noch dazu zunächst auf einem ganz anderen Gebiet: Krebsforschung. Wir investieren auch heute noch viel in diesen Sektor, müssen Sie wissen. Krebs. Der ewige Feind des Menschen, nicht wahr? So unendlich viele Formen bösartiger Wucherungen, die erst einzelne Organe befallen und dann den ganzen Körper mit Metastasen überschwemmen und auffressen.

Wie verhindert man das Wachstum ausgerechnet dieser Zellen, wie findet man einen Wirkstoff, ein Werkzeug, das nichts anderes schädigt und ganz selektiv nur das vernichtet, das uns schadet – obwohl auch das nichts anderes als lebendes, wachsendes, körpereigenes Gewebe ist? Ein Stein der Weisen ist bisher nicht gefunden, auch von uns nicht, und neben unzähligen Therapieformen, die in nur wenigen Fällen anschlagen, bleibt im Grunde der nachhaltigste Eingriff der, das befallene Gewebe – oder Organ – einfach zu entfernen.

Aber man kann nicht einfach Blasen, Hoden, Nieren, Lungen, Blut und alles, was von Krebs befallen wird, nach und nach entfernen, bis nur noch eine menschliche Hülle übrig ist. Die entsprechenden Teile müssten schließlich auch ersetzt werden. Dass dies nicht nur medizinisch problematisch ist, wissen Sie selbst. Es gibt schlicht nicht ausreichend Ersatzorgane auf der Welt, nicht einmal für diejenigen Menschen, die bereits monate- und jahrelang auf ein neues Herz hoffen. In Osteuropa, Afrika und Asien blüht der Schwarzmarkt mit illegalen Organen, die in Krankenhäusern Lebenden und Toten entfernt und unter der Hand weiterverkauft werden.

Also haben wir vor einigen Jahren einen Forschungszweig eröffnet, der sich mit der Frage beschäftigt, wie Ersatz für menschliche Organe geschaffen werden könnte. Sicher haben Sie von der Stammzellenforschung gehört. Sehr viel Genetik, sehr technisch und auch heute noch leider sehr theoretisch. Sie als Medizinerin, Frau Thomas, sind ja informiert, aber Herr Hiller weiß es vielleicht nicht: Zellen im Körper sind hochspezialisiert. Aber Stammzellen enthalten die Anlagen, sich zu jeder möglichen anderen Zelle zu entwickeln. Die Idee ist also, Stammzellen eines Patienten zu vervielfältigen und sie dazu zu bringen, sich zu exakt den Zellen und dem Zellenverbund, dem Organ, zu entwickeln, das man benötigt. So könnte man aus Ihren Stammzellen ein neues Herz züchten oder einen neuen Lungenflügel, und es bestünde aus Ihrem eigenen Gewebe, man könnte es Ihnen einpflanzen, und es würde sich nahtlos in Ihren Körper einfügen. Ist das nicht grandios?«

Wieder lächelte Luc breit, als freue er sich selbst darüber. Dann verzog er den Mund.

»Leider funktioniert es heute noch nicht. Und auch wenn Sie in der Presse einmal Bilder von Mäusen gesehen haben, denen menschliche Ohren aus dem Rücken wachsen, sind das eher universitäre Experimente und taugen bestenfalls für ein Kuriositätenkabinett. Von nutzbringender und vor allem im großen Maßstab umsetzungsfähiger Wissenschaft ist das so weit entfernt wie die Lupe in Ihrem Taschenmesser vom Hubble-Weltraumteleskop.«

Juli rutschte auf ihrem Stuhl nach vorn und wollte etwas einwenden, aber Luc hob eine Hand.

»Ja, ich weiß, ich strapaziere Ihre Geduld. Ich komme gleich zum Punkt. Also: Stammzellenforschung, um Organe zu züchten, ist vorläufig keine Alternative. Aber sie war uns nützlich, wenn auch auf eine andere Weise.

Wir haben nach neuen Wegen gesucht, Organe zu beschaffen, und dabei Forschungen aus den Achtzigerjahren aufgegriffen. Nun kommen wir zu dem Stichwort, auf das Sie warten, Frau Thomas: Xenotransplantation. Die Verpflanzung von tierischem Gewebe und tierischen Organen in den Menschen. Ohne Frage wären solche Organe viel leichter und in erheblich größerer Menge verfügbar. Schon heute züchten wir Millionen von Tieren als Rohstoffproduzenten. Wir benötigen sie für Mich, Eier, Fleisch, Wolle, Leder, unendlich viele Dinge – ohne Tiere in Massen zu halten und zu züchten, wäre unser Leben heute nicht denkbar. Also statt sie zu essen, warum nicht ihre Organe für andere Zwecke verwenden? Dieser prinzipielle Gedanke dürfte für niemanden abwegig sein. Widersprechen Sie mir, wenn Sie denken, dass die Verwertung von Tieren als solches etwas Unnatürliches wäre.«

Tom hörte dem Mann zu, der sein Programm wie ein perfekt geschulter Verkäufer abspulte. Trotz seines gepflegten Aussehens und seiner flüssigen Ausdrucksweise umgab ihn eine Aura, wie er sie von manchen Cholerikern kannte. Bei aller vorgeblichen Freundlichkeit gärte etwas unter der Oberfläche, jederzeit bereit, hervorzubrechen. Diesem Mann zu widersprechen, würde nur so lange gut gehen, wie dessen unvorhersehbare Laune mitspielte. Und mit zwei bewaffneten Schlägertypen zu beiden Seiten wollte Tom ungern herausfinden, wie lange das war. Er hatte Pläne, und solange er denken und sich bewegen konnte, waren sie nicht vergessen. Also sollte der Mann alles erzählen, was er erzählen wollte. Es würde ihnen Zeit verschaffen und vielleicht sogar hilfreiche Informationen.

In der Zwischenzeit hatte Luc sich eine weitere Zigarette angesteckt.

»Da sehen Sie es, es gibt nichts zu widersprechen«, sagte er. »Tiere können verwertet werden. Wir tun es schon heute überall, auf der ganzen Welt. Aber ganz so einfach ist es natürlich nicht, wie Sie sich denken können. Zunächst einmal müssen Tiere gefunden werden, deren Organe überhaupt dieselben Funktionen übernehmen wie unsere eigenen. Die vier Mägen einer Kuh erfüllen andere Funktionen als der Magen eines Menschen, sie würden uns nichts nützen – abgesehen davon, dass in einem Mensch nicht genug Platz wäre und es gesellschaftlich fragwürdig wäre, wenn Sie Ihre Pizza im Restaurant hochwürgen und wiederkäuen würden.«

Er lachte laut auf und störte sich einige Momente lang nicht daran, dass Juli und Tom seinen Witz in keinster Weise zu würdigen wussten. Dann wurde er schlagartig wieder ernst.

»Also, nicht jedes Tier hat Organe, die mit unserem System kompatibel sind. Es gibt aber noch eine viel größere Schwierigkeit. Denn der menschliche Körper ist intelligent genug, fremdes Gewebe zu erkennen und zu bekämpfen. Das ist schon bei den unterschiedlichen Blutgruppen unter uns Menschen so, und auch transplantierte Organe von anderen Menschen müssen vielen Kriterien entsprechen, sonst werden sie abgestoßen. Transplantationspatienten müssen viele Medikamente schlucken, um ihr eigenes Immunsystem davon abzuhalten, das eingepflanzte Organ zu bekämpfen. Von tierischem Gewebe natürlich ganz zu schweigen. Wenn Sie das Herz eines Pavians in die Brust eines Kindes setzen, wird es schwarz und fault Ihnen unter den Fingern weg. Nun, und das Kind wird dabei natürlich sterben, was man ja eigentlich vermeiden möchte.

Also liegt die Lösung des Problems logischerweise drin, entweder die Organe so anzupassen, dass sie vom Menschen akzeptiert werden, oder den Menschen so anzupassen, dass er die Organe nicht abstößt. Habe ich nicht recht?« Er wartete nicht auf eine Antwort, bevor er fortfuhr. »Mit unserer Forschung tun wir beides zugleich. Im Kellergeschoss dieser Anlage züchten wir unter anderem Schweine. Ihre Organe sind dem Menschen erstaunlich ähnlich. Es sind allerdings keine normalen Schweine. Ihr genetisches Erbgut ist modifiziert worden. Fragen Sie mich nicht nach Details, ich verstehe davon zu wenig. Nun, und zugleich haben wir Methoden entwickelt, in das Erbgut des Menschen so einzugreifen, dass sich sein Immunsystem wandelt und die tierischen Organe akzeptiert. Und voilà, wir können erfolgreich die Niere eines Schweines in den Körper eines Menschen einpflanzen.«

Nun schwieg Luc zum ersten Mal längere Zeit und sah Tom und Juli eindringlich an.

»Warten Sie auf eine Antwort?«, fragte Tom schließlich.

»Dann hätte ich wohl etwas gefragt, nicht wahr? Ich warte auf Ihre Reaktion. Die neuen Möglichkeiten, die sich uns nun eröffnen, müssten Sie begeistern.«

»Was Sie hier tun, ist pervers«, stieß Juli hervor. Tom sah zu ihr hinüber und legte eine Hand auf ihr Bein, um sie zu beruhigen. Doch Juli beachtete ihn nicht.

»Pervers, sagen Sie? Warum denken Sie das?« Luc legte die Stirn in Falten. Seine Frage klang ehrlich interessiert.

»Tun Sie nicht so, als hätten wir Ihre unmenschlichen Experimente nicht gesehen! Missgestaltete Menschen voller Elektroden in gläsernen Tanks und bei lebendigem Leib aufgeschnitten. Ist das etwa völlig normal für Sie?«

»Sicher ist Ihnen bewusst, dass man einen Körper öffnen muss, um eine Transplantation vorzunehmen. Und die Tanks enthalten eine spezielle von uns entwickelte Nährflüssigkeit mit wachstumsbeschleunigenden Mitteln. Sie ermöglichen die zügige Modifikation des

Immunsystems und unterstützen den Heilungsprozess. Sehen Sie sich Lazaro an.« Er wies auf den Wachmann neben Juli. Es war der Glatzkopf, den sie schon kannten. »Er stammt ursprünglich aus dieser Gegend hier, wussten Sie das? Als er zu uns kam, war er unterernährt und anämisch. Er litt an einem angeborenen Herzfehler. Es war nicht länger in der Lage, den Belastungen eines erwachsenen Körpers standzuhalten. Also haben wir ihn hier operiert. Lazaro, zeig unseren Gästen bitte deine Brust. Du kannst die Waffe so lange beiseitestellen, ich bin sicher, es ist kein Problem.«

Der grobschlächtige Mann behielt seine Waffe in der linken Hand, während er mit der rechten sein Hemd am unteren Saum ergriff und es nach oben zog. Sein Oberkörper war stark behaart. Unnatürlich stark und borstig.

»Keine OP-Narbe, wie Sie sehen«, sagte Luc. »Erstaunlich, nicht wahr? Und doch haben wir ihn operiert. In seiner Brust schlägt seit drei Jahren das Herz eines Ebers. Durch unsere Behandlung ist Lazaro nicht nur vollkommen regeneriert, sein Herz ist sogar besonders kraftvoll. Auch sein Blut haben wir verbessert, es kann mehr Sauerstoff aufnehmen und transportieren als herkömmliches menschliches Blut. Lazaro wurde nicht nur geheilt, wir haben mit ihm den Prototyp eines leistungsfähigeren Menschen erschaffen und ihm einen neuen Namen und eine neue Bestimmung gegeben. Und dafür ist er uns dankbar.«

»Sie erschaffen Hybriden aus Menschen und Tieren. Sie spielen Gott!« Juli spuckte die Worte geradezu aus.

»Es gibt keine Veranlassung, theatralisch zu werden,

Frau Thomas. Sehen Sie, die konventionelle Medizin beschränkt sich heute darauf, Krankheiten zu heilen und zerstörte Zähne oder Knochen wiederherzustellen oder durch Prothesen zu ersetzen. Aber es ist immer nur Flickwerk, kaum ein künstlicher Ersatz kann bisher an die Leistung des Originals heranreichen. Dabei gibt es ausreichend Materialien, die durchaus stabiler wären, wie Teflon, Keramik oder Platin, und vor allen Dingen unempfindlich gegen Krankheiten, Karies, Bakterien, Knochenkrebs. Technisch könnten wir schon längst in der Lage sein, Menschen erheblich zu verbessern, auch wenn Sie es dann die Erschaffung von Cyborgs nennen würden. Was die Entwicklung hemmt, sind wie immer die sinnlosen moralischen Bedenken. Wir haben uns davon befreit, und statt auf Maschinen und künstliche Bauteile zu setzen, greifen wir auf die Vielfalt und Genialität der Natur zurück. Wir verwenden nur organische Elemente und fügen sie optimal zusammen, um etwas Neues und Verbessertes zu schaffen. Es ist nicht anders als beim Kochen, wenn Sie so wollen. Auch Kartoffeln wuchsen ursprünglich nicht in Europa, und die Natur hat ihnen auch keine Bratensoße integriert. Dennoch kochen und essen wir beides zusammen, wir haben eine neue Kombination geschaffen, die besser schmeckt und gut für uns ist.«

»Sie haben vollkommen den Verstand verloren«, sagte Juli halblaut und schüttelte den Kopf.

Luc sah sie einen Moment lang unschlüssig an. Dann wandte er sich an Tom.

»Sie scheinen mir ungewöhnlich schweigsam. Und

das, obwohl Sie Journalist sind und viele Fragen haben müssten. Sind Sie nicht auch begeistert, wenn Sie an die neuen Möglichkeiten denken, die sich uns nun erschließen?«

»Im Augenblick denke ich nur an die verkrüppelten und missgestalteten Menschen, die ganz offensichtlich Ergebnisse Ihrer fehlgeschlagenen Experimente sind.«

»Nun, dann haben Sie offenbar nicht richtig verstanden, was ich vorhin erklärt habe. Sie befinden sich noch in Behandlung.«

»Ich meine …« Tom stockte. Ihm wurde plötzlich bewusst, dass Luc sich nur auf die Menschen in den Laboren bezog. Offenbar kam er gar nicht auf die Idee, dass Tom die Entstellten im Keller meinen könnte. Vielleicht wusste er also gar nicht, dass er und Juli sie gesehen hatten, dass sie von dort gekommen waren – und dass dort noch immer ein Weg nach draußen führte. »Es sah jedenfalls sehr schmerzhaft aus«, fuhr er daher fort.

»Auch die Wahrheit ist manchmal schmerzhaft, Herr Hiller, und dennoch ist sie wichtig, Ihnen doch ganz besonders, aus beruflichen Gründen sozusagen. Nun kennen Sie die Wahrheit über unsere Forschung.« Luc sah von Tom zu Juli und wieder zurück. Er machte eine einladende Geste. »Deswegen waren Sie ja auch hierhergekommen. Sie sehen also, ich helfe Ihnen gerne weiter. Aber werden auch Sie mir im Gegenzug weiterhelfen? Es gibt nämlich noch eine weitere Wahrheit, auch die müssen Sie kennen. Wir sind in einer empfindlichen Phase unserer Forschung, und wir können zurzeit keine Störungen von außen gebrauchen. Damit möchte ich sagen: Ich kann Ihnen nicht gestatten, nach Hamburg zurückzukehren und von dieser Einrichtung zu berichten. Verständlicherweise, wie ich hoffe.« Er lächelte. »Wie geht es also weiter, hm? Frau Thomas, haben Sie eine Idee? Einen Vorschlag? Wissenschaftliche Mitarbeit vielleicht?«

Juli funkelte ihn an. »Ganz sicher nicht!«

Luc nickte. »Ich verstehe. Und Sie, Herr Hiller? Interessieren Sie sich für unsere Forschung? Sie sind Journalist, also könnten Sie helfen, zu dokumentieren. Es müssen viele Berichte für unsere Investoren geschrieben werden. Und was unsere Wissenschaftler verfassen, ist niemandem zumutbar, es müsste redigiert und aufbereitet werden. Und Fotos könnten Sie dabei auch machen. Nun?«

Aber Tom schüttelte den Kopf. »Sieht schlecht aus, Luc. Meinetwegen können Sie sich Ihre Berichte in den Arsch schieben.«

Der Mann zuckte mit den Augenbrauen, aber zu Toms Enttäuschung blieb er ruhig.

»Nun, ich hatte im Grunde nichts anderes erwartet«, sagte er. »Meine Leute werden Sie jetzt abführen. Dann schauen wir mal, ob wir aus Ihnen herausbekommen, wie Sie hier hereingekommen sind, und danach werden wir Sie auf andere Weise in unser Projekt integrieren. Vielen Dank, Sie können gehen.« Er machte eine Handbewegung zu den Wachleuten. »Lazaro, bring die beiden in eine leere Zelle im C-Trakt. Und Xavier, du bleibst hier, wir müssen uns unterhalten.«

Lazaro stieß Tom den Lauf seiner Waffe in die Seite.

»Aufstehen!«, knurrte er.

Tom und Juli erhoben sich, und Lazaro dirigierte sie aus dem Raum. Er lief hinter ihnen, gab immer wieder kurze Kommandos und führte sie durch die Anlage.

Tom, der sich bemühte, die Orientierung zu behalten und sich Türen und Abzweigungen zu merken, raunte Juli zu: »Wir hätten mitarbeiten können. Zumindest eine Weile. Und dann in aller Ruhe einen Fluchtplan ausarbeiten können.«

»Er hätte uns niemals einfach mitarbeiten lassen«, gab Juli zurück. »Ihm traue ich zu, dass er sich etwas hätte einfallen lassen, um sicher zu sein, dass wir bleiben.«

»Was denn? Hätte er uns anketten sollen?«

»Ja, mit elektronischen Fußfesseln zum Beispiel. Oder er hätte uns vergiftet und uns von einer täglichen Dosis Gegengift abhängig gemacht.«

»Meine Güte, du hast vielleicht eine Fantasie.«

»Nach dem, was wir hier gesehen haben, kann ich mir alles vorstellen. Aber du hast ja auch abgelehnt, warum hast du denn nicht zugesagt?«

»Ich hätte dich niemals allein gelassen.«

»Wirklich?« Juli sah zu ihm hinüber. »Das ist lieb von dir.«

»Haltet die Klappe!«, schnauzte sie Lazaro an. Er trieb sie vor sich her und führte sie zu einer Treppe, die in das Untergeschoss führte. Es war nicht dieselbe Stelle, an der sie heraufgekommen waren, aber Tom vermutete, dass sämtliche Gänge hier unten miteinander verbunden waren. Er hoffte es jedenfalls.

»Stehen bleiben«, wies Lazaro sie an, während er eine Tür aufschloss. »Da rein, los!«

Der Raum, den sie betraten, war ein bloßer Quader aus Beton. An einer Wand befand sich eine gemauerte Pritsche, auf der eine dünne Gummimatte lag. Ansonsten war er leer. Lazaro trat nach ihnen ein und schloss die Tür. Er richtete seine Waffe auf Juli.

»Du stellst dich dort hinten in die Ecke!«

Juli entfernte sich einige Schritte, so weit es der kleine Raum zuließ.

»Und du gibst mir die Kamera«, wies Lazaro Tom an.

Widerwillig händigte Tom sie dem Mann aus, der nicht den Eindruck erweckte, dass er mit sich diskutieren ließ.

Lazaro griff mit einer Hand nach dem Gerät und entriss es Toms Händen. Dann warf er die Kamera mit plötzlicher Wucht auf den Boden zu seinen Füßen. Das Objektiv brach ab, die gläsernen Linsen klirrten. Blitzschnell zielte er mit seiner Pistole und schoss zweimal in den Trümmerhaufen, der in unzählige Fetzen zersprang.

Tom schrie entsetzt auf und machte einen Satz vorwärts, aber Lazaro war schneller, hob sein Knie und rammte es Tom in den Bauch.

»Nein!«, rief Juli, aber Lazaro wies nur mit der Waffe hinüber.

»*Cala-te, puta*«, bellte er sie an und wandte sich wieder Tom zu, der zusammengekrümmt dastand.

Mit einer fließenden Bewegung steckte Lazaro seine Waffe auf dem Rücken hinter seinen Gürtel, und als er den Arm wieder nach vorn holte, schmetterte er seine Faust gegen Toms Kiefer. Das Zusammenschlagen seiner Zähne klang wie das Zerbrechen einer Steinplatte, und

Tom wurde haltlos nach hinten geschleudert, prallte auf den Boden und schlug mit dem Hinterkopf auf. Lazaro tat einen Schritt nach vorn und trat Tom mit seinem Stiefel in den Unterleib. Juli schrie erneut auf. Tom stöhnte unartikuliert, und noch einmal trat der Wachmann zu.

Juli sprang nach vorn und trat nach den Beinen des Wachmannes, aber er blieb stehen, drehte sich zu ihr um und stieß sie so heftig zurück, dass sie rückwärts zu Boden ging.

Ein weiteres Mal trat er Tom, aus dessen halb geöffnetem Mund Blut quoll. Dann wandte er sich an Juli, die sich gerade bemühte, wieder aufzustehen. Lazaro zog seine Pistole hervor und richtete sie auf Juli.

»Ausziehen.«

Juli wurde bleich.

»Sofort!«, herrschte Lazaro sie an und schlug ihr mit der flachen linken Hand ins Gesicht.

Der Schlag brannte wie glühender Stahl, und Tränen schossen Juli in die Augen. Sie hasste sich dafür, weil sie wusste, wie hilflos sie dadurch aussah, aber sie wagte auch nicht, sich zu rühren. Sie zuckte zurück, als die Hand des Mannes noch einmal hervorschnellte. Aber dieses Mal schlug er sie nicht. Er ergriff den Kragen ihres T-Shirts und riss ihn so heftig herunter, dass es zerriss.

»Zieh deine Hose aus!«, befahl er.

Juli gehorchte. Sie hatte keine andere Möglichkeit. Er hielt die Waffe auf sie gerichtet und wäre ihr auch so körperlich weit überlegen. Sie beugte sich hinunter und schnürte ihre Schuhe auf. So hoffte sie, Zeit zu gewinnen. Aber sie nützte ihr nichts. Sie fühlte sich wie blockiert.

Auch während sie ihre Hose ablegte, überlegte sie weiter fieberhaft, was sie tun könnte. Tom stöhnte leise am Boden, aber er konnte sich kaum rühren.

»Die Unterhose auch! Ich will deine Muschi sehen.«

Julis Gedanken waren elektrisiert und orientierungslos zugleich. Sie musste etwas tun! Trotzdem bewegte sie sich wie automatisch gesteuert weiter, so langsam es ging, ohne den Mann zusätzlich zu reizen und so viel Zeit wie möglich zu haben. Als sie schließlich nur noch mit ihrem Slip bekleidet vor dem grobschlächtigen Glatzkopf stand, konnte sie die Gier in seinen Augen funkeln sehen.

Lazaro machte nur eine Handbewegung mit der Waffe. Sie hatte sich getäuscht. Je weiter sie es hinauszögerte, desto aufmerksamer wurde er. Seine Sinne waren jetzt gespannt wie die eines wilden Tieres, er würde jeder ihrer noch so kleinen Bewegungen augenblicklich zuvorkommen. Sie konnte nichts anders tun. Sie musste sich ausziehen.

Langsam streifte sie den Slip von ihrer Hüfte, schob ihn nach unten und stieg aus ihm hinaus.

Lazaro grinste. »*À moda brasileira*«, bemerkte er zufrieden. Dann dirigierte er Juli mit der Waffe zur Pritsche. »Hinlegen!«

Juli ging zur Pritsche hinüber und beobachtete dabei, wie der Mann sich an seiner eigenen Hose zu schaffen machte. Als sie die Pritsche erreicht hatte und sich auf die kalte Gummimatte setzte, griff er gerade in seinen geöffneten Hosenschlitz und holte seinen bereits erigierten Penis heraus, der sich prall und rosa glänzend von der dunklen Uniform abhob.

Julis Gedanken rasten.

Lazaro steckte die Waffe erneut weg und kam breitschultrig und mit ausgestreckten Armen auf sie zu. Er würde sie mit eisernem Griff festhalten, sie wie eine Strohpuppe niederdrücken und sich an ihr vergehen, brutal und massiv wie ein dampfender Stier.

Dann trat er in Julis auf dem Boden liegende Jeans, und als sein Fuß den Stoff unwirsch beiseiteschob, hörte Juli ein schabendes Geräusch.

Augenblicklich erkannte sie ihre Chance.

Sie beugte sich ein Stück von der Pritsche herab und streckte sich nach der Wasserflasche aus, die noch immer am Gürtel ihrer Jeans hing.

»Bitte«, krächzte sie, »ich möchte noch etwas trinken …«

Lazaro blieb stehen und sah sich um. Er hob die Jeans hoch und nahm die Wasserflasche zur Hand.

»Etwas trinken, ja?« Er lachte. »Ich werde dir gleich etwas zu trinken geben.« Bei diesen Worten massierte er seinen Penis und wies mit ihm auf sie. Dann hob er die Flasche an den Mund und riss mit den Zähnen den Verschluss ab. »Aber nicht das hier.« Er lachte noch einmal, dann setzte er sie an und trank in großen, maßlosen Schlucken. Einen Lidschlag später war die Flasche leer, und er warf sie in die Ecke. Er kam auf Juli zu, legte eine Hand auf ihren Brustkorb und drückte sie nach hinten. Er ließ die Hand dort und hielt sie damit fest wie ein Schraubstock. Dann trat er zwischen ihre Beine und drückte sie mit seinen Knien auseinander, bis sich ihm Julis Scham direkt präsentierte. Mit seiner freien Hand ergriff er ihren Oberschenkel und zog sie ein Stück näher. Dann umfasste er seinen Penis, dirigierte ihn ein Stück und stieß ihn dann so heftig in sie hinein, dass sie aufschrie. Er umkrallte wieder Julis Oberschenkel und begann mit zuckenden, brutalen Stößen.

Kapitel 14

Labor M2 –
Brasilien, 31. Juli

In Julis Kopf stieben rote und gleißend weiße Funken durcheinander, sie wusste, dass sie schrie, aber sie konnte sich nicht hören. Und dann hörten die Stöße plötzlich auf. Sie spürte ein Ziehen, als die Hände des Mannes von ihrer Brust und ihrem Schenkel rutschten, und dann hörte sie, wie der Brasilianer dumpf auf dem Boden zusammensackte.

Sie rollte sich mit schmerzhaft verkrampftem Unterleib zur Seite und sah über den Rand der Pritsche. Dort lag der Mann, zuckte spastisch und spuckte Schaum. Er trat und hieb unkontrolliert um sich, seine Augen zeigten nur noch das Weiße. Innerhalb weniger Sekunden ebbte sein Anfall ab, noch einmal zuckte sein Arm unkontrolliert, dann war der Mann tot.

Juli setzte sich auf und keuchte. Sie spürte, wie ihr Tränen über das Gesicht rannen. Es war nicht nur der körperliche Schmerz, sondern das Gefühl ihrer unfassbaren Ohnmacht gegenüber dieser bösartigen, alles verachtenden Gewalt, die in ihr innerstes Selbst eingedrungen war und alle Sicherheiten und Grenzen gesprengt hatte. Sie fühlte sich schutzlos. Ihr Körper hatte jede Funktion als Festung ihres Geistes verloren, ganz so, als läge ihr kümmerliches Ich nun offenbar und könnte jederzeit von allen Seiten angegriffen und verschlungen werden.

Als sie Tom am Boden stöhnen hörte, fand sie wieder zu sich. Sie wischte sich mit dem Handrücken das Gesicht ab, stand mit wackeligen Beinen von der Pritsche auf und suchte ihre Kleidungsstücke zusammen. Sie hatte den unbändigen Drang, sich zu waschen, aber es gab keine Möglichkeit, sich hier zu reinigen. Angewidert zog sie ihren Slip an, der Slip, der ihr zuvor noch vertraut gewesen war, aber nun das Brennen in ihrem Inneren festhalten würde. Sie versuchte, sich an dem Gedanken festzuhalten, dass der Mann wenigstens nicht in ihr ejakuliert hatte, aber statt sie zu beruhigen, verstärkte die bloße Vorstellung davon nur den grenzenlosen Ekel in ihr.

Sie zog sich an und bemühte sich dabei, ihre Augen nicht zu lange auf der verkrampften Leiche des Mannes ruhen zu lassen. Als sie fertig war, kniete sie sich zu Tom herunter und half ihm, während er versuchte, sich langsam in eine sitzende Position zu bringen. Toms linke Gesichtshälfte war angeschwollen, das untere Lid war dick und verengte sein Auge zu einem bloßen Schlitz. Sein Mund war voller Blut. Er beugte sich ein wenig zur Seite, spuckte aus und ließ Blutfäden auf den Boden laufen.

»Was«, brachte er mühsam hervor, »hat er dir angetan?«

»Es ist schon gut«, antwortete Juli, die Toms furchtbarer Anblick für einen Augenblick ablenkte. »Er ist tot.«

»Was ist passiert?«

»Er hat die Wasserflasche des Schamanen leer getrunken.«

»Geschieht … ihm recht.«

Juli strich Tom über den Rücken.

»Kannst du aufstehen?«

Tom stützte sich ab und erhob sich langsam. Sein Schädel dröhnte, und er spürte, dass sein Gesicht angeschwollen war. Seine Lippe war aufgeplatzt, er schmeckte Blut und wagte nicht, mit seiner Zunge die Festigkeit seiner Zähne abzutasten, vor Angst, was er vorfinden würde. Sein Bauch fühlte sich an, als hätte man ihm einen Baumstamm in den Magen gerammt. Nur mühsam konnte er sich gerade hinstellen. Juli hielt ihn fest. Tom wusste, dass der Mann auch sie angegangen hatte, aber er war einige Zeit vom Schmerz so betäubt gewesen, dass er nichts mitbekommen hatte, und sie schien nicht darüber reden zu wollen. Und vielleicht war es auch gut so. Sie mussten sich jetzt konzentrieren. Julis Schwester hatten sie nicht gefunden, und nun lief ihnen die Zeit davon. Sie mussten fliehen.

Tom ging an den Körper des Mannes heran und stieß ihn mit dem Fuß an. Er starrte ins Leere, zuckte nicht, der Schaum vor seinem Mund bewegte sich nicht. Er war tatsächlich tot.

Tom überwand sich, sich auf den Boden zu knien. Der Schmerz in seinem Bauch brannte auf, und er stöhnte leise auf, doch er musste die Leiche untersuchen. Er tastete den Mann ab und fand schließlich, was er gesucht hatte: den Schlüsselbund des Toten. Dann rollte er den Leichnam auf den Bauch und zog die Pistole des Mannes aus dessen Hosenbund.

»Kannst du denn damit umgehen?«, fragte Juli.

»Ich hab's noch nie gemacht, aber wie schwierig kann es schon sein?«, antwortete er und streckte den Arm aus, sodass Juli ihm noch einmal hochhelfen konnte.

»Jetzt nichts wie weg«, sagte er, »bevor die merken, dass er nicht zurückkommt.«

Tom öffnete die Tür und sah vorsichtig auf den Gang. Er konnte keine Überwachungskameras entdecken. Vermutlich gab es hier unten keine, sondern nur in den Labors, sonst hätte Luc gewusst, dass sie aus dem Keller gekommen waren. Sie verließen den Raum, schlossen ihn hinter sich ab und gingen den Gang entlang, so schnell es ihr Zustand ermöglichte.

»Was machen wir jetzt?«, fragte Juli.

»Wir müssen die Gefangenen freilassen. Und ich will noch irgendetwas kaputt machen. Am liebsten eine Bombe in das Rechenzentrum schmeißen oder so was.«

»Was ist mit den Menschen in den Labors?«

»Ich glaube nicht, dass wir etwas für sie tun können.«

Sie folgten dem Gang und erreichten bald eine Kreuzung, die sie wiedererkannten.

»Da«, sagte Tom und wies auf die Tür mit dem gelben Starkstrom-Symbol, die sie schon zuvor bemerkt hatten. Er ging heran, probierte einige Schlüssel vom gestohlenen Bund aus, und kurze Zeit später hatte er sie geöffnet.

Ein schwacher Geruch aus Maschinenöl und Diesel drang ihnen entgegen. Tom legte einen Schalter neben der Tür um, und die Deckenbeleuchtung flammte auf. An der Wand stand ein großes Pult mit zahlreichen leuchtenden Lämpchen, Knöpfen und Displays. Sie schritten das Pult entlang. Dahinter befand sich eine gewaltige unförmige Maschine, die ein tiefes Brummen von sich gab.

»Von hier aus versorgen sie die Anlage mit Strom«, sagte Tom. »Das dort drüben ist der Generator … meine Güte, das ist ja fast ein Schiffsdiesel.«

Juli betrachtete die verschiedenen Anzeigen auf dem Kontrollpult. »Verstehst du etwas davon?«

»Nein«, gab Tom zu. »Aber um es kaputt zu machen, muss man kein Experte sein.«

Er nahm die Pistole und zielte auf einige Kabel und Rohre, die oberhalb des Generators in der Decke verschwanden. Er drückte ab. Der Schuss hallte laut durch den Raum, die Kugel schlug beim Auftreffen Funken.

»Was machst du denn da?«, rief Juli entsetzt.

»Das da sind entweder Stromkabel oder Leitungen für Diesel oder Kühlflüssigkeit, schätze ich. Auf jeden Fall etwas, das keinesfalls kaputtgehen sollte.« Noch einmal schoss er in die Richtung. Die Waffe zuckte heftig in seiner Hand, aber dieses Mal hatte er etwas getroffen. Ein Loch war entstanden, und Flüssigkeit spritzte in einem fingerdicken Strahl heraus.

»Bist du verrückt?!«, rief Juli. »Das kann sicher alles explodieren.«

»Ach was. Das ist schlimmstenfalls Diesel, da passiert so schnell nichts. Interessant wird es erst, wenn sich die Dämpfe hier verbreiten.« Er versuchte sich an einem Grinsen, aber sein geschwollenes Gesicht verzerrte sich nur zu einer Fratze, und die Bewegung schmerzte ihn.

Er wischte mit dem Finger einige der Spritzer ab und roch daran. »Gut«, beschloss er. »Das ist der Kraftstoff.

Vielleicht nützt es ja etwas.« Er wandte sich der Kontrolleinheit zu und studierte sie eine Weile. Dann zuckte er mit den Schultern und feuerte zweimal in schneller Folge darauf. Zufrieden sah er, dass viele der Lampen ausgingen und andere hektisch zu blinken begannen. »Auch nicht schlecht. Diese Reparatur wird wenigstens teuer. Los, jetzt raus hier.«

Sie verließen den Raum, Tom schloss die Tür hinter ihnen ab und verdrehte dann den Schlüssel so, dass er im Schloss abbrach.

Das Licht im Gang war ausgegangen. Nur noch kleine Notlampen, die in großen Abständen angebracht waren, glühten und erzeugten ein schwaches Zwielicht.

Sie liefen den Gang entlang zu dem Gewölbe, aus dem sie zwei Stunden zuvor gekommen waren.

Erneut überwältigte sie der bestialische Gestank, der ihnen entgegenschlug, als sie die Stahltür geöffnet hatten. Das Kreischen, Heulen und Wimmern der Gefangenen umfing sie augenblicklich. Die Neonröhren leuchteten noch.

Tom trat an die erste der Zellen heran. Sofort kamen einige der Entstellten an die Gitter und streckten ihre Arme hindurch. Einer presste mit einer plötzlichen Bewegung sein Gesicht zwischen die Stäbe, entblößte seine faulig stinkende Mundhöhle und spie Tom schaumigen Geifer entgegen.

»Zeig ihnen dein Medaillon«, sagte Juli. Tom, der einen halben Schritt zurückgetreten war, zog den Anhänger hervor und hielt ihn den wütenden Menschen entgegen.

Es dauerte einen Moment, dann stellte sich trotz aller

Wildheit ein Erkennen in den wässrig-trüben Augen des vordersten Mannes ein. Seine Bewegungen stockten, dann grunzte er unverständliche Worte und trat zurück. Eine angespannte Stille breitete sich aus, erst in dieser Zelle, dann durch das ganze Gewölbe.

»Ich will euch helfen«, sagte Tom eindringlich, wohl wissend, dass ihn die Leute selbst in besserem Zustand nicht verstehen konnten.

»*Ajudamos!*«, fügte Juli auf Portugiesisch hinzu.

»Jetzt hoffe ich nur, dass wir die richtigen Schlüssel dabeihaben«, meinte Tom, und während immer mehr Menschen in der Zelle sich in erwartungsvollem Abstand von der Tür gruppierten und schwankend darauf warteten, dass etwas geschah, probierte Tom verschiedene Schlüssel aus. Schließlich schnappte der Riegel zurück, und Tom zog die Gittertür auf.

Die Menschen dahinter sahen ihn zögerlich an.

»Los, kommt«, rief Tom. »Ihr könnt herauskommen.«

Aber die Menschen rührten sich nicht von der Stelle. Ungläubig sahen sie durch die geöffnete Tür. Einige hielten ihre Köpfe schief, andere streckten die Hände aus, als könnten sie die Leere vor ihnen ergreifen.

Tom wandte sich ab. »Los, wir müssen die anderen Zellen auch aufschließen!«

Tom öffnete eine Zelle nach der anderen. Immer wieder redete Juli auf Portugiesisch auf die Menschen ein, und nach einer Weile traten die ersten von ihnen aus ihren Zellen und wankten unsicher auf den Gang. Vielleicht waren sie vor Schmerzen und Hunger fast verrückt, aber dass hier etwas Außergewöhnliches geschah und dass sie diesem Ruf folgen mussten, das verstanden sie. Der Lärmpegel im Gewölbe stieg an, die Bewegungen der Menschen wurden erregter, sie scharten sich umeinander. Juli beobachtete, wie einige der Menschen sich um diejenigen kümmerten, die Schwierigkeiten hatten, aufzustehen, Kinder wurden mit zittrigen Bemühungen hochgehoben, und mehrfach sah sie, dass sich Männer und Frauen in die Arme nahmen, behutsam, als könnten sie sich verletzen oder den unwirklichen Zauber des Augenblicks zerstören.

Einige der Menschen traten an Tom und Juli heran und berührten sie am Rücken, an der Schulter, am Bauch, eine Frau strich Juli über die Haare. Es waren ungelenke, Hilfe suchende Bewegungen, voller Angst und zugleich von einer Dankbarkeit, die weder Juli noch Tom jemals erlebt hatten.

Sie blieben stehen.

»Mein Gott«, hauchte Tom. Er fühlte, dass er kaum in der Lage war, zu sprechen.

Juli spürte, dass sie am Arm ergriffen wurde. Bestimmter und fester als bisher. Sie drehte sich erschrocken um, aber dann sah sie in das Gesicht einer Frau mit überraschend klarem Blick. Sie hatte sich einen Lumpen notdürftig umgeschlungen, um ihre Blöße etwas zu bedecken. Mit der anderen Hand wies sie in eine der Zellen. Sie zog ein Stück an Julis Arm, und als Juli einen vorsichtigen Schritt in ihre Richtung machte, führte die Frau sie in die hintere Ecke der Zelle.

Dort saß eine Frau auf dem Boden. Sie hatte die Knie angezogen und hielt sie mit beiden Armen umschlossen.

Ihr Kopf war nach unten geneigt und wippte in einer ständigen Bewegung vor und zurück.

Der Anblick ließ Juli erzittern. Ihr Herz schien für einen Moment auszusetzen, es stach in ihrer Brust, dann schnappte sie nach Luft.

Sie stürzte nach vorn, warf sich förmlich auf den Boden, kniete sich vor die Frau, umfasste ihre Schultern mit beiden Händen und drückte sie nach hinten.

»Marie«, stieß Juli aus. »Marie!«

Der Kopf der Frau drohte in den Nacken zu fallen, ihr Blick wanderte starr zur Decke, dann zuckte er zurück, und sie sah an Juli vorbei ins Leere.

»Marie!«, rief Juli. »Ich bin es, deine Schwester! Marie, hörst du?!« Juli schlang die Arme um sie und vergrub ihren Kopf in Maries Halsbeuge.

Tom eilte herbei und hockte sich neben Juli. Selbst im dämmrigen Licht des Gewölbes konnte er erkennen, dass die Frau ein Ebenbild von Juli war. Es war ihre Zwillingsschwester.

»Du hast sie gefunden!«, rief er aus. »Und sie lebt!«

Er hörte, wie Juli schluchzte. Aber Maries Augen blieben ausdruckslos.

»Sie steht unter Schock«, sagte Tom. »Sie erkennt dich nicht. Wir müssen sie hier herausbringen!«

Juli hob den Kopf, schluckte und sah in die abwesende, eingefallene Miene ihrer Schwester. »Ich bin hier«, wiederholte sie immer wieder mit zittriger Stimme und strich ihr über die Wange. »Ich bin hier, meine Süße.«

Der Lärm um sie herum änderte mit einem Mal seine Qualität. Die Aufregung wich einer Unruhe, und als Tom sich umsah, erkannte er den Grund dafür. Die Tür war geöffnet, und ein bewaffneter Sicherheitsmann stand auf dem Gang.

Die Menschen wichen beiseite, drängten sich an die Gitterstäbe, aber nur wenige kehrten in ihre Zellen zurück.

Der Wachmann spürte die drohende Gefahr der Situation und hielt seine Pistole im Anschlag. Er rief einige bellende Worte auf Portugiesisch, dann feuerte er einen Schuss an die Decke. Die Menschen zuckten zusammen, einige schrien vor Schreck auf, aber sie zogen sich nicht vollständig zurück. Er sah sich um, versuchte zu verstehen, was vor sich ging. Wieder rief er etwas und richtete seine Waffe auf die Menschen, die nun langsam, aber beständig auf ihn zukamen.

Tom beobachtete das Geschehen aus der im Halbdunkel liegenden Ecke der Zelle. Seine Gedanken überschlugen sich. Seine übereifrige Sabotage an der Energieanlage war sicher längst schon aufgefallen. Dieser Mann war vermutlich nur der erste, der hier unten angekommen war, um nach dem Rechten zu sehen. Sie mussten ihn ausschalten, bevor er Alarm schlagen konnte.

Inzwischen versuchte der Mann die Menschen in ihre Zellen zu scheuchen. Aber nur wenige folgten seinen Befehlen, die meisten blieben stehen, einige bedrängten ihn, spuckten ihn an. Der Wachmann erkannte, dass er allein keine Chance hatte, die Situation unter Kontrolle zu bekommen. Er machte einige Schritte rückwärts, wollte zurück zur Tür, doch auch dort hatten sich nun schon einige der Gefangenen versammelt und versperrten ihm den Rückweg.

Tom sah, dass der Mann immer unruhiger wurde, als sich die Meute um ihn scharte. Noch einmal rief er, aber sein Brüllen schien keinen Effekt zu haben. Dann löste sich ein Schuss. Die Menschen stieben auseinander. Einer der Gefangenen stand noch direkt vor dem Wachmann und sackte gerade in sich zusammen.

Tom stürmte aus der Zelle auf den Gang.

»Hey, Arschloch!«, rief er durch das Gewölbe. Alles drehte sich zu ihm um. Der Wachmann, der eben noch auf den von ihm angeschossenen Mann auf dem Boden gestarrt hatte, sah überrascht auf. Er zögerte, als er Tom sah, der vollständig angekleidet und ganz offenbar kein Gefangener war. Dass Tom ebenfalls eine Pistole in der Hand hielt, erkannte er zu spät.

Tom drückte ab. Sein Schuss peitschte durch das Gewölbe und verfehlte den Mann um mehr als einen Meter.

Die Überraschung währte nicht lange. Der ausgebildete Sicherheitsmann zielte ebenfalls und feuerte.

Die Kugel traf Tom mit überraschender Wucht und ließ ihn zurücktaumeln. Brennender Schmerz zuckte durch seinen Körper. Er strauchelte und kippte seitlich auf den Boden.

Mit infernalischem Lärm kreischten die Gefangenen plötzlich auf, sie tobten und stürmten auf den Wachmann zu, der keine Möglichkeit mehr hatte, zu reagieren. Schon waren sie bei ihm, stürzten sich mit Fingernägeln und Zähnen auf ihn und begruben ihn in alles zerfetzender Wut unter sich.

»Tom!«

Juli kniete neben ihm.

Tom drehte sich auf die Seite, wollte sich aufstützen, aber sein Arm gab unter ihm nach.

»Du bist angeschossen«, hörte er Juli sagen. Es fiel ihm schwer, sich zu konzentrieren, zu sehr hielt ihn der Schmerz gefangen. Er strahlte glühend heiß aus seinem linken Oberarm. Juli hantierte an ihm herum. Er konnte nicht sehen, was sie tat.

»Ein Durchschuss«, hörte er sie sagen. »Die Arterie ist unverletzt.«

»Die Tür …«, brachte er hervor, »… abschließen.«

Juli musste ihn verstanden haben. Sie tastete ihn ab, er hörte das Klimpern des Schlüsselbundes, dann war sie weg.

Er bemühte sich, ruhig zu atmen und zu Sinnen zu kommen. Er öffnete die Augen und sah den Fußboden. Dann hob er den Blick. Um ihn herum standen Gefangene und blickten auf ihn herab, unschlüssig, was sie tun sollten. Tom holte tief Luft und drehte sich so, dass er sich auf den unverletzten Arm stützen konnte. Dann robbte er ein Stück zum nächstgelegenen Gitter, zog sich daran ein wenig hoch und lehnte schließlich seinen Rücken daran an. Mit einem Fuß angelte er nach der Pistole, die ihm aus der Hand gefallen war, und zog sie zu sich heran.

Einen Augenblick später kam Juli zurück.

Sie hatte einen Stoffstreifen dabei, den sie irgendwo aufgelesen hatte, und umwickelte damit seinen linken Arm oberhalb der Verletzung, um ihn abzuschnüren.

»Wie kommen wir jetzt hier raus?«, fragte sie.

»Kannst du die Leute anweisen?«

»Ich hoffe es …«

»Wir müssen die Tür verbarrikadieren, um Zeit zu gewinnen«, erklärte Tom. »Dahinten stand doch so eine Art Liege. Die sollen sie vor die Tür schieben, vielleicht gibt's hier auch noch mehr. Und sie sollen sie möglichst verkeilen, sodass man hier auf keinen Fall reinkommt. In der Zwischenzeit sollen die anderen anfangen, durch den Tunnel zu fliehen.«

Juli zögerte.

»Was ist?«, fragte Tom.

»Marie …«

»Sie lebt. Das ist doch das allerwichtigste!« Tom ergriff Julis Hand. »Wir holen sie hier raus. Ich verspreche es. Aber wir müssen uns beeilen.« Sein Blick wanderte zur Tür. Sie stand offen, einige der kräftigeren Gefangenen versammelten sich dort. »Wir sollten sie abschließen!«, sagte er. »Die anderen Wachleute werden jeden Augenblick hier sein.«

»Das habe ich ja versucht, aber sie ließen mich nicht. Sie waren lange genug eingesperrt, jetzt wollen sie nur noch raus.«

Tom schüttelte den Kopf. »Es ist viel zu gefährlich. Wir müssen durch den Tunnel.«

»Und die Schwachen?«

»Ich weiß es nicht. Vielleicht können sie noch krabbeln.« Tom zog sich mit seinem gesunden Arm am Gitter hinter ihm hoch. Juli half ihm auf. »Jetzt kümmern wir uns um deine Schwester, komm.«

Sie gingen zurück zu Marie, die noch immer mit starrem Blick in der Zelle saß. Sie hatte ihr einförmiges Schaukeln wieder aufgenommen und reagierte nicht, als Juli sich zu ihr herunterbeugte.

»Wir müssen sie aufrichten«, sagte Tom. Juli umfasste sie von hinten und zog sie auf die Beine. Schließlich stand Marie wankend da. Juli ergriff ihre Hand.

»Wir müssen gehen«, sagte sie. »Nach Hause gehen, hörst du?«

Sie zog ihre Schwester behutsam, und tatsächlich machte Marie einige Schritte. Sie bewegte sich automatisch wie in Trance, als würde sie nicht wahrnehmen, was geschah. Aber sie ließ sich führen.

Sie traten mit Juli auf den Gang, als an der Tür ein Tumult losbrach. Die Gefangenen hatten von dem Wachmann abgelassen, der leblos dort lag, immer mehr stürmten nun zur Tür, ihr Kreischen steigerte sich zu einem ohrenbetäubenden Gebrüll. Kurz darauf hallten zwei Schüsse durch das Kellergeschoss, aber die Gefangenen ließen sich nicht aufhalten, strömten hinaus, drängten die Wachleute vermutlich zurück.

»Los, zum Tunnel«, rief Tom und lief schon voraus in die hinterste Zelle, in der sich der Zugang befand. Sein Arm fühlte sich inzwischen an, als sei er mit einer engen Manschette aus glühenden Eisen umfasst, er war schwer und brannte dumpf. Tom konnte sich nicht vorstellen, wie er damit durch den Tunnel krabbeln sollte, aber er versuchte, nicht daran zu denken. In der Zelle angekommen, ging er zu der Liege, die über dem niedrigen Eingang stand, und zerrte sie beiseite.

Juli kam herbei und führte ihre Schwester mit sich.

Ihnen folgten einige andere Gefangene. Sie stützten sich gegenseitig und hielten einander an den Händen wie Verwandte und Paare, die zusammengehörten. Angetrieben wurden sie von dem Mann, der ihm ganz am Anfang gegenübergestanden und Toms Medaillon erkannt hatte. Er mochte kränklich und entstellt sein, aber er war nicht halb so irrsinnig, wie es schien, sein Wille war ungebrochen, und sein Verstand klar genug, um zu verstehen, was zu tun war.

»Geh du voran«, sagte Tom zu Juli. »Nimm Marie mit. Ich sorge dafür, dass alle mitkommen.«

Juli zögerte.

»Nun los!«, rief Tom. »Wer weiß, wie viel Zeit uns noch bleibt!«

Juli ging in die Knie und krabbelte in das Loch. Sie versuchte, hinter sich zu greifen, um ihre Schwester mit sich zu ziehen, aber sie musste sich nicht darum bemühen. Schon drängten sich die anderen Gefangenen in den Fluchttunnel und schoben Marie vorwärts, die sich nun ebenfalls bückte und kurz darauf in der Dunkelheit verschwand.

Tom wollte auf die letzten Flüchtlinge warten. Erst dachte er, es wäre nur ein halbes Dutzend, das ebenfalls diesen Weg wählte, aber es kamen immer noch mehr. An der Tür am anderen Ende des Gewölbes herrschte noch immer ein Durcheinander. Das Geschrei war groß, und gegen die Horde der von Schmerzen und Wut angetriebenen Menschen konnten die Wachleute dahinter unmöglich lange etwas ausrichten. Mit etwas Glück war die Anlage nicht auf so einen Fall vorbereitet, und wenn eine

Handvoll überraschter Sicherheitsleute alles war, was die Wissenschaftler zu ihrem Schutz zu bieten hatten, standen die Chancen gut, dass die wild gewordenen Gefangenen sie einfach überrennen konnten.

Tom lehnte sich an die Wand. Sein Arm pochte und kribbelte. Die Wunde brannte, aber seine linke Hand wurde kalt. Er ahnte, dass dies kein gutes Zeichen war.

Die Gefangenen krochen einer nach dem anderen in den Gang. Tom hätte sie gerne zu noch größerer Eile angetrieben, aber er wusste, wie dunkel und eng der Tunnel war. Dass sie überhaupt vorankamen, grenzte an ein Wunder. Er kam sich nutzlos vor. Er wollte die Stellung halten, aber tatsächlich gab es nichts, das er tun konnte. Weder im Augenblick noch, falls sie tatsächlich auf ernsthafte Gegenwehr stoßen und die Sicherheitsleute hier unten eintreffen würden. Es sei denn …

Tom lief los. Die Meute an der Tür drängte gerade hinaus. Jetzt war der richtige, vielleicht der einzige Zeitpunkt, seinen Plan umzusetzen. Er lief zur Tür und folgte den letzten Gefangenen, die brüllend durch die dahinterliegenden Gänge davonrannten. Zwei Schritte hinter der Tür rutschte Tom aus. Seine Beine glitten unter ihm weg, und er schlug rückwärts zu Boden, ohne sich mit den Armen auffangen zu können. Der Aufprall raubte ihm den Atem. Es dauerte einen Moment, bis er Luft holen und sich auf die Seite drehen konnte. Direkt neben ihm lagen zwei tote Wachmänner. Ihre Gliedmaßen waren verrenkt, die Gesichter zerkratzt und zertrümmert, der Boden um sie herum war nass von Blut, das von Hunderten Füßen verteilt worden war. Der ekelerregende metallische Geruch schnürte seine Kehle zu, und Tom bemühte sich hastig, aus der übergroßen klebrig-warmen Pfütze aufzustehen. Mehrfach rutschten seine Füße erneut weg, bis es ihm gelang, sich aufzurichten.

Er ging behutsam weiter, bis er die Kreuzung erreichte, die er schon kannte. Er bog in den Seitengang und wählte die Tür, hinter der er und Juli sich kurz versteckt hatten.

Das Licht in dem kleinen Lagerraum funktionierte nicht mehr, nur der schwache Schein der Notbeleuchtung aus dem Gang ließ ein wenig Orientierung zu.

Tom durchwühlte das Regal. Er hatte sich erinnert, was hier gelagert wurde, und nach einer Weile hatte er gefunden, was er suchte. Er konnte seinen linken Arm nicht mehr verwenden, also ergriff er so viel er konnte mit rechts und lief die Gänge zurück zu der Tür, hinter der sich der Generatorraum verbarg. Er musste noch zweimal in das Lager zurück, da er mit einer Hand nicht alles tragen konnte. Beim letzten Gang zerrte er einen der weißen Kanister mit sich. Er hatte daran gerochen, und der stechende Geruch hatte ihm alles gesagt, was er wissen musste.

Zurück an der Tür zum Generatorraum kniete er sich hin. Der Schmerz seiner Verletzung raubte ihm fast den Verstand, er schwitzte, und die Zeit lief ihm davon.

Hastig riss er eine Verpackung auf und holte das darin befindliche Papier heraus. Es diente vermutlich irgendeinem medizinischen Zweck, vielleicht als Unterlage für Pritschen oder zum Reinigen. Er riss so viel Papier heraus, wie er konnte, und stopfte es unter der Tür zum Generatorraum hindurch, bis er sicher war, dass es auf der anderen Seite eine möglichst große Fläche einnahm. Einen Teil davon ließ er auf den Gang herausschauen. Dann öffnete er den Kanister und warf ihn um. Die Reinigungsflüssigkeit ergoss sich über den Boden des Gangs, unter der Tür hindurch und tränkte das Papier.

Der letzte Teil war der schwierigste. Bei den Kerzen im Lagerraum hatten sinnigerweise auch Streichhölzer gelegen. Auf sie setzte er seine ganze Hoffnung. Er schob die Schachtel, die er mitgebracht hatte, mit einer Hand auf und klemmte sie mit dem Knie an die Wand. Dann zog er ein Streichholz heraus, entzündete es und warf es auf das getränkte Papier. Aber das Holz fiel daneben, landete in der Flüssigkeit auf dem Boden und erlosch.

Tom fluchte. Er hatte die Schachtel an der Wand zerquetscht, und nur mühsam konnte er ein weiteres Holz herausholen. Er riss es an der zerknitterten Reibfläche an. Dann ging er mit dem brennenden Streichholz in die Knie. Die Schachtel fiel zu Boden und saugte sich mit der vergossenen Reinigungsflüssigkeit voll.

Behutsam hielt Tom die kleine Flamme an eine trockene Kante des Papiers. Mindestens das Papier musste doch brennen! Und hoffentlich war das Reinigungsmittel so entzündlich, wie es roch.

Die Flamme fraß sich fast bedächtig in das Papier, breitete sich aus und erreichte schließlich die erste feuchte Stelle. Sie flammte auf. Blitzartig breitete sich ein fauchender, blau züngelnder Teppich über das ganze Papier aus und schoss nur einen Lidschlag später unter der Tür hindurch in den Generatorraum.

Tom sprang auf. Es hatte geklappt! Nun halfen nur

noch Glück und schnelle Beine. Er rannte zurück in das Gewölbe und zur hinteren Zelle, in der sich der Fluchttunnel befand.

Als er dort ankam, schien ihm eine Ewigkeit vergangen zu sein. Und nichts war geschehen. Er hatte gehofft, dass die zerstörte Dieselleitung inzwischen so viel Kraftstoff verloren und so viel brennbare Dämpfe in dem Raum erzeugt hatte, dass seine Zündschnur aus Papier sie in Brand gesetzt hätten. Aber immer noch blieb es ruhig.

Tom stand vor dem Tunneleingang, in dem gerade die letzten Gefangenen verschwanden, und sah zurück. Nichts passierte. Sein Plan war gescheitert. Wenn er doch nur die Tür nicht verriegelt hätte! Dann hätte er direkt neben dem Generator ein Lagerfeuer entzünden können. Mit noch mehr Papier. Noch mehr Reinigungsmittel. Er hätte noch mehr Schaden …

Er kam nicht dazu, den Gedanken zu Ende zu führen, als ein so ohrenbetäubender Knall durch das Kellergewölbe hallte, dass die Wände zu beben schienen. Zeitgleich explodierte ein Feuerball in den Gängen, und nur einen Herzschlag später wälzte er sich durch die Tür und ergoss sich hellgelb und von schwarzen Wolken umgeben in das Kellergewölbe.

Tom wich erschrocken zurück, als ihm die Hitze auch schon entgegenschlug. Er warf sich auf den Boden und robbte, so gut es sein rechter Arm zuließ, zum Tunnel. Er konnte sehen, wie sein Schatten in das zuvor schwarze Loch des Tunnels geworfen wurde, als alles hinter ihm gleißend aufleuchtete. Verzweifelt stolperte er in das Loch.

Es wurde immer wärmer, er konnte kaum atmen, und kurz darauf zog ein beißender, alles verdunkelnder Qualm an ihm vorbei und in den Gang. Tom hielt instinktiv den Atem an, aber sein Herz raste, Panik brandete in ihm auf. Es war eng, es war dunkel, er hatte keine Kraft mehr, hinter ihm brannte das Feuer, er war umgeben von giftigem Rauch. Seine Lungen brannten, sein Herz drohte ihm aus der Brust zu springen. Schließlich musste er nach Luft schnappen.

Und wenig später brach er zusammen.

Kapitel 15

Brasilianischer Urwald, 3. August

Tom schlug die Augen auf und sah in das grausam entstellte Gesicht eines Kindes, das sich über ihn beugte.

Der Journalist rührte sich nicht, während er versuchte einzuordnen, was er sah. Das Kind verzog den Mund zu einer Fratze und sagte irgendetwas Unverständliches. Es schien aufgeregt zu sein, aber nicht bösartig. Es rief etwas über seine Schulter und sah ihn dann wieder mit seinem schiefen Mund und den funkelnden Augen an. Möglich, überlegte Tom, dass es eine Art Lächeln war, das durch die verformten Gesichtszüge verzerrt wurde. Das Kind betrachtete ihn aufmerksam, legte sogar eine Hand auf die Tücher, die über Toms Brust lagen, und schien sich zu freuen.

Tom ließ seinen Blick wandern. Über ihm befand sich die hölzerne Decke eines kleinen Raums. Nach allen Seiten wies er ebenfalls nur hölzerne Wände auf, die aus dünnen Stämmen zusammengesetzt waren. Er lag also in einer Hütte. Nun nahm er auch die Geräusche des Regenwalds wahr und wusste, dass er sich noch immer in Brasilien befand.

»Tom!«

Das Kind vor Toms Liege trat beiseite, und neben ihm

erschien Juli. Sie strahlte, beugte sich vor und küsste Tom. »Da bist du ja wieder«, sagte sie. »Ich habe dich vermisst.« Dann deutete sie hinter sich, zum Eingang der Hütte, durch den immer mehr Menschen kamen und sich in den kleinen Raum drängten. »Wir alle haben dich vermisst!«

»Was …«, brachte Tom hervor.

»Du hast zwei Tage geschlafen«, erklärte Juli. »Du hast Glück gehabt. Als sie dich fanden, zogen schon Rauchschwaden durch den Tunnel. Etwas länger und du hättest dir eine so schwere Vergiftung zugezogen, dass dich auch die Medizin der Dorfschamanin nicht mehr hätte retten können.«

»Wo sind wir hier?«

»Die Indios haben uns in ihr Dorf mitgenommen und uns gepflegt. Dein Arm macht auch schon Fortschritte.«

Tom erinnerte sich, dass er angeschossen worden war – und an die unsäglichen Schmerzen. Er zog versuchsweise die linke Schulter hoch. Er spürte einen Verband und ein unangenehmes Ziehen, aber es war kein Vergleich zu vorher.

»Was ist mit Marie?«, fragte er. »Ist sie auch hier? Wie geht es ihr?«

»Sie ist noch schwach«, sagte Juli, »aber abgesehen davon: Frag sie doch selbst!« Und mit diesen Worten trat Marie hinter Juli hervor. Sie glich ihrer Schwester tatsächlich auf erstaunliche Weise, wenngleich sie etwas ausgemergelt und blasser war.

»Hallo Tom«, sagte sie und lächelte. »Wie fühlt man sich als wiederauferstandener Held?«

»Ich weiß nicht«, gab Tom zurück und versuchte sich ebenfalls an einem Lächeln, das ihm mit seinem verletzten Kiefer noch immer nicht leichtfiel. »Sonderlich heldenhaft komme ich mir eigentlich nicht vor.«

»Nun, an den Gedanken wirst du dich aber gewöhnen müssen, wenn du in diesem Jahrhundert noch aufstehen solltest. Ihr habt so viele Menschen gerettet, und das Dorf bereitet sich auf ein großes Fest vor, um euch zu danken.«

»Oh«, brachte Tom hervor.

»Und ich werde dir auch immer dankbar sein. Du hast mir meine Juli gebracht, und gemeinsam habt ihr mir das Leben gerettet.« Sie beugte sich zu Tom hinunter und küsste ihn auf die Wange. Dann legte sie ihren Mund an sein Ohr und flüsterte ihm zu: »Und was Juli angeht: Pass gut auf sie auf, und lass sie dir bloß nicht entwischen!«

Marie richtete sich wieder auf, grinste noch einmal schelmisch und ging dann aus der Hütte. Sie rief den Umstehenden etwas zu, woraufhin sie ihr folgten und Tom und Juli allein ließen.

»Tja, da hörst du es«, sagte Juli. »Wir haben es geschafft!«

»Sind wirklich alle entkommen? Was ist passiert?«

»Die meisten sind die Treppe hochgerannt und quer durch die Anlage gelaufen. Die Wachleute waren zu überrascht, um sie aufhalten zu können. Der Elektrozaun war deaktiviert. Du hattest ja den Generator kaputt gemacht, und der Notstrom war vermutlich für die Computer und medizinischen Geräte gedacht. Also haben sie den Zaun eingerissen und sind in den Wald gelaufen.«

»Und niemand hat sie verfolgt?«

Juli schüttelte den Kopf. »Die hatten genug anderes zu tun. Es gab einen riesigen Knall, und kurz darauf kamen Flammen aus dem Erdgeschoss. Das müsstest du vielleicht sogar noch gehört haben.«

»Ja, durchaus. Ich war sozusagen dabei …«

»Wirklich? Dann war das dein Werk?«

»Reiner Zufall«, er winkte kraftlos mit seiner rechten Hand ab. »Ich erzähle es ein anderes Mal … so richtig fit bin ich, glaube ich, noch nicht …«

»Nein, natürlich nicht. Schlaf noch ein bisschen. Ich komme ab und zu nach dir sehen, ja?«

Tom nickte matt und schloss die Augen.

Als Tom erwachte, dämmerte es. Wieder sah er ein Kind neben sich am Bett. Es war ein kleines Mädchen, höchstens acht Jahre alt, das gerade damit beschäftigt war, Toms Gesicht mit einer öligen Substanz einzureiben. Als er seine Augen aufgeschlagen hatte, war sie aufgeschreckt und verharrte nun in ihrer Bewegung. Ihre Oberlippe schien zu fehlen, ihre Nase war verformt, als sei der Knorpel darin zerfressen. Aus ihrer Wange sprossen schwarze Borsten. Ihr Anblick war erschreckend, und sie musste gesehen haben, dass sich Toms Augen einen Moment lang geweitet hatten. Sie zuckte zurück und senkte den Kopf. Aber Tom streckte die Hand nach ihr aus und ergriff behutsam ihren Arm.

»Hey …«, sagte er leise, aber sie wandte sich ab.

»Es ist okay«, sagte er. »Sieh mich an. Na komm schon. Es ist okay.«

Von seiner sanften Stimme beruhigt, hob das Mädchen seinen Kopf und sah vorsichtig auf. Tom nahm ihre kleine Hand und legte sie auf sein Gesicht, dort, wo es noch immer geschwollen war. Dann streckte er seine eigene Hand nach ihrem Gesicht aus. Er zögerte für einen winzigen Augenblick, aber er wollte die Bewegung nicht mehr unterbrechen. Seine Finger legten sich behutsam auf die missgestaltete Wange des Kindes, er fühlte die Borsten in seiner Handfläche. Aber er spürte auch, wie warm die Haut war, wie lebendig. Er strich mit seinem Daumen über ihre Augenbraue. Nach einem Moment drückte die Kleine ihren Kopf in Toms Hand, und als hätte diese Geste einen Schleier zerrissen, erkannte er mit einem Mal die Verletzlichkeit und Schönheit ihres Wesens. Er musste lächeln, und als sie sein Lächeln erwiderte und er sah, wie ihre Augen zu strahlen begannen, brach er unvermittelt in Lachen aus. Er lachte vor Freude und vor Erleichterung, bis Tränen in seine Augenwinkel traten, und das Mädchen lachte mit.

Tom trat aus der Hütte. Er hatte seine Hose an einer Stange hinter seinem Schlafplatz gefunden, und auch wenn sie voller getrockneter Blutflecken war, wollte er doch nicht in der Unterhose vor die Hütte treten.

So stand er nun mit nacktem Oberkörper draußen auf der schmalen Terrasse. Im Wasser des Flusses, den er von hier aus in einiger Entfernung sehen konnte, spiegelte sich der Himmel, den der Sonnenuntergang in einen unwirklich bunten Verlauf aus Dunkelblau, Hellblau, Rosa und Orangerot verwandelt hatte, besetzt mit winzigen

Diamantsplittern einzelner Sterne. Der Fluss zog sich wie bunt schillernde Seide durch die Landschaft. Das Ufer war nicht zu sehen, denn es befand sich hinter einer kleinen Anhöhe. Das Dorf war auf einem Streifen mit niedriger Vegetation angelegt, zwischen dem Fluss und dem Wald. Der Boden war hier lehmig und festgetreten. Ringsherum standen weitere Hütten, alle auf kurzen Stelzen, ebenso wie Toms eigene Hütte. Unten stand das kleine Mädchen. Es winkte Tom eifrig zu, dass er ihr folgen solle. Vier hölzerne Stufen führten von der Hütte herab. Tom stieg langsam nach unten und ging zu der Kleinen, die sogleich seine Hand ergriff und ihn mit sich führte.

Während Tom im Schlepptau des Mädchens durch das Dorf lief, kamen überall Menschen aus ihren Hütten. Sie riefen ihm Dinge zu und lachten, sie freuten sich, ihn zu sehen. Und dennoch kamen sie nicht auf die Straße, sondern blieben zurück und verschwanden wieder, als seien sie noch mit etwas beschäftigt.

Das Mädchen führte Tom zum Rand des Dorfs, wo er Juli auf einem Baumstumpf vor einer Hütte sitzen sah. Sie war im Gespräch mit einer alten Frau. Als sie bemerkte, dass etwas vor sich ging, drehte sie sich um, erkannte Tom, sprang auf und lief auf ihn zu. Sie nahm ihn in die Arme und drückte ihn, so fest sie konnte.

Tom genoss die Berührung, wenngleich sie ihn spüren ließ, wie viele Prellungen und blaue Flecken sich noch überall an seinem Körper verbargen.

»Schön, dass du da bist!«, sagte Juli schließlich. »Geht es dir gut? Hast du Hunger? Möchtest du etwas trinken?«

Tom lächelte. »Na ja, ich muss mich noch etwas vorsichtig bewegen. Und allzu tief Luft holen kann ich auch nicht. Aber es geht.« Dann zeigte er hinter sich. »Aber was ist mit den ganzen Menschen los? Verstecken sie sich?«

»Nein«, erklärte Juli. »Sie bereiten sich noch vor. Jetzt, wo du auf den Beinen bist, kann endlich das Fest stattfinden. Alle sind ganz aufgeregt.« Sie ergriff seine Hand. »Und ich auch ... Ist das nicht fantastisch, was wir geschafft haben?«

»Ja, das ist es wohl ... Aber wo ist Marie?«

»Sie schläft noch. Aber zum Essen nachher sollen wir sie unbedingt wecken.«

»Ist sie ... Ich meine, fehlt ihr auch nichts? Sie muss Furchtbares erlebt haben.«

»Sie hat Mangelerscheinungen. Es wird noch Wochen dauern, bis sie wieder ganz bei Kräften ist.« Juli blickte zu Boden. »Aber was sie erlebt hat, wird sie ihr Leben lang verfolgen. Sie ist schweigsamer als früher, als hätte sie einen Teil von sich verloren ...« Dann atmete sie tief ein und straffte ihre Schultern. »Aber sie ist eine starke Frau. Und vielleicht wird sie eines Tages fast wieder die Alte.«

Tom strich Juli über die Wange. »Ich wünschte, wir hätten noch mehr für sie tun können.«

»Wir haben sie gerettet. Gegen alle Wahrscheinlichkeit. Das war schon mehr, als wir hoffen konnten.«

Tom nickte. »Ja, vielleicht. Aber das Eigentliche steht noch bevor.«

»Und das wäre was?«

»Diese Verbrecher nicht nur ausräuchern. Die werden

sich einfach ein neues Labor bauen. Aber wir bringen es an die Öffentlichkeit, wie wir es geplant hatten. Es wird die größte Aufdeckungsaktion des Jahrzehnts. Wir vernichten diesen Konzern und diese gottverdammten Wissenschaftler, die ihn führen.«

»Aber…« Juli zögerte, es auszusprechen. »Aber wie willst du das anstellen? Die sind längst über alle Berge. Was das Feuer an Beweisen nicht vernichtet hat, werden sie inzwischen selbst vernichtet haben. Wir haben nichts in der Hand! Nicht einmal Fotos. Deine Kamera, alles ist futsch.«

Tom lächelte. »Ist es nicht.«

Er steckte seine Hand in die Hosentasche und holte die kleine Speicherkarte hervor.

Juli verschlug es die Sprache. »Aber… wie…«

»Nach dem Kopieren der Daten hatte ich sie nicht mehr zurück in die Kamera gesteckt. Es ist alles drauf. Fotos, Dokumente, Adressen, E-Mails… genug, um in dem Laden eine Supernova zu zünden.«

»Ha!« Juli lachte laut auf. »Das gibt's nicht! Mein Gott, Tom!« Sie warf ihre Arme um seinen Hals und küsste ihn.

Sie verbrachten drei weitere Tage in dem Dorf. Toms Heilung machte weitere Fortschritte, und seine Kurzatmigkeit der ersten Zeit verging rasch.

Die Hälfte der Dorfbewohner war missgestaltet oder krank, aber sie bewirteten und pflegten Tom, Juli und Marie, als wären sie die wichtigsten Menschen der ganzen Gemeinschaft.

Tom verbrachte viel Zeit mit den Kindern. Juli beobachtete, wie er mit ihnen spielte. Die meisten waren noch sehr schwach, aber er ging mit ihnen zum Schwimmen an den Fluss. Sie tollten umher, und es schien allen gutzutun, auf diese Weise die Schrecken der Vergangenheit und die schlimmen Entstellungen zu vergessen. Oft saß Marie in einiger Entfernung im Schatten und sah ihnen zu. Sie schien in Gedanken versunken und lächelte nur selten und stets etwas abwesend.

Juli tat ihrerseits alles, was sie konnte, um die offenen Wunden und Geschwüre der Indios zu behandeln. Da sie keine Utensilien oder Medikamente hatte, musste sie sich darauf beschränken, der Medizinfrau des Dorfes zu helfen. Sie sammelte Pflanzen, stampfte Blätter und Wurzeln zu Brei, kochte Salben und Tränke und half ihr, einfache Verbände anzulegen und zu wechseln. Sie lernte und staunte, dass die scheinbar so schlichte Medizin der Schamanin so überaus wirkungsvoll war.

Nicht immer hatten sie Erfolg. Der Zustand einiger Stammesmitglieder verschlechterte sich täglich, und trotz ihrer Bemühungen starben zwei Männer in einem erschreckenden Zustand, übersät und zerfressen von eiternden Beulen, die vermutlich das Blut der Unglücklichen vergiftet hatten. Juli verstand nicht, wie diese vielfältigen Missbildungen und offenkundigen Krankheiten hatten entstehen können. Sie erfuhr, dass einige der Menschen schon seit über einem Jahr verschollen gewesen waren. In dieser Zeit hatte viel geschehen können. Was immer es war, es war ihnen in dem geheimen Labor zugestoßen.

Es wurde Zeit, die Daten zu sichten, die sich auf Toms Speicherkarte befanden, sie zu verstehen und die Verantwortlichen zur Rechenschaft zu ziehen.

Am Abend des fünften Tages erklärten sie den Dorfältesten, dass sie abreisen und zu ihrem eigenen Camp zurückkehren mussten. Die Reaktionen waren zurückhaltend. Die Enttäuschung war den Indios anzumerken, aber niemand drängte sie zu bleiben, ganz so, als verstünden sie, dass die Fremden weiterziehen mussten.

An diesem Abend wurde noch einmal gefeiert. Ein großes Feuer wurde entzündet, und bis spät in die Nacht saß das Dorf, Männer, Frauen, Alte und Kinder gemeinsam mit Juli, Marie und Tom, versammelt im Kreis, und es wurden Schalen mit Früchten oder vergorenem Pflanzensaft herumgereicht und Geschichten erzählt. Einige Episoden wurden gesungen, andere als Tanz aufgeführt, es wurde viel gelacht, und sogar in Maries Augen lag ein feiner Glanz, der zeigte, wie ihre Sinne sich jedenfalls für eine Weile von der Vergangenheit lösten und sich auf den Zauber des Moments einlassen konnten.

Nicht lange nachdem die meisten Kinder mit den Köpfen auf den Schößen ihrer Mütter eingeschlafen waren, löste sich der Kreis auf, und alle gingen in ihre Hütten.

Als die drei am späten Morgen wieder aufgestanden waren und sich treffen wollten, um das Dorf zu verlassen, trafen sie die Bewohner versammelt auf der Straße vor. Alle wollten sich von ihnen verabschieden. Sie streckten ihre Arme aus, um sie noch einmal zu berühren, sprachen unverständliche Worte des Abschieds und des Segens, und viele überreichten ihnen kleine Geschenke. Ein Armband, eine Halskette, eine Feder. Jedes der kleineren Kinder wollte noch einmal von Tom hochgehoben werden. Die Medizinfrau gab ihnen drei gefüllte Wasserflaschen und an Juli einen ledernen Beutel mit einigen Wurzelstücken darin. Dann sprach sie einige Worte und wedelte jeden der drei mit einem Fächer aus Vogelklauen und Federn ab.

Schließlich traten fünf Männer aus den Reihen der Dorfbewohner vor. Sie trugen Speere, Bogen und Köcher. Die Medizinfrau segnete sie ebenfalls, bevor sie sich zu Tom, Juli und Marie gesellten. Ganz offenbar sollten die Krieger sie begleiten. Einer von ihnen war stark verkrüppelt, sein Rücken war so buckelig, dass seine Arme fast den Boden berührten. Er hielt den Kopf schief, und als er mit einem Ausruf seinen Arm hob und den Speer nach oben hielt, erkannten Tom und Juli plötzlich, dass es der Mann war, der ihnen Maries Rucksack gegeben und sie zu der teuflischen Anlage geführt hatte, und der Speer, den er hochhielt, war die Waffe, die Tom ihm zum Geschenk gemacht hatte. Die ganzen Tage war er hier gewesen und hatte sich nicht zu erkennen gegeben. Tom verneigte sich vor ihm, und er sah mit Freude, wie der Mann lächelte und vor Stolz fast platzte.

Dann drehte sich der Buckelige um und ging voraus. Zwei der Krieger folgten ihm, die anderen beiden warteten, bis Tom und die beiden Schwestern sich ebenfalls in Bewegung setzten, und bildeten den Abschluss. Gemeinsam verließen sie das Dorf in Richtung des Waldes.

Kapitel 16

Hamburg, Polizeipräsidium City Nord,
12. August

Hauptkommissar Berger schob die Mappen mit den ausgedruckten Unterlagen zur Seite, die Juli und Tom ihm überreicht hatten, und beugte sich vor.

»Es freut mich zu hören, dass Sie wieder aufgetaucht sind, Frau Thomas, Herr Hiller. Ich hatte seit unserem Gespräch in diesem Büro nichts mehr von Ihnen gehört und dachte schon, die Sache hätte Sie nicht weiter interessiert.«

»Unsere Recherchen waren etwas aufwendiger als erwartet«, erklärte Tom. Er erinnerte sich, dass er mit einem Kommissar telefoniert hatte, nachdem sie das zweite Mal auf der Elbinsel gewesen und dort von den bewaffneten Männern überrascht worden waren. Offenbar waren diese Informationen aber nicht weitergegeben worden.

»Nun sind Sie ja da, und ich bin gespannt, was Sie mitgebracht haben. Sie klangen recht enthusiastisch. Können Sie mir Ihre Ergebnisse kurz zusammenfassen, bevor ich die Unterlagen im Detail lese?«

Tom nickte. »Die Firma, die das Labor auf der Neßsand gebaut hat, hat ein weiteres Labor im Urwald in der Nähe von Manaus unterhalten. Eine ungleich größere Anlage. Dort wurden seit einigen Jahren Menschenversuche an Indios vorgenommen, die man entführt hatte.«

»Menschenversuche, sagen Sie?«

Juli rückte auf ihrem Stuhl nach vorn. »Ja, ganz recht. Xenotransplantation. Dabei geht es darum, tierische Organe in Menschen zu verpflanzen, um auf teure und seltene menschliche Organe verzichten zu können, wenn ein neues Herz oder eine neue Niere benötigt wurden.«

»Interessant ...«

»Dabei wurden keineswegs kranke Menschen behandelt«, fuhr Juli fort, »sondern die Versuche wurden an gesunden Menschen vorgenommen. Man entfernte ihnen funktionstüchtige Organe und ersetzte sie durch solche von Schweinen oder anderen Tieren. Diese Forschung birgt erhebliche Risiken. Fremdes Gewebe wird üblicherweise vom Gastkörper abgestoßen, also mussten Wege gefunden werden, sowohl die Tiere als auch die Menschen genetisch zu modifizieren. Die Ergebnisse waren grauenerregend und führten entweder zum baldigen Tod der Opfer oder verursachten unkontrollierte Fehlbildungen, Mutationen und Geschwüre. Die Unterlagen belegen über einhundertsiebzig ›Versuchsreihen‹. So wurden die menschlichen Schicksale dort genannt. Vermutlich waren es erheblich mehr.«

»Das ist ungeheuerlich!«, rief Berger aus. »Was geschah mit diesen Menschen?«

»Die meisten von ihnen starben«, erklärte Tom. »Einige konnten aus der Anlage fliehen. Der Rest vegetierte in den Kellergewölben der Anlage vor sich hin. Diejenigen, die noch keinen Versuchen unterzogen worden waren, steckten sich mit Krankheiten an.«

»Was für Krankheiten? Malaria?«

»Das wäre das kleinste Übel«, sagte Juli. »Durch die Transplantationen gelangten zum Teil tierische Viren in die Menschen und vermehrten sich dort. Einige der Viren reagierten auf die genetischen Manipulationen, andere auf die wachstumsbeschleunigenden Mittel, die für die Versuche verwendet wurden. Bei den entführten Menschen handelte es sich zum Teil um ganze Familien. Durch Intimitäten, den begrenzten Raum, in dem die Gefangenen eingepfercht waren, durch die unmenschlichen sanitären Bedingungen, aber auch durch die Entkräftung der Menschen konnten sich zahlreiche Krankheiten ausbreiten.«

»Von den Gefangenen, die wir schließlich befreien konnten, war der größte Teil schwer erkrankt«, sagte Tom. »Wir gehen davon aus, dass viele dieser Menschen in den nächsten Monaten sterben werden, wenn sie keine umfassende medizinische Versorgung erhalten. Viele Folgen der Versuche werden sich noch über Generationen in den betroffenen Indiostämmen fortsetzen.«

»Man kann nur hoffen, dass sich kein tödlicher Virus entwickelt, der zu einer Epidemie wird, wie wir es von der Vogelgrippe kennen«, fügte Juli hinzu. »Auch dieser Erreger ist vom Tier auf den Menschen übergesprungen. Was die genetischen Versuche in dem Labor darüber hinaus noch bewirkt haben, können wir unmöglich erahnen.«

Hauptkommissar Berger lehnte sich zurück.

»Was Sie da entdeckt haben, sprengt meine kühnsten Vermutungen«, sagte er.

»Als wir uns das letzte Mal sahen«, sagte Tom, »erklärten Sie uns, dass Sie auf der Spur einer politischen Verwicklung hier in Hamburg seien. Auch das haben wir uns angesehen. Der Betreiber des Labors in Brasilien gehört zu einem Firmengeflecht, dem ein alter Bekannter der Stadt und des Ersten Bürgermeisters vorsteht: Dr. André Villiers.«

Berger hob eine Augenbraue, als er den Namen hörte.

»Er war auch maßgeblich an der Ausarbeitung der Konzepte für die Privatisierung der Krankenhäuser in Hamburg beteiligt«, fuhr Tom fort, »und wenn Sie es überprüfen, stellen Sie fest, dass seine Firmen inzwischen fast überall direkt oder indirekt an den heutigen Investitionen beteiligt sind. Es handelt sich hier um einen kriminellen Konzern, der Menschen entführt, entsetzliche Menschenversuche durchführt und unsaubere Geschäfte mit der politischen Führung dieser Stadt betreibt.« Tom wies auf die Unterlagen. »Das Wichtigste steht in den Papieren dort. Es gibt aber mehr, Korrespondenz, Adressen, Untersuchungsergebnisse, Protokolle, Laborberichte und Fotos. Fast zehn Gigabyte Daten. Sie sind auf den DVDs, die in dem Packen liegen.«

Berger nickte, legte eine Hand auf die Mappen, blätterte sie ein wenig auf, dann sah er wieder zu Tom und Juli.

»Ich bin Ihnen dankbar. Sehr dankbar sogar. Diese Unterlagen sind von größter Sprengkraft. Ich gehe davon aus, dass Sie noch Kopien davon haben?«

»Natürlich«, sagte Tom. »Wir werden die Geschichte groß herausbringen, um diesem Konzern Einhalt zu gebieten.«

»Ich fürchte, das wird nicht möglich sein«, erklärte Berger und faltete die Hände auf dem Schreibtisch. »Sie werden mir sämtliche Kopien aushändigen müssen. Außerdem werden Sie gerichtlich dazu verpflichtet werden, über die Angelegenheit Stillschweigen zu bewahren.«

»Wie bitte?!« Tom stand auf. »Können Sie mir erklären, was in Sie gefahren ist?«

»Bitte ...« Berger hob eine Hand. »Setzen Sie sich. Diese Maßnahmen sind zu Ihrem eigenen Schutz. Oder denken Sie wirklich, irgendjemand würde diese irrsinnigen Verschwörungstheorien für bare Münze nehmen? Das Einzige, was Sie erreichen könnten, wäre ein Strohfeuer für das Boulevard, eine absurde Skandalgeschichte, die letztlich nur ein unendlich peinliches Ende für Sie und Ihre Karriere bedeuten würde. Indem Sie einen ganzen Konzern und die Hamburger Landesregierung in Misskredit bringen, würden Sie Kosten in Milliardenhöhe verursachen.« Berger schob die Mappen seitlich von seinem Schreibtisch, sodass sie in den daneben stehenden Papierkorb fielen. »Mit diesem substanzlosen Unfug erreichen Sie darüber hinaus gar nichts. Nicht bei mir und nicht da draußen.«

Tom trat vor, stützte sich auf den Schreibtisch des Hauptkommissars und beugte sich vor. »Sind Sie noch ganz dicht? Sie wissen verdammt gut, dass wir recht haben!«

»Zügeln Sie sich, Herr Hiller«, zischte Berger. »Wenn

ich Ihnen sage, dass Sie nichts erreichen werden, dann können Sie mir glauben. Ich würde höchstpersönlich dafür sorgen. Und wagen Sie es nicht, meine Kompetenz anzuzweifeln oder meine Möglichkeiten in dieser Stadt herauszufordern. Ich könnte Sie noch immer auf der Stelle einsperren lassen. Ausreichend Gesetze haben Sie übertreten. Sie beide. Und wenn ich die Sache anpacke, dann kommt Ihnen auch kein streunender Hund zu Hilfe.«

»Streuner?«, sagte nun Juli. »Was für ein Streuner?«

Tom sah zu Juli. Er stockte. Dann sah er zurück zu Berger.

»Sie können gar nichts von dem Hund auf der Insel wissen«, sagte er. »Wir haben Ihnen nichts davon erzählt. Die Einzigen, die es wissen …« Er schnappte nach Luft. »Sie stecken da mit drin, Sie verdammtes Arschloch.«

Berger stand ruckartig auf. »Halten Sie den Mund«, bellte er Tom an. »Und stellen Sie sich nicht dümmer, als Sie sind!« Er kam um den Schreibtisch herum und baute sich drohend vor Tom auf. »Was glauben Sie denn, was ich den ganzen Tag mache? An meinen Füßen spielen? Ich kenne die Zusammenhänge schon länger als Sie, und ich beobachte alles, was in dieser Stadt geschieht, und nicht nur der Erste Bürgermeister, auch Teile des Senats, der Innensenator und der Polizeipräsident sind in diese Sache verwickelt. Alles, was ich benötigte, waren Beweise, wie Sie sie jetzt bringen. Aber doch nicht, um damit an die Öffentlichkeit zu gehen! Wie bescheuert müsste man sein, den Konzern zu verprellen, der die

Hand über fast alle Krankenhäuser der Stadt hält? Abgesehen davon, dass es unmöglich wäre, ihn zu sprengen. Dahinter stecken Legionen von Anwälten mit Kriegskassen bis zum Jüngsten Gericht! Und die Regierung wollen Sie also an den Pranger stellen, ja? Haben Sie eine Ahnung, was hier los wäre? Das totale Chaos, rollende Köpfe, ausgehackte Augen, Anarchie!«

Nun war Juli ebenfalls aufgestanden und stellte sich neben Tom, um dem aufgebrachten Hauptkommissar zu trotzen, dem die Ader an seinem Hals zu pochen begonnen hatte.

»Und was wollen Sie stattdessen tun?«, fragte sie und verschränkte die Arme vor der Brust.

»Das geht Sie überhaupt nichts an«, schnappte Berger zurück. »Ihre Untersuchungsergebnisse bleiben hier, und außer mir wird niemand davon erfahren.«

»Das sehe ich etwas anders!«, ertönte eine Stimme von hinten. Sie drehten sich um. Ein Polizeibeamter, der von einem vierköpfigen Trupp begleitet wurde, war eingetreten.

»Was haben Sie in meinem Büro zu suchen!«, ereiferte sich Berger, machte aber einen Schritt rückwärts.

»Ich bin Kommissar Wilms«, sagte der Beamte. »Ich leite eine verdeckte Untersuchung im Auftrag des Bundeskriminalamtes. Und diese Herren hier sind mir als Einsatzkommando zur Verfügung gestellt worden.« Er wandte sich an Tom. »Herr Hiller, vielen Dank für Ihre Zusammenarbeit.«

»Gerne geschehen«, sagte Tom und lächelte.

»Können Sie mir erklären, was hier vor sich geht?«,

fragte Berger, der sich hinter seinen Schreibtisch zurückgezogen hatte.

»Herr Hiller und ich hatten schon einmal kurz nach dem Erlebnis auf Neßsand miteinander telefoniert«, sagte Wilms. »Zugegeben, das Gespräch war eigentlich für Sie gedacht, Herr Berger, aber ich beobachte Sie schon lange, und als ich hörte, was mir Herr Hiller erzählte, war es nicht schwer, die Puzzlestücke zusammenzufügen. Ich habe ihn daraufhin ebenfalls überwachen lassen, was sich als äußerst hilfreich herausstellte. Meine Männer konnten gerade noch in eine Verfolgungsjagd eingreifen, die womöglich tragisch geendet wäre.«

»Die Schießerei am Fischmarkt …«

»So ist es. Leider konnten Herr Hiller und Frau Thomas bei dieser Gelegenheit entwischen und untertauchen. Wir haben ihre Wohnungen observiert und schließlich die Spur einer verdächtigen Putzfrau bis zu ihrem Auftraggeber im Axel-Springer-Gebäude zurückverfolgen können. Zu diesem Zeitpunkt hatten die beiden allerdings das Land schon verlassen.« Er sah zu Tom und Juli hinüber. »Eine wohlkoordinierte Leistung, das muss ich schon sagen.«

Tom zuckte mit den Schultern, konnte sich aber ein Grinsen ebenfalls nicht verkneifen.

»Wie auch immer«, fuhr Wilms fort, »bei seiner Rückkehr fand er eine Nachricht von mir vor und hat sich daher zuerst mit mir in Verbindung gesetzt anstatt mit Ihnen, Herr Kollege.«

»Und was wollen Sie von mir?«, fragte Berger.

»Dafür sorgen, dass die überaus wichtigen Informationen, die Herr Hiller und Frau Thomas zusammengetragen haben, in die richtigen Kanäle geleitet werden. Und verhindern, dass Sie sie verwenden, um damit ein weiteres Mal den Polizeipräsidenten zu erpressen, wie Sie es vor zwei Jahren getan haben, um diesen Posten zu bekommen.«

»Das ist unerhört!«, rief Berger aus.

»Ja, das sehe ich ebenso«, entgegnete Wilms. »Die Einzelheiten der Schuldfrage werden vor Gericht geklärt werden. Maßgeblich dafür werden die von meiner Kommission zusammengetragenen Belege sein, ebenso wie Ihr Verhalten im gegenwärtigen Fall.« Wilms deutete auf die Mappen, die der Hauptkommissar in den Papierkorb geschoben hatte.

»Sie haben keine Ahnung, mit wem Sie sich anlegen!«, giftete Berger.

»Ich lasse Sie hiermit vorläufig festnehmen. Bitte folgen Sie mir«, sagte Wilms ungerührt. Und an zwei seiner Männer gewandt: »Konfiszieren Sie den Laptop und sämtliche Speichermedien, die Sie im Raum finden.« Dann wandte er sich an Tom und Juli.

»Wie schon gesagt, ich danke Ihnen für Ihre Kooperation. Wie Sie sich denken können, besteht in dieser Angelegenheit Verdunklungsgefahr. Ich werde mich bemühen, schnellstmöglich an allen relevanten Stellen in dieser Behörde und der Stadt zuzugreifen, um Beweise zu sichern. Ich möchte Sie daher bitten, mit Ihrer Veröffentlichung, die Sie mit gutem Recht planen, noch etwas zu warten, um uns den nötigen Spielraum zu verschaffen.«

»Selbstverständlich«, sagte Tom. »Bis wir aus dem

Material eine druckreife Geschichte produziert haben, werden ohnehin noch ein paar Tage vergehen. Und dass es eine Titelgeschichte werden wird, darauf können Sie Gift nehmen.«

Wilms lächelte. »Ich hatte nichts anderes erwartet. Und sagten Sie nicht noch etwas von einem Filmbeitrag?«

»Gemeinsam mit dem Chefredakteur werden wir die Nachrichten und TV-Magazine der Republik überfluten, verlassen Sie sich darauf.«

Wilms schüttelte erst Juli die Hand, dann Tom.

»Ich wünsche Ihnen viel Erfolg. Sie haben großartige Arbeit geleistet.«

Kapitel 17

Brasilianischer Urwald, 7. September

Der Fluss glitt unter ihnen hinweg wie ein flüssiger Spiegel. Tom und Juli standen am Bug des Bootes und sahen nach vorn, beobachteten, wie sich die unzähligen Biegungen des Flusses vor ihnen entfalteten und an ihnen vorbeizogen. Mit ihnen im Boot fuhren drei medizinische Studenten, ein Kameramann und ein technischer Assistent. Das Boot war voll beladen mit Werkzeugen, medizinischer Ausrüstung und Medikamenten. In der nächsten Woche würde ein weiteres Schiff folgen und einen Stromgenerator und mehrere Hundert Liter Diesel liefern.

»Es ist schön, wieder hier zu sein«, sagte Juli.

»Merkwürdig, wenn man sich vorstellt, wie schnell sich das eigene Leben ändern kann. Ich hätte mir das hier nie zu träumen gewagt.«

»Nicht nur das Leben ändert sich. Es ändert auch uns.«

»Ja, das stimmt wohl …«

Sie schwiegen eine Weile. Juli lehnte ihren Kopf an Toms Schulter.

»Was wird wohl aus Villiers?«, sagte sie dann. Sie dachte zurück an die letzten Wochen. Der Skandal war in Hamburg eingeschlagen wie eine Bombe. Die Zeitungen des ganzen Landes hatten sich auf die Story gestürzt, im Fernsehen wurde der Fall ausgebreitet, Tom und Juli wurden fast täglich als Interviewgäste oder als Teilnehmer zu Podiumsdiskussionen eingeladen. Man hatte ihnen viel Geld für die Rechte an einer dramatisierten Verfilmung der Recherchen angeboten. Der Hamburger Innensenator war zurückgetreten, und die Partei des Ersten Bürgermeisters war zerstritten über das weitere Vorgehen, während die ersten Gerichtsverfahren vorbereitet wurden. In einem jedoch hatte der korrupte Hauptkommissar Berger recht behalten: Der Konzern um Medi-Capital Invest und Dr. Villiers war bisher verhältnismäßig unberührt geblieben. Als Besitzer der Hamburger Krankenhäuser schien das Firmenimperium hohe Trümpfe in der Hand zu haben. Wenngleich das Mitwissen und die Verstrickungen durch die von Tom kopierten Unterlagen belegbar waren und von der Presse ausgewalzt wurden, blieben sie gesetzlich ungültig, und der Konzern hatte ein leichtes Spiel, mögliche Verantwortungen in seinem nahezu undurchdringlichen Netzwerk aus Firmenstrukturen und Besitzverhältnissen ungreifbar zu machen.

»Ich weiß es nicht«, sagte Tom. »Vielleicht wird es Jahre dauern, bis das Ganze vor Gericht kommen und dort standhalten kann. Letztlich wird irgendeine Anklage erhoben werden müssen, damit sich wirklich etwas bewegt. Aber wer sollte diese Anklage führen? So, wie ich es sehe, konnten wir dem Ansehen der Firma schaden und vielleicht ein wenig finanziellen Schaden verursachen, die Öffentlichkeit ist aufmerksam geworden, aber mehr erst einmal nicht. Es bleibt an uns, ob wir die Rolle übernehmen, die uns vielleicht zugedacht ist.«

»Was meinst du damit?«

»Anwalt der Geschädigten zu sein.« Tom sah Juli an. »Und das meine ich über eine Berichterstattung hinaus.«

Juli kniff die Augen zusammen. »Du meinst …«

»Wir können dafür sorgen, dass im Namen aller Betroffenen eine Klage erhoben wird. Wir fordern Entschädigung für alle Taten, die Entführungen, die medizinischen Experimente, die Verstümmelungen, die vielen Toten und allen Schaden, der vielleicht noch über Generationen in diesen Indios weitervererbt wird.«

»Wie Erin Brockovich …«

»Ja oder wie im Contergan-Skandal.«

Juli atmete tief ein. »Das ist ein ambitionierter Plan …«

»Ja«, sagte Tom, »das ist er. Aber wenn wir es nicht tun, wer dann?«

Juli lächelte. »Das ist es, was ich meinte, als ich sagte, unser Leben ändert uns. Du bist ein anderer Tom geworden als der, den ich kennengelernt habe.«

»Das mag sein … Und ich fühle mich lebendiger als jemals zuvor!«

Juli lachte auf. Dann deutete sie nach vorn. »Sieh mal!« In einiger Entfernung sahen sie Menschen am Wasser und schmale Kanus, die am Flussufer lagen. Ihr Boot drosselte die Fahrt. Die Besatzung kam an Deck und gesellte sich zu Tom und Juli.

»Da ist es!«, sagte Juli. Sie ergriff Toms Hand und drückte sie, so fest sie konnte.

Das Boot näherte sich dem Ufer und drehte sich gegen den Strom. Die Menschen am Wasser traten ein paar Schritte zurück, Rufe wurden laut.

Der Kapitän steuerte das Boot noch näher an den Strand. Dann hieß er einen der Studenten den Anker über Bord werfen.

Tom und Juli standen voller Anspannung an der kleinen Reling und sahen hinüber auf den kleinen Wall, an dem sich jetzt immer mehr Menschen versammelten, die aus dem nahe gelegenen Dorf geströmt kamen. Einige waren buckelig und auf Stöcke gestützt, andere humpelten oder ließen ihre Arme schleifen.

Dann kamen Kinder die Anhöhe heruntergelaufen und rannten ins Wasser. Auch sie waren zum Teil verunstaltet und bewegten sich unbeholfen. Aber sie tobten, schrien, spritzten herum und tanzten im Wasser. Sie riefen ihre Namen: »Tom, Tom!« und »Juli, Juli!«

Juli und Tom hielten sich fest und zitterten. Juli rollten Tränen über die Wangen. Sie hörte, wie Tom kurz die Nase hochzog, und sah zur Seite. Er wischte sich übers Gesicht und strahlte dabei.

Dann sprang er zu den Kindern ins Wasser.

Nachwort

Dieses Buch wäre nicht möglich gewesen ohne die Unterstützung von einigen Menschen, denen ich an dieser Stelle ausdrücklich danken möchte.

Tammo Wemken von der Hamburger Behörde für Stadtentwicklung und Umwelt hat mir dankenswerterweise die Genehmigung erteilt, eine Exkursion im Naturschutzgebiet der Elbinsel Neßsand zu unternehmen. An einem Tag im August hat der Inselwart Michael Klamm mich und meine Familie mit dem Boot in Wittenbergen abgeholt und hat mit uns eine aufregende Führung über die Insel unternommen, am Ufer entlang, durch Wälder und Felder mannshoher Brennnesseln. Für die Zeit, die freundliche Aufnahme und den großartigen Kuchen möchte ich mich ganz herzlich bedanken. Auch wenn es keine versteckte Laboranlage auf der Insel gibt, wüsste ich jedoch jetzt genau, wo sie liegen würde.

Viel Hintergrundwissen über Xenotransplantation und den heutigen Stand der Forschung hat mir Prof. Dr. rer.nat. Ralf R. Tönjes vom Paul-Ehrlich-Institut in Langen vermitteln können. Er ist Leiter der Deutschen Arbeitsgemeinschaft für Xenotransplantation und arbeitet in der Biotechnologie Sektion 6/4, »Non-vital Tissue Preparations, Xenogeneic Cell Therapeutics« und beantwortete mir hilfsbereit meine Fragen. Auch wenn längst nicht alles Eingang in dieses Buch finden konnte und ich mir die Freiheit genommen habe, für die Anforderungen eines Thrillers etwas zu fantasieren und reichlich zu dramatisieren. Vielen Dank!

Prof. Dr. med. K. Püschel, den Direktor des Instituts für Rechtsmedizin des Universitätsklinikums Hamburg-Eppendorf, durfte ich ebenfalls mit meinen Fragen belästigen. Wer würde einen abgerissenen Fuß erhalten, wie würde man ihn untersuchen, was könnte man feststellen und mehr. Von ihm habe ich nebenbei erfahren, dass am Rechtsmedizinischen Institut in Hamburg jährlich 1300 Autopsien vorgenommen werden und rund 3500 Tote versorgt werden. Atemberaubend. Vielen Dank für die Zeit, meinen Wissensdurst zu stillen.

Mit der Recherche ist es natürlich nicht getan. Ich danke ganz herzlich meiner Lektorin Nicola Bartels für die Geduld und das Brainstorming mit ihr auf der Buchmesse, woraus das Tagebuch von Marie entstanden ist. Gerhard Seidl, meinem Redakteur, danke ich für die Korrekturen und Anmerkungen. Und natürlich gilt wie immer mein besonderer Dank meiner Familie, die mit meinen ungewöhnlichen und nicht immer konsequenten Schreibzeiten zurechtkommt und mir den Rücken dafür freihält, während andere Männer lieber häufiger mal im Garten helfen. Mein Versprechen, dass meine Zeiteinteilung besser wird, wird durch häufigeres Wiederholen vermutlich nicht glaubwürdiger. Aber ich bemühe mich weiter und danke euch!